uma colher
de terra e mar

Dina Nayeri

uma colher de terra e mar

Tradução de
Léa Viveiros de Castro

Rocco

Título original
A TEASPOON OF EARTH AND SEA

Copyright © 2013 by Dina Nayeri

Todos os direitos reservados.
Nenhuma parte desta obra pode ser reproduzida ou transmitida por qualquer forma ou meio eletrônico ou mecânico, inclusive fotocópia, gravação ou sistema de armazenagem e recuperação de informação, sem a permissão escrita do editor.

Direitos para a língua portuguesa reservados
com exclusividade para o Brasil à
EDITORA ROCCO LTDA.
Av. Presidente Wilson, 231 – 8º andar
20030-021 – Rio de Janeiro – RJ
Tel.: (21) 3525-2000 – Fax: (21) 3525-2001
rocco@rocco.com.br
www.rocco.com.br

Printed in Brazil/Impresso no Brasil

CIP-Brasil. Catalogação na fonte.
Sindicato Nacional dos Editores de Livros, RJ.

N244u
    Nayeri, Dina
        Uma colher de terra e mar / Dina Nayeri; tradução de Léa Viveiros de Castro. – 1ª ed. – Rio de Janeiro: Rocco, 2015.

    Tradução de: A teaspoon of earth and sea
    ISBN 978-85-325-2970-1

    1. Romance norte-americano. I. Castro, Léa Viveiros de. II. Título.

14-18271   CDD: 813
                                                           CDU: 821.111(73)-3

O texto deste livro obedece às normas do
Acordo Ortográfico da Língua Portuguesa.

*Para Philip e Baba Hajji,
que uma vez desejei ver juntos na mesma sala.*

Parte 1

CORDÃO INVISÍVEL

༒

*Eu e você temos lembranças mais longas
do que a estrada que se estende à nossa frente.*
– THE BEATLES

Prólogo

ALDEIA DE CHESHMEH (PROVÍNCIA DE GILAN), IRÃ
VERÃO DE 1981

Esta é a soma de tudo o que Saba Hafezi se lembra do dia em que sua mãe e sua irmã gêmea foram embora para sempre, talvez para a América, talvez para algum lugar ainda mais inalcançável. Se você pedir a ela para lembrar, ela junta as peças como lembranças confusas dentro de outras lembranças, dois dias aprazíveis em Gilan soltos no ar, flutuando em algum lugar do seu décimo primeiro verão, e colados de volta da seguinte maneira:

– Onde está Mahtab? – Saba torna a perguntar e se agita no banco de trás de um carro emprestado. Seu pai dirige enquanto sua mãe, no assento ao lado, examina a bolsa, procurando passaportes e passagens de avião e todos os papéis necessários para sair do Irã. Saba está tonta. Sua cabeça não parou de doer desde aquela noite na praia, mas ela não se lembra de muita coisa. Só tem uma coisa que ela sabe: que sua irmã gêmea, Mahtab, não está ali. Onde está ela? Por que não está no carro quando eles estão prestes a ir embora para nunca mais voltar?

– Você está com as certidões de nascimento? – seu pai pergunta. A voz dele é rápida e ríspida e deixa Saba com falta de ar. *O que está acontecendo?* Ela nunca passou tanto tempo longe de Mahtab – durante onze anos as gêmeas Hafezi foram uma única entidade. Não existe Saba sem Mahtab. Mas, agora, passaram-se dias – ou foram semanas? Saba esteve de cama, doente, e não consegue lembrar.

Ela não pode falar com a irmã, e agora a família está num carro indo para o aeroporto sem Mahtab. *O que está acontecendo?*

– Quando você chegar à Califórnia – seu pai diz para a sua mãe –, vá direto para a casa de Behrooz. Depois me telefona. Vou mandar dinheiro.

– Onde está Mahtab? – Saba torna a perguntar. – Por que Mahtab não está aqui?

— Ela vai nos encontrar lá – sua mãe diz. – Khanom Basir vai levá-la de carro.

— Por quê? – Saba pergunta. Ela aperta *stop* no seu Walkman. Tudo isso é muito confuso.

— Saba! Pare com isso! – Sua mãe exclama, depois se vira para o pai. Ela está usando uma echarpe verde? Tem alguma coisa faltando nessa parte da lembrança, mas Saba se lembra de uma echarpe verde. Sua mãe continua. E quanto à segurança? O que eu digo para os *pasdars*?

A simples menção da polícia religiosa deixa Saba assustada, porque há dois anos é um crime ser cristão no Irã. E é apavorante ser considerado um criminoso pelos *pasdars*, a brutal polícia religiosa toda uniformizada, e pelos mulás, os religiosos de turbantes e túnicas. – Vai haver *pasdars* lá? – ela pergunta com a voz trêmula.

— Quieta – sua mãe diz. – Volte para a sua música.

Saba canta uma canção americana que ela e Mahtab aprenderam ouvindo um teipe importado e repassa mentalmente listas de palavras em inglês. Ela vai ser corajosa. Ela vai falar um inglês perfeito e não vai ter medo. *Abalone, Abattoir, Abbreviate.*

O pai dela enxuga a testa. – Tem certeza de que isso é necessário?

— Agora não, Ehsan! – sua mãe exclama. – Não vou permitir que a minha filha seja criada neste lugar... desperdiçando seus dias com crianças de aldeia e religiosos, coberta por um chador, esperando pelo próximo bombardeio, ou sendo presa por causa da sua religião. Não, obrigada.

— Eu sei que é importante – a voz do pai é suplicante –, mas será que temos que demonstrar isso? É tão ruim apenas *dizer* que nós somos... Eu estou dizendo que isso pode ser facilmente omitido.

— Só se você for covarde – a mãe dela diz baixinho. Ela começa a chorar. – E quanto ao que aconteceu no mar? – ela diz. – Eles vão me prender. – Saba não entende o que ela está querendo dizer.

— O que é *abalone*? – Saba tenta distrair a mãe, que não responde. A briga assusta Saba, mas há coisas mais importantes com que se preocupar agora. Ela bate no ombro do pai. – Por que Khanom Basir vai levar Mahtab e não nós? Tem lugar no nosso carro. – É estranho que a mãe de Reza fosse dirigir. Mas talvez isso significasse que Reza viria também, e Saba gosta quase tanto dele quanto gosta de Mahtab. De fato, se alguém perguntasse, ela diria que um dia vai se casar com Reza.

– Daqui a alguns anos você vai ficar contente por hoje, Saba jan – sua mãe diz, decidindo responder a alguma pergunta não formulada. – Sei que os vizinhos dizem que não sou uma boa mãe, arriscando a sua segurança à toa. Mas não é à toa! É mais do que qualquer um deles dá aos filhos.

Em pouco tempo eles chegam ao movimentado aeroporto de Teerã. Seu pai caminha na frente, com passos rápidos e zangados.

– Veja a bagunça que você fez da nossa família – ele diz. – Minhas filhas. – Ele para, pigarreia e muda o discurso. Sim, esta é a melhor maneira, a mais segura. Sim, sim. Ele prossegue levando a bagagem. Saba sente a mão da mãe apertando a dela.

Há meses que ela não vai a Teerã. Quando a República Islâmica começou a fazer mudanças, sua família se mudou para uma casa grande no campo – em Cheshmeh, uma aldeia tranquila de plantações de arroz, onde não há protestos, não há multidões furiosas enchendo as ruas, e as pessoas confiam nos generosos Hafezi por causa das raízes locais da família. Embora algumas aldeias, com sua apavorante justiça mulá, sejam mais perigosas para uma família cristã do que as cidades grandes, em Cheshmeh ninguém os incomodou, porque os fazendeiros e pescadores conservadores e trabalhadores do Norte não atraem muito a atenção dos *pasdars* e porque o pai de Saba é esperto o suficiente para mentir, para conquistar todos abrindo as portas de casa para os mulás e os moradores da aldeia. Saba não entende por que eles acham sua família tão fascinante. Reza sozinho é mais interessante do que todos os Hafezi juntos, e ele mora em Cheshmeh desde que nasceu, há onze anos. Ele é mais alto do que os outros garotos, tem olhos grandes e redondos, um sotaque de aldeão, e uma pele quente que ela tocou em duas ocasiões. Quando eles se casarem e se mudarem para um castelo na Califórnia com Mahtab e seu marido americano de cabelo amarelo, ela vai tocar no rosto de Reza todos os dias. Ele tem a pele morena como os meninos dos velhos filmes iranianos e ama os Beatles.

No aeroporto, Saba avista Mahtab ao longe.

– Lá está ela! – ela grita e solta a mão do pai, correndo na direção da irmã. – Mahtab, estamos aqui!

Agora, este é o momento em que a memória fica confusa e ela só se lembra de flashes passageiros. É fato que em algum momento desse dia sua mãe desaparece. Mas Saba não lembra quando na confusão de filas de controle e verificação de bagagem e interrogatórios de *pasdars*. Ela só se lembra de que alguns minutos depois vê a irmã gêmea do outro lado da sala – como o reflexo desaparecido no espelho de um velho e assustador livro de histórias – segurando a mão de uma mulher elegante de mantô azul, um mantô exatamente igual ao que a mãe dela estava usando. Saba acena. Mahtab acena de volta e torna a se virar como se nada estivesse acontecendo.

Quando Saba corre na direção delas, seu pai a segura. Ele grita. *Pare com isso! Pare com isso!* O que ele está escondendo? Ele está aborrecido por Saba ter feito essa descoberta?

– Pare, Saba. Você está apenas cansada e confusa – ele diz. Ultimamente, muitas pessoas têm tentado esconder coisas dizendo que ela está confusa.

A memória prega peças tão cruéis na mente – como um filme que é desenrolado e enrolado de novo e só mostra imagens distorcidas. Esta próxima parte também parece meio fora de ordem: em algum momento, sua mãe volta – embora um minuto atrás ela estivesse segurando a mão de Mahtab. Ela segura o rosto de Saba entre as mãos e promete dias maravilhosos na América.

– Por favor, fique bem quietinha agora – ela diz.

Em seguida um *pasdar* numa fila de controle faz várias perguntas aos pais dela. *Para onde vocês vão? Por quê? Por quanto tempo? A família toda vai viajar? Onde vocês moram?*

– Só minha mulher e minha filha vão viajar – Agha Hafezi diz –, uma mentira chocante. – E só por pouco tempo, de férias, para visitar parentes. Eu vou ficar aqui esperando por elas.

– Mahtab também vai! – Saba diz. O *pasdar* está usando um chapéu marrom? Não pode ser. *Pasdars* não usam aquele tipo de chapéu. Mas Saba se lembra distintamente de um chapéu marrom.

– Quem é Mahtab? – o *pasdar* grita, o que é assustador, não importa a sua idade.

A mãe dá uma risadinha sem graça e diz uma coisa horrível.

– Esse é o nome da sua boneca. – De repente, Saba entende. Só *uma* filha vai. Será que eles planejam levar Mahtab no lugar dela? É por isso que a mantiveram longe todo esse tempo?

Quando ela começa a chorar, a mãe se abaixa.

– Saba jan, lembra-se do que eu disse para você? Sobre ser um gigante diante do sofrimento? Um gigante iria chorar na frente de todas estas pessoas? – Saba sacode a cabeça. Então a mãe torna a segurar o seu rosto e diz algo suficientemente heroico para redimi-la: – Você é Saba Hafezi, uma garota de sorte que sabe ler inglês. Não chore como uma camponesa, porque você não é nenhuma Menina dos Fósforos.

A mãe detesta aquele conto – uma garota de rua indefesa riscando fósforos para evocar devaneios em vez de fazer uma fogueira para se aquecer.

Você não é nenhuma Menina dos Fósforos. Essa é a última lembrança que Saba tem daquele dia. Num flash sua mãe desaparece e surgem várias outras imagens que ela não sabe explicar. Ela se lembra de uma echarpe verde. De um homem com um chapéu marrom. Da sua mãe aparecendo em filas e portões. De Saba fugindo do pai, correndo atrás de Mahtab até a janela de vidro de onde se viam os aviões. Cada uma dessas visões está coberta por uma camada de confusão e incerteza que ela aprendeu a aceitar. A memória é uma coisa complicada. Mas uma imagem é clara e certa, e nenhum argumento irá convencê-la do contrário. E é a seguinte: sua mãe num mantô azul – depois do seu pai afirmar tê-la perdido na confusão das filas de controle – embarcando num avião para a América, de mãos dadas com Mahtab, a gêmea de sorte.

Está tudo no sangue

(Khanom Basir)

Saba pode não lembrar claramente, mas eu lembro. E, sim, sim, vou contar tudo no devido tempo. Você não pode apressar um contador de histórias. As mulheres do Norte sabem ser pacientes, porque caminham em campos de arroz encharcados e estão acostumadas a ignorar uma coceira. Falam de nós por todo o Irã, você sabe... nós *shomali*, mulheres do Norte. Chamam-nos de muitas coisas, boas e ruins: comedoras de cabeças de peixe, mulheres fáceis com excesso de desejo, *dehati*. Notam nossa pele branca e olhos claros, o modo com dispensamos seus figurinos urbanos e ainda somos mais bonitas. Todo mundo sabe que sabemos fazer muitas coisas que outras mulheres não sabem – trocar pneus, carregar cestas pesadas debaixo de chuva, transportar arroz em plantações alagadas e colher chá o dia todo através de um mar de arbustos frondosos –, que nós somos as únicas que fazemos um trabalho de verdade. O ar do Cáspio nos dá força. Toda essa frescura – *Shomal verde*, eles dizem, *Shomal enevoado, chuvoso*. E, é verdade, às vezes nós sabemos andar devagar; às vezes, como o mar, somos esmagadas por cargas invisíveis. Nós carregamos cestas de ervas na cabeça, balançando o corpo sob coentro, hortelã, feno-grego e cebolinha, e não nos apressamos. Esperamos que a colheita sature o ar, encha nossas casas com o perfume quente, úmido de arroz no verão, de flor de laranjeira na primavera. As melhores coisas levam tempo, como preparar um bom cozido, como fazer uma salmoura de alho ou defumar peixe. Nós somos pessoas pacientes e tentamos ser gentis e justas.

Portanto, quando digo que eu não quero que Saba Hafezi ponha os olhos no meu filho, Reza, não é porque eu seja má. Embora Saba pense que a odeio, embora ela dedique todo o seu amor maternal ao velho Khanom Omidi, eu venho vigiando essa garota desde que ela perdeu a mãe. E, só porque você prepara um jantar para uma garota nas terças-feiras, isso não quer dizer que você vá dar a ela o seu precioso filho. Saba Hafezi não serve para o meu Reza e embrulha o meu estômago só de pensar que ela tem essa esperança. Sim. Saba é uma garota doce. Sim, o pai dela tem dinheiro. Alá sabe que aquela casa tem tudo do bom e do melhor – tudo o que se pode imaginar e mais ainda. Mas eu não ligo para dinheiro nem para livros. Tenho uma educação mais útil do que as mulheres daquela casa jamais tiveram, e sei que um telhado maior significa apenas mais neve.

Quero que o meu filho tenha uma esposa com uma boa cabeça, não alguém que vive perdida em livros e em princípios de Teerã e coisas vagas que não têm nada a ver com o que acontece hoje, aqui, na nossa própria casa. Quero que Reza tenha uma esposa sem fantasmas em seu quarto. E Saba tem fantasmas. Pobre menina. Sua irmã gêmea Mahtab está morta e sua mãe está morta e eu não tenho dúvida de que a alma daquela menina é muito perturbada. Ela inventa muita história – ela aprendeu a mentir bem demais, até para o meu gosto. Ela diz coisas muito esquisitas a respeito de Mahtab. E por que ela não seria perturbada? Gêmeas são como bruxas, o modo como elas leem os pensamentos umas das outras. Nem em cem anos eu teria previsto a separação delas nem os problemas que isso iria causar.

Eu me lembro das duas em tempos mais felizes, deitadas na varanda debaixo de um cortinado que o pai armava para elas poderem dormir do lado de fora em noites quentes. Elas cochichavam uma com a outra, enfiando os dedinhos dos pés com as unhas pintadas de rosa no cortinado e vasculhando os bolsos de seus shorts indecentemente curtos, procurando tubos de batom da mãe. Isto foi antes da revolução, é claro; então devem ter sido muitos meses antes de a família se mudar definitivamente para Cheshmeh. Eram as férias de verão da escola elegante que elas frequentavam em Teerã – uma chance para garotas da cidade fingirem levar uma vida de aldeia, brincar com as crianças da aldeia, deixar os garotos embasbacados da aldeia correrem atrás delas enquanto elas eram jovens e essas coisas eram permitidas. Na varanda, as meninas colhiam madressilvas que cobriam a parede externa da casa, sugavam as flores como abelhas, liam seus livros estrangeiros e tramavam coisas. Elas usavam seus óculos escuros roxos comprados em Teerã, soltavam os longos cabelos pretos sobre os ombros nus bronzeados de sol e comiam chocolates estrangeiros que já desapareceram faz muito tempo. Então Mahtab começava alguma travessura, a diabinha. Às vezes eu deixava Reza entrar debaixo do mosquiteiro com elas. Parecia uma vida tão doce, olhando da grande casa dos Hafezi para as estradinhas sinuosas de terra abaixo e as montanhas cobertas de árvores mais além, e, nas bordas, todos os nossos telhados menores de telhas de barro e palha de arroz, como os livros abertos de Saba virados para baixo e espalhados pelo campo. Para ser justa, a vista da nossa janela era melhor porque podíamos ver a casa dos Hafezi no alto da colina à noite, sua bela pintura branca brilhando, uma dúzia de janelas, muros altos, e muitas luzes acesas para os amigos. Não que haja muito o que ver atualmente – agora que as diversões noturnas acontecem por trás de grossas cortinas que abafam o som da música.

Alguns anos depois da revolução, Saba e Mahtab foram obrigadas a usar o véu e nós não pudemos mais usar as pequenas diferenças em seus penteados ou suas camisetas ocidentais favoritas para distingui-las na rua – não me perguntem por que as camisetas delas se tornaram ilegais; acho que foi por causa de algum *chert-o-pert* estrangeiro escrito na frente. Então, depois disso, as meninas trocavam de lugar e tentavam nos enganar. Acho que isso é parte do problema de Saba agora: trocar de lugar. Ela passa tempo demais obcecada com Mahtab e imaginando a história de vida dela, colocando-se no lugar de Mahtab. Sua mãe costumava dizer que toda vida é determinada pelo sangue. Todas as suas habilidades e tendências e passos futuros. Então, Saba pensa, se tudo isso está escrito nas suas veias e se uma gêmea tem o sangue igualzinho ao seu, então não faz sentido que ela viva uma vida exatamente igual à sua, mesmo que as formas e os sons à sua volta sejam inteiramente diferentes – digamos, só para exemplificar, se uma de vocês está em Cheshmeh e a outra na América?

Isto me parte o coração. Escuto aquela voz esperançosa, vejo aquela expressão interrogativa, e meu estômago arde de tanta pena. Embora ela nunca diga em voz alta "Eu gostaria que Mahtab estivesse aqui," é todo dia a mesma coisa. Você não precisa ouvi-la dizer isso quando olha bem para ela, com a mão buscando aquela pessoa que costumava ficar do seu lado esquerdo. Embora eu tente distraí-la e fazê-la pensar em coisas práticas, ela é teimosa demais, e você iria querer que o *seu* filho passasse a juventude tentando encher um buraco desses?

A parte complicada é que o pai dela não consegue entender. Nunca vi um homem fracassar tantas vezes em encontrar o caminho para o coração da filha. Ele tenta demonstrar afeto, sempre de um modo desastrado, e fracassa. Então se senta no hookah com suas ideias instruídas, vagas e confusas, pensando, *eu acredito mesmo no que minha esposa acreditava? Eu devo ensinar Saba a se proteger ou a ser cristã?* Ele observa as crianças sujas de Cheshmeh – aquelas cujas mães enfiam os seus chadors coloridos entre as pernas, arregaçam as calças até os joelhos e caminham o dia inteiro pelas enlameadas plantações de arroz *dele* – e reflete sobre suas almas. Evidentemente, eu não digo nada para o homem. Ninguém diz. Só quatro ou cinco pessoas sabem que eles são uma família de veneradores de Cristo, senão seria perigoso para eles numa aldeia pequena. Mas ele põe beringela em nossos pratos e melancias debaixo de nossos braços; então, sim, muita coisa permanece não dita sobre seu jeito de criar Saba, seus demônios noturnos, sua religião secreta.

Agora que as meninas estão separadas por tanta terra e mar, Saba está desperdiçando seu cérebro Hafezi sob um chador de tecido áspero, um chador turquesa debruado de contas que ela ganhou de Khanom Omidi. Ela cobre o seu corpinho frágil de onze anos com ele para fingir que faz parte deste lugar, enrola-o apertado ao redor do peito e debaixo dos braços de um jeito que mulheres da cidade como a mãe dela jamais fariam. Ela não percebe que cada uma de nós gostaria de estar no lugar dela. Ela desperdiça todas as oportunidades. Meu filho Reza me conta que ela inventa histórias a respeito de Mahtab. Ela finge que a irmã escreve cartas para ela. Como pode a irmã escrever cartas? Reza diz que as páginas são em inglês; então eu não posso saber o que está escrito realmente, mas eu vou dizer uma coisa para vocês: ela tira um bocado de assunto de apenas três folhas de papel. Às vezes tenho vontade de sacudi-la para ela sair daquele mundo de sonhos. De dizer a ela que nós duas sabemos que aquelas páginas não são cartas – são provavelmente apenas um dever de casa. Eu sei o que ela vai dizer. Vai debochar de mim por eu não ter instrução. – Como você sabe? – ela vai perguntar com arrogância. – Você não sabe ler inglês.

Aquela garota é orgulhosa demais; ela lê uns poucos livros e desfila por aí como se tivesse arrancado os chifres de Rostam. Bem, posso não saber inglês, mas sou uma contadora de histórias e sei que fingir não é uma solução. Sim, isso alivia as feridas internas, mas os fantasmas reais têm que ser enfrentados e derrotados. Nós todos conhecemos a verdade a respeito de Mahbat, mas Reza e Ponneh (uma encantadora garota nativa) gostam de ouvi-la porque ela precisa que seus amigos ouçam – e porque ela é uma contadora de histórias nata. Ela aprendeu isso comigo – como tecer uma trama, como escolher que partes contar e que partes deixar de fora.

Saba acha que todo mundo está conspirando para esconder a verdade dela. Mas por que faríamos isso? Que motivo teriam seu pai e os santos mulás e suas mães substitutas para mentir? Não, isso não está certo. Não posso dar o meu filho para uma sonhadora cheia de cicatrizes no coração. Que destino cruel isso seria! Meu filho mais moço envolvido numa vida de pesadelos e dúvidas e outros mundos. Por favor, acredite em mim. Este é um desfecho bastante provável... porque Saba Hafezi carrega os estragos de cem anos de horror.

CAPÍTULO I

VERÃO DE 1981

Saba está sentada no banco da frente enquanto seu pai dirige pelas estradas que saem de Teerã e, horas depois, pelas estradinhas sinuosas que levam a Cheshmeh. O carro está quente e úmido, e ela está suando sob sua fina camiseta cinzenta. Seu pai se inclina por cima dela e abre o vidro. O cheiro de grama molhada entra pela janela. Eles passam por uma plantação de arroz, um *shalizar* ou, em Gilaki, um *bijâr*, e Saba se debruça para fora para ver os camponeses, na maioria mulheres, usando chapéus de palha e roupas coloridas, manchadas, enroladas até os joelhos enquanto caminham pelas plantações de arroz cobertas de água. Saba pode ver algumas das casas cobertas de barro dos trabalhadores espalhadas pelo campo, perto das plantações de chá e de arroz. A maioria dos proprietários de terras como Agha Hafezi não mora tão perto de suas fazendas, preferindo cidades grandes e modernas como Teerã. Mas há uma guerra destruindo as cidades da fronteira, e em breve talvez as grandes cidades também, e a aldeia de Cheshmeh – onde habitam poucos milhares de pessoas, e que fica a uma hora de carro da cidade grande de Rasht – é um lugar simples. Pontilhada de poços de água e grandes celeiros de arroz erguidos sobre pernas finas como guerreiros de chapéus de palha, ela é um refúgio úmido e abafado no norte, com telhados de sapê sobre casas de terracota em cor natural ou pintadas de azul-claro, moradias de palha de arroz erguidas do chão úmido e agrupadas em *mahalles* no sopé das Montanhas Alborz. O centro de Cheshmeh é marcado por diversas ruas pavimentadas que convergem para uma praça e um bazar semanal (*jomeh-bazaar* é o nome dele, "mercado de sexta-feira"). Embora pudesse se esconder melhor em Teerã, Agha Hafezi se sente mais seguro ali, na sua terra natal, onde tem amigos para protegê-lo.

No topo de uma alta colina, logo depois da placa pintada à mão que diz "Cheshmeh," o pai de Saba diminui a velocidade para deixar passar dois ciclistas. Um deles é um rapaz que usa um jeans velho e tem um pacote grande nas costas. O outro é um pescador que usa calças largas, cinzentas. Seu cheiro de maresia entra no carro quando ele passa na direção da próxima colina verde e depois desaparece. Ambos os rostos são conhecidos dela. Ao contrário das aldeias mais próximas do Mar Cáspio, Cheshmeh não atrai multidões em férias, embora às vezes turistas passeiem pela cidade em carros ou ônibus para ver a colheita ou comprar alguma coisa no bazar. Saba encosta a testa no vidro da janela e espera pelo momento inevitável em que a neblina se abre para uma explosão de árvores ao longe. Um médico num terno mal ajambrado passa por eles numa velha picape amarela. Ele diminui a velocidade e acena. Agha Hafezi diz algumas palavras para ele no dialeto Gilaki pela janela aberta. Saba sabe que para o pai dela Cheshmeh é onde a estrada termina. Ela tem uma centena de cheiros e sons incomparáveis – os vapores das flores de laranjeira, as lojas enfeitadas com guirlandas de cabeças de alho, picles de alho sobre berinjela frita, canções em Gilaki e grilos à noite. Ele adora aquele silêncio. No caminho para a casa, Saba sabe que ele nunca mais vai tentar partir. Ele é um homem cansado, muito cauteloso, obcecado com seus segredos e com a necessidade de esconder todos os sinais exteriores de sua força. E ele é um mentiroso.

Agora, sozinha com seu pai no banco da frente, Saba não está chorando. Por que estaria? Ela não é nenhuma Menina dos Fósforos. Por mais que o carro pareça grande demais sem sua mãe e sua irmã, e por mais que seu pai tente dizer que elas nunca mais voltarão, Saba se apega à crença de que está tudo bem. *Nada vai mudar o meu mundo (Nothing's gonna change my world)*, ela canta em inglês durante todo o caminho de volta para casa, e essa se torna a sua canção favorita por um mês inteiro.

Assim que entram na cidade, o pai tenta contar sua primeira mentira. *Mahtab morreu.* Ela procura sinais de que ele está inventando isso. Ele deve estar. Basta olhar para seu rosto nervoso e sua testa suada.

– Nós não quisemos contar para você enquanto você estava doente – ele diz, e como ela não responde. – Você ouviu o que eu disse, Saba jan? Largue esses papéis e preste atenção no que estou dizendo.

– Não – ela choraminga, segurando com mais força sua lista de palavras em inglês. – Você está mentindo.

Ela jura que nunca mais vai falar com ele, porque ele deve ter planejado tudo isso – e Saba sabe pelos anos vividos como filha de Khanom Basir que é possível que apenas uma única pessoa em mil conheça a verdade a respeito de alguma coisa. Ela precisa se agarrar ao que viu: uma mulher no terminal do outro lado do saguão do aeroporto – uma mulher elegante com o cabelo rebelde de sua mãe escapando da echarpe e o mantô azul-marinho de sua mãe e a expressão apressada de sua mãe segurando a mão de uma menina séria e obediente, uma menina calada e misteriosa que só poderia ser Mahtab.

Não, ela não morreu.

– Saba jan – o pai diz – ouça seu Baba. Você tem sua amiga Ponneh. Ela vai ser como uma irmã para você. Isso não é bom?

Não, ela não morreu. Não há necessidade de achar uma nova Mahtab.

Como não há comida esperando em casa, eles comem kebabs na beira da estrada, olhando sem dizer nada para o manto de árvores e neblina que esconde o mar. Seu pai compra uma espiga de milho para ela, que o vendedor descasca e mergulha num balde de sal onde ela chia e goteja, adquirindo um gosto perfeito de água do mar queimada. Enquanto ela come, a memória se solidifica e os vazios são preenchidos – como os animais no seu livro de ciências cujas partes do corpo tornam a crescer, uma espécie de mágica de sobrevivência – formando um todo compreensível: a silhueta embaçada de uma mulher alta, de mantô. A visão de uma menina magrinha de onze anos usando as roupas de Mahtab. Ela leva no rosto a culpa de estar partindo? Ela se sente mal por ser uma gêmea traidora? Depois o saguão incolor e indistinto com sua multidão de passageiros anônimos empurrando uns aos outros para embarcar num avião para a América.

Mahtab foi para a América sem mim. A questão de como ela apareceu no saguão do terminal ainda é um mistério. Provavelmente, foi Khanom Basir quem a levou porque os pais de Saba não queriam que ela soubesse que eles escolheram Mahtab para ir para a América em vez dela. Queriam poupar seus sentimentos, porque eles a traíram e porque ela é a gêmea menos importante. Talvez isso faça parte de algum acordo tortuoso em que cada um dos seus pais fica com uma filha.

Durante a semana seguinte, Saba tenta fazer com que os adultos sem personalidade de Cheshmeh admitam suas mentiras. Se Mahtab morreu, por que não houve um funeral? E para onde foi sua mãe? O pai deve ter pago aos vizinhos para contar mentiras para ela. É assim que ele consegue tudo o que quer; então ela não se deixa enganar pelo rufar de tambores de morte e ritual e luto que se segue. Isso não passa de uma farsa montada pelo rico e poderoso Agha Hafezi para dar à sua outra filha, mais especial, uma vida melhor – uma vida que Saba só pode ver nas revistas e nos programas ilegais de televisão.

✻

Um mês depois da viagem solitária de volta do aeroporto, Saba tenta pela terceira vez provar que Mahtab está viva. Ela foge com Ponneh Alborz, sua melhor amiga, e Reza Basir, o menino que as duas amam. Quem se importa que a mãe de Reza vá gritar e xingar e chamá-la de todos os nomes reservados a crianças más? Vale a pena o trabalho de levar seus amigos junto com ela desta vez. Ela os convence a pedir carona com ela até Rasht, onde pretende visitar mais uma vez a agência de correio. Agora que se passou um mês desde que Mahtab partiu, é razoável esperar receber uma carta dela – porque, por mais que seus pais tentem esconder seus planos traiçoeiros, Mahtab sempre encontrará um meio de escrever para Saba.

Os três amigos percorrem as ruas desconhecidas de Rashti, mantendo-se perto dos adultos para não dar a impressão de que estão viajando sozinhos. Saba consulta um mapa da cidade de vez em quando e ajeita seu xale azul, mas a maior parte do tempo ela olha para Reza, que caminha alguns passos à frente, carregando a bola de futebol debaixo do braço, às vezes a chutando entre os pés enquanto corre na frente, como que para criar um campo de força para Saba e Ponneh, porque, para Reza, não tem sentido ser amigo de duas meninas se você não for capaz de protegê-las. Ele tem feito este papel desde os primeiros verões dos Hafezi em Gilan. Apesar da insistência da mãe de que ela se comportava com a convicção de ser igual aos meninos, Saba nunca se incomodou em deixar que Reza tomasse a frente. É uma das formas de ela se encaixar no mundo de Reza e Ponneh – na sua vida de camponeses de jeans herdados, suco de laranja chupado diretamente de cascas furadas de laranja, pulseiras descombinadas, xales provincianos, vermelhos e turquesa debruados de lantejoulas, cabelo sujo repartido no meio e saindo de baixo do lenço. Cada detalhe desses a encanta. Embora o pai de Saba não goste de saber que ela entra na casa deles e toca nos pratos deles em suas cozinhas apertadas, ele não a proíbe de fazer isso. As famílias de Ponneh e Reza são de artesãos: eles tecem palha e pano, fazem geleia e picles. Eles têm muitos empregos e pouco para gastar, mas são alfabetizados e têm lares respeitáveis. Seus filhos vão à escola e talvez até cheguem à universidade se tiverem boas notas nos exames. Para o pai de Saba, eles diferem dos trabalhadores dos arrozais que fora da estação vão até a casa fazer alguns serviços para ele – embora na realidade todo o povo de Cheshmeh seja entrelaçado, um com o outro e com o trabalho no campo. Quem foi ali que envelheceu sem ter carregado arroz ou colhido chá?

Quando estão no meio de uma rua estreita, eles ouvem uma voz áspera:

– Vocês aí, crianças! Venham aqui! – Um oficial da polícia religiosa está parado em frente a uma loja sem vitrine do outro lado da rua. Ele está com um dos joelhos apoiado num banquinho e fica levando aos lábios uma garrafa de refresco de iogurte. Saba fica paralisada. *Pasdars* a fazem lembrar do aeroporto e daquele que gritou *quem é Mahtab* e estragou os últimos momentos dela com sua mãe. Ela mal nota quando Reza agarra as mãos delas e começa a correr pelos becos, rápido demais para o policial ir atrás. Ele provoca o policial com o hino do time de futebol iraniano – que ouviu na televisão dos Hafezi – enquanto corre. "Doo Dooroooo dood dood. IRÃ!

Vocês vão ter sérios problemas com a polícia um dia desses, a mãe de Reza está sempre dizendo para eles três. Ela diz isso para Saba, por causa de sua música, de seus livros e de todos os problemas que a mãe dela causou, e para Ponneh porque é obstinada e bonita demais para passar despercebida. Saba duvida que Reza preste atenção a esses avisos. Está ocupado demais bancando o herói. Talvez ela não devesse tê-los levado junto com ela.

Logo os pequenos becos e as ruas em zigue-zague nessa parte obscura de Rasht se tornam familiares. Além de suas viagens ao correio, Saba foi uma vez a essa parte da cidade com a mãe para comprar sapatos. As gêmeas tinham oito anos e o governo *pró-cabelo* ainda não tinha sido derrubado pelas pessoas *pró-xale* – os homens que gritavam na rua e depois se tornaram os partidos políticos do mundo de segunda categoria onde eles viviam. Naquele dia, cada uma delas tinha comprado dois pares de sapato, sendo que os de Saba tinham saltos um pouquinho mais altos. Sua mãe fez isso de propósito por causa da injustiça da diferença de um centímetro entre as gêmeas. Saba sabe porque viu o sorriso conspiratório no rosto da mãe quando Mahtab estava abotoando as fivelas.

Quando o trio chega no correio, Saba larga o mapa da cidade, ajeita o xale e o casaco, como viu mulheres adultas fazendo, e vai direto até o Fereydoon no balcão, cujo rosto fica desfeito ao vê-la chegar. Reza e Ponneh ficam para trás, esperando que ela receba sua carta para eles poderem ir à sorveteria conforme Saba havia prometido. Ela sorri educadamente para Fereydoon, que enxuga a testa larga com uma mão peluda e olha para ela da sua janelinha.

– Nada hoje, pequena senhorita.

Ela o ignora.

–- Hafezi – ela diz, com os olhos esperançosos pregados no rosto pálido dele, dedos pequenos agarrados na beirada do balcão entre eles – Hafezi de Cheshmeh.

Fereydoon começa a resmungar enquanto finge procurar numa pilha de cartas atrás dele.

– Não, nada para Hafezi. Olha, menina, o carteiro vai a Cheshmeh. Você não precisa vir até aqui.

Saba sabe que Fereydoon está cansado dela. Mas hoje ela sente que está com sorte porque seus amigos estão com ela e porque faz *exatamente* um mês. Ela se vira e olha para Reza e Ponneh, que estão perto de um senhor idoso para não parecer que estão sozinhos.

Por um momento, ela fica paralisada – até o sorriso fica congelado em seu rosto – e Fereydoon pigarreia diversas vezes e olha para o relógio na parede. Finalmente, Reza corre e dá a mão para ela. Ele diz, na sua melhor imitação de linguagem urbana: – Obrigado pelo seu tempo, meu caro senhor. – Em seguida, com uma leve inclinação patética, ele a leva embora.

Reza caminha em direção à porta, mas solta a mão, porque não precisa que ele intervenha. Além disso, eles estão parados numa agência governamental, duas meninas e um menino, sozinhos – problema na certa.

Quando ele torna a tentar segurar seu braço, ela se esquiva e sai correndo do correio, querendo ocultar as lágrimas que enchem seus olhos.

Ponneh e Reza saem atrás dela, descem a rua e entram num beco estreito e sem saída. Ela sabe que eles a estão seguindo porque pode ouvi-los falando baixinho, o som abafado por suas mãos tapando os ouvidos.

– Não arranque! – Reza diz para Ponneh –, ela deve estar tirando a casca do machucado do cotovelo de novo. Ele sempre protesta, mas nunca a impede. – Lembra-se do rio de sangue?

Saba se lembra do rio de sangue, uma peça em farsi que Mahtab usava junto com os livros ilustrados de medicina da mãe para assustar Ponneh. Agora que Mahtab não está por perto, Saba tem que corrigir o desequilíbrio das coisas, livrar Ponneh de suas superstições e encontrar outra coconspiradora. Durante semanas Saba teve que ser duas pessoas ao mesmo tempo, incorporando os pensamentos e sentimentos de Mahtab aos dela para que a gêmea não desaparecesse. Se Mahtab estivesse andando ao lado dela, como Saba a imagina fazendo, ela diria a coisa certa para provocar todos os temores médicos de arrancar cascas de ferida.

Saba senta na calçada suja do beco sem calçamento, cruzando as pernas e encostando a cabeça no muro de barro. Ela sente os olhos dos amigos sobre ela quando encosta o rosto no muro, esperando sentir o cheiro de comida da casa ao lado, de terra seca, de minhocas. Mas o muro cheira a peixe e lama e mar. Ela se afasta e enterra o rosto na manga da blusa. O mar está distante, mas o cheiro é impossível de ignorar – aquele cheiro malvado do Cáspio. Ela não está preparada para aceitá-lo de volta, embora antes ela amasse o cheiro do mar. Talvez ela volte a amá-lo um dia, mas agora ela tenta evitar que a água chegue. Ela levanta as mãos até a garganta e sua respiração fica mais rápida. Ela tenta expulsar a imagem terrível de Mahtab na água, no dia em que falou com ela pela última vez, no dia que os adultos dizem que foi um dia de sorte porque Saba escapou ilesa. *Salva pela mão de Deus*, eles dizem. Saba sabe a verdade, porque ela estava lá quando *ambas* foram salvas. Por que Mahtab foi levada embora? Por que *ela* é que foi para a América?

E o que aconteceu na água? Ela se lembra de que ela e Mahtab saíram escondidas de casa no meio da noite e foram nadar. Ela se lembra de brincar nas ondas. De sentir o gosto salgado do Mar Cáspio. De ver um peixe passar. Ela se lembra das casas sobre palafitas, cobertas pela neblina da noite, que sumiram de vista enquanto ela boiava cada vez mais para longe no mar com a irmã. Mahtab batia os pés e cantava músicas americanas, enquanto Saba fez a única coisa que sabia fazer quando estava com medo. Ela se recusou a deixar a irmã gêmea, mesmo depois de ter certeza de que queria voltar para casa. Ela boiou de costas e contou histórias baixinho para Mahtab, e Mahtab ensinou a ela quatro palavras novas em inglês que tinha aprendido naquela semana. Quatro palavras secretas que Saba não sabia. Mahtab pediu desculpas por tê-las guardado para ela, como se tivesse ficado com quatro balas extras ao dividir as porções. *Uma para Mahtab. Uma para Saba.*

Então Saba se lembra de que algo a obrigou a engolir toda aquela água salgada. Um minuto passou, a linha da praia subindo e descendo, até que as mãos fedorentas e ásperas de um pescador as tiraram do mar. Mahtab cantou canções bobas o tempo todo da viagem sonolenta de barco até a praia. Ou isso foi em outro dia, como dizem os adultos? Em sua lembrança, Mahtab está usando um anoraque de plástico amarelo de pescador como o que ela perdeu na viagem do ano anterior. Talvez ela o tenha achado na água. Ou talvez esse pertencesse ao pescador. O que aconteceu em seguida? Flashes de pessoas gritando umas com as outras. Policiais olhando para ela. Espaços vazios.

Um segundo depois, ela está numa cama de hospital em Rasht. Onde estava Mahtab? Médicos e vizinhos tagarelavam em volta dela e diziam: *Não se preocupe. Mahtab está bem.* Então, depois que eles tiveram tempo de planejar sua ida para a América, mudaram sua história.

Saba vê Ponneh examinando o seu rosto com aqueles belos olhos amendoados e diz a si mesma para ser corajosa. Ela repete palavras da sua lista em inglês e se acalma um pouco.

Banal. Bandit. Bandy. (Banal. Bandido. Boato.)

– Eu tive um sonho – ela diz, quase para o muro – que minha mãe aparecia na escola e me dizia que eu não tinha estudado inglês suficiente; então não podia conversar com Mahtab.

Ponneh coça a ponta do seu nariz arrebitado e olha para Reza. – Vamos comprar uns bolos – ela diz, com a voz um pouco insegura.

Mahtab teria indagado cada detalhe do sonho.

— Acho que isso quer dizer que vou tornar a vê-la — diz Saba, preferindo responder a pergunta de Mahtab, e ela olha para os amigos. Ela sorri magnanimamente e os obriga a sorrir de volta.

— Mahtab também — ela acrescenta, e torna a descansar a cabeça no muro. Ela empurra para o ombro o xale que lhe cobria a cabeça, depois tira um fiapo do suéter enquanto cantarola uma canção americana de um dos teipes ilegais que seu pai tolera, agora que ela é uma coisa frágil e delicada que tem que ser mantida bem segura nas palmas das mãos.

— Vamos jogar alguma coisa — Ponneh sugere. Quando Saba não responde, o rosto dela fica duro. Ela se senta ao lado de Saba, afasta a mão dela do fiapo de linha e entrelaça seus dedos. — Você devia simplesmente admitir que Mahtab morreu... como todo mundo.

Mahtab teria experimentado uma centena de possibilidades antes de admitir uma derrota tão monumental — especialmente sem prova. Como todo mundo pode acreditar que Mahtab está morta sem ver o corpo dela, sem encostar o ouvido em seu peito e contar os batimentos? Às vezes Saba acorda no meio da noite, com o corpo molhado e salgado de novo, depois de ter visto o corpo de Mahtab em seus pesadelos, afogado e retirado do fundo do mar. Ele se parece tanto com o dela que é duas vezes assustador. Talvez não haja corpo porque Mahtab nunca existiu. Talvez ela seja apenas o reflexo de Saba no espelho. Ela está presa lá dentro agora? Saba pode quebrar o vidro com o punho e tirar Mahtab de lá?

Reza ainda está parado ao lado delas, olhando de vez em quando para a rua principal e mordendo com força o lábio inferior. Ponneh fica fazendo sinal para ele se sentar ao lado de Saba, para dar alguma atenção para ela. Esta é a maneira de Ponneh acalmar sua melhor amiga: oferecendo Reza de presente; ele é só um garoto e bom para essas coisas. Mas Reza fica onde está.

— Vocês acham que o *pasdar* vai nos achar aqui? — ele pergunta e torna a examinar o beco. Ele morde o lábio e dá alguns chutes nervosos na bola, murmurando: — Irã, Irã! GOL!

— Mas talvez ela não esteja morta — diz Saba, como já disse centenas de vezes no último mês. Ela toca a garganta, esfrega-a com as mãos, um tique recente que ela sabe que preocupa a família e os amigos. — Talvez tenha ido para a América com a minha mãe.

– Minha mãe disse que a sua mãe não foi para a América – Reza diz baixinho lá do alto. – E que ela não vai voltar.

– A sua mãe é uma víbora mentirosa – Saba revida. – Vocês vão ver quando Mahtab encontrar um jeito de me escrever uma carta. Ela é muito mais esperta do que vocês dois.

Ponneh faz aquele ar afetado de preocupação que ela vem aperfeiçoando desde os oito anos. É convincente, até reconfortante – Ponneh fingindo ser uma adulta.

– Não vai haver nenhuma carta – ela diz: um fato tão simples quanto o mar azul.

Reza cruza os braços e resmunga,

– Por que minha mãe iria mentir?

– Há um milhão de motivos para isso – diz Saba. – Eu as vi, as duas, no aeroporto. E, além disso, Baba e eu *levamos* mamãe de carro até lá. Ela tinha um passaporte e papéis e tudo mais. Ponneh, você se lembra disso, certo?

Ponneh confirma com a cabeça e segura a mão de Saba com mais força. – Ainda assim.

– Exatamente – ela diz e não se abala quando Ponneh, que gosta de arrancar coisas quando está nervosa, começa a descascar o esmalte das unhas de Saba. – Você acredita em mim. Eu as vi com meus próprios olhos. Talvez eles tenham dito que ela está morta para os *pasdars* perderem a pista da minha mãe... para eles nos deixarem em paz. Provavelmente Baba pagou a todo mundo para mentir. – Com o polegar, ela limpa as manchas dos sapatos, o último par escolhido por sua mãe que ainda cabia nos seus pés. Após algum tempo, ela decide que está tudo bem. Que Mahtab vai escrever em breve e que os fatos são irrefutáveis – o passaporte, a corrida até o aeroporto. Ninguém pode negar essas coisas. Ela limpa o rosto, respira fundo mais uma vez e se arrasta para fora do abismo. Ela passa a língua no lábio superior que está salgado e oferece uma distração:

– Ouvi dizer que Khanom Omidi tem quatro maridos, cada um numa cidade diferente.

– Não. É mesmo? – Ponneh levanta os olhos, esquecendo todas as coisas ruins. – Como você sabe?

— As Bruxas Khanom. — Saba encolhe os ombros. — Elas estão sempre falando uma da outra.

As três bruxas Khanom é o nome que Saba dá às vizinhas que se convidaram para a casa de Hafezi desde que sua mãe partiu. Elas sabem fazer coisas que o pai dela não sabe; então elas se tornaram sua família adotiva. Contam histórias, cozinham, limpam, fofocam e, o melhor de tudo, traem umas às outras das formas mais divertidas.

Khanom Omidi, *a Meiga*, diz quase diariamente:

— Tenho uma surpresa para você, Saba joon. Uma grande surpresa. Não mostre às outras. — Então ela se aproxima pesadamente, arrastando toda aquela carne extra num chador colorido, uma roupa larga e comprida que cobre todo o seu corpo e que mal consegue disfarçar uma coloração de cabelo malsucedida que deixou seu cabelo naturalmente branco com um tom de marrom arroxeado. Seus olhos preguiçosos buscam sua bolsinha de moedas escondida nas dobras do chador e ela oferece algumas para Saba, que toma mais conta dessas moedas do que dos maços de notas que recebe do pai.

Khanom Basir, *a Malvada* e mãe de Reza, diz com a mesma frequência: — Saba vem cá... sozinha. — Seus lábios finos pronunciam palavras desagradáveis enquanto seu rosto magro e anguloso examina o corpo de Saba em busca de sinais de feminilidade. — Alguma coisa especial aconteceu ultimamente... no hammam ou no vaso sanitário? — Toda vez que ela pergunta isso, Saba a odeia, porque ela não sabe o que Khanom Basir está procurando, nem o que ela pode estar dizendo para Reza.

A terceira bruxa, Khanom Mansoori, *a Velha*, apenas ronca nos cantos da casa de Saba, de vez em quando lança alguma verdade antiga sobre crianças para as outras duas. Ao contrário de Ponneh e Reza, que moram numa rua estreita abaixo da casa dos Hafezi, num conjunto de casas pequenas com cortinas de algodão e renda feitas à mão e alguns confortos básicos (pequenas geladeiras, mesas de cozinha, fogões a gás), Khanom Omidi, a Meiga, e Khanom Mansoori, a Velha, moram em cabanas feitas de madeira, palha e barro misturado com arroz quebrado. Suas casas acanhadas têm telhados inclinados de palha de arroz que pontilham as colinas a uma curta distância e podem ser vistos ao sacudir num carro ou caminhar vigorosamente do bazar semanal. Isoladas numa região arborizada, elas deixam galinhas ciscarem perto dos degraus da frente, cheios de sapatos velhos, e vendem os ovos no mercado. Em algum momento ao longo dos anos, cada uma delas enrolou as calças e foi trabalhar nos arrozais – foi assim que elas conheceram Agha Hafezi, que as escolheu para cuidar das filhas.

Para Saba, as casas delas são como peças de cerâmica, como arte. Ela adora o consolo de estar abrigada em espaços pequenos no meio de toldos grossos pendurados no teto, separando dois cômodos rançosos, ou sentada sob tetos baixos em cantos acolhedores cobertos com cobertores que são aquecidos com fogareiros de carvão e lampiões a óleo. De manhã, o chá fresco é servido de samovares, e janelas com quatro vidraças abrem para planícies verdes, deixando entrar o cheiro da grama molhada. Ela é atraída para o grupo de mães em cozinhas quentes e apertadas, agachando-se sobre ancas cobertas por túnicas, construindo montanhas de peles de alho e galinha, olhando para panelas borbulhando e espremendo suco de romã em copos que Ponneh e Reza passam para frente e para trás, mas que Saba não pode tocar. Às vezes, para fazer pirraça com o pai, Saba se arrasta sobre seus colchonetes, com as colchas costuradas à mão arrumadas nos quatro cantos onde famílias dormem juntas. A roupa de cama cheira a óleo de cabelo e henna e pétalas de flores.

Para manter Saba fora de suas casas, Agha Hafezi permite que as mães substitutas andem livremente pela casa dele, usem sua grande cozinha ocidental e brinquem com Saba no quarto dela, onde a cama é alta e há uma escrivaninha para seus papéis.

Agora Ponneh parece estar refletindo sobre a questão da vida secreta de Khanom Omidi.

– Bem, eu sei de uma coisa – ela diz. Omidi tem uma perna de plástico. Uma vez, eu a vi tirá-la e enchê-la de balas e pétalas de flores para ela não feder.

– Isso é besteira – disse Reza, que adora tanto quanto Saba a alegre e gorda Khanom Omidi. – As balas vêm de dentro do seu *chador*.

Como é que Reza sabe do tesouro escondido dentro do chador? Khanom Omidi é a Bruxa Boa de *Saba* – a substituta da mãe *dela*. – Ninguém acredita mais nisso – ela diz. – Eu verifiquei a perna dela quando ela estava dormindo e vi que é feita de carne. – Seus amigos dão uma risada satisfeita. – Mas o que dizem de Khanom Basir é verdade! Eu soube que ela é uma bruxa *de verdade!*

– Você está mentindo – diz Reza, sempre rápido em defender a mãe.

As meninas se entreolham e caem na gargalhada. Depois vêm as brincadeiras sobre supostos jarros de líquido e dedos secos de macacos pendurados em porões. Primeiro, Reza as ignora e depois pega sua mochila como se estivesse preparando para ir embora.

– Não, fique! – Ponneh diz com uma vozinha falsamente doce. – Eu deixo você me beijar... na boca.

Reza, ainda mal-humorado por causa da mãe, pendura a mochila nos ombros e diz:

– É bom você pensar em alguma coisa melhor.

Saba tenta não rir, embora Ponneh mereça a resposta por ser tão arrogante.

– Eu ensino umas palavras em inglês para você – ela oferece. – *Abalone* quer dizer... hum, dinheiro para viúvas.

Ele olha para a mochila de Saba.

– O que você tem aí dentro?

Saba abre o zíper, porque ela tem mesmo uma coisa que irá fazê-lo ficar. Reza também devora música americana, embora Saba seja a sua única fonte. Ele pede emprestado seus velhos teipes e tenta tirar as notas no *setar* do pai, que vem juntando poeira desde que o pai foi embora para morar com sua nova família.

– Você provavelmente nunca ouviu falar em Pink Floyd – ela diz.

– Ouvi sim! – Reza diz, com a voz, os dedos e os olhos cheios de expectativa. – Posso ver?

É claramente uma mentira, mas Saba não o desmente. Ela tira da mochila um teipe sem identificação e entrega para Reza.

– Pode ficar com ele – ela diz. – Eu já terminei.

– Sério? – Reza não tira os olhos do teipe enquanto tira a mochila do ombro e senta no chão. Saba chega mais para perto dele e começa e recitar a letra da sua canção favorita de Pink Floyd, que fala sobre tijolos e professores e crianças rebeldes – uma canção tão ilegal que um único verso dela seria suficiente para fazer cem mulás mijarem nas calças.

– Você não pode aceitar isso – diz Ponneh. Reza só tira os olhos do cassete por um segundo; ele olha para Ponneh como que implorando para ela ignorar o orgulho. Então os ombros dele arriam e Saba é obrigada a suportar a decepção dele, o olhar ferido dela, e o fato de que ela os uniu em sua pobreza compartilhada. Talvez seus amigos ajam dessa maneira porque sabem que Saba seria desencorajada a brincar com eles se qualquer criança da cidade que soubesse falar inglês morasse ali perto. O único motivo de ela não ser mandada para uma escola em Teerã ou Rasht é que o pai dela não suporta a ideia de perder outra filha. E por mais velho e rasgado que sejam os jeans que ela use ou por mais que finja ter um sotaque caipira ou tente falar Gilaki, ela será sempre a forasteira.

– E se eu pagar por ele? – Reza sugere, enfiando a mão no bolso para contar as moedas. Ele só tem alguns tomans, o que não dá para comprar nem um cassete virgem.

– Você não precisa fazer isso – Saba diz, desejando muito saber como um adulto conseguiria dar um presente a alguém tão amado quanto Reza sem ser acusado de estar se mostrando. Ela escolhe as moedas de menor valor na palma da mão dele. – Isso aqui já dá para comprar – ela acrescenta.

Eles ficam mais duas horas sentados no beco. Saba e Ponneh fazem tranças uma na outra enquanto Reza sai para comprar algumas guloseimas para eles comerem. Ele volta com refrescos de iogurte, e eles conversam sobre as aulas de Saba, porque, embora ela frequente a mesma escola de dois cômodos, como qualquer criança de Cheshmeh cujos pais possam dispensar do trabalho em casa, ela também é educada por tutores em inglês, persa antigo, e todo tipo de ciências e matemática. Reza examina a mochila de Saba procurando pedacinhos de vida abastada que o deixam tão excitado. Ele tira de lá uma revista velha e amarelada e olha para a linda loura da capa.

– O que é isso? – ele pergunta e Ponneh se debruça para ver. Saba percebe que ele não tem coragem de fazer a pergunta que está na cara dos dois: *É da Inglaterra, da Alemanha ou da França? Ou talvez... da América?*

– Uma revista velha que uma amiga da mamãe me deu para eu treinar o inglês – ela diz. – É quase da mesma idade que eu – acrescenta, sua excitação crescendo com a deles. – É americana. A revista veio da colega de faculdade da mãe dela, uma médica elegante de nome Zohreh Sadeghi, que morava muito longe e cochichava com Mamãe sobre o novo regime e o Xá. As gêmeas costumavam chamá-la de Dra. Zohreh. Após a noite no Cáspio, ela visitou Saba no hospital.

Ponneh e Reza juntam as cabeças para olhar as páginas frágeis – cada foto sombreada, cada ilustração vibrante, cada detalhe de uma vida americana mítica que não é mais bem-vinda aqui. Saba se sente culpada porque sonhar com aquela vida, uma vida melhor, diferente, como cidadã americana, parece uma traição aos seus amigos – a Reza, que aos onze anos já é um nacionalista, cheio de ideiais Gilaki, e a Ponneh, que vai ter que se tornar a nova Mahtab. Saba traduz as palavras em inglês na capa.

– *Life* – ela diz passando o dedo no título em letras maiúsculas vermelhas e brancas no alto. – 22 de janeiro de 1971. Cinquenta centavos.

– Quanto é isso? – Ponneh pergunta.

– Um bocado – ela diz, embora não tenha certeza.

– Quem é a moça? – Reza pergunta, ousando tocar o cabelo louro na página quebradiça. – Ela provavelmente já está velha e grisalha nesta altura.

– Aqui tem o nome dela – Saba diz, tentando pronunciá-lo corretamente, antes de perceber que Ponneh e Reza não vão notar a diferença. – Tar-ree-sha Nik-soon.

– Que nome estranho – diz Ponneh. – Soa como alguém fazendo a barba... *tarash-reesh*.

– Ela é filha do Xá americano – diz Saba, porque ela já leu essa revista umas cem vezes, e sabe.

Reza balança gravemente a cabeça. – Sim, sim, eu conheço esse *nik-soon*. Um grande homem.

Ponneh pisca os olhos e Saba vai para o meio da revista, onde há fotos dessa linda moça estampadas para milhões de pessoas verem. Ela é uma princesa. *Shahzadeh Nixon*. Lá está ela usando seu caro vestido americano (quatro vestidos diferentes em quatro páginas!), com seu sorriso charmoso americano e seu namorado americano – um rapaz tão pálido e bonito que podia ser artista de cinema se não estivesse ocupado sorrindo radiante por cima do ombro para os fotógrafos e olhando para as mãos da moça loura como se estivesse um pouco entediado. – Tão sortudo – Ponneh murmura. – Leia isso – ela diz, apontando para um cabeçalho.

Ed Cox, um filho da tradição com os instintos de um liberal.

— Isso tem umas palavras difíceis, mas Mamãe traduziu para mim uma vez — diz Saba. — Significa que o dinheiro dele é velho e suas ideias são novas. Justo o oposto do que se quer.

Ponneh está tentando não parecer confusa. Então Saba puxa os ombros para trás e diz com um ar de quem sabe: — As velhas ideias são as ideias dos filósofos, que são melhores do que os revolucionários. E dinheiro novo é o dinheiro que você ganha — como meu Baba fez. A mãe de Saba nunca gostava de mencionar que as terras dos Hafezi eram herdadas — agora reduzidas a uma fração do que a família possuía sob o governo do Xá. Este era um detalhe inconveniente da lição, e era triste pensar que progredir através do suor e da inteligência era uma coisa impossível no novo Irã. Nenhum proprietário *shalizar* fica rico apenas vendendo arroz. Há arrendamentos de terra e subornos e juros compostos. Saba sabe disso, ela estudou com seus professores de matemática, mas segue o exemplo da mãe e não menciona o assunto.

— O que diz aqui? — Ponneh aponta para uma legenda, mas Saba não está mais prestando atenção.

— É aqui que Mahtab está morando agora — ela diz, olhando para a luxuosa sala de jantar, com suas cortinas suntuosas, suas plantas decorativas e seus homens de smoking.

Os outros dois ficam calados; então Reza resmunga: — Na casa do Xá americano?

— Eu não quis dizer exatamente aqui — ela diz. Ela tira duas outras revistas que estavam escondidas nos compartimentos da mochila e folheia as páginas, cada uma contendo imagens icônicas da vida americana — cabelos soltos e televisão em cores. Carros sem capota e tortas de maçã. Hambúrgueres, cigarros e pilhas de fitas cassete. Uma estátua sem expressão carregando uma tocha. Lanchonetes servindo panquecas apenas para o café da manhã da classe trabalhadora.

Então Saba tira três folhas manuscritas da revista. — E se eu dissesse para vocês que Mahtab já escreveu para mim? — Ela sacode as folhas diante dos rostos deles, com os olhos brilhando por saber uma coisa que eles não sabem. — Faz sentido que Mamãe não ligue para mim — ela diz quando seus olhos caem num anúncio de uma companhia telefônica interurbana. – Ela não quer que eu ouça Mahtab ao fundo porque todo mundo acha que eu ficaria magoada por eles a terem escolhido para ir para a América.

– Pare – diz Ponneh, com a voz trêmula. – Mahtab morreu. Ela se afogou e está no fundo do mar, e eu quero ir para casa.

– Essas folhas são apenas o seu dever de inglês – diz Reza, sem encarar Saba. – Onde está o envelope? E os selos?

Ela dobra as folhas, uma de cada vez, depois as junta e guarda no centro da revista *Life* – para elas ficarem longe dos olhos vigilantes de Ponneh – por cima de um anúncio de uma televisão em cores. – E quem é que guarda envelopes? Ele não tinha carimbo da América. Ele veio pela Turquia.

O anúncio diz: *Vocês a fizeram a número um da América. Só existe uma chromacolor, e só a Zenith a possui*. Número um na América deve ser a melhor em toda parte. Saba tenta imaginar, o tipo de televisão a que Mahtab assiste atualmente. Grande, hipnotizante, sempre colorida, com dez canais, com os shows mais recentes e sem regras. Nada de fitas Betamax contrabandeadas, marcadas "desenhos animados infantis".

– Você sabe o que é número um na América? – Saba diz. Ela tenta usar um tom jocoso, como se estivesse inventando um jogo, e ela entra na brincadeira como Mahtab teria feito, e então Saba a ama quase tanto quanto amava a Mahtab. Ela percebe cada vez mais que substituir a irmã vai exigir um equilíbrio quase impossível. Ponneh se parece com Mahtab em tudo o que é certo: ela é corajosa, obstinada, decidida. Mas, quando Saba começa a esquecer que Ponneh não é Mahtab, Ponneh sempre diz algo impensado que Mahtab jamais diria ou faz uma cara sedutora que as gêmeas não sabem fazer, e Saba expira o ar, tentando aliviar a culpa de comparar as duas, de amar Ponneh tanto assim. Não, ela ainda não substituiu Mahtab.

– O quê? – Ponneh estende a mão para uma das revistas, seus olhos castanho-claros brilhando de excesso de curiosidade, como que tentando compensar uma deslealdade anterior.

– *Harvard* – Saba diz, voltando para a revista *Life*. Nesse número, há três menções distintas ao lugar. O noivo de conto de fadas de Shahzadeh Nixon estudou Direito lá. E, algumas páginas depois, um artigo sobre o novo presidente de Harvard começa com a frase: *A seleção de um novo presidente de Harvard está no mesmo nível de importância que a sagração de um Papa e a nomeação de um primeiro-ministro.* Obviamente uma universidade importante – um lugar suficientemente mágico e especial para ser o cenário de *Love Story*, um filme adorado tanto por americanos quanto por iranianos e comentado em todas as revistas de Saba.

Um lugar adequado para Mahtab. Um nome que a maioria dos cidadãos de Teerã e até certos cidadãos de Rasht reconhecem.

– Ok – diz Ponneh, pondo as duas mãos no colo com toda a resignação de um médico ou de uma diretora de escola. – Você pode nos contar a respeito se isso ajudar. Minha mãe diz que é uma boa coisa contar histórias.

– Eu não sei – Reza diz, sacudindo a cabeça. – Está ficando tarde.

– Pode contar, Saba jan – diz Ponneh, lançando um olhar de advertência para Reza. – Eu vou escutar.

Saba fica radiante, mas não estende a mão para pegar as folhas manuscritas. – Não se preocupe se não entender tudo – ela diz com um ar importante, de tal modo que Ponneh dá um risinho e se agita no lugar. – A América é complicada. É melhor simplesmente imaginá-la como um programa de TV. Saba é a única que tem televisão, um videocassete e uma porção de programas americanos ilegalmente gravados em fita a que os amigos assistem escondidos junto com ela, hipnotizados pelas imagens resplandecentes, pelo modo como o movimento dos lábios das pessoas não combina com as palavras, pelas reviravoltas e pelo timing perfeito da vida americana. Saba imagina a vida de Mahtab em episódios, cada um deles tão vibrante e misterioso quanto o artigo de revista sobre Shahzadeh Nixon, e cada revés é resolvido de forma tão simples quanto em uma comédia de televisão de trinta minutos. Ela enxuga o rosto uma última vez, tendo agora esquecido o cheiro da parede de barro e a coceira no fundo da garganta. Agora ela tem uma história para contar, uma história que ela decorou nas incontáveis noites passadas em claro em sua cama e que agora Ponneh quer escutar. A história começa assim:

※

O que é importante saber sobre a América é que lá todo cidadão é pelo menos tão rico quanto o meu pai. Mas a questão é que você tem que ser um *cidadão*. É isto que meus parentes na América mais desejam. Eles falam sobre isso o tempo todo em suas cartas e no telefone com Baba. Minha mãe e Mahtab são só imigrantes agora. Então elas são, provavelmente, muito pobres. Dentro de poucos anos vão conseguir sua cidadania e vão ser ricas de novo. É assim que funciona. Você começa como motorista de táxi ou faxineira, como as pessoas em *Táxi*. Depois você consegue sua cidadania, vai para uma boa universidade, como Harvard, e se torna um médico como em *M.A.S.H.* Então, quando você acaba de salvar os soldados, você vai para Washington receber sua medalha e conhece uma Shahzadeh e tem sua foto publicada na revista *Life*. Tudo é possível.

Quando Mahtab chegou na América, teve que se acostumar às novas regras, e essa deve ter sido a parte mais difícil para ela – porque aqui, em Cheshmeh, os Hafezi são a família mais importante. Mas, na América, ela vai ter que trabalhar muito para ser alguém. Mas não se preocupem, porque Mahtab sabe enfrentar um desafio melhor do que ninguém.

Agora, aqui estão algumas coisas que vocês já sabem:

Primeiro, vocês sabem que ir para a América foi uma decisão muito rápida por parte de Mamãe e Mahtab. Nenhum de nós imaginou isso. Então podemos supor que foi cheia de imprevistos: o fato da moeda iraniana estar tão desvalorizada (se acreditarmos no que diz Baba) e os diplomas das universidades iranianas serem inúteis por causa de Harvard. E portanto, na América, Mamãe não tem emprego nem dinheiro. O modo de vida de Mahtab é muito diferente agora. Nada de brinquedos esquecidos e dinheiro para gastar. Nada de estantes cheias de livros ilegais. Nada de vestidos novos para exibir para os melhores amigos. Provavelmente nada de melhores amigos.

A segunda coisa que vocês já sabem é que na América a televisão é livre e a música é livre, e todo mundo usa chapéu de caubói e come hambúrguer no jantar. Então embora elas estejam pobres, elas têm uma vida boa, exceto pelos hambúrgueres, que Mamãe acha que são feitos de lixo. Elas assistem à televisão juntas toda noite na cama que dividem, que fica provavelmente na sala de um apartamento mínimo – como os primos de Baba no Texas que escreveram pedindo dinheiro para ir para uma casa maior.

Durante a primeira semana delas na América, quando Mahtab pergunta a Mamãe por que o ensopado está cheio de lentilhas em vez de carneiro, por que ela tem que ir à biblioteca pública para pegar livros, por que elas dormem na mesma cama, Mamãe diz apenas: – Nós não fizemos por merecer nada aqui.

Esse não é exatamente o tipo de coisa que Mamãe diria? Ela costumava dizer para nós quando tirava algum brinquedo nosso. *Vocês têm que fazer por merecê-lo de volta.* Mamãe para de cozinhar o jantar para tomar o chá da tarde. Ela faz um longo discurso sobre como vai conseguir um emprego e Mahtab vai para a escola, e elas vão aprender a falar inglês muito bem e vão juntar dinheiro. Mas Mahtab não gosta de ouvir isso, sabe? Ela quer voltar para Cheshmeh e viver do dinheiro de Baba e ter uma vida confortável. Ela sente saudades minhas e quer que fiquemos juntas de novo. Ela não gosta de escrever cartas secretas, e ela acha injusto ter sido escolhida para ir para a América quando poderia ter ficado muito bem em Cheshmeh.

Mas, então, Mamãe vem com um daqueles discursos culpados que costumava fazer para nós sobre trabalharmos muito e sermos mulheres autossuficientes. – Esta vida pode parecer ruim, mas quer saber qual é a melhor parte? – ela diz. – A regra na América é que as pessoas podem escolher se querem ser ricas ou pobres. É só uma questão de escolha.

Naturalmente, Mahtab fica desconfiada, mas eu posso confirmar que o que Mamãe está dizendo é verdade. De acordo com Horatio Alger e Abraham Lincoln e a garota de *Love Story* que conseguiu ir para Harvard mesmo sendo pobre, uma garota inteligente como Mahtab tem muitas chances. E então Mamãe continua: – Aqui, crianças inteligentes podem fazer o que quiserem. Se elas se esforçarem muito, podem ficar ricas. E isso acontece simplesmente com tudo.

Mamãe sempre falava assim. Regras simples. Preto e branco. Eu gostava disso nela porque quando ela estava por perto eu sabia exatamente o que eu deveria fazer em seguida. Depois, Mamãe toma um gole de chá tão quente que Mahtab imagina as tripas dela se derretendo, sua garganta e seu estômago gritando de agonia, o torrão de açúcar entre seus dentes derretendo como um bloco de sedimento branco no meu experimento de ciências. Mas a tolerância de Mamãe para o calor é mágica e ela apenas suspira de prazer e continua falando. Eu adoro isso nela, também.

— Aqui é diferente, Mahtab jan — ela explica. — Sim, no Irã é bom ser inteligente, tirar boas notas, ir para a faculdade. Um monte de mulheres inteligentes estudam e se formam. Mas isso importa? Você ainda é obrigada a fazer certas coisas porque é mulher.

— Que coisas? — Mahtab pergunta, embora saiba muito bem a resposta.

— Casar, lavar, limpar, ter filhos — Mamãe responde. — Se você quiser ser médica, ótimo! Desde que não deixe de lavar a roupa. O respeito não vem de você ser médica, Mahtab jan. Vem de lavar a roupa. Eles fingem que isso não é verdade, mas você fica sabendo quando deixa o jantar queimar porque está escrevendo um poema, Deus me livre. Mas aqui não...

E, então, Mamãe lembra a ela que ter seu próprio dinheiro é a coisa mais importante que uma mulher pode fazer para si mesma. Ela lembra Mahtab da velha e gentil Khanom Omidi, e como ela passa seus dias cuidando da casa e vende o iogurte que sobra para ter um dinheirinho. Nunca é muita coisa, mas é importante que ela faça isso. Foi isso que Mamãe sempre nos disse e eu vi por mim mesma. Khanom Omidi tem bolsos escondidos costurados em seus chadors — um lugar para o seu *Dinheiro de iogurte*. Esse é o nome que Mahtab e eu demos para todo o dinheiro secreto desde o dia em que vimos o estoque secreto da velha senhora. Um nome para todos os riyal e dólares escondidos que você ganha ou não ganha, mas que sempre, sempre, mantém escondidos.

— Então se eu frequentar a melhor escola e ganhar meu próprio dinheiro — Mahtab pergunta —, tudo vai volta a ser como era? — Agora minha irmã está começando a entender como as coisas funcionam na América: que uniforme de operário leva a ternos de executivos. Ela devia ver mais televisão.

Mamãe reflete por um momento. Depois pega um exemplar da revista *Life* de 1971. Ela mostra o retrato da filha do Xá americano e do seu pálido príncipe encantado e diz *Sim, Sim, Sim*. É por isso que todo iraniano sonha com a América.

— E então eu nunca mais vou ter que limpar meu quarto? — Mahtab pergunta, como sempre faz.

— Você pode ter uma empregada — Mamãe responde. — Elas dão desconto para médicos.

– E não vou servir *chai* para os mulás. – Mahtab sempre detestou essa tarefa.

Mamãe ri, porque não há mulás na América. Não há mulás na rua. Não há mulás na sua casa, comendo a sua comida. Não há mulás cochichando a seu respeito no ouvido do seu pai para deixá-lo preocupado e fazê-lo comprar um chador novo, mais grosso e mais negro para você.

Então Mamãe termina a conversa com suas ameaças habituais. – Se você não se esforçar muito, se preferir brincar e tirar notas medianas, então você pode voltar para o Irã e se casar com um deles. – Os olhos dela se arregalam, como se ela estivesse contando uma história de fantasmas. – Você conhece aqueles mulás, eles roncam. E, debaixo daqueles turbantes, eles têm cabelo ralo e gorduroso. E eles gostam de passar seus braços grandes e gordos em volta do seu pescoço quando estão dormindo, e os seus beijos têm cheiro de peixe morto.

Mahtab estremece. – Eu não quero me casar com um mulá.

Ninguém quer isso.

– Ninguém quer isso – Mamãe diz, porque ela sempre acreditou que é assim que você ensina as meninas a ser independentes.

Mahtab diz: – Eu quero ser rica e solteira e não ter ninguém me dizendo o que fazer.

E então Mamãe diz algo muito importante. Vocês estão prestando bem atenção? Esta parte é crítica. Ela diz para Mahtab: – Você *vai* ser, porque Saba é rica.

Talvez Mahtab sussurre meu nome nesse momento. Eu não posso deixar de imaginar se minha irmã está pensando em mim. Se tem saudades minhas. Se quer recriar o mundo que tínhamos juntas.

– Tudo na vida está escrito no sangue – Mamãe se inclina e dá um tapinha no nariz da filha, idêntico ao meu –, e você e Saba têm o mesmo sangue. Talvez não importe onde vocês morem. – Isso é verdade. Quanto controle Mahtab realmente possui? Quanto controle qualquer um de nós possui? Está tudo predestinado como os velhos videntes dizem. Mahtab deveria saber, porque ela também esteve na água aquele dia. E vou dizer uma coisa, ela vai ficar ofendida quando souber que vocês, malucos, acham que ela está morta!

Mamãe se levanta para mexer o ensopado sem carneiro. Minha pobre mãe. E minha irmã. Vejam como elas estão tristes sem mim. É difícil saber quanta comida fazer só para duas pessoas, ou como manter a conversa. Você precisa de quatro para encher uma mesa. E olhem para o futuro que agora está plantado na mente de Mahtab: ela vai ser uma Shahzadeh americana numa revista, com quatro vestidos em quatro retratos e um homem calmo, de pele clara, com dinheiro velho e ideias novas. Ela tem *ambição americana* agora, do tipo que você vê em filmes sobre órfãos. Agora Mahtab é o tipo de mulher que se preocupa: com dinheiro, com amor, com o seu futuro. Há tantas coisas que a América a ensinou a querer.

No dia seguinte, Mahtab vai até a biblioteca. Ela pesquisa sobre cursos, e provas de admissão, e bolsas do governo, que foi como a moça de *Love Story* conseguiu ir para a faculdade. Ela enche a cabeça com todo tipo de fatos e prazos e regras de admissão – as mesmas coisas com que meus primos que estão fazendo o ensino médio no Texas estão obcecados desde que chegaram lá. Mas o mais importante, ela carimba um nome em seus sonhos de glamour e riqueza. Ela pega seus sonhos infantis, seu amor pelos livros, sua necessidade de conforto físico, e sua autodepreciação gemelar e embrulha tudo isso num pacote, bem fechado e marcado a ferro quente. Com um nome que até o iraniano seboso, cheirando a cominho, do posto de gasolina irá reconhecer: *Harvard*.

✦

– Está vendo? – diz Saba, ficando em pé e tirando a terra do beco do traseiro de suas calças. – Que tal essa história? Cem vezes melhor do que a TV.

– Acabou? – Reza pergunta. – É só isso? Ela vai ou não vai para Harvard?

Saba tenta controlar a raiva. – Nós temos onze anos – ela diz. – É claro que a carta dela não diz se ela entrou. O que você pensa que é isto, uma das histórias da sua mãe?

– Eu pensei – Reza resmunga. – Desculpe.

– Saba só está dizendo que uma boa contadora de histórias não conta tudo de uma vez – diz Ponneh com uma seriedade que a faz rir. Ponneh está sempre dando peso às coisas que Saba diz, simplesmente por concordar com ela.

– Exatamente – diz Saba. – É como *Little House*. Um problema por episódio.

Ponneh e Saba caminham de braços dados enquanto Reza vai na frente, de volta à rua principal – porque ele diz que sabe lidar com o policial por dominar o jeito de agir na cidade grande. Lá eles irão achar um telefone para ligar para a casa de Saba, onde todos os pais apavorados e as *Bruxas-Khanom* devem estar reunidos. Reza não parece estar preocupado. Ponneh arranca a casca de um velho machucado no braço e diz: – Que pena que não compramos balas, porque vamos ficar uns dez anos proibidos de chupar balas.

Saba solta o braço de Ponneh e tira do bolso um maço de notas. – Eu estava guardando para algo melhor – ela diz, pensando nas moedas escondidas de Kahnom Omidi e no fato de que Ponneh jamais terá seu próprio pé-de-meia, por menor que seja. Na casa dos Albortz moram irmãs mais velhas demais, com necessidades muito maiores do que as de Ponneh. – Estou começando a juntar um dote para você... para quando você for mais velha. – Quando Ponneh fecha a cara e começa a protestar, Saba diz: – Esse é o nosso segredo. Vamos tomar conta uma da outra.

Khanom Basir sempre diz que Ponneh vai precisar de um dote para escapar da polícia religiosa. Dentro de cinco ou seis anos ela vai ser uma mulher. Segundo os adultos, mulheres bonitas e solteiras sempre conseguem descobrir que quebraram alguma regra. Então quem sabe o que acontece com alguém que ousa ter um rosto igual ao de Ponneh?

Homem Sol e Lua

(Khanom Basir)

Saba pensa que eu não gosto dela, mas ela é jovem demais para se lembrar de tudo. Quando as meninas tinham sete anos, eu comecei a notar que uma delas era *realmente* problemática. Mahtab costumava nos ver cozinhar, e ela ficava tão concentrada que eu ficava nervosa e a mandava embora. Ela sempre obedecia, mas eu não me deixava enganar por ela. Saba podia ser barulhenta, mas Mahtab estava sempre fazendo alguma coisa errada disfarçadamente, e toda vez que Saba se metia em alguma encrenca eu sabia que o joio tinha se misturado com o trigo. Saba culpava a irmã toda vez que elas eram apanhadas, e eu acreditava nela.

Cabe a uma mãe ensinar a filha a ser esperta. Mas Bahareh Hafezi não prestava atenção para os costumes da aldeia. Ela era jovem demais e achava que ser uma boa mãe significava ser severa com pequenas regras, aquelas sobre balas e *pesar-bazi* (brincadeiras com meninos), *kalak*-bazi (pregar peças) e *gherty-bazi* (brincar de se enfeitar), enquanto ensinava as meninas a se rebelarem contra regras muito importantes. Ela não dava importância a ensinar-lhes como agir em ocasiões comuns. Mas Mahtab já sabia como. Saba nunca aprendeu.

Um dia, estávamos cozinhando arroz defumado na cozinha delas – Você conhece esse arroz? É o melhor do mundo. Tão raro e só produzido aqui em Gilan –, e as meninas estavam ao redor de nossas saias. A mãe delas disse que se elas se comportassem poderiam tomar chá conosco; então elas ficaram sentadas, cochichando, e eu ouvi Mahtab contando uma história ridícula (*kalak-bazi!*) para Saba.

As meninas tinham um bocado de livros, mas suas histórias favoritas eram do tipo que você só ouve na praça da aldeia, dos velhos bodes desdentados com seus longos narguilés e seus banquinhos minúsculos. Esses homens falam o dia inteiro sobre jinns e pari's e sobre como atrair boa sorte. Eles contam velhas histórias como Leyli e Majnoon, Rostam, ou Zahhak, com as cobras crescendo dos seus ombros. Reconheci a história que Mahtab estava contando a Saba porque ela vinha de um desses velhos, mas pensei que Mahtab não acreditava nela.

– O que você está contando para a sua irmã, Mahtab jan? – perguntei.

– Não me interrompa – ela disse. – Eu estou comportada!

Então fiquei apenas ouvindo enquanto Mahtab contava a Saba sobre o homem Sol e Lua que toda noite tira o sol e coloca a lua no céu. Saba brincava com uma colher de chá que tinha tirado de uma tigela de mel, enquanto Mahtab falava e falava. – Ele leva mais tempo para fazer isso no verão, porque gosta de brincar do lado de fora – Mahtab disse e Saba acreditou nela. E uma pequena criatura na minha barriga disse que Mahtab estava tramando algo.

Em seguida, elas mudaram de assunto por vinte minutos até Mahtab falar na excursão da véspera nas montanhas – a que Saba tinha perdido porque estava doente. – Eu vi o homem Sol e Lua lá – Mahtab disse com um olhar dissimulado. Saba não interrompeu enquanto Mahtab contava que o tinha visto usando calça e camisa amarela e carregando uma cesta amarela onde ele guardava o sol e a lua. Ela apenas lambeu o mel da colher, e Mahtab falou sobre o escritório do homem do Sol e Lua, com suas alavancas e botões e guindastes, um grande bule de chá e papéis por toda parte. Então Mahtab ensinou a Saba a canção que você tem que cantar para ele trabalhar depressa, "Ei, Sr. Sol e Lua, pendure o sol para mim!". Ela cantou com a melodia de uma canção estrangeira que a mãe delas disse que se chamava *Tambourine Man*, uma de suas favoritas.

O pequeno demônio. Tudo isso só para deixar a irmã com inveja.

Acho que é isso que acontece quando você tem a sorte de aprender inglês e ouve músicas em inglês e tem uma educação estrangeira. Diabrura disfarçada em esperteza. Mahtab gostava de pregar essas peças na irmã. Ela gostava de ser a inteligente e tinha uma grande imaginação e um coraçãozinho malvado. Às vezes também culpo Mahtab por ter abandonado Saba, que era a mais dependente das duas. Não consigo evitar – que Deus me perdoe –, mas, sem a irmã, Saba perdeu a magia. Lembro-me de tudo isso agora que a distância entre elas não é medida por dedos ou por lábios fofoqueiros encostados em ouvidos curiosos, mas por tanta terra e água. Quanta terra, Saba me perguntou uma vez depois da grande perda, de metade da família. *Quantas colheres de chá levaria para ir daqui até lá?* Ela segurava aquela colher encostada na terra como estivesse pronta para começar a cavar seu caminho até a irmã. Ela sabia como partir o meu coração.

– Ele não ganha o suficiente – Mahtab disse aquele dia a respeito do homem Sol e Lua. – O sol é quente demais para carregar na mão. – E Saba sabia que era verdade, porque, no fim de cada história, a contadora de histórias tem que recitar o poema de verdades e mentiras, o que rima "iogurte" e "refresco de iogurte" (*maast* e *doogh*) com "verdades" e "mentiras" (*raast* e *doroogh*).

Nós fomos e havia maast
Nós viemos e havia doogh
E nossa história era doroogh (mentira!)

Ou:

Nós fomos e havia doogh
Nós viemos e havia maast
E nossa história era raast (verdade!)

Nós, mães, sabemos respeitar esse poema; então quando contamos histórias inventadas, como Leyli e Majnoon, ou rato do campo e rato da cidade, nós recitamos a primeira versão, e quando contamos a história do Profeta Maomé ou do Rei Xerxes recitamos a segunda. Depois de contar sua história sobre a excursão e o homem Sol e Lua, Mahtab recitou a segunda versão; então sua história era verdadeira. Por isso é que Mahtab não era uma verdadeira contadora de histórias, aquela ratinha mentirosa. Agora Saba aprendeu as mentiras da irmã, porque Reza me disse que, depois da história sobre Mahbat no beco, Saba também recitou a segunda versão.

CAPÍTULO 2

OUTONO DE 1984

Os outonos da adolescência de Saba são passados lutando com o céu de Gilan. Ela está sempre desconfiada dos meses frios e áridos depois que a maior parte do arroz do Irã é colhida nas plantações do chuvoso norte. Essas manhãs iranianas cobertas de orvalho costumam nos distrair da verdade – tudo explodindo num contraste misterioso e obrigando as pessoas a desejar recomeços, como se nada tivesse mudado desde a última colheita. No outono, folhas em mil tons de laranja e vermelho se esfarelam e se misturam com gotas do Cáspio suspensas no ar. Elas criam um vapor que entra pelo nariz e invade o corpo, fazendo as pessoas esquecerem tudo, exceto o mar e a colheita. Isso as torna famintas por peixe e arroz. Apaga a lembrança das tristezas do ano que passou e dos parentes em terras distantes. Mas não para Saba, que esteve nas profundezas da água. A chuva constante a assusta. Ela se sente confusa com as nuvens brancas de neblina que pairam logo acima do topo da cadeia de montanhas Alborz e sobre o mar – no ponto em que esses dois espetáculos rivais parecem colidir um contra o outro – e com as casas de palafita desaparecendo em ambas as direções perdidas na água e nas nuvens.

Todos os anos a visão de sua mãe no saguão do aeroporto, segurando a mão de Mahtab, fica mais vaga. Ela estava parada ao lado do portão ou na fila de controle? Saba costumava ter certeza de que estava ao lado do portão, mas agora ela sabe que isso não é possível, porque Saba e o pai dela não passaram pela segurança depois que ela saiu correndo atrás de Mahtab. E o que a mãe dela estava usando? Um mantô? Um xale? Ela costumava pensar que era o verde, seu preferido, mas, alguns meses atrás, Saba encontrou o xale desbotado no fundo de um armário. Então, quando ela estava prestes a abandonar a visão ao abismo de devaneios esquecidos e lembranças imprecisas, ela deu com uma cópia do visto da mãe para a América. *Prova*. Mas de quê? Saba revê a imagem do aeroporto com frequência, e os rostos nunca perdem a nitidez. Sua mãe e sua irmã andando apressadas na direção do avião, depois desaparecendo numa nuvem de esquecimento cheia de revistas e canções de rock e filmes de homens e mulheres apaixonados.

Agora com catorze anos, Ponneh e Saba passam seus dias livres vendo os trabalhadores nas plantações de arroz ou assistindo a videoteipes na casa de Saba. Hoje, na enorme casa dos Hafezi no topo da colina, elas se ocupam de Madonna e Metallica, das revistas *Time* e *Life*, de *Little House on the Prairie* e *Three's Company*, e, o melhor de tudo, das Três Bruxas Khanom. Elas estão se reconciliando aos poucos, porque dois dias atrás tiveram sua pior briga.

Ela começou quando Saba sentou na sua despensa com Reza – um lugar secreto onde apenas ela e Ponneh costumavam se encontrar – com o Walkman dela, ouvindo uma banda de nome bizarro chamada The Police. Ela estava sussurrando as letras no ouvido dele quando Ponneh apareceu, obviamente surpresa e zangada. Ela só estava na despensa havia cinco minutos, tentando fingir interesse, quando cortou a mão na beirada afiada de uma tampa de lata de sopa.

– Me ajuda, Reza! – ela disse chorando. E isso foi a maior injustiça, porque a última coisa que Ponneh precisava era ser resgatada. Mas atualmente, quando Reza está por perto – e especialmente quando ele está ouvindo música com Saba, ou cantarolando canções americanas, ou perguntando o que significa uma letra ou outra –, Ponneh está sempre dando topadas ou arranhando os dedos ou rasgando a roupa. E, mais tarde, ela usa cada band-aid que Reza vai buscar e cada ponta de lápis que ele tira do seu braço como sendo sinais do seu amor eterno por ela. Mesmo assim, Saba se sente segura de que nada disso é sinal de amor. Sua mãe disse que o amor *verdadeiro* está baseado em interesses comuns – como música ocidental.

Mas depois que Ponneh cortou a mão naquele dia, Reza se sentou ao lado dela e cantou trechos de uma canção francesa que Saba tinha mostrado a ele alguns dias antes. *Le Mendiant de l'Amour* se tornou popular no Irã por causa do seu refrão fácil de repetir e da melodia que parece persa. – Veja só – ele disse para Ponneh. – É sobre uma garota chamada *Donneh*, que é quase igual a Ponneh. – Então ele começou a bater com as mãos nos joelhos e tentar cantar a letra com seu sotaque grosseiro: *Donneh Donneh, Do-donneh...*

– Não é isso que quer dizer – Saba disse, sentindo-se pessoalmente ofendida pelo erro grosseiro de tradução de Reza, pelo seu sotaque horrível, e por sua voz melodiosa. – *Donnez* quer dizer *Dê-me.* É francês. Eu já disse isso para você. – Ela teve vontade de repetir o que tinha dito, mas não quis se arriscar a ser acusada de exibida de novo. Reza não respondeu. Ele estava cantarolando a parte da letra que não sabia e chutando as pernas de Ponneh para alegrá-la.

Antes de sair, ele perguntou baixinho para Saba,

– Você está com saudades de Mahtab? – Durante três anos Reza perguntou isto – um substituto para todas as emoções que ele ainda não consegue diagnosticar. Se Saba está triste ou zangada ou com ciúmes, ele faz a mesma pergunta, com uma voz preocupada. Saba responde com sorrisos tímidos e balança a cabeça. É a rotina particular deles.

Mais tarde, Ponneh acusou Saba de a excluir de novo, de revelar o esconderijo secreto das duas na despensa e de se mostrar com seu conhecimento de inglês. Saba acusou Ponneh de cortar a mão de propósito, de não ligar a mínima para a música e de roubar sua canção. Mas, num mundo sem Mahtab, Saba não pode ficar muito tempo sem uma melhor amiga. Logo outras coisas mais importantes a distraíram. Ponneh descobriu que com o giz da cor certa podia desenhar cenas inteiras na parte de dentro de um velho chador branco. Elas passaram os dois dias seguintes encasuladas em *hijab*, decorando as partes secretas do pano roto com imagens de livros de histórias e de revistas americanas. Elas se sentaram de pernas cruzadas com o pano cobrindo seus olhos, tentando ver os desenhos lá de dentro. Como isso não funcionou – só deixou o pano mais áspero –, elas ficaram em pé, com as pernas de fora, sobre um ventilador portátil virado de lado para que o chador pudesse voar em volta delas como asas de morcego, deixando de fora suas pernas recém-arredondadas como as de Marilyn Monroe.

Hoje elas correm pela casa de Saba, berrando uma canção de um filme iraniano dos anos 1960 chamado *O sultão dos corações*. "Um coração me diz para ir, para ir. O Outro me diz para ficar, para ficar." Saba tem uma voz mais bonita. Então ela faz uma serenata para uma Ponneh risonha com movimentos exagerados e dramáticos e gestos galantes.

– Saba, traz minha bolsa – diz Khanom Mansoori, a *Velha*, que ficou tomando conta das meninas enquanto as outras mulheres cuidavam da casa. O pai de Saba confia na velha camponesa para ensinar à filha modos respeitosos, femininos. Mesmo com quase noventa anos, ela tem um ar travesso. Saba acha que isso decorre de uma combinação entre seu corpo enganadoramente mirrado e o monte de confusão que ela deve imaginar durante as horas que passa fingindo estar dormindo. Ela faz uma careta com o rosto enrugado e – louca por uma confusão e quase surda – finge sussurrar para uma ansiosa Saba. – Eu tenho um novo *você sabe o quê*! Traga Ponneh e livre-se dos *adultos*.

Esse é o convite favorito de Saba, porque significa uma tarde passada com as velhas revistas iranianas que ela gosta de ler: *Zanerooz*. Mulher de Hoje. No tempo do Xá, a revista focava mais moda, cabelo e fofoca. Mas tinha sempre uma história irresistível chamada "Encruzilhada na estrada" sobre triângulos amorosos, ou maridos afastados, ou os passos sorrateiros de padrastos lascivos no meio da noite que acham que meninas não falam, seguidos de uma boa vingança. Páginas de escândalos deliciosos e descrições irresistivelmente proibidas.

Velha e entediada, Khanom Mansoori gosta da excitação vulgar dessas histórias que ela não consegue ler com seus olhos gastos e incultos. Quem pode culpá-la por aliciar um par de garotas curiosas de catorze anos como comparsas quando é deixada sozinha com elas e seu marido igualmente velho não está por perto para distraí-la?

Nesta tarde de setembro, quando Saba está tentando não deixar que os vapores outonais do Cáspio apaguem suas lembranças de Mahtab, ela lê para Ponneh e Khanom Mansoori uma história sobre um rapaz que tem dois amores. Uma é linda, a outra charmosa. Uma é calma, a outra exuberante. Uma o faz desejar sair em busca de aventuras ao redor do mundo, a outra o deixa tonto de romance e felicidade. Saba fica fascinada pela história, pelo estranho contraste e pela rivalidade. Quem ele irá escolher? Ela olha para Ponneh, que se deita de costas sobre uma parede de almofadas coloridas.

– Khanom Mansoori – Ponneh pergunta –, quem você acha que o rapaz devia escolher? – Saba marca a página com um dedo e fecha a revista. Ela também quer saber, mas jamais teria perguntado.

Khanom Mansoori balança a cabeça pequena e arredondada e diz: – O que importa o que eu acho? – Ela estala os lábios e seus olhos começam a fechar.

– Eu acho que importa – Saba diz. – Vamos, escolha!

– Bem – Ponneh interrompe. – Acho que ele não deveria escolher. Ele não deveria casar com nenhuma das duas. Assim elas podem continuar amigas.

Saba pensa um pouco. Ela resolve não deixar Ponneh terminar e volta ao artigo. Essas histórias sempre terminam com um dilema não resolvido. *O que você faria*, o autor provoca. Quando chegam ao fim, a velha Khanom Mansoori conta a Ponneh e Saba sua própria história de amor sobre um marido que a amou por setenta anos. Em troca, as meninas falam com Khanom Mansoori sobre a injustiça de ter catorze anos e não ter um amor.

A linda Ponneh com seus olhos amendoados lamenta ser obrigada a tolerar uma sobrancelha unida no meio até se casar ou, por um milagre, se tiver a permissão para arrancá-la antes. Saba reclama silenciosamente, nunca em voz alta, que seu nariz persa cresceu demais e que seu corpo está começando a ter curvas. Ela tem pneus de gordura, tão desgraciosos, e está brotando – ficando alta – enquanto Ponneh é delicada. Ela também gostaria de poder arrancar os pelinhos em volta dos olhos e dos lábios, e não queria ser tão morena, com olhos negros, cabelos negros e pele cor de azeitona. A pele de Ponneh é cor de porcelana e seus olhos e seus cabelos são um tom raro de avelã.

E, então, a velha, embora cochilando, diz algo que espanta as duas. Como um profeta, ela abre a boca e enche a sala de um silêncio temeroso.

– Eu fico imaginando se Mahtab está ficando bunduda como você.

Ponneh olha para Saba e começa a reclamar – O que é que você...

– Ah, fica quieta, Ponneh jan – diz Khanom Mansoori, sacudindo a mão na direção de Ponneh. – Saba sabe o que estou dizendo. Não é, menina?

Saba lambe os lábios secos e olha para Khanom Mansoori com os olhos semicerrados, como se estivesse tentando espiar por uma rachadura numa parede. – Mahtab está morta – Saba murmura, porque disseram a ela que isto é verdade. Ponneh fica radiante de orgulho e concorda com a cabeça, o que faz Saba sentir menos culpa por ter dito uma espécie de mentira e de ter crescido e se rendido ao processo lento e lúgubre da lógica dos adultos. Pronunciar aquelas palavras em voz alta a enche de pânico, como admitir em voz alta que não existe Deus depois de uma vida toda de fé. Uma voz sussurra, *Eu as vi entrar num avião.*

Mas Khanom Mansoori está sacudindo a cabeça, o que faz seu chador escorregar, revelando tufos de cabelo pintados com henna. – Hmmm... Disseram que você era inteligente, lida e cheia de intuição. E aqui está você, acreditando em tudo o que eles dizem para você acreditar. Você não sabe nem o que é verdade – ela sacode o dedo para Saba e olha zangada para ela –, o que é a verdade *final*, a verdade *verdadeira* que a maioria das pessoas não enxerga. Você não consegue nem acessar a magia de ser gêmea.

Saba está explodindo com as centenas de respostas que borbulham ao mesmo tempo, mas, antes que ela possa escolher uma delas, Ponneh se levanta de um salto. – Vamos, Saba – ela diz. – Nós ainda não almoçamos.

Mas Saba não se move. Ela fita os olhos baços daquela velha vidente, que mesmo através de uma cortina de cataratas conseguiu enxergá-la melhor do que seu próprio pai. – Mahtab está morta – ela repete, sua voz revelando um indício de encorajamento.

Khanom Mansoori se vale disso. – E quanto à carta? – ela murmura.

Saba lança um olhar arregalado para Ponneh, sua melhor amiga, que parece ao mesmo tempo aborrecida e envergonhada – afinal quem mais poderia ter contado à velha Mansoori sobre a carta? Ela tenta lembrar se chegou a pedir a Ponneh para não contar. Isso é uma traição? Ponneh ficará zangada se Saba achar que sim? Finalmente ela toma uma decisão.

– Estou grande demais para essas histórias – ela diz, sua voz cheia de confiança e maturidade. Ela sabe o que Khanom Mansoori está tentando fazer. Ela está chegando no fim da vida e sente prazer com essa conversa abstrata, com o tipo de *e se* que tira o ferrão e a eternidade da morte. Talvez ela queira que Mahtab esteja viva tanto quanto Saba. Ou, só pelo fato de saber que Mahtab está morta, alguém mantenha viva a sua memória.

De todo modo, atualmente a opinião de Ponneh é muito mais vital para a felicidade de Saba – e Ponneh é uma realista.

– Grande demais para se importar com sua própria irmã? – Khanom Mansoori ralha com ela. – Isso não é bom.

– A carta foi só invenção – Saba diz por causa de Ponneh. Depois ela acrescenta, porque as palavras parecem adultas: – Eu era apenas uma criança tentando superar.

Khanom Mansoori ri. – Invenção? Bem, eu não acredito em você – ela diz, encostando a cabeça na parede e adormecendo antes mesmo de terminar a frase. – Volte quando for mais velha e não adulta demais... Saiam as duas. Eu preciso de um cochilo.

Saba gostaria que Khanom Mansoori não dormisse. Ela tem vontade de esticar o braço e sacudi-la. Mas Ponneh pega suas duas mãos e a puxa com toda força para ela ficar em pé, e o impulso as faz correr às gargalhadas para a cozinha. Quando saem, Saba ouve a velha senhora roncar de leve, depois dar uma risada e resmungar: – Venha me ver quando a criança e a superação estiverem de volta. Elas sempre voltam quando você pensa que cresceu... sempre, sempre.

✳

Agha Hafezi tenta deixar um almoço – ou pelo menos sugere o que fazer para o almoço – para Saba quase todo dia quando está trabalhando em suas plantações de arroz. Nos seus piores dias, ele deixa dinheiro ou um bilhete para Saba entregar a uma das *khanoms*. Normalmente com uma mensagem do tipo "Você pode preparar o almoço da minha filha? E amanhã venha à minha casa e teremos um banquete com nossos amigos". Isto é uma barganha: Dê comida a Saba hoje, e amanhã você pode usar nossa cozinha farta e convidar quem quiser – duas tarefas, mas que valem um evento social custeado pelos Hafezis. Nos seus melhores dias, ele deixa um pote plástico com os ensopados favoritos de Saba, que sobraram de uma dessas festas. Hoje Saba encontra um enorme peixe branco descongelando num balde em cima da pia com um bilhete: "Saba joon, você já sabe cozinhar isto? Se não, chame Ponneh."

Ela olha para o saco plástico que Ponneh tira da mochila – arroz branco e truta defumada, um prato simples e barato. Ela se encaminha para a geladeira, mas Ponneh já está pegando duas colheres na gaveta. – Não se preocupe. Eu trouxe o bastante para nós duas.

– Obrigada. – Saba pega uma colher. Ela faz um sinal na direção do balde e do peixe caro enfiado lá dentro. – Talvez você possa levar isso para a sua mãe.

Mas Ponneh fecha a cara e sacode a cabeça. – Eu posso dividir um estúpido almoço.

– Desculpe – diz Saba, enquanto elas se sentam no chão no meio da cozinha cavernosa, sem janelas, dos Hafezis. O aposento é cheio de contrastes, com seu antiquado tanoor de Ardabil – resquício do tempo do seu avô, que gostava mais de pão do que de arroz, embora não alardeasse isso em Gilan – ao lado de uma geladeira industrial e sacos de arroz da plantação deles num canto, ao lado de um forno de restaurante. Para compensar sua gafe, Saba faz questão de comer na tigela de Ponneh – embora o pai tenha dito a ela para não dividir comida tão intimamente com os aldeões. Ela come uma colherada de peixe defumado e arroz amanteigado tão macio e leve que os grãos se soltam da colher e derretem em sua boca. Ela tenta pensar numa maneira de restaurar o orgulho de Ponneh e diz com a boca cheia da comida insossa da amiga: – E se eu comer tudo isso sozinha e você fizer uma dieta?

Saba come outra colherada, sabendo que isso irá agradar a Ponneh, que ela irá contar para a mãe e ambas se sentirão orgulhosas. Em Cheshmeh, a qualidade da sua comida determina a qualidade da sua família – e isso é algo que só Saba e mais ninguém pode dar a Ponneh, porque só ela tem o carimbo Hafezi. Talvez isso ajude a compensar por todas as vezes que Ponneh ofereceu a Saba tudo o que tinha de melhor – como no primeiro temporal depois que Mahtab partiu, quando Saba não queria sair da cama e Ponneh vendou seus olhos e a obrigou a ir até a despensa para uma surpresa. Depois de alguns momentos no escuro, Saba sentiu a respiração densa de alguém em seu rosto e então ouviu um cochicho familiar "Eu não quero", seguido por um grito de dor. Saba arrancou a venda e viu Ponneh torcendo a orelha de Reza e ralhando com ele até ele sair correndo. – Desculpe – ela disse para Saba, no tom penitente de uma garota que tinha tentado pagar o açougue ou a padaria com a promessa do salário da semana seguinte. – Eu ia conseguir que você recebesse seu primeiro beijo para você ficar feliz de novo.

Os olhos de Ponneh se entristecem e ela diz: – Você quer que eu faça dieta para ficar magrinha. Aí você pode ficar com o Reza para você e me deixar de fora... como na história da "Bifurcação na estrada" onde uma menina é deixada de fora.

Saba olha espantada para Ponneh e tenta entender que jogo elas estão jogando agora. Ela procura uma resposta. – Isso é diferente! Você não pode se apaixonar por duas pessoas.

Ponneh sacode os ombros. – Quem foi que disse? Você não gosta disso porque quer uma grande história de amor como as das revistas ocidentais que não acontecem na vida real. E você gosta de brigar. Você e Mahtab estavam sempre competindo pelas coisas. Agora você está tentando competir comigo.

A menção a Mahtab causa uma ardência em seu peito que Saba tem vontade de arrancar com as unhas. Como Ponneh tem coragem de falar assim? Quem ela pensa que é para mencionar os defeitos de Mahtab? – Nós não competíamos – Saba responde zangada. – Eu apenas não acho que o seu jeito possa dar certo.

– Poderia dar – Ponneh diz. – E Reza concorda comigo. O baba dele foi embora para formar uma nova família quando poderia ter trazido todos para cá. Eles poderiam ter ficado todos juntos. É melhor ter bons amigos a vida inteira do que vencer uma estúpida competição de amor.

– Não é uma competição... – Saba quer que a amiga entenda, mas Ponneh sempre foi uma dentre muitos – nunca parte de um par.

Ponneh a interrompe. – Eu digo que três é sempre melhor que dois. No fim, é um amigo que ajuda você. Olhe para Khanom Omidi e Khanom Basir e todas essas mulheres. Elas fazem mais umas pelas outras do que por qualquer marido.

– Isso é conversa de camponês – diz Saba. – Está escrito na Bíblia e em toda parte.

Ponneh fica pensativa. – Talvez... Mas eu acho que seremos nós três para sempre. Você, eu e Reza. Mesmo se casarmos com outras pessoas, ou se você for para a América.

– Ok – Saba resmunga. O estômago dela dói. – O que você quiser.

Ponneh continua: – Talvez nós todos possamos fugir para a América e pintar o cabelo de amarelo. E você e eu podemos usar batom vermelho o dia inteiro na rua como na revista *Life*!

– Ótimo. – Saba larga a colher e se levanta para ir embora. Ela ainda está zangada porque Ponneh não se desculpou por ter falado mal de Mahtab. E suas costas estão doendo.

Saba sai da cozinha pisando duro. Ao se dirigir para a sala, ela ouve o grito de Ponneh atrás dela: – Meu Deus! O que é *isso*?

Khanom Mansoori se mexe nas almofadas. – Que barulheira é essa? – ela resmunga e estala os lábios várias vezes antes de abrir os olhos. Saba se vira e vê Ponneh parada atrás dela, boquiaberta. Khanom Mansoori está rindo baixinho: – Ah, pelo amor de Deus, eu estou velha demais para estas coisas *bazi* de garotas.

Ponneh corre para Saba e diz: – Não se preocupe! Vou chamar minha mãe e nós vamos levar você para um hospital em Rasht. Espere aqui.

Saba acompanha o olhar de Ponneh por cima do seu próprio ombro até o fundilho das suas calças. Ela dá um grito quando vê o sangue. Ela está coberta de sangue, e agora as duas meninas estão gritando. Khanom Mansoori está tentando levantar seu corpo do tamanho do de uma criança, resmungando: – Aiiii... Não precisa de hospital. Parem de berrar e de fazer drama, por amor de Alá. Deixe-me pensar direito e eu vou explicar.

A expressão espantada num rosto marcado por anos de experiência faz Saba ficar mais apavorada ainda. Deve ser câncer. Ou um tumor rompido. Ou hemorragia interna. A velha diz: – Ponneh jan, é melhor você chamar Khanom Omidi, Khanom Basir ou outra pessoa qualquer...

Khanom Omidi e Khanom Basir só levam dez minutos para chegar e, quando chegam, ficam rindo e cochichando como se nada estivesse errado. Saba tem vontade de gritar para elas calarem a boca e prestarem atenção. Ela está morrendo, e elas podiam ao menos demonstrar tanta preocupação quanto demonstraram quando todos eles encenaram a morte de Mahtab e a mandaram embora para a América.

– Deixa eu ver como dizer isso – Khanom Omidi diz enquanto mastiga um pedaço de pão árabe. Ela deve ter sido chamada no meio de uma refeição. Ela ajeita o cinto e dá um tapinha na mão trêmula de Saba enquanto tenta explicar. – Antigamente, teríamos que contar para toda a aldeia... e tem essa história... deixa eu ver – Ela vai se sentar e, nunca esquecendo do olho vesgo, puxa Saba para a sua linha de visão. – Bem, era uma vez uma menina chamada Hava... e Alá determinou que o preço do pecado...

Khanom Omidi está resmungando agora, procurando algum conselho inteligente na memória. Ela tem o hábito de dar conselhos sobre tudo (entenda do assunto ou não) como moedas e amoras secas dos milhares de bolsinhos costurados nas dobras de suas túnicas. Esta mulher indulgente faz Saba se lembrar da boneca vitoriana em sua escrivaninha, aquela com bolsos empoeirados costurados por todo o vestido para esconder joias onde ninguém poderia adivinhar. Às vezes, Saba também enfia moedas na bainha de suas roupas só para sentir aquela sensação de segurança de possuir um plano secreto. Ela gostaria de ter um plano secreto hoje.

Ela tenta lembrar um capítulo sobre sangue e mulher adulta num dos livros médicos de sua mãe, algo sobre ciclos e hormônios. E aconteceu alguma calamidade como esta num romance? Geralmente, nos livros, se um trecho parece estranho, ela põe a culpa no seu inglês e segue em frente. Agora, Khanom Basir, a Malvada, pega a mão de Saba. Saba tenta retirar a mão, mas criar dois filhos deu uma força incrível àquela mulher horrível – e uma expressão de uma cobra prestes a dar um bote, olhos redondos, rosto chupado e um sorrisinho astuto, malicioso.

– Parem com isso – Khanom Basir diz para as outras mulheres, rindo disfarçadamente. – Rir de uma menina no seu primeiro *incômodo* é como cutucar um camelo adormecido.

Saba e Khanom Basir passam a meia hora seguinte sozinhas no banheiro escuro ao lado da sala. – Você não está morrendo – ela convence Saba com seu tom severo. Depois ela explica tudo – quase tão cientificamente quanto sua mãe teria feito. – Essa não é a pior das pragas. Nós sangramos uma vez por mês e em troca os homens têm que trabalhar e sofrer até morrer. Eles fedem. Eles têm pelos por toda parte. O corpo deles é uma vergonha de ver – tudo espalhado para fora daquele jeito... Vou dizer uma coisa para você, Saba jan, eu amo os meus filhos, Deus sabe que eles são perfeitos, mas... Na sua noite de núpcias, quando você vir aquilo, você vai saber o que eu estou dizendo e vai agradecer a Deus pelo que Ele deu para você.

Depois, Saba reflete que, apesar de todas as superstições misturadas na explicação, nenhuma das outras mulheres teria se saído melhor em revelar os mistérios de ser mulher sem complicações e nem pudores. É claro que, se a mãe de Reza soubesse que Saba está imaginando todas essas descobertas feitas na noite de núpcias com um dos seus preciosos filhos, talvez ela tivesse sido bem mais cuidadosa com as palavras. Ainda assim, Saba é grata pela bondade de Khanom Basir, por sua tentativa de deixá-la à vontade com seu corpo. Talvez sua mãe tivesse feito o mesmo. Só que teriam sido apenas elas duas e Mahtab.

– Devo ligar para a minha mãe? – Saba pergunta. – Eu quero ligar para ela.

Ela vê que o corpo de Khanom Basir fica tenso. – Sua mãe não pode receber telefonemas onde está.

– Por que não? – Saba pergunta, talvez agora que é uma mulher, ela tenha direito a saber um pouco mais da verdade. – Eu sei que ela está na América. Eu quero ligar para ela. Por que não posso ligar para ela?

– Ah, Deus nos ajude... Ela não está na América – Khanom Basir diz friamente. – E cabe ao seu pai decidir quando contar tudo para você. Então não use isso como desculpa para criar mais um drama típico de Saba. Certo? Parte da sua condição de mulher é aceitar coisas que aconteceram e não fazer do seu sofrimento o centro de tudo. Está entendendo?

– Sim – ela murmura. Se sua mãe estivesse ali, Saba diria a ela que suas costas estão doendo. Se sua mãe estivesse ali, Saba contaria para ela a definição de todas as palavras que ela procurou no dicionário. Ela lhe mostraria as listas que fez desde que se separaram – listas de suas canções favoritas, de palavras em inglês que ela sabe, de filmes a que assistiu e livros que leu. E, no dia que elas tornarem a se encontrar, sua mãe vai querer saber de tudo isso.

Quando voltam para a sala de estar, Ponneh dá saltos e gritos de alegria. Aparentemente, ela também recebeu uma explicação. – Bom trabalho, Saba! Você agora é uma mulher.

– Quieta, menina – diz Khanom Omidi, jogando alguns jasmins secos que tira do seu chador no ar em volta de Saba. – Você quer que o mundo inteiro fique sabendo dessa coisa suja?

Mas Ponneh as ignora. Ela dá um passo para o lado e aponta para uma bandeja de chá no chão com tantos floreios que a pessoa fica esperando um banquete Norooz e não chá com biscoitos que Ponneh parece ter achado no fundo da despensa de Saba. – Eu preparei para você um lanche em comemoração a *tornar-se mulher*. Para você não desmaiar ou congelar com a perda de sangue.

Ela lança um olhar ansioso para Khanom Mansoori, e a velha balança vagarosamente sua cabeça tingida de henna, com os olhos semicerrados de sono e erudição, como que para dizer, *sim, Ponneh jan, você aprendeu a ciência disso*.

Alguns minutos depois, Reza aparece na porta e é enxotado pelas mulheres com grande estardalhaço. – Vá embora, vá embora. Isto aqui não é da sua conta!

Ela imagina se Mahtab também cruzou essa etapa memorável hoje – porque elas não são gêmeas idênticas e ligadas pelo mesmo sangue? Se sua mãe estivesse ali, Saba diria a ela que *se sente* mesmo mais velha. Mamãe responderia que sim, que ela sem dúvida está crescida. Mas então Saba pensa que talvez fosse uma ingratidão se focar na mãe agora – quando todas essas mulheres mais velhas se esforçaram para cuidar dela e até enfrentaram a vergonha de discutir assuntos que toda persa que se preza costuma enfiar para baixo do tapete.

– Desculpe por ter gritado – ela diz para Ponneh, e aceita um biscoito em homenagem a *se tornar mulher* diretamente da mão suja da melhor amiga.

A contadora de histórias

(Khanom Basir)

Toda mulher tem um talento, e, se você me perguntar, todo talento é valioso e importante. Mas, como sempre, Bahareh Hafezi não concordou comigo. Ela disse às filhas: se você não se mostrar inteligente o bastante para curar corpos lado a lado com os homens ou projetar estruturas maravilhosas como os trinta e três arcos ou escrever lindos versos como o *Rubaiyat*, então o mundo pode decidir que você vai ser a dama que faz os melhores bolos ou os ensopados mais saborosos ou o melhor cachimbo de ópio para o seu marido. Esse vai ser o seu papel.

– Um triste destino! Trabalho sem valor! – ela dizia quando queria que as meninas lessem um livro.

Que *bazi* louca! A mulher era tão unilateral quanto a moeda de um mulá. Afinal de contas, o talento de Khanom Omidi era cozinhar, e, se ela tivesse escolhido ser uma neurocirurgiã, quem faria o perfeito pastelão de arroz com açafrão, da espessura exata, cheio de amêndoas, nunca embolotado? As meninas costumavam vê-la preparar o pastelão, triturando pacientemente as longas gavinhas de açafrão com um pilão, o arranhar do pólen na pedra soltando o aroma tanto de um banquete indigesto quanto de um perfume suave, e manchando seus dedos gordos e já amarelos de cor de laranja. Como um mágico, ela tinha inúmeros utensílios que não me deixava usar. Um descoraçador de cerejas. Uma forma em formato de flor sobre uma vara comprida para fazer Pão de Vitrine. O pequeno pilão.

Aquela mulher era a Feiticeira do Açafrão.

E este era o motivo pelo qual ela era feliz e ainda tinha saúde naquela idade, porque, como todas as pessoas da província de Gilan sabem, o açafrão faz você rir. Quando o sol se põe ao final de cada dia, todas as mulheres nos arrozais inundados voltam para casa cansadas com as calças arregaçadas e as pernas molhadas e doentes, um pano triangular colorido, o *chadorshab*, amarrado em volta da cintura para proteger as costas e carregar isto ou aquilo. Em outros lugares, as mulheres que trabalham nos campos de rosas de Qamsar ou nos campos de chá em Gilan voltam para casa cheirando a rosas e chá, com as saias cheias de folhas de chá e de pétalas de rosa que elas passaram o dia colhendo; mas em outras partes do Irã, as mulheres das plantações de açafrão voltam em grupos alegres, rindo às gargalhadas, e elas continuam a rir até tarde da noite.

As meninas Hafezi foram informadas de que seus talentos estavam em seus cérebros e que isso as faria diferentes. Elas iriam continuar a tradição de sucesso e riqueza da família. Essa expectativa estava em cada palavra, cada gesto, cada promessa.

– Podemos ir à praia? – elas pediam ao pai.

– Minhas filhas, eu as levarei para o mar e as secarei com notas de cem dólares – ele dizia, porque isso era um sinal do seu amor e do seu compromisso.

Mais tarde, no dia em que os planos deles deram errado e ele ficou apenas com Saba, ele disse a ela: – Saba jan, você não precisa ir para a América. Você é brilhante e tem bom gosto. – E isso significava que Saba ainda brilharia aqui, aos olhos do seu baba.

Talentos, na opinião dos Hafezi, transcendiam local e circunstância.

Sabe, eu também tenho um dom – o melhor de todos, um poder sobre as palavras, sobre as histórias, sobre verdade e mentira. Eu sou conhecida como contadora de histórias. Por dinheiro, eu faço cestas e chapéus e esteiras de palha, mas para os meus amigos sou capaz de tecer uma trama com tanta sutileza, com tanta beleza, com tantos altos e baixos, com tantos sussurros e gritos, que crianças e adultos ficam hipnotizados como serpentes num cântaro. Eles oscilam comigo, permitem que os carregue para longe. Depois, quando termino, eles esperam ansiosamente para ouvir: *Lá fomos nós e havia... Qual deles? Iogurte ou refresco de iogurte? Maast? Doogh? Verdade? Mentira?* Sob o quente cobertor *kursi* dobrado sobre um fogareiro quente, onde os pés são aquecidos e as histórias contadas, eu reino. Embora digam que o *korsi* é o local de origem de todas as mentiras.

Fui eu quem falou primeiro com Saba sobre seu corpo, sobre casamento, porque a mãe dela não tinha falado. Tudo bem, eu não contei a história toda. Usei do floreio costumeiro de uma contadora de histórias, fantasmas e doenças, mortes prematuras e a ínfima possibilidade de alguma vaga satisfação. Mas, principalmente, eu contei a ela isto: que livros acabam com a energia sexual de uma mulher, com sua sedução natural. Ela pode ser extinta, você sabe. Mas Saba e Mahtab não tinham conserto desde os três anos, eram educadas demais para um dia entender como seduzir um homem. Claro que podem se meter em encrenca como qualquer um, mas conseguem seduzir os meninos com os olhos como Ponneh? Meninas que sabem ler livros não sabem ler homens.

Foi a mãe delas quem lhes deu este destino, com seus cadernos e suas ideias e seus medos. Ela costumava observar as meninas e morder os lábios até sangrar porque queria que elas tivessem destinos grandiosos; e quando você assume uma tarefa dessas não pode ficar tomando chá e fofocando, tirando a sobrancelha umas das outras. Você tem que esquecer as distrações. Esse era o tipo de amor materno dela. Grandioso, inútil.

Ela arruinou aquelas meninas. Bem lá no fundo, onde ninguém podia ver, alguma coisa se tornou atrofiada. O pai também não ajudou – porque, me diga, como uma menina que foi instruída a se secar com notas de cem dólares pode algum dia se tornar uma boa esposa?

CAPÍTULO 3

OUTONO DE 1988

Aos dezoito anos, Saba já havia juntado quinhentas páginas de palavras simples e complicadas em inglês, não só para um dia mostrar à mãe – embora, após sete anos sem notícias, suas esperanças estejam diminuindo – mas também porque as listas de palavras tornaram-se parte da vida dela. Tendo estudado a língua desde pequena com uma intensidade jamais vista em Gilan, Saba sente uma pontinha de orgulho toda vez que se vê pensando em inglês.

Vile. Vagrant. Vapid. (Vil. Vagabundo. Vápido.)

Saba olha para um trio de garotas a esmo no beco atrás de uma loja local – um cubículo quadrado que não se sabe como tem tudo para vender, não apenas ovos e açúcar, mas leite em sacos plásticos com a ponta cortada para despejar numa jarra, uma dúzia de variedades de picles, açafrão, sabão, pilhas de borrachas de lápis, relógios de brinquedo, frutas secas, azeitonas e nozes. Cada cantinho está apinhado de coisas – pilhas de mercadorias sem muita ordem, uma atrás da outra, estendendo-se até o fundo, além das paredes internas, sacos de arroz ao redor da caixa registradora, dentes de alho pendurados sobre a porta. Saba segura sua cesta de palha, agora cheia de chá e açúcar, e se afasta das garotas que estão agachadas bem perto umas das outras no outro canto do beco. Embora elas disfarcem bem, Saba é esperta o suficiente para saber o que elas estão fazendo. É um ato íntimo, um risco compartilhado, fumarem juntas em público. Ela sorri da fumaça que sobe das dobras do chador azul de uma das garotas, uma vestimenta extra desnecessária, uma vez que sua túnica Gilaki colorida é suficientemente recatada. Mas chadors são ideais para esconder coisas. A garota puxou o seu bem alto sobre um lenço apertado e uma saia comprida em verde e vermelho não porque seja devota. Não, esta garota só está entediada, fazendo travessuras, como Saba faz com as amigas na despensa da casa dela.

Lá em cima, um corvo grita do seu poleiro num fio de telefone.

É outono de novo. O chão está coberto de frutas silvestres pisadas, pedaços de casca de laranja e latas amassadas. O vento carrega sacos plásticos para as copas das árvores. Secas e molhadas, folhas verdes e amarelas voam pelas ruas. O ar tem cheiro de chuva, de um punhado de grama molhada de orvalho que você leva ao nariz. Saba se sente presa ali, com os pobres bem-aventurados, num mundo feito de partes sobressalentes de diferentes eras. Um grupo de mulheres mais velhas passa por ela. Sobre seus vestidos de saias compridas, com cores berrantes e descombinadas, elas se cobrem pelo preto austero das mulheres da cidade. Elas devem estar indo pegar um ônibus para Rasht ou para um santuário, onde serão corvos pretos alisando as penas com o bico numa fila. Ela observa as partes delas mais diferentes de sua mãe, com suas roupas elegantes, seus livros proibidos e suas unhas vermelhas e desafiadoras. As mulheres da aldeia sacodem suas asas de pano e ficam bem juntas umas das outras. Uma delas enrolou duas vezes o chador em volta do peito e amarrou na frente – praticidade rural, bem fora de moda. Saba fita seus narizes grandes e aduncos e observa o modo como uma outra segura o pano com os dentes para ficar com as mãos livres para carregar sacolas. Os lábios dela desaparecem atrás de camadas de pano preto e de repente ela tem um bico de pássaro. Saba se parece mais com Bahareh Hafezi ou com esta mulher?

Ela cumprimenta as mulheres com um aceno de cabeça e continua andando. Minutos depois, entra numa estradinha de terra no final do centro da cidade e fica por ali. Ela não devia estar ali sozinha. O pai não gosta quando Saba se torna um alvo, como ele diz. Mas foi ali que o Tehrani prometeu encontrar-se com ela; então é ali que ela vai esperar. Ele aparece quinze minutos depois, um rapaz de vinte anos, seboso, viciado em ópio, com uma barba irregular, dentes amarelos e uma calvície prematura no meio do cabelo comprido demais. Ele sacode um saco plástico preto na cara dela.

– Cem tomãs – ele diz. – Nenhum cumprimento como sempre. Saba nem mesmo sabe o nome do Tehrani. Só que ele é primo do primo de alguém e que ele vem de Teerã com tesouros ilegais para vender. A maioria dos vendedores de vídeos são mais limpos, mais cuidadosos com suas roupas. Mas Saba prefere este porque ele conhece seu material. Nenhuma análise truncada de filmes que ele não viu, nenhum conselho inútil. ("Sim, *India Jones*", um dos vendedores de vídeos recomendou uma vez, "um ótimo romance indiano".) O Tehrani era um conhecedor.

Ela enfia a mão no bolso e entrega a ele algumas notas. Ele ri.

– *Cada um* – ele diz. – Eu trouxe coisa boa. Tudo chegou este mês. Ele olha em volta. – O preço cobre a viagem e a encomenda especial. Eu só faço isso para você.

– Ainda assim é caro. Deixa eu ver primeiro – ela diz, e, quando ele hesita, ela acrescenta: – O que é, você acha que eu vou fugir com isso?

Ele dá um riso debochado e entrega o saco para ela. Saba olha para dentro. Ela tenta não demonstrar surpresa com medo do preço disparar – porque dentro do saco tem nada menos que seis revistas, pelo menos metade delas de moda, nenhuma com mais de um ano, dois videoteipes e cinco audiocassetes. Do fundo do saco, Saba tira um livro velho, sem capa. – Meu Deus – ela murmura.

O Tehrani sorri. Ele endurece os ombros e diz – ok, ok – quando Saba atira os braços em volta do seu pescoço sujo. – Eu disse que ia conseguir, não disse?

Ela torna a pegar o livro. *Versos satânicos* de Salman Rushdie. Saba nunca leu um romance no mesmo ano em que ele foi publicado. Muito menos um romance que poderia condená-la à morte.

– O livro, como a gente combinou, custa mais caro – diz o Tehrani, mas Saba não liga, embora ela saiba que esse é um livro que ela terá que queimar depois de ler. Ela revira um dos cassetes na mão.

– Foi o que você pediu – o Tehrani diz orgulhosamente. – O meu homem na América gravou as Quarenta Mais Tocadas no rádio, além dos de sempre: Beatles, Marley, Dylan, Redding, U2, até Michael Jackson, a voz do demônio em pessoa. Ah, os vídeos são programas de televisão *deste* ano. Som claro desta vez, quase sem interferência. Acredite em mim, você vai gostar.

Saba enfia um maço de notas na mão do Tehrani. Ele conta as notas e diz:

– Tenho uma surpresa da América para a minha melhor freguesa. – Ele mostra uma garrafa amarela – um tesouro que Saba procura diariamente desde a revolução, junto com muitas outras coisas estrangeiras que ela costumava gostar. – Neutrogena, todo seu – ele diz. – Vá deixar suas amigas com inveja.

Saba abre o vidro e cheira. – Você é a última alma boa de Teerã.

Ele dá uma tossida e diz: – Que tal um beijo, então? – Dando um tapinha no rosto. Saba ergue uma sobrancelha, deseja boa viagem a ele e se dirige rapidamente para a sua ponta da aldeia.

A alguns passos da casa, ela ouve vozes saindo das janelas abertas da sua ampla sala de estar. Primeiro os gemidos agudos das khanoms, tensos e ofegantes, seguidos pela voz arrastada dos homens da aldeia, falando devagar, tentando falar com inteligência. Nenhuma delas é a voz do seu pai.

Alguém dá uma risada. Outra pessoa diz: – Juro que não estou exagerando. Quero que Deus me faça cair morta agora mesmo...

Saba resolve entrar pelos fundos, usando uma portinha que dá no corredor ao lado do quarto dela. Ela fecha a porta e joga sua sacola de plástico cheia de compras em cima da cama, depois esconde o saco cheio de contrabando ocidental debaixo do colchão. Ela olha para o espelho. Grandes tufos de cabelo vermelho alaranjado escaparam do xale, enrolado frouxamente, em estilo urbano, ao redor dos ombros. No mês anterior, ela deixou entrar uma mulher de setenta anos, que tinha um salão de beleza secreto na sala da casa dela, pintar seu cabelo – um erro caro.

– Saba. Saba, vem se juntar a nós, menina.

Ela pega um pano e tira toda a maquiagem do rosto enquanto tenta distinguir cada voz. Será que Reza está lá? E Ponneh? Ela tenta decifrar a conversa para ver se Reza e Ponneh já estão estabelecendo o álibi que os três vão usar dentro de uma hora ou duas para fugir – mas a cacofonia de vozes não inclui as deles. Ela puxa o xale atrás do pescoço: se não pode soltar o cabelo, ela prefere o jeito Gilaki tradicional de enrolar o tecido em volta do pescoço e amarrar atrás, tomando cuidado para exibir um dedo do cabelo repartido no meio. Antes de sair, ela olha para a pilha de livros de inglês, os únicos livros ocidentais que ela pode deixar à vista sem medo de multas, prisão ou no mínimo uma bronca do pai. No topo da pilha, um livro de ciências está aberto, mostrando uma grande fotografia de uma flor num lindo tom de laranja. A legenda diz: "Lírio Pantera da Califórnia".

Vibrante, Saba pensa, revendo a lista de palavras que decorou hoje – todas com a letra V. Então ela repete diversas vezes para si mesma enquanto checa mais uma vez o quarto *Verdejante*... Se sua mãe estivesse ali, Saba usaria *verdejante* numa frase. Se Mahtab foi mesmo para a América, Saba imagina quantas palavras em inglês ela não saberá agora. Provavelmente todas elas – mais do que você pode aprender em livros e revistas americanas contrabandeadas ou folheando um velho dicionário infantil. Mas Saba tem dezoito anos agora e conhece o mundo dos adultos. Ela não fala assim de Mahtab porque garotas mortas não podem aprender inglês. Ainda assim, o mistério da partida de sua mãe mantém Mahtab viva – um dia Saba irá conhecer toda a verdade.

※

No corredor, ela quase dá um encontrão no pai, que gosta de andar pensando sobre quatro coisas diferentes ao mesmo tempo. Ele não é um homem muito grande, mas tem as feições sólidas e dominadoras que faz Saba lembrar de um lutador. Ele possui linhas escuras acima das faces e bochechas cinzentas. Seus olhos úmidos, tristes até quando ele está sorrindo, dão-lhe um ar de bondade. Ele não fala muito, prefere ser breve em suas ideias e explicações. Mas ele é muito firme em suas opiniões, e uma delas é que ele prefere se resguardar em vez de expressá-las. Ele gosta de coisas boas, e foi por isso, ele sempre diz a ela, que se casou com uma mulher que tinha mestrado e teve filhas que estudaram inglês por prazer antes de poderem andar de bicicleta.

– Saba jan, você pode vir ajudar? Nós temos um grupo grande hoje. Mulá Ali trouxe algumas pessoas... – Seu bigode grisalho sobe e desce e suas bochechas balançam enquanto ele mastiga. – Eu vi os teipes de música – ele acrescenta. – Você tem que jogar fora mais alguns. Uma coleção daquele tamanho vai trazer problemas. Imagina se o seu primo Kasem vê isso?

– Ele virá? *Ele* não vai entrar no meu quarto! – Ela estremeceu. – Odeio ele... sempre olhando para mim daquele jeito repulsivo e venerando o Mulá Ali. – Ela põe a língua para'fora, de nojo.

Agha Hafezi lança um olhar de alerta para a filha. – Ele é filho da minha irmã. E demonstre algum respeito ao Mulá Ali. Ele é um homem decente, e não quero problemas.

Ela sai andando, resmungando baixinho: – Todos os mulás são uns porcos, até os decentes.

– Cuidado com a língua – seu pai murmura. Depois ele cede: – Sim eu sei... mas você costumava ser sensata. Pare de bancar May Ziade. – A tentativa dele de acalmá-la com delicadeza vai por terra quando ele menciona May Ziade, a feminista árabe cujo último nome, Ziade, significa *"demais"* em persa. O pai adora usá-la quando aconselha Saba a controlar suas tendências feministas. – O nome diz tudo! – ele vive dizendo. – Ele deveria ensinar alguma coisa para você sobre moderação. – E, então, ele sempre acrescenta, como que para induzi-la a se comportar: – Você sabe, manter silêncio, não expressar opiniões, é um talento das pessoas mais inteligentes do mundo ocidental. Isso demonstra autocontrole.

May é um bom nome, Saba pensa e cruza os braços, talvez para enfurecê-lo.

– O que foi? – o pai dela suspira. – Diga-me. O que você está tão ansiosa para dizer?

Ela se vira e desabafa: – Não é justo você falar comigo como se eu fosse uma delinquente. Quando foi que eu causei algum problema? – Isso é uma espécie de verdade, já que ela se tornou especialista em realizar seus desejos proibidos sem criar problema.

O pai olha na direção da sala. Ele ainda está cochichando, mas seu tom é alto como sempre. – *Quando?* Eu vou dizer a você *quando*. Quase todo dia eu tenho que defender você para alguém. Ah, não, Khanom Alborz, aquela com sandálias e unhas dos pés pintadas de vermelho não era a minha filha. Não, não, ela não quis dizer nada demais com aquela observação, Mulá Khan. Não, Khanom Basir, não era a minha filha a moça que estava dando em cima do seu filho. O que você está pensando, Saba? Aqui não é Teerã. Todo mundo conhece todo mundo!

Esta última observação dói. Ela tentou muito manter em segredo seus sentimentos por Reza. Ela retirava a mão todas as vezes que ele tocava nela, o rosto ardendo dos sorrisos cúmplices dele. Mesmo na despensa, quando seu pé descalço fica muito perto do dela, ela tenta não ceder, exercer o controle!

– Eu não fiz nada...

Mas seu pai está só começando. Ele anda de um lado para o outro, puxando a pintura da parede como se não conseguisse controlar as próprias mãos. – Qual é o problema? Ajude-me a entender! Você é infeliz? Você tem os melhores tutores e os seus livros, além de todas essas mulheres para tomar conta de você. Por que quer pôr em risco o seu futuro? – Ele puxa uma mecha de cabelo vermelho da frente do seu xale e joga para o lado e Saba deseja que ele pudesse ver o quanto ela é cuidadosa, o quanto ela é sensata, talvez até sagaz. – Você não consegue nem se livrar dessa maldita música! Eu não sei o que fazer. Eu gostaria...

Uma expressão perdida, confusa, surge no rosto envelhecido de Agha Hafezi.

– O que você gostaria? – Saba murmura. *Que eu fosse Mahtab? Que ela é que tivesse sido deixada para trás?* Quando as gêmeas nasceram, Saba tinha o cordão enrolado no pescoço. Mahtab esperou pacientemente, cor-de-rosa e linda, sem derramar uma lágrima. Saba, por outro lado, estava azul e quase morta de impaciência. Uma vez, numa festa, Saba ouviu uma tia comentar se a impaciência de Saba quando era bebê não teria prejudicado o seu cérebro. Afinal de contas, não era Mahtab a mais inteligente? *A gêmea mais adequada para a América.* Quando sua irmã estava ali, Saba costumava rir desse tipo de conversa, porque Mahtab era sua outra metade e não importava qual a metade que era considerada boa e qual a que era considerada má.

O pai sacode a cabeça. – Está na hora de você arranjar um marido.

– Não era isso que você ia dizer – ela provoca. Seu pai é um homem progressista. Isso não tem nada a ver com casamento. – Você gostaria que eu fosse Mahtab! – Ela sente os olhos se enchendo de lágrimas e deseja que pudesse parecer mais adulta, que tivesse o coração mais duro e já tivesse deixado para trás as gorduras da infância.

O pai arregala os olhos. – *O quê?* – Ele parece agitado e confuso. – Sim, eu às vezes sinto falta dela! – ele diz. – Você pode me culpar por isso? Se eu tivesse agido de outro modo...

Ele desvia os olhos. O que ele está pensando agora? É a culpa que está fazendo tremer suas bochechas? Remorso? Embora nunca tenha perguntado, Saba imagina que o pai tenha pesadelos; que ele não diga a ela para onde foi sua mãe porque ele estava lá e não pode mudar os fatos. Que estranho ser a pessoa encarregada de uma carroça quando tantas peças estão quebrando e caindo ao longo do caminho. Em que momento você simplesmente larga as rédeas e se deixa cair também? Quem você chama para salvá-lo?

Ela toca os lábios com dois dedos. – Desculpe – ele diz. – É claro que eu não quis dizer *isso*. – Saba apenas sacode os ombros. Agha Hafezi suspira alto. – Eu quis dizer que a vida seria mais simples se eu pudesse ter sido um pai melhor, para que vocês duas pudessem estar aqui... mas todo mundo sabe que gêmeos são iguais. Você e Mahtab, que Deus a tenha, são iguais para mim.

Todo mundo sabe que gêmeos são iguais. Esta é a filosofia dos seus pais. O destino é determinado pelas leis de sangue e DNA, e duas meninas que são geneticamente idênticas sempre viverão a mesma vida, sempre proporcionarão o mesmo consolo para seus pais – não importa onde estejam.

– Baba – ela diz, depois pigarreia. – Por favor, me diga para onde a Mamãe foi.

O pai esfrega os olhos, o que é uma tentativa óbvia de evitar encará-la. Finalmente, ele olha para ela com um sorriso fraco. – Quando você era pequena, Khanom Basir costumava contar-me tudo a seu respeito. – Ele ri e Saba pensa o que isso tem a ver com sua mãe. – Ela me contou que você inventou uma carta de Mahtab para distrair seus amigos. Ela chamou isso de estresse.

O que ele está tentando fazer? Ela imagina se o pai esteve no hookah. Ele põe a mão no ombro dela. – Gosto do seu jeito de lidar com coisas impossíveis – ele diz –, do jeito como você constrói um mundo perfeito para si mesma e diz para todo mundo *é isso*... Torna a vida mais simples... Então, para apagar as lembranças ruins, digamos que sua mãe está na América... só até eu mesmo ter certeza de algumas coisas.

Uma parte dela quer insistir, dizer mais uma vez que *viu* a mãe e a irmã entrarem naquele avião, e que ele pode parar de fugir das possibilidades mais nebulosas, mais difíceis de explicar. Ela quer obrigar o pai a finalmente contar a ela. *O que aconteceu? Por que eu não posso falar com ela ao telefone?* Mas o pai parece uma criança perdida e ele também não tem uma mãe, uma esposa ou uma irmã. Ela se lembra dos dias depois da separação quando ele passava dezesseis horas por dia falando no telefone do escritório. Nem refeições, nem visitas, apenas uma ligação atrás da outra para agências e burocratas e mulás – até algumas conversas em voz baixa com as amigas da mãe e membros da comunidade cristã ilegal, pessoas que Saba identificava como sendo amigos verdadeiros do seu pai, embora eles nunca viessem jantar como os mulás frequentemente fazem. Eles diziam ao pai dela que tudo daria certo, que ele devia manter a fé e rezar para Jesus afastar suas dúvidas. Será que ele manteve a fé? Talvez... mas ele também manteve uma mala debaixo da escrivaninha – uma escova de dentes, uma garrafa de água, um pijama – caso o seu Deus o abandonasse e ele fosse preso sem aviso. Saba às vezes reza para Jesus. Embora não tenha certeza, já é suficiente para ela que sua mãe acreditasse – saber que isso a deixaria orgulhosa. Ela decide que seu pai já foi pressionado demais por ora. Ele está tentando tanto manter o sorriso. É melhor ser gentil, fingir junto com ele. Embora ele esteja apenas tentando animá-la, ela vai ser generosa e fingir que acredita.

– Está bem – ela diz – é isso que diremos a eles.

– Não – ele diz, com a expressão subitamente cautelosa. – Esses são assuntos particulares. – Com isso, o momento se perde, assim como a chance de Saba de ser boa para o pai – *uma coisa estúpida de tentar,* ela pensa.

Saba vai silenciosamente para o fundo da sala, aquela decorada em estilo persa, com velhos tapetes, esteiras de palha e almofadas em volta de um pano, um *sofreh,* em vez de mesa e cadeiras. Esta é a única sala onde seu pai recebe aldeões. A sala de jantar ocidental, com os tapetes Nain e as cadeiras trabalhadas, quase não é usada, a não ser quando os professores particulares de Saba vêm de Rasht. Ela gosta de estudar ali porque tem uma janela grande e fotos da mãe e de Mahtab. Nos verões, quando elas eram pequenas e os tapetes eram arejados e examinados para ver se havia algum mofo, ela e Mahtab costumavam deitar de bruços no chão de ladrilhos da sala ocidental só de calcinha para refrescar a barriga. Agora, na sala informal, ela se posiciona atrás das Três Bruxas Khanom e da mãe de Ponneh, Khanom Alborz, que frequentemente é uma adição relutante ao grupo.

Saba se lembra das palavras do pai. Será que todos sabem sobre Reza? Estarão zombando dela? Sua cabeça gira.

Vertigo (vertigem), ela pensa que isso se chama em inglês.

Por causa dos religiosos, as mulheres estão cobertas por chadors caseiros – brancos com flores roxas ou de bolinhas com fileiras de rosas e arabescos cor-de-rosa – da trouxa de panos mantida ao lado da porta para visitas, ao lado da pilha de sapatos de todo mundo. Para o pai de Saba, este hábito demonstra sua fé para os mulás; mas em Teerã, onde o normal é usar preto, trata-se de um gesto de boas-vindas oferecer a uma visita um chador colorido. *Por favor, troque o seu chador,* as pessoas dizem, *sintam-se confortáveis, fiquem algum tempo.* É um convite para deixar de lado as aparências sombrias, mostrar as cores naturais, tagarelar no ritmo das mães persas, que é o mesmo em todas as regiões.

Por quê? Como? O quê?

Chera? Chetor? Chee?

Chilreio. Chilreio. Chilreio.

Saba sabe que agora é uma piada geral chamar de gralhas as mulheres iranianas por causa das vestes pretas, mas, nos seus primeiros momentos de haxixe, quando ele fica mais reflexivo, às vezes poético, o pai ralha com ela por fazer essa comparação. Ele diz que as mulheres persas se parecem mais com as andorinhas do Cáspio que voam e planam sobre o mar brumoso, que não são gralhas de jeito nenhum. Não se engane, ele diz. Elas são andorinhas em trajes de gralhas. A andorinha do Cáspio também surgiu aqui, mas agora existe no mundo inteiro, em todos os continentes. É uma feroz ave aquática, com um bico vermelho escuro, uma afiada boca cor de sangue. E, enquanto a andorinha do Cáspio tem um corpo branco como algodão, sua cabeça é coberta de preto. Ela observa com seus olhos pretos como carvão e ataca sem pena, ferindo a cabeça de qualquer um que ouse ameaçar seu ninho. – Igualzinho à sua mãe – ele diz, soltando a fumaça consoladora. – A andorinha tem um espírito selvagem e zangado morando dentro dela.

Que forma maravilhosa de descrever alguém – até sua raiva transformada em poesia.

Ao redor do *sofreh*, três homens estão recostados sobre almofadas grandes e coloridas. Eles usam as vestes religiosas dos mulás e turbantes enrolados na cabeça como coroas de corda branca. Saba odeia Mulá Ali – o mais velho, de barba branca, que seu pai acha que mantém a família a salvo apesar do cristianismo declarado e do ativismo evidente de sua mãe. Ela odeia suas roupas e seus discursos na hora das refeições, sua atitude exageradamente reverente para com mulheres idosas e o modo como ele tomou seu primo Kasem sob sua proteção. Acima de tudo, ela o odeia por ser um mulá, um símbolo de um triste novo Irã. A constante intrusão de um mulá na casa de uma pessoa é uma coisa estranha no Norte calmo e discreto. Então a presença dele, por mais amigável, é uma espécie de chantagem, um donativo por todos os segredos dos pais dela que ele guarda. Ela imagina como o pai abordou pela primeira vez esses assuntos com o mulá, como ele aprendeu a linguagem sutil necessária. É costume de Saba rejeitar ou ignorar sumariamente qualquer gesto de delicadeza dirigido a ela por esse homem.

Ele está contando uma história sobre uma recente cirurgia de dente.
– Estou falando sério! – ele diz por entre dentadas de melancia. – Ele arrancou um dente tão comprido que meu braço esquerdo encolheu. Estão vendo? Estão vendo como os dois não combinam? – Ele estende os dois braços dos lados do corpo e os homens caem na gargalhada. Uma das mulheres tenta contar mais vantagem.

– Uma vez eu tive um dente que ia até o fundo da minha mandíbula. Ainda tenho um buraco aqui, onde escondo minhas joias dos ladrões.

O pai dela está sentado discretamente num canto, sem comer, refletindo, sem tomar parte na conversa. Estará pensando na mulher e na outra filha? Será que ele sabe a verdade sobre elas? Ele deve saber. Onde quer que Mamãe esteja, ela precisa da ajuda dele. Dizem que as crianças têm uma intuição natural para saber o que é verdadeiro, e Saba sempre sentiu uma certa realidade na figura indistinta da mãe com a filha no aeroporto, correndo para pegar um avião para a América, embora uma vez ela tenha sonhado que um *pasdar* sem rosto encostou uma faca no seu pescoço e ordenou que ela revelasse o paradeiro de Mahtab. Ela acordou com um aperto no estômago e as palavras *fundo do mar* nos lábios. Ou foi *do outro lado do mar*?

O pai se inclina para trás, demonstrando pouca necessidade de distrair os convidados. Estes convidados estavam sempre lá, chegavam sem se anunciar, cozinhavam para si próprios e para ele, não esperavam a cortesia e a hospitalidade a que se sentiriam no direito de receber caso ele tivesse uma esposa, só ingredientes para cozinhar e um lugar para conversar. A maioria deles nunca foi convidada para outra casa como a dos Hafezis. Saba imagina que privadamente eles tenham pena do pai dela e gostem de pensar que estão ajudando, que essas festas são boas para o espírito *dele*.

– Agha Hafezi – Mulá Ali se dirige ao seu pai, mas olha para Saba do modo como um pai esperto olha para uma criança pequena prestes a ser ludibriada a fazer algo de útil. – Que tal a dona da casa nos trazer pão fresco e iogurte? – ele pergunta isto com uma espécie de floreio que diz a Saba que ele espera que ela se sinta orgulhosa, honrada do seu papel. Uma moça melhor, mais esperta, teria se levantado imediatamente. Mas ela o ignora e volta a bisbilhotar o que suas mães adotivas estão dizendo. Seu pai suspira alto e olha zangado para ela. Ela quase o pode ouvir pensando *May Ziade*.

O mulá pigarreia, embaraçado. – Ah, o senhor estava falando *comigo*, Agha? – ela diz friamente e o pai dela fica branco. Mulá Ali apenas ri e sacode o dedo para ela. Felizmente, ele andou fumando o cachimbo de Agha Hafezi. Ele toma um gole de chá – que os outros mulás irão jurar ter sido o único prazer da noite. Nem álcool, nem histórias picantes, nem mulheres presentes, jovens ou velhas. Mulá Ali se inclina de lado e dá uma tragada no cachimbo de água, inalando ópio do estoque secreto de Khanom Omidi. Saba sabe onde achar o resto, bolinhas marrons enfiadas no fundo de uma jarra com uma mistura de curcuma e cuminho. Por que ela se dá ao trabalho de esconder seus prazeres? Ópio é barato e ela é uma velha inofensiva.

– Este é um tabaco fraco, não é? – o mulá pergunta a Agha Hafezi, que balança duas vezes a cabeça, concordando.

É conveniente, Saba pensa, que ópio e haxixe, que sedam as massas, sejam tão fáceis de encontrar neste novo Irã religioso, e que o álcool, rebelde e imprevisível, tenha que ser consumido em vergonha e segredo, encontrado e comprado longe de fornecedores confiáveis, ou preparado em banheiras onde um erro em seu teor pode matar (e tem matado). Para uns poucos goles depois do jantar, Agha Hafezi tem que viajar até becos escuros e transportar uma lama ordinária em recipientes sem nome até seu depósito. Enquanto isso, seu hookah está sempre à vista num canto. Embora, se ele for indiscreto, qualquer um dos dois vícios possa levá-lo à prisão ou à morte. Saba se lembra dos primeiros dias depois da revolução, antes da confiança de seu pai em Mulá Ali estar sedimentada, quando ele convidava amigos e sócios para sua casa. Ele era um homem jovial na época, tinha esperança de poder manter seu estilo de vida pré-revolução. Ele falava em código ao telefone para dizer o que tinha para oferecer. Cada bebida tinha o seu nome: uísque era Agha Vafa. Gim era Agha Jamsheed e assim por diante. Ele dizia: "Venha até aqui, meu amigo. Agha Vafa e Agha Jamsheed já chegaram. Venha conversar conosco."

Na cozinha grande, mas escura da família, Saba tira do forno pão *lavash*, junto com salsa e hortelã picadas e uma tigela de iogurte, e volta para a sala. Ela coloca a comida no *sofreh* e entrega ao pai um pano molhado. Ele sorri ao colocá-lo sobre a testa e se recosta nas almofadas macias. Quando Mulá Ali a elogia por manter um fornecimento eficiente e constante de comida, ela tira uma abelha morta do pote de mel e a deposita num prato usado entre ele e a comida. Seu pai olha zangado, mas o mulá não nota. Ele se inclina sobre a abelha e pega uma colherada de creme fresco.

Em momentos como este, ela sonha com a América, prometendo a si mesma que irá para lá algum dia. Ela sabe mais do que a maioria dos seus professores particulares. No entanto, seu pai nunca menciona a universidade. Ela sabe que ele tem medo de deixar que ela vá, que ele pensa que ela é frágil demais, embora todas as suas amigas de Teerã estejam se preparando para ir. Saba nunca insistiu no assunto porque se ela for para a universidade no Irã significa que terá escolhido *esta* vida. Ela sabe o que acontece com médicos e engenheiros iranianos na América. Eles dirigem táxis. Não, ela não vai cursar a universidade aqui. Ela vai ler romances e falar um inglês perfeito, e vai se salvar. Um dia ela vai usar jeans e prendedores de cabelo para ir à escola. Vai retocar ostensivamente as unhas no meio de uma aula como viu uma vez num filme. Ela vai ser jornalista e vai achar a mãe.

Logo depois Reza chega. Saba fica atenta e pensa em todas as maneiras possíveis de escapar da sala com ele. Se Ponneh estivesse lá, os três poderiam planejar alguma coisa juntos, e Reza não iria suspeitar que ela o amava. Com dezoito anos, Reza é bastante alto para um iraniano, o que faz dele um alvo de brincadeiras invejosas. Ele tem cabelo escuro, mais comprido do que é usado pelos homens devotos. Ele é sedoso e liso, e cai reto em volta do rosto dele. Ele a faz se lembrar dos turistas franceses, universitários que vieram visitar uma vez quando ela estava com nove anos. Saba gosta de suas roupas ocidentais, de sua recusa em deixar crescer mais do que um milímetro de barba, do seu sotaque e do seu amor pela música. Ela gosta que ele agradeça quando ela lhe serve um chá, ao contrário do seu irmão mais velho que nem olha para a esposa quando ela leva alguma coisa para ele. Ela até gosta do modo respeitoso com que ouve sua mãe e defende incondicionalmente as velhas tradições Gilaki.

Suado de jogar futebol, ele empurra para trás o cabelo molhado. Seus ombros estão relaxados, seu sorriso contente com a vitória recente. Da janela do quarto, Saba o viu marcar centenas de gols usando sandálias. Ele deve saber que ela o observa, porque ele joga no mesmo lugar todos os dias, depois bate na janela dela para ver se ela tem alguma música nova. Ele ainda tem a mesma bola de quando eram crianças.

– Agha Hafezi, quando é que você vai dar sua filha em casamento? – um dos mulás de barba preta pergunta num tom paternal, que ele usa apesar de ser muito mais moço que o pai dela. Ela estremece e olha para Reza, que a princípio não demonstra nenhuma reação e depois dá aquele sorrisinho de pena que sempre dá quando os adultos discutem suas perspectivas de casamento. Ela olha para Khanom Omidi em busca de ajuda, mas ela está ocupada cutucando o espaço entre seus dentes amarelos com uma unha comprida.

– Ela só tem dezoito anos – seu pai diz.

– Velha demais, eu diria – diz o mulá, cuja postura confortável está deixando Saba mais zangada a cada momento, uma perna estendida, a outra encolhida de modo que seu joelho está encostado no peito, e a mão segurando o pão está pendurada nesse joelho.

Abutres. Víboras. Vermes.

Reza vê a expressão do rosto dela e balança a cabeça para acalmá-la. – Deixe-a em paz, Agha jan – ele diz para o jovem mulá. – Garotas inteligentes devem estudar. – Primeiro Saba não tem certeza se gostou desta observação, depois decidiu que sim.

Do outro lado do *sofreh*, Khanom Basir está de olho no filho. Ela mastiga uma folha de hortelã enquanto Reza se ajeita sobre uma almofada e depois aceita a xícara que Saba oferece e coloca dois cubos de açúcar no chá. Ele põe um terceiro cubo entre os dentes e despeja na boca o líquido quente de modo que o açúcar derrete instantaneamente. Ela empurra um prato de pão *ghotab* na direção dele. Outra coisa que Saba aprendeu e guardou no seu grande estoque: Reza gosta de doce. Ele odeia as manhãs e ama os Beatles.

– Saba, pode vir até aqui um instante? – Khanom Basir diz, com um sorriso exageradamente doce no rosto.

– Saba jan, eu digo isto no lugar da sua pobre mãe que não está aqui para dizer pessoalmente. Mas essa saia não é apropriada para usar com visitas. – Ela pega a mão de Saba e a puxa para perto como uma confidente. – Dá para ver seus tornozelos. Vá trocar, meu bem. Vá colocar um chador, como uma boa menina.

– Mas estou usando um xale na cabeça. – Saba endireita o xale e alisa a roupa, meio insegura. Ela não quer trocar de roupa. Ela olha para Reza, seu amigo da vida inteira, desejando que ele a escutasse e a ajudasse com a mãe em momentos como este.

Há uma batida na porta.

– Reza, vá atender a porta – Khanom Basir diz. – Você acha que é Ponneh? Aquela sim é uma menina que não precisa mostrar a pele para ser linda. Nenhuma vaidade-bazi. Nenhum trabalho para a mãe.

Reza se levanta e sai da sala atrás de Saba e desce a escada enquanto um dos mulás grita atrás dele. – Cuidado para não bater com a cabeça no teto.

No corredor, Saba tem medo de olhar para ele, tem medo de sorrir. Ela imagina se ele também sabe tudo o que o pai dela diz que *todo mundo* sabe. Ela atravessa o corredor sentindo a presença dele atrás dela e não tem coragem de se virar até que sente Reza segurar sua mão.

– Mais devagar, Saba Khanom – ele quase sussurra, naquele seu belo jeito camponês. Ele entrelaça dois dedos em dois dedos dela e ela sente um calor no peito, subindo pelo seu pescoço até chegar às suas têmporas. Ela o sente arder através de três camadas de roupa e deixá-la nua. Ela tenta pensar nas imperfeições dele, no seu sotaque de camponês e no modo sarcástico com que ele a chama de Senhorita Saba. A voz dele é suave e rouca, um rapaz sensual de dezoito anos que aprendeu a cortejar as mulheres com programas de televisão ocidentais que ele só entende em parte. Saba sabe disso e o deseja ainda mais – por causa desta estúpida tentativa de tocar nela e por causa do suor quente na mão dele e por causa da maneira como ele está tentando disfarçar sua altura curvando-se um pouquinho.

Eles estão parados a poucos centímetros da porta agora e Saba tenta pensar em algo para dizer. Mas antes que ela possa reagir, ouve um pigarro familiar, e Ponneh, tendo aberto a porta e entrado, está ali parada olhando para eles, seu rosto em forma de coração saindo de um xale azul-bebê amarrado como uma flor atrás do pescoço, seus olhos amendoados fixos nos dedos deles, que ficam entrelaçados só por mais um segundo.

※

Reza larga a mão de Saba e encolhe os ombros, como se soubesse o que Ponneh está pensando. Após alguns instantes, Saba resmunga: – Vamos entrar?

– Belo trabalho de anfitriã – diz Ponneh, pendurando o casaco num gancho ao lado da porta. – Fui obrigada a abrir a porta para mim mesma. Ah, não, não. Não mate uma vaca por *minha* causa.

Saba sacode a mão ao ouvir a observação de Ponneh. – Não comece a bancar a convidada-bazi – ela diz. – Não estou com paciência para isso hoje. – Ponneh ri e dá o braço a Saba, porque ela adora ser lembrada de que não precisa ser recebida aqui. Durante anos ela entrou sozinha, chegou até a pular janelas à noite e assaltar a cozinha com Saba.

Reza, parecendo envergonhado e aborrecido, volta para a sala.

– O que foi *aquilo*? – Ponneh cochicha, seus lábios quase tocando a orelha de Saba.

– Eu não sei. O quê? – Saba encolhe os ombros. – Adivinha? Consegui um pouco de Neutrogena para nós. – Ponneh só consegue produtos americanos quando Saba dá a ela, não só porque ela é pobre, mas também por causa da mãe dela, a viúva, que parece gostar de sofrer. Khanom

Alborz sempre foi simpática com Saba. Mas ela é metódica, tradicional das formas mais bizarras. Ela enfrenta seu medo do desconhecido com regras arbitrárias que impõe às cinco filhas, inclusive a doente, que não sai da cama. Se ela encontrasse Ponneh com um luxo daqueles, ela o daria para a filha mais velha.

De volta ao *sofreh*, Saba encosta a cabeça no ombro de Khanam Omidi, e a velha a puxa mais para perto. Ela tenta evitar o olhar gordo do seu primo desajeitado e atencioso em excesso, Karem, que parece ter chegado pela porta dos fundos. Ao encostar a xícara quente nos lábios, Saba ouve mais palavras de sabedoria do Mulá Ali. Parece que o mulá fumou cachimbo demais, talvez tenha até bebido. Geralmente ele recusa álcool, exceto quando está sozinho com Agha Hafezi ou quando lhe dão bebida "acidentalmente", sem seu consentimento. *Quem está escondendo a garrafa desta vez?* Saba olha em volta. Tem alguma coisa dura debaixo da saia de Khanom Omidi. Quando ela tenta tocar para ver o que é, a velha dá um tapa na mão dela. O mulá está sacudindo a cabeça para o pai dela.

– Não estou me referindo à idade de elas terem filhos. Estou falando sobre suas mentes. – Ele dá um tapinha na cabeça. – É um fato bem conhecido que as mulheres que não têm o que fazer... fisicamente... têm ideias nocivas. Isto está bem documentado... e depois, mesmo que você consiga casá-las, elas nunca respeitam seus maridos. Elas questionam e reclamam...

Khanom Basir suspira dramaticamente. – Pelo amor de Deus.

– E quanto a Kasem? – Mulá Ali diz e dá um tapinha no pescoço grosso de Kasem, como se esperasse que todo mundo estivesse acompanhando seus pensamentos. – Um ótimo rapaz. Saba devia casar com *ele*.

Saba leva um susto. Ela grita: – Mas ele é meu primo! – Ao lado do mulá, Kasem baixa os olhos e sorri com o rosto ficando vermelho como o de uma mulher.

Vômito!

Kasem é mais baixo do que Saba e seu corpo tem um feitio estranho. Ele não é gordo demais, mas tem um traseiro surpreendentemente protuberante. Ele parece mole – no físico, no rosto; Saba imagina que ele seja mole até nos ossos.

– Deixe os homens conversarem, menina. – Mulá Ali fecha os olhos e se dirige a Saba com uma voz abafada, quase cansada, como se estivesse farto de repetir as coisas.

– Você tem sorte da sua filha não ter estado na Inglaterra ou na América – o outro mulá intervém. – Você escapou de uma maldição. A América a teria corrompido.

Saba torna a imaginar a vida de Mahtab na América, uma maioridade menos submissa. Ela será feliz lá? Estará apaixonada por um americano exuberante? No mínimo terá uma quantidade muito maior de homens para escolher. Em Cheshmeh, embora falar sobre casamento seja um passatempo permanente, a guerra contra o Iraque deixou poucos homens da idade dela – e nenhum igual a Reza.

– Ele é primo dela – seu pai diz com decisão. – Ela não pode se casar com o primo.

– O rapaz é meu aluno. Uma boa escolha. E você sabe que primos são um casal abençoado por Deus e pelos céus – Mulá Ali responde, ofendido, decidido a vencer.

Saba vê que o pai está aborrecido, que ele quer dizer algo sobre genética e cromossomas. Como os ocidentais instruídos que ele admira, ele controla a língua. Ela sabe que não irá insultar o sobrinho, que tem sido fiel à família, tem guardado os segredos da família e falado bem deles para Mulá Ali. O pai pigarreia.

– Em todo caso, eles são muito jovens. – Ele afasta o assunto com a mão como se fosse um mosquito, pequeno demais para merecer o esforço, incômodo demais para ser ignorado.

Vitória, Saba pensa em inglês, cumprimentando silenciosamente o pai.

– Sabe quem é uma boa escolha para Saba? – diz Khanom Basir. – Agha Abbas. Sim, ele é velho, mas é rico e bondoso.

Saba começa a discordar. Agha Abbas é o solteiro mais velho que eles conhecem, um viúvo mais velho que seu pai.

– Minha filha e eu iremos decidir isso depois – Agha Hafezi se apressa em dizer.

Saba se recosta numa almofada e observa os olhos bondosos do pai, o modo como ele não divide a comida com os aldeões e descarta a sabedoria rural deles. Ela deve mostrar a ele que está agradecida? Não, ele não vai entender o significado do gesto. Provavelmente, irá sentir pena dela. Ela fita as veias azuis nos tornozelos de Mulá Ali quando ele se inclina sobre o *sofreh*.

Varizes, é o que acha que aquilo se chama.

Ela observa os religiosos e espera pela madrugada, quando ninguém vai estar mais pensando em casamento e um garota solteira com excesso de energia talvez possa ter um momento de prazer.

Desde que Mahtab partiu, Saba e os amigos têm se escondido no armário escuro de guardar comida da cozinha dela durante as festas. Eles sempre encontram um momento para escapar, nem que seja por dez minutos. Agora eles estão sentados em círculo na despensa. Ponneh pega uma garrafinha de refrigerante com um líquido claro. Os olhos de Reza brilham quando ele enfia a mão no bolso. Um cigarro de haxixe fumado pela metade.

– Onde você conseguiu *isso*? – Ponneh pergunta.

Reza finge indiferença. – Com um homem na praça. – Saba duvida que seja verdade. Nem o Tehrani concorda em se encontrar com ela na praça da cidade, e certamente não com drogas.

Ponneh torna a checar a porta. – Bem aqui na despensa? E o cheiro?

– Por favor – Reza diz. – Esta casa toda tem um cheiro estranho. Se nos apanharem, podemos dizer que o encontramos no quarto de Agha Hafezi.

– Isso é bem melhor – Saba resmunga.

– Então Mustafá tornou a me pedir em casamento hoje – Ponneh diz. – Ele acha que aquele uniforme de *pasdar* é atraente. Eu prefiro morrer. – Saba dá uma risadinha. Reza faz um muxoxo e acende o bagulho.

Eles ficam ali por meia hora, consumindo seus tesouros roubados, olhando para a porta a cada momento. Saba saboreia aquele momento de intimidade, fumando juntos no escuro. É um prazer que só os melhores amigos compartilham atualmente. Deixa uma baforada de fumaça escapar da boca e a respira de volta pelo nariz. Ponneh dá pequenas baforadas.

Ela leva a ponta de cigarro à boca, encara Reza e depois desvia os olhos. Ela passa o cigarro para ele e se recosta na prateleira cheia de latas.

Quando Saba e Ponneh retornam à sala dez minutos depois de Reza, encontram os adultos ocupados do mesmo jeito. Contando piadas indecentes. Deixando os xales cair nos ombros. Eles estão sentados num tapete perto de uma pilha de almofadas. Ponneh afrouxa o xale em volta do pescoço e o empurra para trás, deixando à vista quatro ou cinco centímetros de cabelo castanho repartido perto do meio. Ela faz isso com um floreio. Saba diz a si mesma que é o haxixe deixando-a paranoide. Ela cheira os dedos, aquela poeira deliciosa. Saba também tem vontade de tirar seu *hijab*, mas tem que esperar mais tempo. Saba é mais alta, mais bem feita de corpo – bonita de uma maneira pecaminosa que faz com que outras mulheres sacudam a cabeça com uma devoção furiosa, enquanto que Ponneh irradia uma beleza inocente que elas adoram.

Saba se ocupa trazendo mais água com hortelã e limão. Quando volta, ela ouve os amigos cochichando, fingindo que estão conversando normalmente.

– Mas por que não? – Reza implora. – Nós temos dezoito anos. Temos idade para isso.

– Você sabe que eu não posso – Ponneh cochicha de volta. – Você conhece as regras de Mamãe.

– Eu nunca soube de ninguém que tivesse esse tipo de regra – ele diz.

– Bem, existe. Eu tenho três irmãs mais velhas, e nenhuma delas é casada. Então é isso.

– E a doente? Ela mal consegue ficar em pé. Nós dois sabemos que ela nunca...

– Isso é cruel – ela responde zangada. – Você parece o Mustafá com seu *sofrimento* ridículo.

Eles murmuram entre si. Ele está sussurrando alguma coisa no ouvido dela. Está tentando confortá-la, convencê-la. Ninguém está prestando atenção a eles, e Saba resolve não escutar aquilo. Reza é apenas um homem e os homens são fracos. Quem sabe o que ele estaria dizendo se fosse ela ali sentada ao lado dele. Saba sabe que Reza está confuso. Ele acredita nas velhas tradições, entretanto é obcecado pela cultura ocidental. Ele recita os velhos poemas e convence a si mesmo que pode viver num mundo em que os homens têm amor suficiente para quatro mulheres e que romance é uma série de contos de fadas cheios de desejos e revelações. Ele não entende de política, odeia religião, e nunca sonhou com outro lugar além de Gilan. Ele segue o pai de Saba porque acredita que um dia também vai ser um proprietário de terras em Cheshmeh e que também vai ser um herói para a sua família – que uma dúzia de velhas carregando bebês irá sentar na frente da casa para vê-lo chutar sua velha bola de futebol entre duas latas de lixo e que ele irá recompensá-las com canções enquanto elas se acocoram em sua pequena mas farta cozinha e preparam seu jantar favorito. Ficar sem qualquer uma delas – Saba, Ponneh ou sua mãe – é algo inimaginável para ele.

Mais tarde os mulás mais jovens saem e ela fica com o pai dela, seus dois melhores amigos, as mulheres e Mulá Ali. Quando o religioso está cochilando e os outros ficam livres para tomar um gole – a pequena garrafa de refrigerante cheia de bebida alcoólica feita em casa está agora bem à vista sob as saias de Khanom Omidi – e o pai de Saba também já fumou seu cachimbo, as mulheres riem alto e Saba enfia o xale debaixo de uma almofada. Até Khanom Basir tem um olhar indulgente, esquecendo-se da saia indecente de Saba. Aí começam os pedidos.

– Saba jan, dance para nós – Khanom Omidi diz.

– Sim, Saba, você tem que dançar – Ponneh fala, e começa a bater palmas.

O pai dela ri com uma alegria verdadeira, como antigamente. – Minha filha é boa em muitas coisas. Ela é como a mãe. Uma alma criativa.

Mulá Ali concorda com a cabeça sonolentamente. – Sim, sim.

Mas eles têm que esperar que ele adormeça profundamente. Desde a revolução, ninguém tem coragem de dançar ou cantar na frente de ninguém, exceto amigos muito íntimos. E embora Agha Hafezi venha recebendo muita proteção do mulá, o pai de Saba já está desafiando o destino ao dar uma festa com a presença de homens e mulheres solteiros na mesma sala.

Mas logo o religioso está dormindo e de repente não é mais este ano ou este período solitário da vida. De repente, Saba é uma garota de muitas décadas atrás, num velho Irã que talvez nunca tenha existido. Ele foi só uma invenção? Histórias da geração dos seus pais? Ah, mas ele deve ter existido porque, naquela época, a mãe de Saba, apesar da sua educação e de seus ideais ocidentais, era conhecida por sua ousadia, dançando despudoradamente em público, exibindo sua felicidade ou sua tristeza em *sofrehs* de onde haviam sido retirados chá e comida.

Reza já está se levantando para pegar o violão escondido no armário atrás do pai de Saba. Ele se instala em frente à Ponneh e às mulheres mais velhas. Khanom Basir e Khanom Omidi tiram tudo do *sofreh,* e Saba vai descalça para o centro do tapete. Reza começa a tocar uma velha melodia farsi, lenta e sinuosa, cheia de notas longas e melancólicas onde os braços e as pernas de Saba podem se demorar. Os dedos dele despertam as cordas com a mesma facilidade milagrosa com que seus pés calçados com sandálias chutam uma bola de futebol. Ela levanta os braços, e eles se tornam um halo sinuoso ao redor de seu rosto e seu torso. Ela inclina a cabeça para trás e deixa cair sua longa cabeleira, sabendo que naquela hora imprecisa e secreta ninguém desaprova. Ninguém vai dizer que lembra. Ela é amada embora se equilibre na beirada do perigo – um mulá dormindo bem ali no meio de tanto crime. Que coisa embriagadora! Apesar dos riscos, ela não sente a garganta apertada. Ela está viva – nenhum mar esperando para engoli-la, nenhuma Mahtab no espelho.

Reza fechou os olhos e está movendo a cabeça no ritmo da música. Pouco antes do fim da canção, ela se vira e vê o olhar melancólico dele do outro lado da sala, onde Ponneh está recostada numa almofada. Ele toca algumas notas e mexe com os lábios formando a palavra *Desculpe,* mas por mais que Saba repita a palavra em sua mente não consegue decidir se ela foi dita em sua intenção.

Ela esquece o assunto. Este é um momento raro demais para ser desperdiçado. O cabelo dela esvoaça sobre seus braços e rosto, despertando mil sensações adormecidas. Seus dedos se estendem para cada nota, como se estivessem tentando pegar plumas no vento. Eles se agitam sobre seu corpo e seu rosto, o corpo e o rosto de uma Mahtab que acabou de se tornar adulta do outro lado do oceano, e ela gira sobre o tapete desbotado ao som da melodia de Reza até que todo decoro desaparece e ela é autêntica de novo.

Pedido de casamento

(Khanom Basir)

Pode-se dizer que as meninas foram criadas aqui, por muitas de nós. Antes da revolução, elas só vinham no verão, dançavam por aqui nos seus vestidos cor-de-rosa sem mangas importados de grandes lojas londrinas, e as outras crianças andavam atrás delas, encantadas. Elas colhiam laranjas e sentavam debaixo das árvores, lendo suas histórias em inglês. Elas iam para praias mistas com os pais. Elas deixavam os cabelos voarem em suas costas sobre motocicletas e observavam os trabalhadores nos campos. Elas amavam o ar úmido do Norte, o verde sem fim de Shomal. Mas o Shomal que os Tehranis conheciam era um mundo diferente do nosso. E ainda é.

Você sabe, meia hora de carro em uma direção leva ao Mar Cáspio e a turistas bem-vestidos, ingleses e franceses com diplomas estrangeiros, fazendo sabe Deus o quê em vilas ocidentais. Meia hora de carro em outra direção leva para as estradas de terra da montanha. Se você algum dia vier a Shomal, *esta* é a vista que terá: burros e cavalos carregando homens de gorro e mulheres com roupas coloridas e enfeitadas de joias para dentro da floresta, para suas casas de barro sem pintura todas embolotadas de feno. E a palha saindo das paredes e cobrindo seus telhados muito baixos. Eu gosto deste lado tranquilo das montanhas, das flores silvestres e do canto do chacal, das nascentes de água e dos viveiros cobertos de penas.

Antes da revolução, os Tehranis vinham para fugir de um mundo de música alta, televisão ocidental, festas elegantes e roupas feitas sob medida por uma centena de alfaiates. E o que eles encontravam aqui? Só nós, aldeões, com nossas vestimentas Gilaki, cultivando arroz. Agora eles vêm para fugir dos *pasdar*s que estão em toda parte e das desordens e de viver em segredo. E o que encontram aqui? Só nós, aldeões, com nossas vestimentas Gilaki, cultivando arroz. Em Cheshmeh, onde nós acreditávamos no recato antes de 1979 e onde nos recusávamos a cometer excessos depois dessa data, há dias em que você esquece que o mundo mudou – a não ser que você seja um Hafezi.

Antigamente, as meninas Hafezi corriam para dentro e para fora de nossas casas e dávamos comida para elas em nossas cozinhas, enternecidas por elas saberem tão pouco das diferenças entre nós. É claro que havia regras. Os Hafezis nunca permitiram que tratássemos as meninas como se fossem nossas. *Só é permitido falar Farsi com elas*, Agha Hafezi dizia. *Nada de Gilaki com as meninas*. Ele exigia isso, embora falasse no nosso dialeto com os trabalhadores em seus arrozais. Saba acabou aprendendo a passar de Farsi para Gilaki (*Khuda daneh*, ela falava constantemente, como uma velha). Mahtab nunca falou nada a não ser Farsi e inglês. Esta era uma maneira fácil de distingui-las.

Percebi naquela época que Saba era a gêmea que tinha herdado o espírito Gilaki do pai e não o espírito estrangeiro esquisito da mãe. Houve um incidente quando ela estava com sete anos, quando ela propôs casamento ao meu filho. Doce, sim, sim. Ela queria ser uma de nós. Mas fiquei com dor de estômago de preocupação. As meninas passaram o dia todo construindo um presente *khastegari*, cheio de doces e moedas que elas tinham guardado, e o que eu mais gostei, porque era uma lembrança que só servia para uma tia distante: um retrato da mãe delas quando jovem para provar como Saba ia ser linda. Elas roubaram a maquiagem da mãe e pintaram Saba com sete tons de azuis e vermelhos. Foi um espetáculo. Elas chegaram até a comprar um retalho de renda para o véu.

Do lado de fora da minha casa tem uma estradinha sinuosa de terra que rodeia as montanhas. E se você ficar na janela pode avistar a casa dos Hafezis ao longe. Ela fica no alto de uma colina, isolada, numa estrada mais larga. Então eu as vi chegando de longe, uma irmã vigiando de trás de uma árvore enquanto a outra irmã batia na porta. Eu atendi.

– E qual das duas você é? – perguntei, mesmo sabendo a resposta. Eu queria poupar Saba do vexame, com aquele véu ridículo. E então Reza chega, aparecendo na porta de cuecas, sem entender nada, o pobre menino. Como ele podia saber o que se passava na cabeça de meninas que liam demais?

Quando tentei mandar Saba embora, Mahtab saiu correndo do seu esconderijo, pôs as mãozinhas na cintura e disse para mim:

– Você é uma velha malvada. Nós economizamos nosso dinheiro para fazer esse *khastegari*. Nós revistamos até o chador precioso de Khanom Omidi!

Rá! Está vendo, quando você deixa as meninas soltas, elas ficam com a língua afiada – sem mencionar uma mão leve que, sem dúvida, as levará ao inferno.

Por serem meninas inteligentes, elas sabiam que eu podia ligar para os pais delas. Então, aparentemente, elas passaram a tarde escondidas, distraindo-se com aquele primo imbecil delas. Elas costumavam passar um bocado de tempo inventando histórias para ele, porque Kasem estava sempre disposto a acreditar em qualquer coisa. Um dos maiores mistérios deste mundo é como um garoto como aquele pode ser adorado e tratado como um paxá, quando ele é claramente um tolo. Mas é assim que acontece com meninos. E não pense que eu não vejo isso só porque faço o mesmo com os meus filhos. Eu vejo. Eu sei o que as meninas sofrem. Eu posso não ser uma dessas feministas da cidade grande, mas não sou cega. Mas meu coração partia quando eu via o pai delas elogiar Kasem na frente das meninas ou colocá-lo no colo enquanto elas olhavam como órfãs carentes usando seus caros vestidos.

Todo dia eu via da minha janela que quando o pai delas saía para o trabalho as meninas o seguiam pela rua, tentando ver quem conseguia manter por mais tempo a atenção dele. E quando estávamos todos no *sofreh* deles para jantar e a casa estava agitada e ninguém estava prestando atenção nas meninas, eu as ouvia competindo para ver quem ia caminhar pelas costas doloridas dele ou levar o chá para ele mais tarde. E elas brigavam a respeito do que era melhor: a vez que Agha Hafezi foi à escola para exigir que um garoto imundo qualquer que Mahtab "amava" fosse obrigado a brincar com ela ou a vez que ele chegou em casa todo contente – comemorando a compra de um novo pedaço de terra – e só pegou Saba no colo, e dançou com ela pela sala até ela fingir que tinha desmaiado.

Mas não é por culpa de Agha Hafezi que as meninas sejam tão carentes do seu amor. Ele não sabia ser diferente. Ele era um homem feliz e sério. Ele tinha Bahareh para cuidar das meninas naquela época.

A responsabilidade dele era sustentá-las e protegê-las. Qual o homem sem problemas que fica pensando em como criar um elo com suas jovens filhas? Elas não são simples como os meninos.

Mas ele se procupava com elas e trabalhava muito para dar tudo a elas – isso eu juro que é verdade –, enrolando as calças e atravessando os campos encharcados com seus trabalhadores. Eu nunca vi outro proprietário de terras fazer isso. Ele cresceu aqui, você sabe. O pai dele construiu a casa grande, e o filho ficou apegado a ela apesar da esposa da cidade. Ele é Gilaki de coração, como Saba. Às vezes você o vê com uma capa de chuva elegante e um guarda-chuva comprido, inspecionando isto ou aquilo. Às vezes ele está usando calças de algodão de trabalho e um gorro de tricô na cafeteria local, fumando com os velhos. Uma vez eu o ouvi dizer algumas palavras em Gilaki para Ponneh quando ela veio brincar com as filhas dele. Ele disse a ela:

– Como vai a escola? Vou dar um vestido de presente para você por cada ano que você terminar. – Mas Ponneh era orgulhosa demais mesmo então – e agora ela sabe costurar as próprias roupas a partir de modelos antigos ou de novos que ela copia das turistas.

Ultimamente, Agha Hafezi adquiriu maus hábitos. Ele falhou em proteger sua família, e Saba foi a única que restou. Ele está mais suave, sofrido, obcecado com questões espirituais. Ele sente o valor dela e tenta consertar as coisas, mas não sabe como. Ele nunca soube entender seu coração quando ela era jovem e receptiva.

Talvez seja tarde demais para eles dois. Talvez Saba devesse abandonar esses joguinhos com o meu filho e arranjar um marido que pudesse substituir seu pai... alguém mais velho, mais forte. Mas ela jamais irá admitir isso. Ela é o tipo de garota que quer tanto as tâmaras quanto o burro, nunca se comprometendo. Mas ela vai ter que se comprometer. Meu filho já está apaixonado. Quanto a Saba, eu estou achando que Abbas Hossein Abbas é a escolha perfeita para ela.

CAPÍTULO 4

OUTONO DE 1988

Receber a visita de Khanom Mansoori e do marido dela é como não ter nenhum convidado. Saba chama Khanom Mansoori de *A Velha* não só porque ela é vinte anos mais velha do que as outras cuidadoras da sua vida, mas porque está sempre cochilando e falando consigo mesma. Ela não precisa de companhia, nem de atenção. Quando o marido a acompanha numa visita, Saba e o pai não se sentem na obrigação de permanecer na sala. O velho casal conversa entre si por um tempo, come alguma coisa, toma chá e eventualmente um deles nota que alguma coisa está errada – uma almofada de uma cor que ela não gosta ou o telefone ou um retrato da mãe de Saba num canto – e percebe estar na casa de outra pessoa e vão embora. Agha Mansoori gosta de demonstrar amor pela mulher, e Saba sabe que para evitar ofender o velho deve trazer uma bandeja de maçãs e pepinos e colocá-la na frente dele, nunca da esposa. Então ele leva uns vinte minutos raspando a polpa das frutas numa tigela e ele mesmo as serve para a esposa. Saba imagina se ele sempre fez isso ou se esta é uma maneira de ele se sentir útil na velhice – porque, quando as mulheres estão sozinhas, a esposa dele parece perfeitamente capaz de comer pedaços sólidos de maçã com seus saudáveis dentes de trás.

Hoje, o casal ficou mais tempo do que normalmente e Saba resolveu assistir a um vídeo em vez de ouvir a discussão deles sobre se a grande tempestade que destruiu a casa deles foi no quarto ou no sexto ano do seu casamento. Ela se senta no chão da sala e liga a televisão e o videocassete. Escolhe uma fita que tem alguns episódios de diversos programas populares da TV americana que pediu ao Tehrani para gravar para ela. O som está meio arranhado, o diálogo difícil de entender, mas, fora algumas linhas de uma gíria americana incompreensível, ele é decifrável para alguém que tem o inglês excelente de Saba. Passados alguns segundos do início da primeira comédia, a música atrai a atenção do casal. Primeiro Khanom Mansoori cutuca o marido, e então ele também fica cativado. – O que eles estão fazendo em nome de Alá?! – ele grita.

Os créditos de abertura de um seriado americano chamado *Laços de Família* estão passando. – Por que eles estão todos se abraçando ali? – Agha Mansoori pergunta. Depois, quando ele vê *Marido de TV*, Agha Keaton beijando Khanom Keaton, seus olhos se arregalam. – *Vai*, você viu aquilo, Khanom?

– É um seriado americano – Saba diz, achando graça. – Vocês querem que eu explique?

O velho faz sinal para ela ficar quieta quando começa a primeira cena. Ele chega mais perto da televisão como se pudesse entender as palavras em inglês, rápidas e truncadas.

No programa, Khanom Keaton desliga o telefone e Agha Keaton ralha com ela. – *Ei, vai* – diz Agha Mansoori, hipnotizado. – Veja só aquilo. Eles agora estão brigando.

Khanom Mansoori ri, provavelmente por causa do tom de urgência dele.

– Eles não estão brigando – diz Saba. – Ele só está dizendo...

– Cala a boca, Saba jan – diz Agha Mansoori. E então ele levanta as mãos no ar. – *Vai*, veja o que eles estão mostrando ali! Que falta de vergonha... – Khanom Keaton senta no colo do marido. Beija os lábios dele, depois o pescoço e murmura palavras carinhosas. Agha Mansoori dá um tapa na própria mão. – Que Deus nos ajude.

Saba já viu este episódio duas vezes. Ainda tem outro em que Alex P. Keaton diz aos pais hippies que ele tem que ir para Princeton. *O que é isso de Princeton?* Saba pensou da última vez, porque, até onde ela sabe, apenas uma universidade era digna de menção na América, e o nome dela era Harvard. Meio como a Universidade de Teerã – um centro acadêmico cercado de instituições secundárias. Mas agora Saba está bem informada. Ela pesquisou essa tal de Princeton – um lugar onde também estudou Sondra Huxtable do *Colby Show*, embora ela não seja nenhum principezinho pálido – e todas as universidades semelhantes com nomes desconhecidos até para as pessoas mais instruídas do Irã.

Saba se identifica com a dificuldade que Alex tem com os pais. Como o ambicioso Alex, ela é uma capitalista. Mas aqui é Gilan, o berço do Partido Comunista do Irã, a terra de Mirza Kuchik Khan e seu movimento socialista Jangali que lutou pelos oprimidos e pelos camponeses nas florestas de Gilan quando os Mansooris eram muito jovens. Se o velho casal entendesse inglês, concordaria com os pais hippies de Alex.

Mas Agha e Khanom Mansoori ignoram todas as tentativas de Saba de explicar a história. Quando ela diz a eles que Alex P. Keaton está visitando os dormitórios de Princeton, Khanom Mansoori diz: – Não, não, aquele rapaz ali é primo dele. Eles são iguaizinhos. – Quando Saba explica uma linha do diálogo, Agha Mansoori a ignora e toca a tela logo acima da colcha laranja e azul. – Nós tivemos uma colcha igual a essa. Você se lembra, Khanom? O dia que Hasan a comprou e nós derramamos o chá? – E a esposa responde: – Era sopa. Onde está aquela coisa velha agora? Era mesmo uma colcha *americana*?

Quando parece que os dois estão distraídos com lembranças, ela falando sobre os velhos tempos e ele concordando com a cabeça e jogando cascas de pistache numa vasilha, Saba vai desligar a televisão, mas Agha Mansoori reclama: – Aieee. Espere. Nós estamos assistindo ao programa. É uma vergonha, Khanom... uma vergonha. – Então ele se inclina e despeja um punhado de pistaches descascados na mão de Saba. Ele espera até ela comer todos, como se fosse um remédio.

Dentro de setenta anos, talvez o próprio marido de Saba a chame de "Sra." em vez de chamá-la pelo nome. Talvez ele vá ter um sorriso doce e desdentado, descasque nozes para ela e se preocupe com quantas ela come. Se ela se casar com Reza, tem certeza de que ele fará tudo isso.

Eles assistem por três horas, sem pular os comerciais, até terem visto seis episódios, inclusive um episódio de *Growing Pains* e metade de um episódio de *Anos incríveis*. Saba gosta de colégios americanos. Ela imagina como seria frequentar um deles – ter um armário para seus livros proibidos, ter um rapaz ocupando o armário ao lado. Ela observa os detalhes dos programas – a atmosfera levemente incômoda dos bairros de classe média, o layout das cozinhas, os cortes de cabelo das mulheres, o clichê das lanchonetes. Ela sente saudades da irmã. Ao mesmo tempo, quer ficar sozinha. É engraçado o que acontece com programas de TV, ela pensa.

Eles mostram tantos problemas e crises e tristezas. Entretanto, de algum modo, eles embrulham tudo num pacote de trinta minutos ou menos. Que mundo lindo onde todas as dores da vida são apagadas com um abraço grupal exatamente após 22,5 minutos de história visual. Saba quer viver naquele mundo. Ela imagina que a irmã já viva.

O céu do lado de fora escureceu e Khanom Mansoori adormeceu. O marido continua sentado a dez centímetros da televisão sem fazer comentários. Então, algo desperta a velha senhora, ela levanta o corpo e exclama: – Saba, vem cá.

Saba vai para o outro lado da sala, senta no tapete ao lado de Khanom Mansoori. Ela ajeita as almofadas atrás da velha senhora para ela ficar mais confortável.

– Saba jan, o que foi toda aquela história sobre Mahtab e América?

Geralmente, a menção do nome da irmã faz a garganta de Saba se contrair. Mas algo no tom de voz da velha senhora faz Saba se inclinar mais para perto dela. Será que Khanom Mansoori está sonhando? Será que ela confundiu o ano? Mas então os lábios murchos murmuram alguma coisa e Saba vê que não é um sonho. – Você ainda é velha demais para histórias? Você se lembra... da garota e da superação?

Saba sorri, recordando o dia em que elas leram a revista *Zanerooz* junto com Ponneh. É impressionante que Khanom Mansoori consiga se lembrar de uma conversa tão antiga. Saba alisa a mecha de cabelo pintado com henna que escapou do xale da velha senhora. – Eu não sou mais velha demais – ela murmura e encosta a cabeça no ombro de Khanom Mansoori.

– Então me conte uma história. Algo que Mahtab escreveu numa carta.

– Não houve nenhuma carta – ela diz, torcendo por algum comentário que desafiasse a ideia de uma Mahtab morta. *Fundo do mar*, ela murmura várias vezes nos seus sonhos para *pasdars* segurando facas encostadas em gargantas e forçando lábios relutantes a dizer a verdade.

Khanom Mansoori sacode a cabeça. – Não brinque com uma velha – ela diz, com uma voz de pássaro. – Na minha idade, você aprende que coisas verdadeiras são diferentes de coisas que seus olhos podem ver. Eu quero saber o que está na carta antes de julgar se é ou não verdade.

Saba ri, porque ela não sabe como fazer a amiga entender. Ela apela para o marido dela. – Agha Mansoori, você pode me ajudar, por favor?

Há um momento de silêncio, e ela acha que Agha Mansoori não ouviu. Mas ele diz sem afastar os olhos da televisão: – Que ajuda? Conte logo para ela as histórias ou as cartas ou seja lá o que for para que possa dizer se são verdadeiras ou não. Qual é a dificuldade?

Saba suspira. – Mas não *existe* nenhuma. – Ela para porque não faz sentido discutir com eles. Além disso, por que ela está discutindo? Ela viu Mahtab entrar em um avião indo não se sabe para onde. Não há como negar isso. Ela não conta uma história sobre Mahtab – exceto para si mesma, sozinha na cama – desde aquele dia no beco atrás da agência do correio em Rashti. Os Mansoori não irão julgá-la. Eles são criativos com a verdade, não só porque são iranianos e sabem que as boas histórias precisam ser embelezadas, e as palavras de elogio precisam ser exageradas, e metade de todos os convites deve ser mentira, mas também porque são velhos, e Saba acha que é isso o que acontece no final da vida, assim como no começo. As pessoas entram neste mundo tentando entender o que tudo significa, com que facilidade os bens mais caros podem quebrar e o que pertence a elas. Quando elas descobrem a amarga verdade de que tudo é frágil e acaba indo embora, elas inventam uma nova realidade em que o melhor do que é perdido espera por elas em algum lugar, mas elas estão ocupadas demais para ir até lá.

– Está bem – Saba diz, e respira fundo. Por que não homenagear Mahtab deste jeito. Além disso, ao contrário de todo o resto, a história de Mahtab *poderia* ser verdadeira por alguma magia que só gêmeos possuem. A própria Khanom Mansoori não diz que o elo entre gêmeos é inquebrável? Que cada um sempre irá saber a verdade sobre o outro? Ela é a única pessoa que irá entender todas as possibilidades que acompanham aquele dia no aeroporto e a promessa da mãe elegante no terminal segurando a mão da menina com o rosto igual ao de Saba.

– Boa menina – Khanom Mansoori suspira.

✻

É assim que vai funcionar. Vocês dois têm que prometer que não vão contar a ninguém sobre a vida de Mahtab. Vou contar as histórias dela para vocês como num programa de televisão, e cada episódio da série vai ser sobre um dia em que ela se libertou de uma das amarras de ser uma imigrante. Uma coisa que eu aprendi com os livros, a televisão e os amigos no exílio é que o modo de vida americano é tão avassalador, tão luxuoso, que os forasteiros recebem uma carga enorme de preocupações próprias de imigrantes. Com o tempo, Mahtab irá vencer os maiores desses medos, um por um. Eu sei disso porque conheço a minha irmã; e na América os problemas são resolvidos pouco a pouco – do modo como se vê na televisão.

Juntos, esses episódios serão a história da vida de Mahtab. Eu tenho alguns deles escritos em papel e escondidos – talvez, como vocês dizem, eles sejam as cartas secretas da minha irmã para mim. *Preocupações de Imigrantes*: a narrativa de como ela se liberta de sua vida antiga e me deixa para viver a minha. No final, ela não será mais uma imigrante e não será mais uma gêmea.

Para começar, você deveria saber que, como Alex P. Keaton e os meus pais, Mahtab está obcecada com a universidade. Ela quer ir para Harvard porque é a melhor que existe – a única que os iranianos conhecem. É uma tarde de sexta-feira de abril – a que acabou de passar – e Mahtab está sentada no meio-fio perto da sua caixa de correio na Califórnia, esperando. Ela contempla os lírios-panteras – pois, você sabe, lírios-panteras crescem na Califórnia, e eles estão *verdejantes e vibrantes* se você quiser descrevê-los em inglês. Uma mosca zumbe ao redor do rosto dela. Uma *pari*, uma bela fada da sorte, do tipo que ignora tudo a não ser os apreciadores da velha doutrina, que se senta no alto da cerca descascada, despercebida, seu leve zumbido confundido com o de uma abelha.

– Ah, uma pari! Isso significa boa sorte – diz Khanom Mansoori.

– Uma vez eu vi uma pari – diz Agha Mansoori. – Exatamente no dia em que minha mãe morreu.

Mahtab sabe que teve muita sorte, com sua bela vida e seus golpes de sorte. Ela tenta não pensar em Saba, a sua infeliz gêmea, porque não quer lembrar a pari da injustiça de tudo aquilo. A sorte nem sempre é tão preta e branca, afinal de contas, e a sorte pode azedar. Talvez um dia de Sorte e Azar aos onze anos de idade possa consumir a cota de sorte da sua vida. Talvez ela esteja parada no topo e esteja na hora de despencar.

– Hum – diz Khanom Mansoori – é com *isso* que ela está preocupada agora? Triste.

Por precaução, ela acalma os deuses dos imigrantes com trabalho duro e suor, trabalhando numa lanchonete todo dia depois da escola. Nas tardes sem movimento, ela conversa com José, o lavador de pratos de meia-idade que ela desconfia que seja um imigrante ilegal do México. Em vez de conversar, José passa o dia cantando. Ele canta junto com as fitas de Otis Redding na cozinha, que é como Mahtab percebe que ele sabe inglês. Ela gosta de José. Ele tem cabelo grisalho e olhos bondosos. Ele nunca está com o rosto bem barbeado e tem costeletas pretas e grossas que saem de baixo de um boné de beisebol. Ele descasca cenouras e prepara sanduíches para ela e os deixa no balcão depois do trabalho. Em troca, ela conta seus segredos para ele quando está entediada ou nervosa – que sonha em ir para Harvard, que ama filmes sobre artes marciais e que viu *Ninja Americano* três vezes.

Hoje ela está atrasada para o trabalho de novo, esperando ao lado do meio-fio como fez a semana inteira. Finalmente, ela avista o caminhão do correio ao longe. Ele passa pela casa dos Changs, dos Hortons, dos Kerinskis e dos Stephanpouloes – porque as ruas americanas estão cheias de nomes como esses – até chegar perto de uma cerca descascada e de uma pari preguiçosa. Ele para em frente à casa dos Hafezi, e uma mão sai pela janela. Como um gênio do caminhão do correio, a mão enfia cinco envelopes gordos e quatro finos na sua caixa de correio.

– Isso é uma coisa boa? Esses envelopes grossos e finos? – diz Agha Mansoori.

Ah, sim. Sabe, na América as pessoas gostam de processar. Então as universidades tentam diminuir ataques cardíacos ligados a admissões dando uma pista sobre sua decisão através da grossura dos seus envelopes. É muito semelhante à grossura de um ensopado – os bem fartos indicam sucesso. Mais tarde na vida, quando Mahtab contar a história do gênio da admissão na universidade, nenhum americano irá acreditar nela. Ela não se importa. Mesmo agora, ela sabe que não deve entrar em detalhes técnicos com os americanos. Eles são uma raça lógica, esses ocidentais. Eles não têm espíritos e partes do corpo pairando em volta deles no dia a dia. Eles jamais entenderão Mahtab porque estão acostumados com princesas louras e alegres como Shahzadeh Nixon que mantêm os dedos longe do alho e as mãos cruzadas no colo...

– É isso aí, garota! – uma voz de dentro do caminhão grita para ela, porque é assim que os gênios americanos chamam as crianças cujos nomes não conseguem lembrar. – Boas escolas! – Mahtab mal pode sentir as pernas. Ela levanta os pés, tira as sandálias e examina o labirinto da caixa de correio, entupida de envelopes grossos e finos, derrubando a pari do seu pedestal com um golpe de um dos braços agitados.

Antes de abrirmos o envelope de Harvard, eu preciso ter certeza de que vocês estão entendendo. Vocês percebem, Khanom e Agha Mansoori, que não se trata absolutamente de educação. Mahtab precisa de um pai. Vocês podem imaginar o quanto ela sente falta de Baba? Talvez tanto quanto eu sinto falta de Mamãe. Mas, ao contrário de mim, Mahtab enche os buracos em seu coração com a força da sua vontade. Ela é inteligente, e não fica parada, sofrendo. Então, quando ela abre o envelope, ela se imagina nos braços seguros e aconchegantes de *Baba Harvard* – o pai mais perfeito do mundo, com seus bolsos grandes e sua erudição infinita e sua filosofia levemente disciplinante e visionária. Ela o revira nas mãos, examina o carimbo de Cambridge, passa os dedos sobre seu próprio endereço. Ele não é grosso nem fino. Ela o rasga, com as mãos tremendo, e lê. Infelizmente, eu não tenho conhecimento suficiente para recriar esta carta para vocês, mas ela diz basicamente o seguinte:

Cara Srta. Hafezi,
Alguma coisa alguma coisa... LISTA DE ESPERA... outras coisas.

Sinceramente,
Universidade de Harvard

– *Bem! Eu não acredito nisto!* – *diz Khanom Mansoori com um muxoxo.* – *Quem é este Agha Harvard que acha que pode fazer nossa Mahtab esperar? Ele sabe que ela pode falar inglês o dia inteiro? Ela deve saber mil palavras grandes!*

Sim, milhares! Quando Mamãe chega em casa, Mahtab já está imersa no processo de luto – cabelos despenteados, pijama descombinado. Mahtab nunca faz nada sem convicção – de modo que ela nem mesmo se dá conta da maravilha que é ter uma mãe que volta para casa toda noite para testemunhar suas tragédias. Vejam nossa mãe, sentada ao lado da cama da minha irmã – como ela acaricia seu cabelo, como elas se parecem agora que Mahtab está adulta. Elas não são mais a mulher e a criança no terminal. Agora, a elegância de Mamãe desapareceu devido ao cansaço e ao trabalho na fábrica, e seu coque está cheio de fios grisalhos. Mesmo assim, estão vendo como Mahtab e eu herdamos sua beleza morena? Cabelos negros. Olhos sonolentos. Corpos altos e curvilíneos. Mahtab e eu somos idênticas ainda? Talvez não por muito tempo. Ela vem implorando para fazer uma plástica no nariz, um rito de passagem para muitas moças persas do nosso círculo – para as que estão no Irã, porque os xales em volta da cabeça não deixam nenhum outro sinal externo de beleza além do círculo que desenham ao redor de seus rostos, e para as que estão na América, por causa de tantas Preocupações de Imigrantes solitárias.

Em maio, quando vê que não chegou nenhuma carta de Harvard, Mamãe começa a sentir um medo estranho – um tipo especial de pânico de exílio que vem de passar por um número muito grande de fronteiras com quantidades perigosamente pequenas de papéis. Mahtab está totalmente inconsolável. Ela passa os dias sozinha no quarto, falta à escola, tem crises de raiva. Ela vocifera que vai se tornar funcionária dos correios ou jardineira profissional ou esposa burguesa, como as mulheres em tantos programas de TV. Talvez ela tenha que voltar para o Irã e se casar com um mulá, ela diz.

Apesar de seus próprios medos, Mamãe começa a pensar na cirurgia como uma forma de acalmar Mahtab. O que mais ela pode fazer? Ela já passou por muita coisa sozinha. Ela trabalhou duro para passar de operária para gerente de fábrica, mudou-se com a filha de um apartamento miserável para uma casa modesta. Ela já perdeu uma filha e criou calos no coração onde aquela filha costumava morar. Embora ela odeie todo tipo de mudança – embora não queira que sua própria marca seja removida do rosto da filha –, ela cede pela felicidade de Mahtab.

É claro que eu só posso adivinhar os pensamentos dela. Eu sei que minha mãe deve estar diferente agora – porque as pessoas mudam tão devagar que nem mesmo enxergam, no mesmo modo que os dentes amarelados passam despercebidos até que um dia, passados dez anos, você se lembra de que faz muito tempo que ninguém elogia o seu sorriso.

Eu imagino que minha mãe sentia saudade da sua antiga vida, dos seus velhos amigos. Ela é provavelmente a mais solitária das duas, disparado. Ao contrário de Mahtab, suas perdas são irreparáveis. Sua maldição de imigrante é uma coisa tangível. Ela mora e come com elas, como um parente indesejado.

Temendo pelo futuro da filha, que já custou tanto a ela, faz um empréstimo para pagar pelo nariz novo. Estão vendo como ela ajuda minha irmã a se livrar de mim? Eu ainda consigo imaginá-la parada no aeroporto, segurando a mão de Mahtab, recusando-se a olhar para trás quando eu chamei por elas duas. Embora eu estivesse gritando o nome delas, elas embarcaram naquele avião. E, agora, elas tornam a me abandonar de maneiras nova e criativa, todos os dias.

– *Não fique triste, Saba jan. Tenho certeza de que os narizes tornam a crescer com a idade.*

Mas talvez tenha sido melhor assim porque vejam só:

Numa manhã duplamente afortunada no final de maio, Mahtab acorda da cirurgia e vê a pari da sorte pousada no pé da sua cama. Uma versão borrada, da sua mãe, com três cabeças, está sacudindo uma carta e dando pulos. – Você saiu da lista de espera! Você vai para Harvard, Mahtab joon! – E então ela se transforma. Uma aluna de Harvard com um nariz elegante, longo e fino, com a ponta ligeiramente arrebitada.

Antes de partir para a universidade, Mahtab tinge o cabelo de ruivo. Eu jamais escolheria aquela cor. E mais tarde, em Harvard, quando muda o nome dela para "May", ela nem pensa em mim. A cada mudança da sua aparência original, ela se sente um pouco mais livre, um pouco menos presa a nós – ao nosso mundo gêmeo. Ninguém jamais irá pará-la na rua e dizer: Ei, você, eu acabei de vê-la numa aldeia no Irã. O seu lugar não é aqui.

Quando Mahtab ainda estava naquela aldeia, quando aquela aldeia era o único lugar onde ela se encaixava, ela costumava ouvir você, minha querida Khanom Mansoori, explicar como os tapetes são feitos e como avaliá-los. As três cores básicas, a qualidade das fibras, o número de nós, o capricho da franja. Um dia, você nos sentou no seu colo e nos mostrou o avesso de um tapete. – Estão vendo como ele parece bagunçado? Todas essas linhas no avesso? Vocês não as veem porque elas têm a obrigação de ficar invisíveis, mas na verdade estão é mantendo tudo isso junto.

– Há uma Linha Invisível que mantém as irmãs juntas no mundo. Não importa para onde viajem ou quanta terra e quanta água estejam entre elas, mesmo se uma abandonar inteiramente este mundo. E, embora vocês não possam vê-la, ela é a razão pela qual vocês não podem nunca fugir, assim como o lado direito de um tapete não pode cobrir a sala se o lado do avesso estiver no corredor. – E gêmeas... – você disse para nós naquele dia – estão vendo como o desenho do tapete tem uma simetria perfeita? Os dois lados são exatamente iguais? Como vocês poderiam separar as duas metades? As pessoas sempre saberiam que está faltando uma parte.

Desde que ela se mudou para a Califórnia que a Linha Invisível pareceu ser uma forca em volta do pescoço de Mahtab. E agora, a cada mudança física, sente o laço se afrouxar e consegue respirar. Quando se olha no espelho à noite, ela sente tristeza pela irmã, com seu nariz persa e suas pernas cabeludas, com seu chador preto e suas tarefas de moça de aldeia.

Uma semana antes de partir para Harvard, Mahtab sente muita falta de companhia – sente que devia dizer adeus para alguém. Talvez ela se arrependa de nunca ter dito adeus para mim. Talvez seja por isso que, quando não consegue pensar em ninguém com quem conversar, ela volta para a lanchonete e se senta num canto, vendo suas colegas de classe comendo panquecas e trocando confidências.

Como ela conseguirá fazer amigos em Harvard?

Mas Mahtab não se aproxima. Ela simplesmente fica ali sentada, esperando. Nenhuma daquelas é a pessoa com quem quer falar. Ela as espiona por uma hora e então, quando seus colegas terminam de comer, recolhem suas mochilas e deixam notas verdes sobre a mesa, Mahtab pensa que talvez ninguém possa preencher o vazio. Talvez nesse novo mundo terá que trabalhar muito e esperar que eu me junte a ela – como uma especie de purgatório. Talvez ela vá ter que suar para apaziguar os deuses que distribuem a sorte – aqueles que escolheram uma irmã e não a outra embora sejam exatamente iguais no sangue – porque ela já teve mais do que lhe cabia.

Ainda assim, ela está desesperada para se aclimatar ali. Ela vai conseguir ficar parecida com eles? Baba Harvard vai ser tudo o que prometeu que seria? Ele a rejeitará por ser estrangeira?

Se seu pai verdadeiro estivesse aqui, Mahtab pensa, ela não precisaria se encaixar. Não iria querer mudar as feições que compartilha com ele. Ela mostraria as notas para ele todo semestre e esperaria por aquele sorriso lento que se espalha como uma camada grossa de tinta pelo seu rosto e revela seus dentes cor de creme, um por um. Ela não se rebelaria e nem namoraria rapazes que ele não aprovasse. Não pediria para dirigir nem usaria saias curtas e prepararia chá para ele toda tarde – e ficaria vendo-o chupar um cubo de açúcar entre os dentes.

A lanchonete está quase vazia. Ela ouve Otis Redding – vocês conhecem Otis Redding? Ele compõe lindas músicas – vindo da cozinha. *Sittin' on the Dock of the Bay*. A voz inconfundível de José canta junto.

– *Mija* – ele diz, é como o povo dele chama as moças amadas. – Achei que você tinha se demitido.

Ela se aproxima dele e murmura algo sobre estar entediada. Ela vai até a pia e fica parada bem ao lado dele, observando suas mãos e antebraços desaparecerem numa montanha de espuma. Então, involuntariamente, descansa a cabeça no ombro de José. Ela sabe que isso é estranho. Percebe porque ele para de lavar a louça, com o corpo rígido. Mas ela não se importa. Já faz muito tempo que não sente as curvas e ossos de um ombro paterno contra o rosto.

– Adeus, José – ela murmura de encontro à sua camisa de lã. – Vou sentir sua falta.

Ele alisa o cabelo de Mahtab com a mão molhada de espuma. – Cuide-se, Mija.

Pronto. Ela disse adeus... para *alguém*. Não para mim. O fio que mantém as irmãs juntas de um lado a outro do mundo foi quebrado e não há mais simetria entre nós. Mas eu vejo agora que já se passaram cerca de 22 minutos e, segundo as normas da televisão americana, um problema precisa ser solucionado. Está na hora de Mahtab livrar-se da primeira das suas Preocupações de Imigrante. Vocês querem saber qual é? A primeira preocupação é a mesma para todo mundo. A partir de agora, Mahtab de cabelo ruivo e nariz fino e educação esmerada, filha adotiva de *Baba Harvard*, não teme mais suas raízes persas. Mas não fiquem tristes. Aquele rosto, ele ainda existe em algum lugar – só que agora não pertence mais a um par.

Khanom Mansoori está totalmente desperta agora e segura a mão de Saba, toca o rosto dela e diz: – Você sabe que você é como se fosse minha neta.

Saba assente com a cabeça, bem como Agha Mansoori. – Sim, sim – ele diz. – Nossa própria neta.

A esposa continua: – Com ou sem Mahtab. Com ou sem carta, essa história é verdadeira.

Embora queira ficar nos braços da mãe substituta para chorar um pouco e perguntar por que ela acha isso, Saba apenas beija o rosto enrugado de Khanom Mansoori e se levanta para ir preparar o jantar. Os Mansooris ficaram até muito tarde, e vão passar a noite com os Hafezis. Saba tenta tirar da cabeça as palavras da velha senhora, porque não tem tempo para ficar pensando em coisas tristes. Não quer ser o tipo de garota que fica perdida em seus próprios pensamentos e devaneios. Ela tem que providenciar uma roupa de cama para seus hóspedes. Mas Khanom Mansoori pede para ela esperar um pouco. – Não importa onde uma coisa acontece, desde que *aconteça*. Se eu lhe contasse a história da primeira vez que eu beijei Agha... ou do dia do nosso casamento no quintal quando nós tínhamos doze anos. Quem se importa realmente com tudo isso? Os detalhes você pode mudar. O onde e o quando. É o *quê* e o *como* que tornam a história verdade ou mentira.

Agha Mansoori fica vermelho com a lembrança e resmunga baixinho.

– Khanom Basir disse que não é saudável para uma mulher feita pensar ou contar histórias sobre gente que não está mais conosco – Saba diz.

– Por favor – Khanom Mansoori diz, estendendo a mão para o seu copo. Ela faz um gesto exagerado de descartar o comentário de Khanom Basir. – O que é saudável para uma garotinha é saudável para uma mulher feita. As mulheres feitas só precisam de porções maiores.

– Esse é um pensamento muito bonito – diz Saba. O mais bonito que ela ouvia em muito tempo.

– Então continue – diz Khanom Mansoori. – Termine a sua história, para nós sabermos que ela é verdadeira.

Saba balança a cabeça obedientemente e termina: – *Nós fomos e havia doogh...*

A verdade sobre isso

(Khanom Mansoori – A Velha)

Agha, você ouviu as coisas que ela disse? Você estava ouvindo com atenção? Você não falou quase nada enquanto ouvia. Ela não é como a nossa Niloo. Saba é instruída e sabe ocultar o significado das coisas. Você precisa ter ouvidos afiados, Agha jan. Quando ela terminou, você podia ver que seu rosto estava sem cor. Você podia perceber que ela estava com saudades de Mahtab. Você não percebeu? Ah, olhe para você, Agha. Você vê um camelo, você não vê um camelo. Você também é um garotinho. É por isso que eu gosto tanto de você.

Eu não gosto de dormir naquela casa. Eu ainda estou cansada. Mas foi bom termos ficado. Eu não sei como ela não fica assustada naquela casa grande à noite.

Ai, minha pobre menina.

Você quer saber qual o verdadeiro sentido daquela história? Sim, entendi muito bem – ajude-me a sentar, sim? – toda aquela história de *Baba Harvard* e de dizer adeus para o bondoso lavador de pratos do México... muito, muito triste... não se trata da ausência de pais nem de famílias destruídas. Trata-se daquele homem maluco sentado na casa grande e vendo a filha correr ao redor dele tentando chamar sua atenção. O que há de errado com ele? Se você soubesse quantas horas ela passa sozinha, você ficaria chocado.

Não, não me diga que ele tentou. Eu nunca os vejo juntos fora da casa.

Agha, da próxima vez que você for lá, leve um presentinho para ela ou pergunte alguma coisa. Elogie alguma coisa simples como suas pulseiras ou, se ela não estiver usando nenhuma, a brancura de sua pele. Coisas típicas de pai, para ela não ficar tão carente disso... E não pareça tão assustado. Ela é uma menina, não uma serpente. Eu vi você de boca aberta diante da televisão; então você tem muito o que conversar. Por que não deixa que ela explique as histórias sem interromper tanto – Sim, você interrompeu. Mas eu consegui entender um pouco... um pouco da maluquice de Keaton-Meaton...uma história inútil. Sem pé nem cabeça.

Ahh, assim está bom. Coce bem aqui. Obrigada, Agha jan.

Você acha que toda essa fofoca está certa? Alguns dizem que Abbas seria uma boa escolha para a nossa Saba porque ele é velho e rico como o pai dela. Outros dizem que o primo dela, Kasem, é uma boa escolha porque ele já é da família. Isso me deixa triste porque eu sempre desejei que ela encontrasse o que eu e você tivemos. Amor da juventude... amor que não se tem apenas que tolerar. Talvez um pouco de alegria. Lembra quando éramos da idade dela... das manhãs atrás da casa?

– Sim, sim, sei que é indecente. Não vou falar nisso

Não estou falando disso... Por que você parou de coçar?

O que eu estava dizendo antes? Estou cansada, Agha. Eu não dormi bem. Essas mortes em toda parte me dão pesadelos. Ajude-me a me deitar... Os dias são estranhos agora, quando todos os nossos amigos verdadeiros estão mortos e nós estamos vivendo no mundo dos filhos deles. Eu tenho medo de morrer. É uma coisa deprimente.

O que você acha, Agha jan? Talvez Saba tenha compreendido algo através da sua percepção de gêmea. Eu acho que existem muitas verdades nessa história e a maior delas é que Mahtab ainda está viva em algum lugar.

CAPÍTULO 5

OUTONO-INVERNO DE 1989

Numa tarde branca de sexta-feira, em pleno inverno, Saba percorre o mercado aberto, o *jomeh-bazaar*, e pensa que deveria aprender a mentir melhor. Deve ser fácil na América, onde as pessoas dizem o que querem. No Irã, você tem que ser dissimulada, expressar os seus desejos buscando aparentemente o contrário. Ela gostaria de ter mentido de forma mais convincente para Reza.

Ultimamente ele tem visitado sua casa com mais frequência, pedindo para tocar o violão escondido no armário da sala de estar. Ele põe os dedos nas cordas, comparando o som com o *setar* do pai dele ou com o alaúde, maior e mais redondo.

– Baba toca qualquer instrumento de corda – ele se gaba.

Eles só estiveram uma vez na despensa da casa dela sem Ponneh. Foi complicado, os dois sozinhos no escuro – nada parecido com o sentimento natural, desinibido do trio, sempre brincando e flertando, debochando de Kasem. Em vez disso, Saba e Reza ficaram sentados nervosamente e ouviram uma fita. Ele acendeu o cigarro dela e a viu dar uma tragada. Quando houve um silêncio, ele brincou com a caixa de fósforo.

– Saba Khanom – ele disse –, você. – E ele parou. Ela achou que ele ia perguntar se ela estava com saudades de Mahtab, como sempre fazia.

– *Vai* – ela suspirou. – Não comece com essa história de Saba Khanom.

Então ele tirou o cigarro de sua boca. – Posso beijar você? Só uma vez?

Ela foi apanhada de surpresa e disse não, embora quisesse dizer sim. Ele não tornou a perguntar. Agora ela está com medo que ele tenha ficado ofendido. Talvez ele ache que ela não quer beijar um caipira. O problema, Saba pensa, é que ela não aprendeu a mentir e ainda assim expressar a verdade – como acontece quando seu pai diz ao mulá que não tem ópio no cachimbo.

Ela sente cheiro de ópio quando passa por um homem idoso usando um gorro. O bazar, que é a principal fonte de renda de muitos dos seus comerciantes, fica situado na praça, junto com um punhado de lojas, um restaurante de kebabi e peixe com mesas na calçada, e uma cafeteria que só serve chá e cachimbos de água em assentos reclinados forrados de vermelho. Há um banco e cadeiras onde velhos estão sentados sob as árvores. O mercado é onde o ônibus para e onde amigos e estranhos se reúnem. Nos dias movimentados, um ou dois *pasdars* ficam por ali num jipe, de olho nos jovens pecadores. O mercado abre o ano inteiro, mesmo nos dias de inverno em que um vento gelado desce das montanhas, deixando o ar fino e cortante. Saba se envolve mais em suas camadas de xales e em seu casacão. Um vento forte sopra pelos túneis formados por oleados e coberturas de plástico. Há poucos legumes hoje, só os básicos como batatas e cebolas. Geralmente há cestas com todo tipo de ervas arrumadas em fila, pilhas de hortelã, salsa e coentro, mas hoje os comerciantes estão vendendo o estoque em conserva. Enormes guirlandas de ervas secas estão penduradas sobre suas barracas. Na barraca de pão, Saba vê Ponneh segurando um saco de papel com manchas de calda de *baghlava* no fundo. Ponneh dá algumas moedas para o padeiro.

O padeiro diz: – Por favor, Khanom, eu sou um seu criado. – Saba fica observando esse jogo de *Tarof*, pretensa generosidade, e se admira com o ridículo daquilo.

Ponneh diz: – Realmente, eu insisto.

O padeiro olha para o chão e inclina a cabeça com humildade. – Por favor, eles são seus.

Ponneh torna a repetir: – Eu insisto.

E então o jogo termina. O padeiro aceita, e a dança de *tarof* chega ao seu elegante fim. Saba sorri quando pensa no que teria acontecido se Ponneh tivesse aceitado os doces "grátis". O padeiro era capaz de correr atrás dela pela rua com uma vassoura ou abrir uma conta no nome dela. No entanto, é assim que as coisas são feitas. As leis sociais não são restritas a eventos sociais. Açougueiros devem oferecer carne de graça. Barbeiros devem fingir cortar cabelo por puro prazer.

Mentir bem é crucial no Irã. Todo mundo pratica pelo menos duas artes mais básicas: *tarof* ("Venha, senhor! Coma, beba. Leve a minha filha!") e *maast-mali* ("cobrir de iogurte"), a arte da inocência fingida. ("Ah, não foi nada! Uma mossa? Não passou de um arranhão. De fato, eu nem estava no país naquele dia!")

Ponneh enfia a mão no saco e tira um folheado grande e quente.

– Saba jan! – Ponneh corre, dá um abraço em Saba com os antebraços e os cotovelos, já que suas duas mãos estão ocupadas. Reza esteve aqui mais cedo comprando chá – ela diz. – Eu o encontrei por acaso e ele disse que pode ir à despensa às seis horas. – Ela estende um doce para Saba. – Experimente isto. – Ela olha para o padeiro, que dá um sorriso desdentado. – Se aquele homem não fosse desdentado e não tivesse cem anos, eu me casaria com ele e passaria a vida engordando.

Saba tira uma camada de doce, aliviada por Reza ter se convidado para ir na sua casa. Ele não deve estar muito ofendido, afinal de contas. Talvez um dia ele torne a pedir para beijá-la.

– Só um pedacinho? – Ponneh diz. – Nada de *tarof*. Mamãe me deu o dinheiro.

Elas andam juntas na direção das pirâmides coloridas de especiarias – cuminho, cúrcuma, amêndoas e nozes – arrumadas nas mesas como montanhas de um planeta distante. Uma multidão se formou perto dos recipientes dos pescadores, cheios de pescada fresca, e ao lado de um açougueiro vendendo pernil de carneiro. Os compradores não formam fila, exceto os dois primeiros, e depois explodem numa multidão desordenada que empurra, espia e grita.

Horas depois, com as cestas cheias de verduras, folhas de chá, arroz, peixe e outros alimentos, as bolsas vazias de cupons e dinheiro, elas vão para casa enquanto o zumbido do chamado da tarde para rezar, o *azan*, vem da mesquita local, e o sol começa a descer no céu, inundando de novas cores as montanhas abaixo. Elas apressam o passo. Em breve o anoitecer irá tornar difícil a presença de duas jovens mulheres na rua sem o perigo de serem interrogadas.

Do lado de fora do bazar, Saba hesita. – Olha quem está lá – ela cochicha.

Mustafá, um jovem oficial da polícia moral, está olhando para elas. Ele vem declarando seu amor para Ponneh há anos, e ela sempre o recusou. Agora que usa o uniforme de *pasdar*, ele gosta de torturá-las, obrigando-as a se abster das poucas liberdades discretas que a maioria das mulheres da aldeia ainda gozam. Saba enfia uns fios de cabelo para dentro do xale.

Mustafá caminha na direção delas, endireitando o uniforme cor de oliva, os olhos fixos à frente. Saba apressa o passo, lembrando o dia em que o *pasdar* no aeroporto gritou com a mãe dela. Então, quando elas estão virando a esquina, ela ouve um estalo. Ponneh tropeça.

– Droga, quebrei o salto do sapato – ela pragueja e enfia a mão debaixo do casacão e da saia que arrasta no chão para tirar o sapato vermelho com o salto do comprimento de um dedo.

– Por que você pôs isso para ir ao mercado? – Saba olha espantada para o sapato.

– Eu gosto dele! E ninguém pode ver.

Saba não acha isso estranho. Ponneh sempre fez o que quis, e depois da revolução um par de sapatos vermelhos é uma coisa corajosa, não superficial ou fútil. Saba também já praticou essa forma de rebelião. Muitas de suas amigas também.

Mustafá as alcança. A voz dele parece um chicote, e ele finge não conhecê-las, um jogo que espera que elas joguem também. – Vocês aí – ele diz, provavelmente pensando que sua barba vá ocultar sua idade e sua identidade. – O que vocês estão fazendo? Está escurecendo.

Saba finge um tom respeitoso. – Estamos indo para casa. Tenha um bom dia, Agha.

– Deixem-se ver seus papéis – ele diz. Ponneh revira os olhos, equilibrando-se num só sapato.

Saba tenta não rir. Ela começa a falar com sotaque rural. – Só estávamos comprando comida.

Mustafá sacode a cabeça. – Onde vocês moram?

Saba disfarça uma risada chocada. – Você está falando sério? Mustafá, você nos conhece...

Mustafá olha para Ponneh. Saba prende a respiração, vendo-o examinar a beleza de Ponneh olhando-a de cima a baixo com aquele mesmo olhar grotesco, lascivo, que ela associa a Kasem. E então ela vê algo que parece ódio.

Ponneh olha para o chão, tentando disfarçar seu aborrecimento. *Não precisamos nos preocupar*, Saba pensa. O xale de Ponneh está perfeito. Ela está usando roupas largas e nenhuma maquiagem. Só a ponta vermelha do sapato aparece por baixo de suas roupas. Mustafá não tem nada contra elas. Os olhos dele vão do rosto dela para o sapato. – O que é isso? – ele diz, chutando a bainha da saia dela. – Esses sapatos são indecentes – ele acrescenta com desprezo.

– Eles estão por baixo das minhas roupas – Ponneh diz, com os dentes trincados, o olhar desdenhoso. – Vai embora.

– Esses saltos altos são indecentes e impróprios – ele diz.

Ponneh levanta a voz. – O que você tem com isso? Esse é algum tipo de divertimento para você?

Saba fica assustada, mas Mustafá ignora a observação. – Muçulmanas decentes sabem ser recatadas – ele diz. Agora Saba também está aborrecida, como se estivesse lidando com uma criança que não para de fazer uma brincadeira desagradável. Não há nada que Ponneh pudesse ter feito para evitar isto, a não ser usar uma burca. Mesmo assim, Mustafá poderia detê-la. – Venham comigo.

Saba suspira, incrédula, enquanto elas seguem Mustafá na direção da casa de telhado de sapê que serve como sede local da polícia moral, o *komiteh*. Ponneh carrega o sapato em uma das mãos. A poucos passos do bazar, numa rua silenciosa com um muro alto feito de lama e feno, ela para. – Mustafá, já chega. Você já conseguiu o que queria.

Mustafá se vira, o rosto vermelho. Ele claramente esperava que ela obedecesse, se submetesse e desse a ele alguma satisfação depois de tantas rejeições e humilhações, de todo o seu desejo não correspondido. Ele põe a mão no cassetete e dá um passo na direção de Ponneh. – Anda – ele ordena.

Saba passa o braço pelos ombros da amiga, mas Ponneh se livra dela. A expressão determinada dela é assustadora. Ela dá uma risadinha seca. Arregala seus olhos castanhos, como costumava fazer durante as muitas brigas de criança, quando algo dentro de Ponneh se rompia e ela fazia qualquer coisa para provar que estava certa – sempre a agressividade acima do tato. *Por favor, Ponneh, não seja teimosa agora.*

– Não – Ponneh diz, com a voz um tanto esganiçada. – Eu vou para casa.

– Você vai levar cem chibatadas – Mustafá avisa, se aproximando mais dela. – Espere só.

Saba fica gelada. Será que um par de sapatos vermelhos pode fazer Ponneh ser chicoteada? Com certeza não aqui. Que mentiras Mustafá planeja contar quando chegarem no escritório do *komiteh*? Ele pode dizer qualquer coisa. A lei é uma coisa fluida no Irã. Saba se lembra de que logo depois da revolução os *pasdars* costumavam andar pelas ruas cheirando casas para ver se alguém tinha comido esturjão, proibido por não ter escamas. Isso era um crime que podia resultar em algumas chibatadas – com base na prova do nariz de um *pasdar* – até que mais tarde Khomeini declarou o valioso peixe halal.

Mustafá agarra o braço de Ponneh. Saba sente um gosto amargo na boca.

Ele segura o rosto dela com uma das mãos, um gesto que por um segundo parece terno, seu polegar movendo-se em círculos por sua face. Então ele aperta o rosto dela até ela abrir a boca e murmura: – Puta.

É o brilho afoito no olhar de Ponneh que faz Saba avançar. Ela larga uma das bolsas. Laranjas e chá se espalham pela rua. – Não! – ela grita.

Mas Ponneh já agiu. É tarde demais. Quando Saba consegue segurar a amiga, ela já deu uma bofetada na cara de um *pasdar*.

Então Mustafá pega o cassetete, e Saba mal consegue distinguir o corpo da amiga do dele. Ele bate nas costas dela e ela se curva. Ela grita. Ele enfia o cassetete debaixo do braço e a joga no chão. Em segundos a boca de Ponneh está apertada contra o chão. Mustafá cai de joelhos ao lado dela, respirando em sua orelha enquanto aperta o cassetete contra suas costas. Ele murmura alguma coisa enquanto ergue o queixo dela na direção de um beco escuro. Ele espera, mas ela lança um olhar de nojo para ele e sacode a cabeça para se livrar das mãos dele.

Ponneh se apoia no muro e tenta chutá-lo. Mustafá levanta o cassetete e bate com força no muro logo acima da orelha dela. Pedaços de barro chovem sobre ela, e ela agarra o pescoço com as mãos. Ele torna a fazer isso, numa demonstração de força. Ponneh dá um salto cada vez que o cassetete rasga o ar perto do rosto dela.

Saba implora, recordando de repente algo que Khanom Basir costumava dizer: *Uma moça bonita sempre consegue quebrar alguma regra.*

– Vá para o inferno – Ponneh sussurra. – Eu preferia ficar com um cachorro.

Mustafá levanta o cassetete e bate com força nas costas dela.

Saba grita e se atira sobre Mustafá, mas ele a empurra com facilidade. Ela tenta respirar, as mãos esfregando o pescoço enquanto ela afasta a ideia de estar se afogando. Ela tenta implorar em Gilaki, mas Mustafá não está ouvindo. Duas mulheres de roupas pretas passam pela rua estreita. Elas param e olham na direção deles.

Mustafá está aproveitando a oportunidade de surrar uma moça bonita deste jeito? Isto confirma algo que Saba já sabe faz muito tempo: que a polícia moral não odeia a indecência tanto quanto os seus instintos. Todo dia eles pensam em alguma nova crueldade – regras absurdas e torturas horríveis e assassinatos na calada da noite – que faz com que Saba queira fugir, abandonar o Irã, tirar das mãos o fedor do Cáspio e ponto final. O Irã está acabado. Quando Mustafá ficar velho, ele vai lembrar que um dia deu uma surra numa jovem só porque ela manteve sua beleza apesar dele? *Que piada. Um maldito par de sapatos.*

Ponneh está soluçando. – Espere – ela diz, ofegante. – Eu vou com você...

Mas Mustafá não para. Ele está debruçado sobre ela, batendo descontroladamente. Às vezes, quando a raiva o faz errar o alvo, ele bate no chão ou na parede. Ele ouviu Ponneh? Não importa, Saba ouviu e sabe o arrependimento que Ponneh vai ter que suportar depois. Mas agora a expressão bonita deixou os seus olhos, e ela não passa de um bicho assustado, a perda de dignidade insignificante comparada com a dor física. Se Mahtab estivesse sob o cassetete de Mustafá agora, Saba não sofreria menos por ela.

Passado o choque, Saba fica desnorteada, pegando do chão um saquinho de chá enquanto vê a amiga se encolher mais a cada golpe.

As duas mulheres vêm correndo, gritando,

– Ei, você aí! Ei! O que você acha que está fazendo? – Elas não parecem ter medo do *pasdar*. Aqui não é Teerã, afinal de contas. Todo mundo se conhece.

Quando elas se aproximam, Saba consegue respirar fundo, aliviada ao ver Khanom Omidi e Khanom Basir. A mãe de Reza grita:

– Ah, meu Deus, Ponneh joon!

Khanom Omidi se debruça, bufando ao tentar puxar Mustafá dali. Khanom Basir bate nele com sua cesta até ele parar, tonto.

– Que vergonha! Seu cachorro! – Khanom Basir grita. – Você está louco?

Ele se endireita, arregalando os olhos ao ver as duas mulheres mais velhas. Como uma criança, ele estufa o peito e tenta recapturar a sua versão das coisas. Ele enfia o cassetete de volta no cinto e enxuga o suor da testa enquanto Saba corre para ajudar Ponneh a se levantar. De repente, ela fica envergonhada por ter enxergado algum poder no uniforme de Mustafá e não o ter feito parar. Agora que ele já pôs a raiva para fora, Mustafá parece atordoado porque elas podem ver o seu verdadeiro objetivo, o que ele queria realmente de Ponneh.

– Vocês todas virão comigo para o *komiteh*. – Ele está ofegante, tentando se acalmar, demonstrar autoridade. – Vocês têm muito o que explicar.

Khanom Omidi dá um sorriso de ódio para ele. Quando se trata de *maast-mali*, ninguém é páreo para esta velha. É ridículo que Mustafá esteja tentando.

– Boa ideia – ela diz. – Vamos chamar o Mulá Ali e contar a ele o bom trabalho que você está fazendo.

– Você pode ligar do escritório – Mustafá diz. – Vamos.

– Bem, bem – diz Khanom Omidi, fingindo segui-lo. Ela põe a mão nas costas e suspira, como que pensando alto. – E temos que nos lembrar de chamar a Fatimeh também.

Mustafá fica pálido ao ouvir o nome de sua avó, doente e amorosa. Há um momento de silêncio quando parece que ele talvez esteja envergonhado. Ele se vira para Ponneh.

– Você tem sorte. Vou deixar você ir com uma advertência. Mas se eu tornar a ver esse comportamento indecente de novo...

Khanom Omidi balança a cabeça, *sim, sim, sim*. – Vamos para casa – ela diz. A rainha do *maast-mali* – como ela faz isso bem. Ela o eleva ao nível de uma arte – da mesma forma que você aprenderia a segurar um pincel ou calcular a idade de um pote de salmoura de alho.

Uma pequena multidão se juntou no final da rua. Mustafá abre caminho no meio dela e desaparece. Saba avista uma mulher conhecida, uma mulher magra e angulosa mais ou menos da idade da sua mãe, com óculos de intelectual e uma expressão de pesar. Ela se mistura na multidão e ninguém fala com ela. *Quem é ela?* Saba tem certeza de que já a viu antes e talvez tenha até falado com ela.

Ponneh tem que ser carregada para casa nos braços volumosos de Khanom Omidi. Suas contusões nos braços e no pescoço já estão ficando roxas. Saba não quer nem imaginar o estado do seu corpo por baixo da roupa. Catarro e lágrimas escorrem do nariz e dos olhos de Ponneh, e Saba se sente obrigada a limpá-los, a dividir a sujeira. Ponneh murmura coisas incoerentes, tosse, e de vez em quando ralha consigo mesma por ter se oferecido a Mustafá, um arrependimento que ela vai sentir por muito tempo.

– Aquele *kesafat...* aquele merdinha – diz Khanom Omidi, que sempre gosta de dizer uns palavrões, mas que desta vez vai xingando até em casa. Ela vai desfiando os xingamentos como um hino fúnebre. – Aquele filho da puta, aquele *beesharaf*, aquele cu de elefante babaca. – Ela sacode a cabeça com uma tristeza exagerada, depois se anima.

– *Shhh*, Ponneh jan. Vou preparar uma coisa para tirar a dor. Só preciso buscar minha jarra especial de ervas. Que tal isso?

Saba imagina como Khanom Omidi consegue se arriscar a usar ópio numa hora dessas, mas o jeito dela é esse; a vida é feita de pequenos prazeres. Além disso, Ponneh vai precisar do alívio quando compreender que não haverá justiça, que ninguém vai lutar por isso. Tudo isso graças a um salto alto quebrado.

Depois de levar Ponneh para casa, Khanom Omidi e Khanom Basir vão para a casa dos Hafezis preparar o jantar. Saba fica. Num pequeno quarto, ela examina as costas de Ponneh. Suas contusões estão horríveis, indo de amarelo a roxo. Ponneh está decidida a escondê-las. Saba esfrega um unguento em suas costas, ajuda-a a vestir uma blusa macia por baixo de um suéter grosso. Ponneh se agacha no chão, no canto do tapete de dormir como um gato assustado, tomando cuidado para não encostar as costas machucadas na parede. O rosto dela está cinzento e coberto de manchas vermelhas e vincos de amargura. Quando Saba tenta consolá-la, Ponneh afasta a mão dela.

– Não posso acreditar que dei essa satisfação àquele filho da puta.

– Ele nunca mais vai tentar – Saba diz. – Você não fez nada de errado.

Mais tarde, Reza entra por uma janelinha no quarto de Ponneh, a que dá para a floresta e não para a rua. A mãe contou tudo a ele. Ele senta no tapete, a poucos centímetros de Ponneh; ele encosta a cabeça dela em seu peito, tomando cuidado para não tocar em seus machucados. Ele canta uma canção infantil e Ponneh sorri e olha para o rosto dele.

– Lembra-se da parte que inventamos? – ele brinca, e chega mais perto até seus narizes quase se tocarem e Saba vê o cabelo dele caindo no rosto de Ponneh. – Nada de bazar por um tempo. Eu me encarrego das suas compras. – Então ele acrescenta: – E não se preocupe com Mustafá. Eu me encarrego dele.

Saba senta do outro lado de Ponneh e informa que ela e Reza irão cuidar de tudo. Ela os observa, tenta não ser egoísta nem se focar em sua própria dor num momento como este. Mas ela pensa que Khanom Basir poderia estar com a razão estes anos todos. Talvez os amigos de Saba estejam apaixonados. Olha o modo como ele toca no cabelo dela. Olha como ele não mede as palavras para ver se são oportunas nem finge saber cantar em inglês. Olha como uma força parece atrair seus rostos, como se não tivessem controle sobre eles. Ele nunca deve ter perguntado a Ponneh se podia beijá-la. Ele nunca deve ter precisado. Eles pertencem ao mesmo mundo, um lugar rural sem pais, onde mães de braços fortes reinam. Eles entendem um ao outro. Não há casas grandes, nem acres de terras Hafezi, nem a possibilidade da América entre eles. Mas aí Ponneh pega na mão de Saba. – Vejam, somos nós três sempre juntos – ela diz, como se precisasse de ambos, e Saba acha que pode estar enganada.

Eles decidem que seria bom para Ponneh jantar na casa dos Hafezis – estar no meio das mulheres que adoram o rosto dela, que não a teriam espancado por sua beleza. Reza sai antes, e Saba fica para ajudar Ponneh a se preparar.

– Você se lembra quando tínhamos catorze anos e você machucou a mão? – ela diz. – Reza cantou para você aquela canção francesa.

– *Donneh, Donneh, Donneh* – ela canta. – Igual a Ponneh.

Saba concorda com a cabeça. – Exatamente! Você se lembra?

– Você falou que queria dizer uma outra coisa – Ponneh diz.

– Eu menti – diz Saba, enquanto faz uma trança no cabelo de Ponneh como costumava fazer quando elas eram crianças. – É o nome de uma linda moça. Quer que eu ensine para você?

Saba fica mais uma hora fazendo companhia para Ponneh, cantando *Le Mendiant de l'Amour*, contando histórias e incentivando-a a sonhar com o dia em que ambas estarão casadas. Ou com o dia em que elas terão uma loja em Teerã. Ou o dia em que Saba irá conquistar a atenção do Presidente da América e elas irão usar o dinheiro do dote que Saba escondeu para fugir e morar em Washington, no grande palácio branco do presidente, onde Mahtab poderá visitá-las.

※

Ponneh jan, não fique triste. Nós todos sabemos que você jamais teria ido com Mustafá. Todo mundo mente. Todo mundo tem segredos. Você se lembra do dia em que disse a Khanom Mansoori que estava crescida demais para Mahtab? Eu menti. Quer ouvir uma história sobre ela? Eu posso contar uma boa, de uma carta sobre Harvard e o dia em que ela também quebra o salto do sapato. Como você, ela quer consertá-lo; e isso a leva a um rapaz estúpido, como Mustafá, e Reza, e todo homem confuso que não sabe o que fazer com seus desejos. Mas, ao contrário de você e eu, Mahtab tem sorte, é corajosa e é americana. Então, quando o salto quebrado a leva a esse rapaz, ela consegue manobrar as coisas de tal modo que *ele* é que acaba no chão. Isso não é maravilhoso, Ponneh jan? Espere até você ouvir o resto...

Ponneh, por que você está chorando agora? Não chore. Achei que isto iria ajudar.

Tudo bem, nada de histórias. Esqueça a história agora. Eu a guardarei para um outro dia, para outros ouvidos... Vamos para a minha casa. Eu aposto que, se ninguém estiver olhando, Reza irá fazer todos os seus truques de futebol para nós no jardim. Ou então nós podemos ir para a despensa e fumar, só nós três, como sempre. Vamos convencê-lo a trazer o velho *setar* do pai dele e sentar em círculo com nossos pés descalços tocando o dele e o vê-lo fingir que não está excitado. Admita isto, Ponneh jan, você não adora a sensação da pele nua dele, embora seja só um pé e nada mais? Depois, quando formos só nós duas, podemos passar a noite inteira conversando sobre as veias azuis que vão até seus dedões e imaginando quando poderemos ver e tocar nelas de novo, nas mãos ou nos pés de algum homem. Nós podemos nos drogar com seu saco plástico de ervas e ele pode dedilhar as notas da sua canção – aquela sobre a casa sumindo na distância –, seus dedos mal tocando as cordas para que ninguém mais possa ouvir as pequenas centelhas de música por entre nossos ombros apertados uns contra os outros.

Arroz, dinheiro, xales

(Khanom Basir)

Mahtab e Saba sabiam mentir muito bem. Elas aprenderam a fazer isso quando eram crianças, com as contadoras de histórias e as exageradas e adeptas de *tarof* da cidade. Vejam todo esse fingimento-*bazi*, essa baboseira de Mahtab na América. Saba sabe que está mentindo, mas diz que tem esta ou aquela fonte só para me envergonhar. Mas quem pode culpar a garota? Mentir agora é uma competência necessária. Temos que esconder tudo que é bom – música, bebida, alegria em excesso e roupas bonitas.

Em todas as casas do Irã (especialmente em lugares como Hamadan, onde o pai dos meus dois filhos, Reza e Peyman, foi criado, onde os invernos são gelados e tudo o que você tem para se esquentar são seus amigos, seu cachimbo d'água e sua música), o lugar de contar mentiras é debaixo do cobertor *korsi*. É para lá que você vai para ouvir histórias – um passatempo tipicamente persa, porque depois, você pode passar iogurte sobre todas as mentiras, *fingir inocência*, ou você pode dizer um versinho sobre *maast* e *doogh,* e deixar tudo branco como neve de novo. E como você pode resistir? O ar do Cáspio alimenta a mente criativa, o artista, e não importa se você não passa de uma aldeã anônima. Não importa se a sua história já ficou ultrapassada. Lá, debaixo do cobertor, você é estimulada pelos espíritos da noite, todos aqueles olhos curiosos do outro lado do *kursi*, o hookah transformando seus pensamentos, e a tentação de tecer uma boa trama. É nos *kursis* que as grandes mentiras nascem. Eu sei. Contar boas histórias é a minha vocação.

Quando as meninas eram pequenas, elas gostavam de fingir, e normalmente eu era a vítima. Mahtab realmente acreditava que podia me matar com os olhos.

Uma vez, cometi o erro de dizer que ultimamente estava mais fácil distinguir uma da outra, porque uma delas estava com a barriga inchada. Sim, sim, eu sei. Não me culpem, eu não percebi imediatamente que o fato de serem diferentes era assustador para elas. Antes de enxergar o erro, o mal estava feito. Ah, as pragas que isso trouxe sobre a minha cabeça. Ah, a cacofonia de feitiços de todas as partes murmurados ao redor de fogueiras de tamanho infantil. Ah, o veneno despejado em pacotes de precioso arroz defumado, cozido ao ar livre, num fogão improvisado e temperado com sal e areia, entregue a mim como sendo um presente amistoso. Sem dúvida elas esperavam que quando eu o comesse sentisse sua raiva e me arrependesse. Bem, eu confesso que aquele arroz cheio de areia feriu meus sentimentos. O fato de elas terem sonhado em me fazer vomitar num buraco fétido no chão, implorando o perdão dos deuses. Os deuses se recusando a me perdoar. Os demônios saindo do buraco e descobrindo que minhas entranhas eram feitas inteiramente de vinagre. Sim, eu ouvi todas essas fantasias. Elas não acharam que eu tinha ouvido, mas eu ouvi. É difícil não acreditar quando uma criança diz que você é um monstro. Mas eu tinha os meus próprios filhos, que me amavam.

No dia seguinte, a mãe delas passou-lhes um sermão sobre roubar coisas e desperdiçar coisas porque o arroz defumado era para ocasiões especiais. Depois, Saba me contou que queria ter dinheiro para poder dizer para a mãe, "tome aqui este dinheiro para pagar pelo arroz", e jogar as notas sobre a mesa como os homens fazem nos filmes. Ela disse que queria ter um emprego importante e poderoso, como jornalista estrangeira. Como ela pode dizer uma coisa dessas! Por isso é que eu prevejo um casamento racional para Saba, um marido que seja ou rico ou distraído. Ela precisa de conforto; a mãe a ensinou a trabalhar apenas por ideias vagas. Ela não tem a força nem a determinação para se casar por amor, para enfrentar todas as crueldades que aguardam os amantes nestes tempos difíceis.

Logo depois disso, tudo mudou. Era 1979 e hora da revolução. Lá se foi o Xá e vieram os religiosos. Houve protestos em Teerã sobre as mulheres e seus cabelos, e pouco tempo depois estava tudo resolvido. Dali em diante, as meninas foram para escolas separadas, passaram a cobrir o corpo da cabeça aos pés, aprenderam a ter medo das ruas. E Saba acrescentou três coisas à lista das que ela odiava: homens de barbas longas, murais com punhos sangrentos saindo de canteiros de flores e todo tipo de xale.

CAPÍTULO 6

OUTONO-INVERNO DE 1989

Desde a hora em que Saba e Ponneh chegaram, exaustas, para jantar, ouviram-se gargalhadas indecentes na casa dos Hafezis – mulás e *khanoms* rindo histericamente da sagrada lei islâmica.

– Eu tenho a resposta! – Mulá Ali diz enquanto dá um gole ruidoso no seu chá. O jantar terminou e uns poucos convidados ficam deitados em almofadas em volta de um *sofreh* cheio de doces e várias garrafas térmicas de chá quente. Tem *naan panjereh*, massa frita em forma de estrelas cobertas de açúcar, baghlava, halva e sonhos recheados de creme. O mulá está segurando um cachimbo de metal que ele aquece no fogareiro a gás.

– Eu tenho a resposta, Khanom Alborz! Ouça... – Ele levanta as mãos, abre aquele sorriso do gato de Alice, e os outros convidados ficam hipnotizados. – O rapaz não pode ficar sozinho com a sua filha, o que torna difícil empregá-lo como enfermeiro dela, correto?

A mãe de Ponneh assente com a cabeça. A velha Khanom Omidi se agita dentro do chador e cutuca a amiga, Khanom Basir. Nesse ponto do jantar, as duas estão contando piadas sujas de montão, e Saba pensa como isso por ser aceitável na frente de um religioso. Mas Mulá Ali é uma peça rara. Se Saba contasse uma piada daquelas, ela seria repreendida por toda figura de autoridade que estivesse por perto, mas por algum motivo, estar na meia-idade, ser casada, ser uma convidada na casa dos Hefezis, lhe dá licença para empurrar o xale uma polegada para trás na cabeça, tirar os sapatos apesar do esmalte descascado nas unhas dos pés, o estranho prazer de Khanom Basir, sua vaidade-*bazi* particular, reclinar-se nas almofadas e contar piadas sujas, e até mesmo debochar do *novo* Irã. Não importa que homens e mulheres estejam misturados desse jeito. Eles são mais velhos. Este é um ambiente privado. E não há jovens *pasdars* e jovens clérigos assistindo.

– Não é um *enfermeiro* – responde Agha Hafezi, o anfitrião da noite –, é um médico que aceita ficar em Cheshmeh. Um especialista que estudou escoliose e as outras doenças dela. Sou a favor de esquecermos as regras e considerarmos isto uma exceção.

– Não, não, Agha. – Mulá Ali bate na testa. – O exercício alarga a mente.

Agha Hafezi sacode os ombros e olha para Saba, que ergue as sobrancelhas. Ponneh estremece. Como é que Khanom Alborz consegue tolerar isto?

O mulá continua: – Há maneiras de fazer um homem *mahram*, para que ele possa entrar no quarto dela. – Os convidados olham maravilhados para ele. Quando Mulá Ali encontra a solução para um problema, seja ele grande ou pequeno, ele se torna tão animado e divertido quanto um contador de histórias. Ele mantém a atenção das pessoas com os olhos arregalados e as bochechas estufadas. Ele corre os olhos pela sala com o dedo levantado, desafiando qualquer um a adivinhar.

– O homem jamais irá se *casar* com ela – diz Khanom Basir. Ela olha para Khanom Alborz, a mãe que acabou de insultar. – Desculpe, mas é verdade. Não que ela não seja bonita... é só que ela... é doente demais.

– Eu sei! Um irmão é *mahram*! – Kasem diz, excitadamente, lançando um olhar furtivo para Saba, o que a faz virar a cabeça com nojo. É óbvio para todo mundo que Kasem é a única pessoa que está levando a sério esta discussão. Eu sou parente desse idiota? Saba pensa. Se ele tivesse um papel, provavelmente estaria tomando notas. Mulá Ali ri e segura o rosto gordo de Kasem com as mãos. Agha Hafezi passa o braço protetoramente pelos ombros do sobrinho. Saba sente vontade de gritar com toda aquela injustiça. Em vez disso, ela pensa em palavras da sua lista: *covarde, cretino, criatura repugnante comedora de cacto*. Ela parabeniza a si mesma por sua fluência. Mahtab ficaria orgulhosa, talvez um pouco invejosa porque Saba conseguiu este feito não numa escola americana, mas em Cheshmeh.

– Isso mesmo, meu rapaz. E como nós podemos torná-lo irmão dela? – Mulá Ali toma um gole do seu chá. – Eles têm que mamar no mesmo seio. E então eles serão irmão e irmã.

Todo mundo ri para agradar ao mulá. Khanom Alborz derrama todo o seu chá sobre a túnica verde hortelã e pega um pano para enxugar. Khanom Omidi, sempre consciente do seu olho torto, puxa Saba para sua linha de visão e a aperta contra o corpo enorme. Seu pescoço gordo cheira a jasmim, e Saba ri também quando a velha engraçada diz alto: – Está vendo, menina? Eu disse para você. Todo candidato tem que demonstrar um certo nível de retardo para ser aceito numa escola de mulás.

O mulá diz numa voz amável reservada para os idosos: – Ah, mas minha querida mãe, se não tivéssemos mentes criativas, como é que alguém iria conseguir fazer alguma coisa por aqui?

A velha endireita a almofada nas costas. – Excesso de criatividade.

Khanom Basir, a contadora de histórias, ocupa o palco agora. Ela puxa a almofada para mais perto do *sofreh*, senta com as costas retas, as pernas cruzadas sob as ancas, a saia apertada ao redor dos joelhos. Ela conta a história de Leyli e Majnoon, e os amantes infelizes ganham vida. Eles estão presentes não só em suas palavras mas em seus braços, que estão cruzados tristemente sobre o coração; em seus dedos que dançam em mil gestos diferentes; em suas sobrancelhas que sobem e descem e se juntam; no tom melancólico de sua voz. Seus olhos pousam mais tempo em Reza, como se ela estivesse contando a história apenas para ele, imaginando uma grande história de amor para ele. E talvez ela esteja recordando um pouco suas próprias perdas.

Saba nota que Ponneh está ficando agitada e impaciente com a festa. Ela deve estar pensando em Mustafá e em suas costas machucadas. A expressão amarga não abandona seu rosto e no meio da história ela se levanta e vai silenciosamente para o quarto de Saba. Khanom Basir observa os olhos do filho acompanhando-a. Ela termina sua história e aceita o aplauso dos vizinhos. Ela não desdenha dessa homenagem final, quando outras poderiam dispensar a atenção, provavelmente porque esta capacidade única, esta habilidade em provocar emoções com suas histórias, é o motivo pelo qual ela, uma matriarca ignorante, às vezes mesquinha, é tão amada e convidada. É o motivo pelo qual a casa dela está sempre cheia e ela é convidada para todos os eventos. O motivo pelo qual moças como Saba, moças que não têm mãe, fazem tanto esforço para conquistar seu amor e sua atenção.

Quando a história acaba, Khanom Basir aproveita a oportunidade, pela milésima vez, para perguntar a Khanom Alborz sobre o casal. – Então, Khanom – ela diz –, quando poderemos ir ao *khastegari*? Estou dizendo para você, aqueles dois nasceram um para o outro.

Khanom Alborz fica tensa. – Minha amiga, eu já disse que ela não pode se casar até suas irmãs mais velhas se casarem. Seria uma ofensa a elas.

– Eu entendo quanto às duas que são saudáveis, mas a doente também? E em tempos tão conturbados? – Ela para por aí. Khanom Alborz esteve fora o dia todo e não sabe sobre Mustafá.

– Não. Eu disse que não. – Khanom Alborz levanta as mãos e sacode a cabeça. Este é o único assunto em que sua convicção ultrapassa o medo que tem de Khanom Basir. – Sua irmã não tem culpa de ser doente. Por que ela deve sofrer sozinha? Nós todas temos sofrido desde que o pai delas morreu. E ele teria desejado isto. Todo mundo tem que pagar um preço.

Raramente Saba vê a orgulhosa Khanom Basir parecer genuína, triste, até mesmo humilde. Ela murmura: – Mas Khanom, eles se amam.

Saba tenta ignorar isto. Por que ela deixaria a conversa de duas mulheres mais velhas fazê-la sofrer? No entanto, parece que o mundo quer que Reza escolha Ponneh e a deixe sozinha.

– Todas elas vão conseguir bons casamentos um dia. Elas são tão jovens – diz Khanom Alborz. – Mas se você quer tanto promover um casamento pode procurar alguém para Agha Abbas. Ele precisa de ajuda, e não tem muito tempo.

– Por que ele precisaria de ajuda? – Kasem pergunta num tom azedo. – Ele é rico.

Abbas Hossein Abbas, de sessenta e cinco anos, é um dos solteiros mais velhos de Cheshmeh. Viúvo, sem filhos e netos, ele recentemente anunciou que está solitário e quer se casar de novo – embora todo mundo ache que ele só quer uma última chance de revitalizar sua linhagem. Saba mal o conhece, já que há anos Abbas não vai à casa do pai dela. Khanom Omidi diz que ele evita festas e fica em casa ou na praça, fumando e conversando com outros velhos igualmente ociosos.

Reza faz menção de se levantar para ir atrás de Ponneh, mas o olhar zangado da mãe dela o deixa grudado nas almofadas. Finalmente, quando

Ponneh volta para pegar uma xícara de chá, Reza vai depressa para a cozinha. Saba recolhe alguns pratos e começa a se dirigir para lá também. Mas então Khanom Basir diz: – Que tal Saba? – Saba sente a língua de serpente de Khanom Basir enroscar-se em volta dela como uma corda, puxando-a de volta para a sala.

– Esse seria um ótimo casamento – Mulá Ali diz, num tom cheio de sabedoria. – Ele é um muçulmano devoto. Ele contribui generosamente para a nossa mesquita. Ele merece uma esposa jovem.

Saba olha para o pai com um olhar suplicante. Agha Hafezi apenas balança a cabeça, olha para dentro da xícara de chá e diz: – Ele falou comigo.

Saba tropeça, recupera o equilíbrio e diz num sussurro quase inaudível: – Por quê?

– Ele está pensando... em vir para um *khastegari*. Para pedir sua mão. – Quando ele finalmente olha para ela, sorri de leve e diz: – Eu não disse nada. Qualquer um pode pedir. Isso não importa enquanto não decidirmos. – Saba imagina por que o pai escolheu este momento para contar isso a ela, na frente de tanta gente. Talvez seja mais fácil para ele. As mãos dela tremem e ela derruba uma colher que está no topo da pilha de pratos.

– Não se preocupe – seu pai a tranquiliza. – Nós vamos escolher alguém de que você goste. Alguém da sua idade.

– Nós? – O Mulá sacode a cabeça. – Você vai deixar a menina ter opinião a respeito?

Agha Hafezi balança a cabeça afirmativamente. – Não faz mal ter uma outra perspectiva.

– Você se lembra de quando Saba tinha sete anos? – Khanom Alborz ri.

– Ah, por favor, não relembre isso. – Khanom Basir sacode a cabeça, mas Saba vê o ar de riso em seu rosto. Em qualquer outro dia, ela ficaria mortificada com a história que ela sabe que vai ser repetida. Mas agora talvez ela faça o pai se lembrar dos seus desejos.

– Ela tinha sete anos e foi sozinha num *khastegari* pedir a mão de Reza. Você se lembra? Foi a coisa mais engraçada do mundo.

– Por favor, não me faça lembrar disso – Khanom Basir diz, suspirando. – Ela estava chorando e fazendo uma cena. É isso que acontece quando você deixa uma menina solta. – Então ela se inclina e cochicha para Khanom Alborz: – Aquela menina tem mil demônios...

Mil demônios. Como é injusto que Mahtab, que instigou aquele pedido de casamento quando elas tinham sete anos, esteja agora tão distante, em outro mundo, deixando Saba ali sozinha para lidar com as acusações e os planos de casamento.

Ela leva os pratos para a cozinha, larga-os na pia. Ela vê o seu reflexo na janela e empurra para trás o xale amarelo até uma mecha de cabelo ficar livre e cobrir os seus olhos. Ela sai, sem admitir completamente para si mesma que está procurando por Reza. Ele está encostado nas latas de lixo, bebendo algo que está dentro de um saco de papel. Ele enxuga o rosto com as costas da mão. Ele pergunta,

– Alguma chance de irmos para a despensa hoje?

– Ainda não. Ponneh já passou por muita coisa hoje. Mas as contusões não são tão terríveis assim

– Ela vai ficar bem – ele diz, dando uma sacudidela no saco de papel. Ela ouve o líquido balançando na garrafa. Então ele inclina a cabeça na direção da casa e diz, com tristeza: – Você sabe quantas chicotadas isto poderia nos custar? O haxixe e o álcool?

Saba assente com a cabeça. – Não se preocupe – ela diz. – Mesmo em Teerã, todo mundo faz isso. E, caso você não tenha notado, o mulá é um usuário. Ele não quer perder o seu *sofreh*.

Eles ficam ali alguns minutos, encostados nas latas de lixo, um ao lado do outro, sem dizer nada. Reza suspira e sacode a cabeça. – Que dia estranho – ele diz.

– Sim.

– Eu falei com Mulá Ali sobre Mustafá – diz Reza. – Alguma coisa vai acontecer com ele, tenho certeza. – Mas Reza não parece tão certo disso. – Eu gostaria de poder matá-lo, eu mesmo.

Saba concorda com a cabeça. – Foi assustador ver o quanto ele a odeia. – Ela pensa em algo que sua mãe lhe disse antes de deixar o Irã. Que os mulás pegaram todas as obras de arte ocidentais da coleção particular da Rainha e as trancaram num porão para que ninguém pudesse vê-las. Todas aquelas peças lindas. Warhol. Picasso. Rivera. *É isso que o regime faz,* sua mãe disse. *Eles trancam as coisas bonitas em lugares escuros para ninguém poder ver.*

Reza começa a cantarolar uma melodia familiar. Ele estará tentando acalmá-la com esta sonolenta música americana? Será que ele sabe a letra? Reza acha que a única parte importante de uma canção é a música; mas isso não é verdade. Para Saba, a letra é tudo e a música é secundária. Ela cantarola baixinho.

– *Você tem um carro veloz. Mas será veloz o bastante para podermos voar para bem longe?*

– Ahn? – Reza se vira e olha espantado para ela.

– É a canção que você estava cantarolando – ela diz, na esperança de que ele continue a cantar junto com ela.

Mas Reza fecha a cara e diz: – Agora não, Saba. – E acrescenta: – Eu só gosto da melodia. – E ela se lembra da fé inocente que ele tinha na música, agora um crime como tantas outras coisas belas.

Ele olha para ela, e ela tenta parecer alegre, mas não consegue. Ela gostaria de não ter dito nada. Mais uma vez ela o ofendeu, ela o fez lembrar que ele é um camponês. Ela deixa o rosto mostrar o que sente.

– Você está com saudades de Mahtab – ele diz. Ela ri daquela velha rotina. – Tome um gole. – Ele estende o saco de papel para ela e toma um longo gole.

– *Você* tem saudades de Mahtab? – ela pergunta.

– Eu gostava muito de Mahtab – ele diz, provocando-a. – Tinha um belo rosto... e belos dedos. – Ele toca a ponta do dedo de Saba. Ela afasta um pouco a mão e ele sorri.

Quando elas eram pequenas, antes da revolução e da puberdade, tinham permissão para brincar na rua. É provável que Reza conhecesse Mahtab tão bem quanto qualquer outra pessoa de fora do universo delas de gêmeas. Saba olha para o céu e toma mais um gole. O calor da bebida abre sua garganta e a deixa mais corajosa, mais alegre.

– Mahtab gostava muito de você.

– Sorte a minha – ele diz, e eles tornam a passar a garrafa de um para o outro, em memória de Mahtab. Reza ajeita o corpo contra a parede, de modo que suas pernas fiquem mais longe e ele fique da altura de Saba. – Eu achava que vocês duas eram princesas – ele acrescenta. – Eu achava que vocês iriam se casar com o príncipe americano da revista e nos deixar aqui morrendo de saudades.

– Nós duas? – ela diz. O ar está gelado, mas o rosto de Saba fica quente. Ela sabe o que Reza está fazendo. Seus dias de jogar futebol e tocar violão para plateias maravilhadas fizeram com que ele desenvolvesse o cruel instinto masculino de preparar uma armadilha para qualquer mulher que parecesse um alvo fácil. Acumular possibilidades para que na velhice ele pudesse se gabar na praça da cidade, *Eu poderia ter tido ela... e ela... e, sim, aquela também.*

Ela fica imaginando se Reza sonha com a América; ele não conhece nada sobre ela a não ser pela televisão. Será que Mahtab também o amaria? Reza tem uma alma Gilaki, como o pai dela. Embora ele se interesse por agricultura e pergunte a Agha Hafezi sobre isso às vezes, ele não se importa com os biscates e com a barraca perto do mar onde vende as cestas de palha da mãe, loofahs, vassouras, picles e conservas. Ele odeia cidades grandes e o novo Irã. Ele desejaria poder passar uma tarde modorrenta fumando o seu hookah no Irã da sua infância do mesmo jeito que Saba anseia pela América. Ele despreza a mudança, os turistas espalhafatosos, a religião e seu lugar atrás da mesquita ao lado das sandálias descartadas. Ele gosta do *setar* do pai e dos Beatles.

– Nenhum homem deveria ser obrigado a escolher – ele diz. – E gêmeas... imagine a visão que vocês seriam. – Ele toca na mecha de cabelo que sai do xale dela. – Talvez Deus a tenha levado para salvar vocês de gente como Mustafá. – Saba concorda com a cabeça, tentando evitar que o nó em sua garganta cresça. Ele acrescenta: – Sabe, uma vez vi um homem ser açoitado por ter beijado uma mulher no rosto em sua própria casa. Havia um *pasdar* passando pela janela.

– Isso não pode ser verdade – ela falou. – Não em Shomal. Eu vi um casal se beijar nos lábios uma vez, no meio do mercado.

– E, porque você viu alguém beijar na boca e escapar do castigo, eu não posso ter visto alguém ser espancado por beijar no rosto?

Saba sacode os ombros. Ela já está meio tonta.

– Esse casal que você viu no mercado tinha mais de oitenta ou menos de seis?

– Engraçadinho – Saba responde. Ela odeia quando ele se faz de mais velho. É tão transparente.

– Você não sabe muita coisa, sabe? – ele diz. – Você acha que existe uma hierarquia de beijos. Rosto, depois lábios, e assim por diante. É isso que as crianças acham.

– E daí? – Ela cruza os braços e tenta não zombar da arrogância dele. Falar com Reza sobre beijos é como estar na cozinha de uma padaria, segurando um bolo quente e apenas sentindo o seu perfume.

– Daí, Khanom, que um beijo no rosto pode ser muito mais sério do que um beijo nos lábios.

– Ah, você é um especialista. O que *você* entende disso? – Saba começa a se afastar, mas Reza a segura pelo braço e a puxa para perto dele.

Ele segura o rosto dela com força entre as mãos e diz no dialeto dos velhos da praça: – Vem cá, menina, pare de brigar e nos dê um beijo. – Saba tenta se soltar e não consegue porque tem um ataque de riso.

– Ah, espere – Reza diz. – Eu me esqueci de tirar os dentes. – Então ele junta os lábios e beija com força o lado direito da boca de Saba. – Ahhh! – ele suspira. – Quem iria espancar um velho *hajji* por causa disso?

Saba enxuga a boca num gesto exagerado. – Ok, você provou o seu ponto de vista – ela diz. Ela sorri para ele, mas por dentro ela sente uma certa tristeza. Seu primeiro beijo desperdiçado. Será que Mahtab já ganhou o seu primeiro beijo nesta altura? Saba pensa. Será que foi um beijo de televisão? Talvez ela o esteja dando agora, em algum lugar no nordeste da América – ou na Holanda, na Inglaterra ou na França.

– Khanom – ele diz – Ainda não acabei de provar meu ponto de vista.

Ele larga o saco de papel. Ela desvia os olhos. Sempre que Reza olha assim para ela, no bazar, na despensa ou mesmo em sonhos, ela desvia os olhos, nunca tem coragem de encará-lo. Ela está com as mãos enfiadas atrás das coxas, mas ele as encontra, entrelaça os dedos com os dela. Ele cantarola baixinho, e ela sente cheiro de álcool no hálito dele quando ele encosta o rosto no dela. Ele não tem barba, sua pele é quente e áspera. Ela imagina se ele consegue ouvir o sangue dela correndo nas veias, borbulhando como um estômago traiçoeiro, ou se sente o rosto dela pegar fogo contra o dele. Ela tenta ficar imóvel, não engolir com força, com medo de dar um vexame. Apesar do esforço, ela pode ouvir a própria respiração quando respira o cheiro de sândalo do sabonete dele e imagina por que o simples ato de estar viva tem que ser tão barulhento. Mas Reza não está ouvindo. Ele roça os lábios no rosto dela e se demora nisso.

– Está vendo? – ele murmura no ouvido dela, enquanto estende a mão para a garrafa, um dedo acariciando a pele em volta do seu pulso. – Tente fazer isso no mercado. – Aí os lábios dele roçam os dela e ela se aproxima mais um pouco dele.

De repente, Reza dá um salto, pálido, com os olhos arregalados.

Kasem está ali, olhando para eles. Um sorriso estranho e um clarão zangado passam pelo rosto dele. Reza dá alguns passos na direção dele, mas então ele dá meia-volta e entra em casa, com Reza correndo atrás dele.

– Kasem, pare! Pare!

A porta dos fundos bate enquanto Reza corre para alcançá-lo. As mãos de Saba tremem. Ela tenta esconder a bebida de Reza. A pele dela parece gelo – exceto por um lugarzinho no meio da sua face direita, ainda quente e vermelha, onde os últimos vestígios de fogo ainda não se apagaram.

Alguns momentos depois, Reza volta.

– Eu não o segui até lá dentro – ele diz. O xale dela escorregou para o ombro e ele o endireita com as mãos. Ele olha na direção da casa. – Ia parecer pior se eu tentasse fazê-lo calar a boca. Vá para junto de Ponneh. Diga que você não saiu do seu quarto a noite inteira. Ela vai confirmar.

– Tem certeza?

– É claro. Ponneh nunca nos meteria em encrenca. Agora vá.

Saba corre para o seu quarto, entrando pela porta lateral. Ela encontra Ponneh descansando em sua cama, mas não dormindo. Ela está recostada, com dois dos romances em inglês de Saba no colo. Sem entender, ela passa o dedo sobre o título do livro mais grosso, *O clube da felicidade e da sorte*. Ponneh não sabe ler inglês. Ela fita a capa de *O senhor das moscas*, de Golding. Saba, que compra ou troca meia dúzia de romances todo mês, olha suas mais novas aquisições, livros de capa mole recentemente publicados, que ela comprou do Tehrani dez vezes mais caros. Ponneh está entortando as lombadas, mas Saba não se importa. Ela se joga na cama, tremendo, segurando com força o xale em volta do pescoço.

– O que foi que aconteceu? – Ponneh ergue o corpo com dificuldade. Ela põe a mão nas costas trêmulas de Saba, esfregando de leve, enquanto Saba fica tremendo na beirada da cama.

– Eu... estou... tão... encrencada... – Saba murmura. Ela põe a mão na garganta, com a sensação de estar se afogando. Ela não se importa por Ponneh estar vendo.

Ponneh enfia os livros debaixo do travesseiro, se arrasta para perto de Saba, gemendo de dor a cada movimento e diz: – O que foi que você fez?

– Nada. Mas Kasem acha que nos viu... Ó Deus, eu estou tão encrencada.

– Acalme-se – Ponneh diz, quase irritada, como que para dizer que isso não é nada comparado com o que ela passou. A fria indiferença na voz de Ponneh irrita Saba. – Diga-me. O que vocês estavam fazendo?

Saba fita o rosto acusador da amiga. – Ele apenas me beijou no rosto. Foi só um beijo no rosto. Isso não é ruim, é? Nós fazemos isso o tempo todo.

Ponneh suspira. – Eu não posso acreditar que vocês tenham assumido um risco desses.

– Não foi nada!

Ponneh junta as sobrancelhas e seu rosto fica mais branco ainda. Ela segura a mão de Saba – só dois dedos realmente. – Você não consegue ficar quieta só por *um* dia? O que aconteceu hoje já não foi ruim o suficiente? – Saba sabe que Ponneh ainda está castigando a si mesma por sua fraqueza.

– Se Kasem tentar dizer alguma coisa...

– Quer que eu diga que você esteve aqui a noite inteira? – Ponneh a interrompe.

Saba balança a cabeça afirmativamente. Ela tenta escutar o que está acontecendo na sala. Ela ouve vozes. Kasem, Mulá Ali, o grasnado sincronizado das mulheres. Ela não ouve a voz do pai. Passam-se alguns momentos, e Khanom Omidi enfia a cabeça pela porta do quarto.

— Minha pobre Saba, o que foi que aconteceu? – Ela entra e senta na cama de Saba, pondo a cabeça molhada de lágrimas de Saba no seu amplo colo.

— *Baba* está vindo? O que foi que Kasem disse?

— Você está com sorte, minha filha. O seu *Baba* saiu para buscar mais lenha logo depois de você. Ele vai demorar uns dez minutos. Ele ainda não sabe de nada. Mas por que você estava trocando carícias com Reza? Você é uma boa moça, Saba jan! Sempre cuidadosa!

— Eu não fiz nada, eu juro. Nós nos encontramos por acaso. Ele me deu um beijo no rosto e então Kasem viu e interpretou mal.

— Kasem disse ao Mulá Ali que vocês estavam fazendo mais do que isso – Khanom Omidi diz. – De qualquer modo, *espero* que você tenha feito mais do que isso, Saba jan, ou vai pagar muito caro por nada. – Ela dá uma risadinha triste. Ao contrário de outras mães, esta velha senhora indulgente nunca aconselhou as meninas a se privarem de nenhum prazer – apenas a mantê-los escondidos. Ela parece desapontada por Saba não ter coisas lascivas para contar.

— Que desperdício – Saba murmura. Ela imagina todos os castigos que Mulá Ali poderá inventar – ela ser açoitada ou obrigada a se casar com Kasem. Pior, ela imagina o clarão nos olhos de Khanom Basir quando ela proíbe que Reza torne a pôr os pés na casa de Saba.

Khanom Omidi ajuda Saba a tirar o xale e acaricia seu cabelo. Ela a beija na têmpora e acaricia seu rosto com dedos murchos e salgados. Saba deseja não ter acordado naquele dia. Tudo está diferente agora, e ela despreza o mundo que a cerca. Ele é como uma planta carnívora que cresceu silenciosamente, mantendo-se invisível até ser tarde demais para fugir de seus tentáculos. Ela quer fugir. Talvez ela acorde uma noite e fuja para a casa de Reza... convença-a a fugir para a América – que se danem os vistos. Eles podem ir nadando. *Quantas colheres de chá, ela pensa, deste lado do mundo até o outro?* Após alguns minutos sem que apareça ninguém, Saba vai até a porta e espia para fora. Num canto da sala, ela vê Khanom Basir encostada na parede.

— Jure para mim – a mãe implora a Reza –, jure que não vai se envolver.

Encolhida no canto, o espanto cobrindo seu rosto normalmente severo, Khanom Basir parece fraca, até mesmo desamparada. Saba não sabe se está com pena dela ou se está apenas triste por saber que o envolvimento dela com Reza é algo tão revoltante para a mãe dele. Saba tenta ler os lábios de Reza quando ele sussurra, *Não foi nada*. Ele está apenas acalmando a mãe? Ela não consegue deixar de pensar que isso é uma covardia da parte dele. Mas, talvez, não tenha sido mesmo nada. Talvez ele simplesmente não saiba o que fazer. Ele aperta a cabeça da mãe contra o peito e beija seu cabelo manchado de henna. Depois ele a ajuda a colocar o xale no lugar como fez com Saba minutos atrás. Saba tenta atrair o olhar dele, mas ele só levanta os olhos uma vez. Os olhos dele estão confusos, como se ele tivesse sido mordido por uma serpente enjaulada. Ele sacode a cabeça para Saba e mexe os lábios, dizendo *Desculpe*, e Saba se lembra do dia que ele murmurou essa mesma palavra do outro lado do *sofreh* quando ela estava dançando e não teve certeza se era com ela que ele estava falando. Ela volta para dentro do quarto.

– Ele está negando tudo – ela murmura.

– Ele é só um menino – diz Khanom Omidi – jovem e confuso. Veja com o que ele está lidando. Com uma necessidade tão grande de salvar todo mundo. Os rapazes são assim mesmo.

Mais m*aast-mali* quando não existe inocência.

Ponneh bufa, quase com amargura – mas talvez seja só por causa da dor ou porque está passando o efeito do ópio que Khanom Omidi deu a ela. – Ele não está confuso. Homens são assim mesmo. – Então, vendo o rosto carrancudo de Saba, ela acrescenta: – Você é boa demais para uma pessoa tão fraca. E todos os homens são fracos.

Mais *tarof* onde não existe generosidade.

※

Quando o pai de Saba volta para casa, contam-lhe tudo. Mulá Ali explica. Saba foi vista fornicando com Reza Basir. Do lado de fora. Sem seu *hijab*. Ela foi vista numa situação muito comprometedora. Se Kasem não os tivesse interrompido, teria sido muito pior. Khanom Basir intervém, insistindo diante de Agha Hafezi que a filha dele está fora de controle e precisa de um marido, e que seu filho Reza não é um candidato. Mas não se preocupe, Agha Hafezi, uma ação apropriada já foi discutida por seus benevolentes convidados. Isto não precisa prejudicar a sua filha. Por que você precisa se preocupar com ela com tantos guardiões para pensar no interesse dela? Não se preocupe, meu caro senhor. Porque você não é o único pai aqui. Lembre-se apenas de que a reputação da sua filha está em jogo e pense em todos os males que esta pequena infração poderia acarretar.

Saba, que está escutando com o ouvido encostado na porta do quarto, pensa em fugir pela janela – porque o pior cenário, a pior possibilidade, é exatamente o que eles estão discutindo agora: um casamento forçado. *Por favor, Deus, leve Kasem em alguma missão religiosa para Mashhad ou Qom.*

Ela ouve Khanom Basir expressando sua preocupação com relação à reputação de Saba para o pai dela.

– Espero que vocês estejam notando que ninguém está culpando Reza – Saba diz. – Isso é justo?

– Mas é assim que são as coisas – Ponneh resmunga. Ela parece relaxada agora, sonolenta por causa do "tempero".

– *Você* me culpa? – Saba pergunta, cheirando o pote de cuminho de Khanom Omidi.

– Olha, pode beijá-o quanto quiser – Ponneh diz, enrolando um pouco as palavras, a cabeça caindo contra a parede e deixando cair das mãos *O clube da felicidade e da sorte*. – Só não coloque em risco essa coisa boa que nós temos – nós três...

– Está bem, está bem, deixe que ela durma – diz Khanom Omidi, falando baixo ao se inclinar sobre Ponneh e sentir seu rosto. – E não preste atenção à conversa.

Há uma batida na porta do quarto, e o pai de Saba entra. Ele está sozinho e ela imagina só por um segundo para onde Reza terá ido.

– Saba – Agha Hafezi diz, com uma expressão de resignação e cansaço no rosto. Ela o vê enxugar a testa com as costas da mão e reza por um castigo que não inclua Kasem. Mas ele apenas mexe no dedo onde costumava ficar sua aliança de casamento, um hábito dos velhos tempos. – É hora de mudanças. Talvez tenha chegado o momento de você se casar.

Pronto. A pior coisa possível. Ela pensa em Mahtab, que não tem que se submeter a essas ameaças. Mahtab, que sempre faz o que quer. – Eu não vou me casar.

— Eu chamei Agha Abbas — Agha Hafezi diz em voz baixa, sem olhar para a filha. — Ele virá para *khastegari* amanhã. Acho que você deveria aceitar.

Agha Abbas? O velho? Saba tenta se adaptar a essa nova informação. Eles estão pedindo a ela para se casar com um velho? Isso é melhor ou pior do que casar com o chato do primo? De certa forma, responder a esta pergunta parece algo de extrema importância nesse momento. Isso só demora um instante. — Bem, pode tirar isso da cabeça.

— Deixe o seu pai terminar — Khanom Omidi diz acalmando-a. — Talvez haja algo de bom nisso. Abbas é muito rico. Talvez você seja feliz.

— Não posso acreditar que você tenha achado que eu pudesse aceitar — Saba fala.

— Há uma outra maneira — o pai diz, quase sem querer. — Sua mãe iria querer que eu lhe desse esta opção. Você pode ir para a universidade em Rasht. Mas estas são suas únicas escolhas, Saba jan. Casamento ou escola. Nada mais desta...

— Em Rasht? — ela murmura. Não Harvard. Nem mesmo uma pequena universidade americana. Nem mesmo a Universidade de Teerã — depois de ela ter passado milhares de horas aperfeiçoando seu inglês, lendo todo livro disponível, aprendendo cálculo, química e física. Parece uma derrota. Ela ainda não tem nem vinte anos. Ela não deveria almejar algo melhor? Na América, você pode ir para a universidade com qualquer idade.

— Ou Teerã — seu pai diz. Ele faz uma pausa. — Sua mãe iria desejar que você fosse pelo menos para Teerã. Mas eu espero que você fique aqui. — Ele parece fraco, infeliz. — Eu sei que é egoísmo. Mas você é só o que resta de nós. De mim. — Ele segura a mão dela. De repente, ele parece velho. As mãos dele estão frias, a pele flácida e cheia de veias.

Seu pai raramente menciona tudo o que eles perderam. Ele nunca pareceu precisar dela de verdade. Ela muitas vezes desejou ouvi-lo dizer isto — que tem medo de perdê-la —, embora saiba que essa é a razão por ele nunca falar em universidade. Agora que ele admitiu isso, ela tem vontade de ficar, de continuar perto do que resta da sua família, e esperar por sua chance. Ela imagina a si mesma como uma jovem viúva — livre. Então ela faz outra pergunta a si mesma: Ela quer se guardar para uma universidade americana ou para Reza? Chegou a hora em que ela só pode fazer uma dessas coisas. Qual a que ela realmente deseja? Quais os sonhos que a mantêm acordada à noite? Qual a possibilidade que ela vai guardar?

– Você acha que casamento é o melhor?

Agha Hafezi enxuga o suor da testa. – Sim, é o melhor. O homem é velho. É mais rico do que você imagina. E a vida é muito mais fácil para uma viúva do que para uma moça solteira. As pessoas não vigiam cada passo seu. Você vai ter muitas propriedades. E se as *minhas* terras forem tomadas e você ficar sem nada? Ele é suficientemente muçulmano. – Ele desvia os olhos, envergonhado. – Eu aconselho você a evitar o peso solitário e vitalício de ter um filho com esse homem. Seja esperta, seja paciente, e um dia chegará a sua vez. Aí você vai ter a sabedoria de alguns anos, vai ter sua família por perto e seu próprio dinheiro. Você pode usar as terras como garantia e ir não para Teerã, mas para o estrangeiro. Vistos são mais fáceis para mulheres casadas, você sabe.

– Achei que você queria que eu ficasse por perto – ela diz, embora saiba que o pai tem razão. Vistos *são* mais fáceis para quem tem um cônjuge no Irã. E, uma vez casada, ela deixará o mundo restrito das mulheres solteiras com seus beijos culpados e seu recato infinito. Ela poderá contar piadas sujas e rir alto e beber sucos secretos sem se esconder na despensa. Mahtab veria este lado da questão? E será que ela está *realmente* considerando a possibilidade deste casamento?

– Por algum tempo, sim, mas não posso manter você aqui para sempre. – Ele segura a mão dela. – Você é uma moça inteligente. Pense no quanto isto é estratégico. A universidade não é alegre e livre como era no meu tempo – você não pode trocar duas palavras com os rapazes. E você já leu mais livros do que quem já se formou. Agora é só educação islâmica, quase não há professores. Além disso, nós temos dinheiro. Você pode conseguir um diploma em poucos anos. – Ele tosse atrás da mão. – Eu soube o que aconteceu hoje com Ponneh. A Dra. Zohreh, amiga de sua mãe, esteve aqui.

Saba se lembra da mulher familiar na multidão. Khamon Omidi solta um "*Ei vai*" e sacode as mãos no ar como que tentando dispersar um mau cheiro. Tanta vergonha no mesmo dia.

– Coisas como esta acontecem o tempo todo com moças solteiras – diz Agha Hafezi. – Se você fosse casada, teria proteção, mais liberdade, o homem é velho e praticamente cego. Ele não vai ligar para o que você fizer o dia inteiro. Ele é sua melhor escolha. Reza não é certo para você. Ele é apenas um menino. Ele é fraco, não tem instrução, não tem recursos. Ele algum dia pediu você em casamento? Por favor, Saba jan, se você fizer isso, eu posso parar de me preocupar o tempo todo.

– Ou então *você* poderia me proteger! – Saba diz e vê as narinas do pai tremerem. Ambos sabem que ele já tentou. O rosto dele se suaviza e ele não discute. Ela se sente derrotada. – Eu quero ficar com você... mas a universidade parece menos com um castigo. *Talvez*, ela pensa, *seja algo mais parecido com o que Mahtab faria.* Mas será? Talvez Mahtab conseguisse convencer Reza a fugir para a América. Talvez ela devesse casar com o velho e se guardar para dias melhores, para ofertas melhores em envelopes mais grossos de lugares distantes. – Khanom Basir vai achar que venceu.

– De jeito nenhum... Isto não é uma grande tragédia – Khanom Omidi insiste, sempre a grande mestra do *maast-mali*. – Isto pode ser coberto com um pouquinho de iogurte apenas. Mais tarde, ninguém vai se incomodar em saber o timing das coisas ou quem fez o quê, quando.

– Isso é o que você deve fazer – seu pai diz. – Ele é um homem bom.

Saba reflete sobre suas opções. Ali sentada na cama, pensando na proposta, ela folheia anos de discos e fitas tipo cassete acumulados. Os Beatles, Bob Dylan, Paul Simon, Johnny Cash, Elvis. Ela põe uma fita no seu velho Walkman. O homem chamado Otis com uma voz de chá com canela canta sobre o sol, e um cais, e navios partindo. Ele canta sobre solidão e um lugar chamado Geórgia. Ela imagina se Mahtab já esteve lá. Saba procurou no dicionário cada palavra desta canção – como fez com todas as suas canções preferidas. Ela segura a fita por alguns momentos antes de decidir guardá-la num lugar mais seguro, longe do resto do seu tesouro.

Se ela se casar com Abbas, irá mudar-se da casa do pai no topo da colina – uma casa branca, solitária, no sopé de uma montanha coberta de árvores que dão para os telhados de sapê de Cheshmeh – para a casa igualmente imponente do marido numa aldeia mais movimentada a pouca distância dali. A casa, ela ficou sabendo, é menos isolada, fica numa ruazinha onde há vizinhos e pátios abertos com bancos, árvores frutíferas e fontes atrás de muros altos, e calçadas cobertas, feitas no estilo dos bairros de Teerã, ao contrário das casas de frente de rua de Gilaki. Como fica mais perto do mar, os turistas às vezes passam por lá e os ônibus a atravessam com mais frequência. A cidade de Abbas tem mais confortos, clínicas e lojas, e dois salões de beleza em porões de casas onde as mulheres tomam chá e mastigam sementes de girassol em vez de beber água e espiar os corpos umas das outras num hammam antiquado. Mas há menos fontes para se beber água e filas mais longas no bazar que funciona três vezes por semana onde ela talvez tenha que se acotovelar para conseguir sua porção de ovos, leite e outras mercadorias. O pai disse que se ela sentir falta dos amigos pode ir para casa e receber visitas lá.

Mais tarde, o pai bate na porta do quarto dela.

– Tenho uma coisa para mostrar a você – o pai dela diz. – Vai ajudá-la a tomar uma decisão sensata. – Ele pega uma carta e estende para ela. Ela se ressente da maneira como ele usa a palavra *sensata* como se ela não fosse capaz disso por si só. – Está vendo, minha querida? Casamento e amor estão separados neste mundo. Casamento é uma coisa racional. E na privacidade do seu coração você pode amar quem quiser.

Ele continua falando, mas Saba não ouve nada depois que vê o envelope. Ela fita o carimbo, sua primeira pista em muitos anos. *Eu sabia.* Ela sempre acreditou que o pai sabia de coisas que não contava a ela com medo de que ela o deixasse. A carta foi devolvida sem ler, passada de mão em mão, sem os nomes deles para se defenderem de olhos inimigos, mas originalmente, quando tinha esperança de que a esposa fosse ler suas palavras, o pai as mandou para a mãe dela na Prisão Evin.

❦

28 de outubro de 1981

Não tenho certeza se esta carta algum dia irá chegar em suas mãos. Eles não me deram nenhuma informação acerca da sua situação, e toda a correspondência está sendo examinada. Eu tenho falado no telefone todo dia desde que nos separamos, tentando conseguir algumas respostas. Já gastei tanto tempo e dinheiro, e nada até agora. Não se preocupe. Saba está bem. Eles estão vigiando nossa casa. Desde a última vez que a vi, tem havido uma intrusão constante em nossas vidas. Eles mandam mulás e pasdars para nos vigiar, mas felizmente o Mulá Ali é amável. Ele está levando esta carta para você e assegura a nossa privacidade.

Você não pode imaginar como Saba mudou. Ela ainda é teimosa, mas está aprendendo a ter cautela perto dos adultos. Não acho que ela esteja lidando bem com a situação. Ela desenvolveu um tique na garganta que me preocupa (uma espécie de movimento de sufocação). Minha querida, meus pensamentos estão sempre com você e tenho esperança de que nossa família irá se reunir de novo algum dia. Há tanto o que aprender para lidar com uma menina. Eu cometo erros todos os dias. Ela chora e chora e às vezes eu acho que nada irá acalmá-la. Ela ainda chama por Mahtab e até fala com ela às vezes quando está dormindo. Acho que estou falhando com ela. Acho que nenhum de nós entende realmente de gêmeos.

Ontem, nosso amigo Kian foi morto em Teerã por pregar o Novo Testamento em sua casa. Eles o atiraram no meio da rua como se ele fosse um cão. Sem venda nos olhos. Sem cerimônia. Ele levou cinco tiros. Bahareh jan, eu acho que ele me viu lá. Ele olhou direto para mim, bem nos meus olhos, pouco antes do primeiro tiro. Não consegui me mexer. Não consegui ajudá-lo. Havia outros lá também – todos impotentes. Mas isso não é o pior. Eu tive que fazer uma coisa impensável. Embora o meu amor por você seja eterno, fui obrigado a pedir o divórcio. Depois de Kian, eu tive que provar a eles que não estava envolvido, e preciso pensar em Saba. Por ela, paguei a um monte de gente, abandonei meus amigos e pendurei um retrato de Khomeini no meu escritório. E agora a lei me separa de você. Eu sei que pode parecer que você está sozinha. Mas, na privacidade dos nossos corações, nós somos livres para amar quem quisermos. Casamento e amor não estão ligados neste mundo novo. Eu me pergunto se algum dia estiveram.

Até a próxima vez, que Deus (Alá ou Jesus ou quem você preferir) esteja com você.

Prisão de Evin. Ela repete o nome para si mesma até ele soar como uma coisa sem sentido.

Por que a carta foi devolvida sem ler? Será que sua mãe esteve mesmo lá? Será que ela ainda está lá? E quanto a Mahtab? No dia seguinte, depois que Saba já tinha lido a carta uma dúzia de vezes, examinando cada palavra do pai, cada linha trêmula, cada pequena pista do seu desespero. Depois de ter passado a noite em claro conversando com o pai e com Khanom Omidi, examinando suas opções, refletindo, pensando e planejando, ela finalmente concorda.

– Está bem – ela diz –, vou fazer isso. – E pronto. Saba Hafezi vai se casar. Depois ela sente um estranho alívio. Ela não está matriculada numa universidade iraniana, o que significaria amarrá-la para sempre a este novo país que ela passou a odiar. Ela está se guardando para a América, o único pretendente relutante que ela está disposta a esperar. Ela leu as cartas dos primos distantes no Texas e na Califórnia, ouviu histórias dos turistas de Teerã que alugam casas de veraneio à beira-mar, todos eles confirmando que um diploma iraniano não significa nada no mundo de príncipes brancos e shahzadehs americanas. Só Baba Harvard pode evitar que seus filhos dirijam táxis ou recolham lixo. Ela vai esperar por ele e, enquanto isso, ficar aqui com o baba que precisa dela.

O pai dela faz uma ligação para Abas. O velho vem à casa dos Hafezi para prestar seus respeitos e para empenhar sua dignidade, mesmo sabendo qual será a resposta. Ponneh e Khanom Omidi, que está sempre do lado de Saba, organizaram uma *sofreh*. Como a decisão foi tomada tão depressa, o noivado é um acontecimento solitário, com Ponneh e Khanom Omidi na cozinha, e ninguém além de Agha Hafezi, Kasem e a mãe dele, e, é claro, Mulá Ali para testemunhar o pedido. Quanto à família de Abbas, ele não a possui. Numa triste tentativa de esconder a idade, ele diz que sua mãe teria vindo, mas que está com tosse. Agha Hafezi sorri, sabendo muito bem que a mãe dele tem noventa e cinco anos e está acamada. Saba não presta atenção em nada que acontece em volta dela. Será que sua mãe está morta? Presa? Será que ela fugiu para a América? Se ela foi levada para Evin, como entrou naquele avião com Mahtab? Talvez ela possa ter entrado algumas semanas depois, mas não no dia de que Saba se lembra – o dia do xale verde e do chapéu marrom.

A cerimônia começa sem Saba, que está deitada na cama, tremendo até ser chamada. Mas, no final, ela mantém sua decisão. Ela sabe agora, depois de ter lido a carta do pai, que não há grande tragédia, nem morte e cinzas na separação prática entre amor e casamento. É uma coisa corriqueira que só leva a uma rotina diária mais pesada. Casamento não está ligado à tristeza inquieta de estar perto de Reza. Ela sempre será inteligente e esperta como Mahtab. Ela tomará uma decisão que irá dar-lhe algumas liberdades e conservar o único membro da sua família e suas queridas mães camponesas por perto. Ela se lembra das palavras que o pai escreveu para a mãe. *Casamento e amor não estão ligados neste mundo novo.*

Finalmente, Khanom Omidi vem para acompanhá-la em direção ao seu futuro.

Ela se senta no canto da sala, observando atentamente enquanto seu pai e Agha Abbas discutem os termos. Abbas oferece tapetes, ouro, joias e uma pequena fortuna em dinheiro em caso de divórcio. Seu pai oferece um décimo da soma como dote e exige que Saba seja a última esposa de Abbas, que ele não tome outras esposas, legais ou *de facto*, enquanto ela estiver viva. Abbas inclina a cabeça. Ele entende o que está sendo exigido dele. Ele não tem filhos, não tem esposas nem herdeiros. Agha Hafezi está exigindo que Abbas faça de sua filha uma mulher rica, sem outros demandantes para aumentar a complexidade de sua viuvez. Além disso, ele quer colocar propriedades e dinheiro no nome de Saba. Ele elabora um contrato de casamento sem nenhuma brecha, tão bem-feito quanto os seus contratos comerciais.

Agha Abbas levanta as mãos com as palmas viradas para cima. – O que é meu é seu... Ehsan jan, quando você tiver a minha idade, irá saber o preço que um homem é capaz de pagar para ser feliz nos seus últimos anos de vida.

Agha Hafezi balança a cabeça quando está satisfeito com os termos. Este momento não parece tão feio ou assustador agora que ela tem as rédeas do seu futuro. Este é o ato de uma mulher prática e que pensa mais à frente – uma intelectual ou empresária americana inteiramente diferente do seu eu adolescente. De agora em diante, Saba Hafezi irá se comportar menos como Ponneh e mais como a irmã que está conquistando o mundo a tantas colheres de chá de distância.

Mais tarde, quando Reza vem dar parabéns a ela, Saba sorri friamente. Com os olhos, ela o acusa de muitas coisas. Ele foi fraco, não foi de forma alguma um herói. Quem se importa que ela nunca mais toque na pele quente de Reza? Casar com ele seria pior. Não existe romance na autossabotagem. De agora em diante, Saba irá varrer do coração desejos inúteis. Ela irá controlar suas emoções e fazer daquele velho o seu mundo. Ela verá a bondade dele e bloqueará qualquer decepção. Ela irá se proteger contra uma gravidez; filhos iriam amarrá-la para sempre ao Irã e tornariam muito difícil ela se casar de novo. Haverá dias felizes à frente e depois ela irá construir novos sonhos.

O sorriso gelado permanece em seu rosto por dias, mesmo enquanto as mulheres a preparam para o casamento com joias de ouro e henna e bala *noghl*, e enquanto ela fica sentada, vestida de noiva, sob um toldo com Abbas, ela se submete a uma quantidade de procedimentos persas e tenta parecer mais velha, segura de si. *Moças bonitas sempre descobrem que quebraram alguma regra*, Khanom Basir disse um dia. Silenciosamente, Saba responde, *Mas moças inteligentes fazem suas próprias regras*; e ela observa Abbas enquanto Khanom Alborz e Khanom Basir fazem chover doçura sobre o seu casamento, esfregando dois grandes cones de açúcar sobre a cabeça dela pelo que parece ser uma hora inteira.

Anotações

(Dra. Zohreh)

Embora trauma infantil não seja minha especialidade, quando minha amiga Bahareh ligou, eu corri para examinar sua filha no hospital de Rashti onde ela estava internada. Isso foi logo nos primeiros dias depois da revolução e da guerra... acho que em algum momento em 1981.

Como eu esperava, Saba não havia sido informada da morte da irmã e perguntava o tempo todo por ela. Eu disse a Bahareh que ela devia dizer logo a verdade para a filha, mas minha amiga também estava num estado de negação. Ela disse que talvez fosse melhor manter Saba na ignorância até que as duas pudessem começar uma vida nova na América, uma ideia que eu achei absurda porque só levaria a uma dose dupla de estresse. Saba já estava sofrendo de delírio e era provável que em algum nível ela soubesse a verdade. Mas Bahareh disse que queria simplificar as coisas, que iria ajudar Saba o fato de ela imaginar a vida dividida em duas partes e a romper todos os laços ao mesmo tempo.

Devo admitir que senti uma pena enorme da minha amiga, que estava começando a demonstrar uma certa obsessão. Ela disse numa voz confusa, quase maníaca: – Este deve ser o plano de Deus. Saba vai fazer coisas maravilhosas com a vida dela. Minha tarefa é apenas levá-la até lá. – Bahareh sempre foi fanática a respeito da missão das filhas no mundo e já vinha planejando há muito tempo educá-las nos Estados Unidos. Essa era a sua grande motivação. Ela morreria pisoteada só para levantar as cabeças das filhas alguns centímetros acima da multidão.

Mais tarde, Saba me perguntou se eu acreditava em céu e inferno e eu disse que ninguém podia saber ao certo. Então ela perguntou se eu acreditava na América e eu respondi que sim, que aquele era um lugar bem real.

Ela pareceu satisfeita com a resposta. Eu gostaria de saber exatamente o que aconteceu com Bahareh naquele dia em que elas tentaram partir. O marido dela me proibiu de entrar em contato com Saba por causa dos perigos envolvidos. Ainda assim, eu vou continuar a procurar a minha amiga. Eu conheço todas as respostas prováveis, é claro, mas isso não serve de substituto para saber com certeza.

CAPÍTULO 7

OUTONO-INVERNO DE 1989

Saba dá tapas no videocassete até ele voltar a funcionar e surgirem imagens na tela. Ela se recosta numa almofada na sala da casa do pai. Ela ainda está usando seu vestido de casamento e a sala está uma bagunça por causa da festa. Ela só vai ser entregue ao marido no dia seguinte, quando metade da cidade irá ajudá-la a transportar suas coisas. Ela acha estranho Abbas não ter insistido que ela passasse a noite de núpcias com ele – mas essa é uma bênção que ela não questiona. Ela tem tantas outras coisas com que se preocupar agora. Será que ela cometeu um erro monumental? Que pânico é este em seu peito e como pode tirá-lo de lá? Ela está assistindo a um filme que havia meses vinha pedindo ao Tehrani para arranjar. Ele tinha finalmente conseguido uma cópia. *Love Story*. Passado na Universidade de Harvard, cheio de detalhes maravilhosos de Harvard que ela pode apreciar. Um prédio onde Mahtab pode ter estado. Um corredor por onde Mahtab pode ter passado. Uma cadeira onde ela pode ter sentado, num curso que pode ter feito. Ela assiste a todo o filme, embora ache a história melosa demais. O amor não funciona daquele jeito. Se Mahtab se apaixonasse em Harvard, definitivamente não seria assim.

Ela ouve um barulho do lado de fora e Khanom Mansoori, *A Velha*, entra arrastando os pés. – Por que você não está dormindo? – Ela se acomoda numa almofada e empurra um prato de doces comidos pela metade. Ela acaricia o rosto de Saba, puxa-o para mais perto do dela, como se fosse beijar sua bochecha, mas não o faz.

– Khanom Mansoori – Saba murmura, encostando a cabeça no ombro da velha. – O que foi que eu fiz? – Será que o fato de estar casada com um muçulmano rico irá realmente protegê-la mais do que ser a filha de um cristão rico? O dinheiro dele é mais seguro? Este plano irá ajudá-la a encontrar a liberdade ou algum dia chegar na América? Ela devia ter ido para Teerã?

Khanom Mansoori fica calada. Ela começa a cantarolar uma melodia. Quando termina, murmura: – Agha esteve aqui para vê-la? Ele tinha um presente para você.

Saba estende o pulso para mostrar a pulseira que Agha Mansoori deu a ela naquela tarde. – Você tem o melhor dos maridos – ela diz para a velha senhora. Saba gostaria de poder ver uma foto do casal quando eles tinham a idade dela, mas talvez isso estragasse sua fantasia. Ela pode dizer, olhando para eles, que não eram particularmente bonitos. Eram ambos pequenos, davam a impressão de miniaturas de gente. Agha Mansoori tem uma cabeça pequena, mesmo para o tamanho dele, e Khanom Mansoori tem os olhos separados demais. Mas, de alguma forma quando Saba os imagina aos vinte anos, eles se transformam num casal cinematográfico com ondas de cabelos negros e olhos pensativos. Ela pensa nos amantes de *O sultão dos corações* – um filme persa antigo no qual a heroína canta melancolicamente na praça – e imagina a si mesma apaixonada ou envolvida num caso dramático.

Khanom Mansoori concorda com a cabeça e sorri com sua boca desdentada. – Você é como uma neta para nós. E agora Abbas vai ser como um neto. – Saba ri e Khanom Mansoori acrescenta: – Tudo bem, talvez mais como um filho ou um primo.

Esta noite uma camada de névoa cinzenta paira sobre a aldeia. Uma chuva forte começou já faz meia hora. *Love Story* está passando na tela e Saba explica o enredo para Khanom Mansoori. Ela não se lembra mais de quando ou como a história se transforma num relato da vida americana de Mahtab. Em algum momento, as imagens e sons de Harvard, todos os detalhes que ela devorou em livros, revistas e filmes, tornam-se um retrato nítido e inevitável de sua irmã.

– É a sensibilidade dos gêmeos – Khanom Mansoori diz com convicção. Este é o efeito que a velha senhora tem no mundo. De alguma forma, ela obriga as verdades mais obscuras a emergir do nada. Não é como a arte de *maast-mali* que distorce a verdade, mas o seu oposto, como esculpir o pássaro delicado que estava oculto dentro de uma pedra sem forma.

Por favor, não comece a pensar que minha irmã se esqueceu de mim só porque faz um tempo que não recebo notícias dela. Eu sei tantas histórias sobre ela, mas esta é a próxima que eu escolhi compartilhar com você porque, bem, eu tinha razão. Ela *conseguiu* livrar-se de outra grande preocupação de imigrante. Ela realizou algo que eu não consegui: ela estendeu a mão e agarrou o poder de dizer não, a força para fazer e ser qualquer coisa – o cúmulo do sucesso, possibilidades infinitas. E foi assim que isso aconteceu:

Mahtab passeia pelo Jardim de Harvard – um quadrado do mundo dos filmes, que sob o ponto de vista de um pássaro parece o lugar mais erudito da terra – seu casaco preto de inverno bem apertado contra o corpo, os saltos das botas batendo com cuidado na calçada, evitando buracos e rachaduras. Para seus colegas de turma, Mahtab é um enigma. À primeira vista, a visão de uma típica garota americana. Cabelos ruivos. Roupas elegantes. Até sua pele parece mais clara, nenhum tom de azeitona sob a clara porcelana. Entretanto, ela é, de algum modo, indisponível para eles. Em Harvard, Mahtab se sente mais estrangeira do que nunca. Ela não sabe fazer amigos, um problema típico de gêmeos. Há semanas que ela não liga para a Mamãe.

– Eu não gosto desta parte – diz Khanom Mansoori. – Por que ela tem que ser tão solitária?

Você tem razão. E ela começa a sentir necessidade de alguma coisa – mas que não é afeto nem amor. Embora esteja pronta para a sua própria *Love Story*, minha irmã não quer me substituir. É outra coisa que ela quer. Alguém para qualificá-la para este mundo – completa e livre de todas as coisas de Cheshmeh. Ela encontra essa pessoa no inverno do seu segundo ano de faculdade – graças a um par de saltos altos quebrados.

Sim, sim, é *igual* àquele outro par de saltos altos quebrados. Eu tentei contar esta história para Ponneh e ela não quis ouvir. Mas *você* sabe que existem laços misteriosos entre gêmeos. Lembra-se do que nos contou sobre o Fio Invisível?

Agora vamos entrar no cenário da nova vida de Mahtab. Ele é muito diferente de Cheshmeh. Ela está no primeiro ou no segundo ano, perdi a conta dos ciclos e semestres, mas sei que mora num quartinho no sótão com uma janela redonda que dá para o Rio Charles e para uma ponte esfumaçada com postes de luz. O quarto fica no alto de uma famosa biblioteca, a que guarda assinaturas de quase todos os presidentes dos Estados Unidos e um livro autografado por T. S. Eliot. E não, eu não estou exagerando. Eu li sobre essa biblioteca num guia de viagens. Imagine um sábado à noite – a noite da semana em que os estudantes universitários americanos interagem uns com os outros. Só que Mahtab se prepara para ir à biblioteca. Ela quer ser a melhor. Quer ser especial para Baba Harvard, seu novo pai. Isso não é *típico* dela?

Esta noite, quando ela calça os sapatos, o destino faz com que o salto quebre em sua mão.

Ela bate na porta ao lado. Clara, uma moça extremamente feminina nascida no nordeste dos Estados Unidos, atende à porta. Ela chama Mahtab de "May" e, quando ela inclina a cabeça, uma fileira de cachos castanho-claros cai para um lado. Você já viu cachos americanos *de verdade*, como os de Shirley Temple ou daquela moça que eles chamam de Steel Magnolia? Eu só a vi numa fotografia, mas o Tehrani prometeu que, quando este filme for finalmente lançado em vídeo, ele o conseguirá para mim. Mahtab mostra o sapato e pergunta a Clara se ela tem cola. Ela ouve lá dentro o som de saltos altos batendo no assoalho de madeira. Alguém começa a rir, depois sai tropeçando, usando um vestido leve e com os pés descalços.

– Ei! Vejam quem é. É *Mah*-tab, do quarto ao lado. – Simone, uma descontente princesa de Nova York, não liga para o modo como Mahtab quer ser chamada. Ela diz o nome de Mahtab o máximo de vezes possível, com ênfase, como uma acusação. Ela deixa o nome voar inesperadamente, apontando e acertando com uma pontaria fantástica. Ela muda o seu significado, transforma-o numa arma. *Você é uma fraude*, ela diz. – Você está aqui para sair conosco? – Ela olha para o sapato quebrado com um desdém típico da classe alta americana que não pode ser explicado sem uma aula sobre a história do seu povo. Mas a verdade é que eles não têm realmente uma história. Idade é uma coisa que a América não tem. Então, certos americanos compensam isso com desdém.

– Deixe-a em paz. Muçulmanos não bebem – diz uma terceira colega de quarto, aquela dos saltos que fazem barulho, enquanto passa batom na boca em frente ao espelho do hall.

— Na verdade, eu... não sou muçulmana — Mahtab diz.

A terceira colega de quarto sorri docemente. — É, mas *culturalmente*, certo?

Khanom Mansoori ri porque zombar de americanos instruídos é tão divertido. — Você inventou essa parte para me fazer rir.

Tudo bem, talvez eu tenha ouvido isso na TV.

Sem encontrar a cola, Clara volta carregando vários pares de sapatos de salto alto, alguns pretos, outros vermelhos como os de Mahtab. — Eu posso emprestar um dos meus para você — ela diz, porque Clara, como a maioria das garotas americanas, tem milhares de sapatos que ela joga fora como se fosse sabugo de milho assim que estão fora dos seus pés. Ela ainda é mais louca por sapatos do que a nossa Ponneh, embora eu desafie você a encontrar uma garota americana que aceite ser chicoteada por causa dos seus saltos altos.

Mahtab concorda. — Para onde vocês vão?

Clara diz — e eu quero ter certeza de repetir as palavras dela com exatidão. — Eu vou ver o novo *O Senhor das Moscas* com alguns amigos, e estas garotas estão indo se prostituir no Fox. — Ah! Que coisa para se dizer! Eu queria que você conseguisse entender a petulância do uso desse verbo. Os americanos têm expressões idiomáticas maravilhosas.

— *Eu não entendi nada disso* — diz Khanom Mansoori. — *Você quer chá? Eu quero chá.*

Tudo bem, tudo bem, eu vou explicar. *O Senhor das Moscas* é um filme em preto e branco baseado num livro que trata da maldade dos meninos quando são deixados num mundo em que não há a bondade feminina. O Fox é um clube privado muito exclusivo, onde só entram homens, em Harvard, que tem coragem de continuar a existir nos anos 80. É apenas um lugar onde eles fumam, bebem e dormem com mulheres desesperadas. Existem outros clubes também, todos com nomes como Fly e Porc e Fox... Eu fiquei sabendo disso ao ler um artigo fascinante na revista de Harvard, pela qual o Tehrani me cobrou quase mil tomans, embora ele tenha um primo que é dono de um restaurante italiano bem na Harvard Square e a revista estivesse toda suja de molho vermelho.

Agora, de uma coisa tenho certeza. Mahtab não é dessas garotas que fazem campanha contra os clubes masculinos de Harvard. Ela sempre os achou fascinantes. Eles a fazem lembrar da Harvard que ela viu nos filmes dos anos 1950. Normalmente, Mahtab se irrita com tudo o que cheire a discriminação por gênero. Mas, de algum modo, os clubes masculinos escaparam à sua atenção. Deixe que tenham os seus clubes. Desde que as mulheres não estejam servindo drinques, isso não a incomoda. Mahtab se aborrece mais com o conceito de dona de casa que faz biscoitos e serve o jantar às seis do que com a exclusão explícita de mulheres. Ela prefere ser deixada de fora a ficar presa numa gaiola. Até agora, ela se recusou a fazer fila do lado de fora e ser escolhida para entrar. Apesar da natureza explicitamente sexual do ato, para Mahtab, ele guarda uma estranha semelhança com o Irã. Quando ela passa por um clube no sábado à noite, às vezes ela para e fica olhando. O rapaz de blazer com botões dourados na porta lança um olhar malicioso para a primeira garota da fila, provavelmente uma caloura. Ele a olha de cima a baixo, parando logo abaixo da bainha da saia. De repente, uma echarpe branca voa do pescoço de alguém. Ela dá voltas e percorre a fila de moças sumariamente vestidas. Ela se enrosca em volta da cabeça do rapaz. Agora ele está usando um turbante. Agora ele tem um bigode e uma barba preta. A expressão do rosto dele não muda. Mahtab sempre vai embora nessa hora.

Mas hoje, depois que três desses rapazes – todos membros deste Clube Fox – chegam ao quarto de Clara, Mahtab se sente tentada a ficar. Eles se acomodam nos cantos da sala. Um deles, James, se senta ao lado de Mahtab no sofá. – Você tem um cheiro bom – ele diz, olhando-a da cabeça aos pés, e começa a conversar com seus amigos antes que Mahtab tenha a chance de se apresentar.

James é jogador de uma coisa chamada *lacrosse*, um esporte bizarro. Ele é alto como Reza, desengonçado e atlético. Ele usa seu cabelo castanho comprido e desgrenhado, tem sardas nos braços queimados de sol e cobertos de pelos louros do pulso até o cotovelo. Ele é um americano grande, difícil não notá-lo.

– *Ooooh ho ho, Saba jan* – *diz Khanom Mansoori.* – *Você vai ter que tomar cuidado com suas fantasias com homem louro agora que está casada... mas não faz mal quando estiver contando histórias. Eu também conheci um homem louro, uma vez. Um holandês com cabelos amarelos como trigo.*

Mahtab olha para a camisa polo branca, as calças cáqui. Ela repara na penugem dourada em seus braços. Ela é atraída pela brancura dele, pela sua banalidade da Nova Inglaterra. É promissora. Nem um pouco ameaçadora. Nada de ruim pode vir de um homem que tem penugem de bebê nos antebraços. Ela nunca viu penugem de bebê erguida sobre a cabeça de uma mulher, não consegue imaginá-la sobrevivendo num arrozal. Ela pensa nisso e leva isso em consideração. Decide que é um bom critério – tão bom quanto qualquer outro. Sempre soube que jamais se deitaria com um homem persa. Ela preferia morrer virgem.

– *Saba, por que dizer uma coisa tão terrível?*

– Não me culpe. São palavras de Mahtab. Enquanto viver, Mahtab jamais acolherá um homem persa em sua cama. Mas, quem sabe, talvez ela mude de ideia. Garotas americanas têm permissão para isso e muito mais.

– Você quer vir conosco? – James pergunta a Mahtab. Simone ergue uma sobrancelha para um dos rapazes. Mahtab se senta na ponta do sofá, esperando a sobrancelha saltar da cabeça dela e ir embora voando. James faz uma expressão suplicante e faz com a boca "por favor" e Mahtab percebe que seus pés estão batucando num ritmo ansioso – que bela surpresa. Ah, como eu gosto de contar para você sobre a alegria da minha irmã, sobre seus momentos mais felizes.

– Por que não? – ela diz num jeito americano de dizer, *Por Deus, sim!*, um *tarof* ao contrário.

Duas semanas se passam e Mahtab tem um namorado. James tem telefonado para ela todos os dias desde aquela noite no Fox, quando ele caminhou com ela até o clube, ficou com ela a noite inteira, pagou bebidas para ela, chegou até a levá-la para comer quando ela ficou com fome de manhã cedinho. Ele fez comentários sobre seu andar cauteloso, sobre a cor do seu cabelo, sobre seus lindos pés. Ele chegou a tocar uma vez no pescoço dela com suas mãos ásperas de jogador de lacrosse e disse a ela que ela era muito macia, mesmo para uma moça.

– Uma moça como você nunca deveria entrar numa academia de ginástica – ele disse. – Isso a estragaria. – O elogio tímido, inseguro, foi um prazer inesperado que a fez acariciar inconscientemente o próprio pescoço de vez em quando pelo resto do dia.

– De onde você é? – ele perguntou numa certa hora.

— Da Califórnia — ela disse.

— E May é só um apelido, certo? — ele disse. — Você não parece uma May (maio).

— Não? Ok, então June. Meu nome é June (junho). — James riu, então ela contou a história de quando sua mãe mandou um bolo de aniversário para Harvard. *Feliz aniversário, Mahtab Joon*, estava escrito no glacê. E o entregador, sem saber que *joon* significava *querida*, disse que uma pessoa chamada Joon tinha mandado um bolo para ela.

Mahtab Joon. May June.

Eles jogaram um jogo em que ele tentava adivinhar onde ficava o país dela e até sua cidade. Depois ele a beijou na rua e ela pensou como tinha sido fácil. Ela tomou nota cuidadosamente do hálito quente dele, com cheiro de tomate, do seu lábio inferior fino e do modo como ele mantinha as mãos longe das partes que ela estava louca que ele tocasse.

— *Saba jan* — *diz Khanom Mansoori* —, *como você sabe tudo isso? Talvez devêssemos conversar sobre o que acontece depois de um casamento... ou, melhor ainda, vamos chamar Khanom Omidi! Ela vai contar histórias que vão fazer crescer chifres em você do choque, mas, pelo que ouvi, nenhum homem jamais se queixou dela. Sim, você vai precisar aprender essas coisas agora que está casada.*

Qual é o problema? Você acha que não sei de nada? Eu não acredito que as pessoas precisem de aulas como você pensa. Veja Mahtab, por exemplo. Ela pensa como vai entender isto ou aquilo. Quem ensinou a ela o que fazer com James naquela hora? Eu não preciso ter uma experiência pessoal, Khanom Mansoori. Eu posso fingir. Deus sabe que, quando minha hora com o velho chegar, vou bloquear todos os instintos, vou me imaginar em outro lugar, em outro tempo. Eu já preparei a história que vou passar na minha mente e a canção que vai me transportar para lá. Mas não preciso de aulas. Eu sei um monte de coisas. Já li milhares de livros, um mar de revistas, e vejo televisão americana.

Duas semanas depois, Mahtab está sentada num café esperando que James traga um café para ela. Ela imagina o que as pessoas em Cheshmeh iriam achar *disso*; um estudante americano trazendo café para ela. Ela o vê parar no lugar do açúcar, despejando a quantidade certa de leite e açúcar mascavo no seu café. Sente a alegria, como uma bolha de ar de uma propaganda de televisão, subir e estourar dentro do seu peito, despejar seu conteúdo quente e brilhante por toda parte e apagar grande parte da amargura que está guardada ali. Ela tem a sensação de que é importante agora, porque alguém como James sabe como preparar café para ela, sabe o que ela come no café da manhã e que ela prefere comer com colher e não com garfo, e que ela nunca fica satisfeita se não comer arroz. Esses pequenos recantos do espaço mental de James são espaços tangíveis que ela ocupa; de certa forma, eles a fazem sentir-se mais real. São raros agora os momentos em que ela se imagina pendurada na borda de cada cenário, lutando para não cair, enquanto alguém lá longe a tem presa numa corda bem esticada. Sabe, como qualquer imigrante a quem foi oferecido o melhor de um mundo novo, Mahtab está sempre com medo de que isso lhe seja tirado. É como eu também me sentiria – com medo de fazer alguma coisa errada, de perder tudo. Ela sempre teve pavor de que a qualquer momento a pessoa que está segurando a corda possa dar um puxão e a levar embora. Mas agora, quando está com James, seu príncipe pálido, ela às vezes se esquece do fio invisível puxando-a na direção do seu outro eu.

– *Minha Saba, essas partes me deixam tão triste.*

Não fique triste. Eu fiz minha cama. Vou ficar feliz mesmo que tenha sido um erro. Afinal, quais são as chances de que um homem perfeito como James algum dia me encontre aqui? Eu não posso ter o que Mahtab tem. Mas quem sabe, Khanom Mansoori, seja possível que Mahtab o deixe por outras coisas. Você pode imaginar isto? Uma moça iraniana rejeitando um homem daqueles quando eu fui obrigada a aceitar um que é tão menos? Eu gosto da ideia... mas vamos ver.

Mahtab frequentemente pensa o que mais James irá fazer por ela. Ela pede a ele pequenas coisas, pequenos favores de que ela não precisa realmente. Ele compra sorvete para ela no caminho para o seu quarto e cola seus saltos quebrados. Essa sensação de confiança vai ficando cada vez maior e mais viciante. Às vezes, ela pensa que é meio parecida com o dia em que entrou em Harvard. Tem uma sensação de realização. *Harvard não aceitaria qualquer garota. James não iria buscar a roupa de qualquer garota na lavanderia.* Até agora, Mahtab se sentira deslocada em Harvard, como se alguém tivesse deixado aberta a janela do escritório e um vento benevolente tivesse tirado a sua ficha de inscrição do lixo e colocado na pilha de "sim". Mas os gestos de submissão de James servem mais para erradicar essa sensação do que todas as notas altas de *Baba Harvard*. Está vendo o poder que eu tenho sobre este homem que não é um homem nada comum e, sim, o tipo de homem que um dia pode vir a governar o mundo? Está vendo o poder que carrego no meu corpo miúdo, no meu sangue e portanto no sangue da minha irmã? Porque o destino, e todo o triunfo e o talento pessoal, não depende de lugar, mas é carregado nas veias.

Enquanto tomam café, James segura a mão dela e diz que a mãe dele veio visitá-lo. Ele convida Mahtab para conhecê-la. Mas James não sabe nada sobre os hábitos iranianos. Ele a ofende ao lhe dar um presente – uma bolsa de couro para ela ir ao encontro, uma bolsa exatamente igual à que Mahtab já tem. A princípio, ela fica confusa. – É igual à minha.

– Bem, não é *exatamente* igual à sua. Esta é de couro.

– A minha é de couro.

James dá um sorriso para ela como quem diz: "Você não é adorável?" – A sua não é de couro.

Khanom Mansoori balança a cabeça concordando. – Sim. Dizem que os americanos julgam uns aos outros desse jeito.

Aborrecida, Mahtab faz uma careta. – É sim. O homem no mercado de pulgas...

– Você se importa de levar esta só para me agradar? – ele pergunta e Mahtab pensa que esse deve ser o tipo de coisa que impressiona a mãe dele.

– Tudo bem. – Ela sorri. – Mas aposto que a sua não tem um fecho no formato de um sapato.

– Feito de ouro puro, certo? – Ele pisca o olho. Ele não tem graça.

– Exatamente – Mahtab diz, sem conseguir saber se está debochando de si mesma ou de James. Neste momento ela não está ligando. Ela está apenas descobrindo o seu poder. E, como você sabe, Khanom Mansoori, nenhum desfecho é certo antes que se tenham passado 22,5 minutos de um episódio.

Você também sabe que Mahtab tende a pensar demais sobre as coisas e a imaginar a si mesma em todo tipo de situação. Bem, ela passa a semana inteira imaginando como será a mãe de James. Ela imagina – deseja até –

que vai encontrar uma típica e estereotipada socialite, uma mulher malnutrida, azeda e racista, que vai fingir ser simpática com ela enquanto a aconselha a ficar longe do seu filho. Ela está esperando uma situação semelhante à cena do piquenique entre Rose e a Sra. Jordan em *O clube da felicidade e da sorte*, que eu prometo contar para você depois. Ela imagina a si mesma enfrentando sua oponente, esticando os ombros para trás e respondendo com altivez que não deixou um país cheio de *pasdars* e *akhounds* e mulás só para se curvar diante de uma princesa de meia-idade. Ela ri ao imaginar a si mesma indo embora triunfante, levando James como seu troféu.

Apesar de sua bravata, Mahtab ensaia o que vai dizer. Ela tem vergonha da sua vida antes de Harvard – pelo menos da parte americana dela, o que inclui o emprego de sua mãe na fábrica e sua casa modesta. Ela decide deixar de fora essa parte. No Irã, sua família é culta. No Irã, os Hafezi são ricos e respeitados. Levaria muito tempo para explicar que médicos, engenheiros e intelectuais no Irã raramente alcançam as mesmas alturas na América. Vai ser frustrante demais fazer essa mulher compreender que, em vez de aprenderem francês, espanhol e administração, eles anunciam sua erudição aprendendo a citar Ferdowsi, Khayyam e Hafez. Eles absorvem volumes e volumes de poemas complexos e os aprendem tão bem que os versos saem espontaneamente de suas bocas quando estão bêbados com uma voz arrastada e incoerente, mas perfeitos até a última palavra. E no entanto esses orgulhosos acadêmicos vêm para a América e dirigem táxis. Não é culpa deles, pois que outro emprego poderia fazer tão bom uso da prosa iraniana antiga, hora após hora, dia após dia, em toda a sua febril e monótona melancolia?

No entanto, Mahtab não tem chance de defender o seu povo, de obter uma vitória dramática e satisfatória. A mãe de James parece dividir a fascinação do filho pelo exótico.

– Eu adoro os tapetes, meu bem – ela diz tocando no braço de Mahtab. Ela é mais baixa do que Mahtab tinha imaginado, mas é magra, tem um corte de cabelo no estilo Diane Sawyer e usa três voltas de pérolas no pescoço. – Nós temos quatro na nossa casa. Os de Nain são os melhores. Você já esteve em Nain?

Mahtab sacode a cabeça, depois muda de ideia e acena que sim. Ela quer dizer algo sobre trabalho escravo infantil, mas não tem certeza se acontece isso no Irã. Esta mulher não se parece nada com as mães que conheceu – nem com as professoras da Califórnia nem com as Khanom Basirs e Hafezis do mundo. A mãe de James é delicada, simpática, provavelmente está escondendo alguma coisa. Talvez esteja atacando por outro ângulo. Mahtab se prepara, recordando a astúcia voraz das mulheres persas que podem manter quatro conversas ao mesmo tempo, arrulhando suavemente enquanto penetram na sua alma inocente com punhos cheios de alho e arrancam as partes secretas e sujas da sua história cuidadosamente inventada. Para usar mais tarde. Elas as guardam nos bolsos dos aventais. Elas enxugam as mãos e fazem mais perguntas.

Uma vez ela descreveu as mulheres de Cheshmeh para José, da lanchonete onde ela costumava trabalhar, mas ele balançou a cabeça e disse,

– Todas as mulheres são assim, *mija*. – Ele não fazia ideia.

– *Esse homem da lanchonete parece muito sábio* – diz Khanom Mansoori *que em seguida murmura para si mesma, relembrando –, empregado da lanchonete do sul do México...hummm, sim, continue.*

Em todo caso, Mahtab não culpa as mulheres. É o mar que faz isso com elas, a malícia do Cáspio. Mahtab odeia o mar. Ela odeia nadar e não gosta do cheiro de algas e peixe. As mulheres da sua terra molham os pés nessa água malvada e ela entra em seus corpos. Ela flutua no ar, uma névoa leitosa e malévola. Elas a bebem, respiram e cozinham a comida nela. Mas Mahtab não tem medo. Ela agora acredita que, se fizer bom uso de todo o mal herdado de suas antepassadas, pode fazer coisas impossíveis: incitar gênios travessos, acordar fantasmas adormecidos, governar hordas de homens relutantes. Ela quer dominar um rapaz como James – e sua mãe mimada, com seu colar de pérolas.

A mãe de James continua: – Eu simplesmente adoro tudo a respeito da Pérsia. Você prefere chamar de Pérsia ou de Irã? – Mahtab encolhe os ombros. – Estou certa de que você leu Ferdowsi, Rumi e Hafez. Eu os li quando estava na faculdade. Comprei para você um exemplar do Rubaiyat. – Entrega a ela a famosa tradução de FitzGerald, que Mahtab sabe ser a melhor.

Mahtab fica um pouco desapontada. Ela adora um bom desafio, mas existe uma certa ternura nesta mulher. Ela estava torcendo por um pouco de racismo. Apenas um leve toque de superioridade de classe. Ela se sente enganada. A mãe de James, aliás, se chama Sra. Scarret, continua: – Eu tenho um gato persa, sabe?

Mahtab sorri docemente, vendo a sua chance. Mais uma entendida presunçosa com um punhado de informações esparsas. A variedade que ela mais odeia é a do *gato-persa-tapete-persa*. – Na realidade, os gatos persas não são do Irã – ela diz. Pelo menos, ela nunca viu nenhum deles lá.

A mãe de James dá um tapinha no queixo, pensativa. – Ah, são sim, meu bem. Eles são originários do platô iraniano. Logo depois das montanhas Hindu Kush, que tecnicamente ficam no Afeganistão, mas, é claro, nós sabemos que tudo isso fez parte da Pérsia um dia, não é? – Ela termina a frase com longos suspiros que começam com uma expulsão aguda de ar e depois se tornam um zumbido baixinho, como um avião começando a subir. – Hmmmm....

E então Mahtab acha que fez papel de tola. Ela brinca com o fecho que não tem o formato de um sapato da sua bolsa. James está sorrindo para tranquilizá-la, mas não é disso que ela está precisando.

– James, você pode pegar uma xícara de chá para mim? – ela pede, tentando recuperar um certo controle da situação.

James, que estava folheando um dos livros de Mahtab, levanta os olhos.

Mahtab não nota a palidez de James. Não o vê olhar primeiro para a mãe, que levanta uma sobrancelha e começa a examinar uma unha, depois a longa fila na pequena cafeteria, depois a xícara cheia de chá na frente de Mahtab. Ele se levanta da cadeira e lança um olhar sem graça para a mãe.

– James? – Mahtab diz, distraída. Quando ele olha de novo para ela, ela acrescenta: – E duas colheres de açúcar, por favor? – Ele entra na fila sem dizer uma palavra.

– Estou certa de que você não sabe ainda o que Mahtab fez de errado, Khanom Mansoori, porque o seu marido vive para servi-la. Reza também é um homem que gosta de correr para ajudar e faz tudo que lhe pedimos. Eu imagino se Abbas também será assim. Ele vai ser cortês ou grosseiro?

O atleta de Harvard de Mahtab não é uma coisa nem outra. Ele não vive para servir. Ele não foi criado numa dieta de histórias românticas e tragédias.

Isso vai ser um problema para Mahtab. E temos que convir que em cada vida – mesmo nas melhores vidas de revista – há obstáculos e problemas a enfrentar. Até Shahzadeh Nixon tem problemas, se acreditarmos no que diz a mídia. Quantos escândalos pode haver na vida de uma moça com mil vestidos! Bem, o primeiro namorado de Mahtab está prestes a descobrir que as mulheres persas não são fáceis de lidar comparadas com o resto. Eu já ouvi isso muitas vezes de turistas que passam pela casa do meu pai, e é por isso que os nossos homens criaram um mundo novo que nos mantém firmemente debaixo dos seus pés. Na América, entretanto, uma moça iraniana pode brigar e xingar e fazer exigências. Ela pode ser egoísta em suas escolhas. Ela pode atirar fora cada peça de roupa odiada e espalhar homens como folhetos na rua. Ela pode libertar a criatura selvagem que tem dentro dela por um dia e ser perdoada.

– Você algum dia desejou isso, Khanom Mansoori? Bancar a louca diante do mundo e isso ser esquecido? Eu li um livro chamado *A redoma de vidro* em que uma moça faz as coisas mais indescritíveis, flerta com um homem que a ama, dorme com um estranho que a faz sangrar, recusa-se a seguir qualquer regra e vai em frente sem nenhuma consequência. Ela consegue até voltar para a universidade! Como isso enche o meu corpo de vontade de fugir – para bem longe, ou para o alto das montanhas, ou para dentro do mar.

Ah, ver Mahtab tão livre! Uma parte minha quer ver este perfeito rapaz americano atordoado só por diversão. Não ria, Khanom Mansoori. Você entende muito bem o que estou dizendo.

Mahtab e James não se veem no dia seguinte. Ela não se preocupa. Ela não é o tipo de moça que desperdiça um tempo precioso preocupada com homens. Secretamente, ela imagina se isso se deve ao fato de ela ter corrigido a mãe dele. Talvez tivesse sido mais respeitável esclarecer as coisas. No sábado à noite, ela resolve dar uma volta sozinha – a noite toda, se ela quiser, não existe toque de recolher. Pouco antes das dez horas, ela entra num pub perto do seu dormitório. É perfeitamente normal uma moça entrar sozinha num bar num sábado à noite.

Durante três horas, ela experimenta todos os drinques de cinema que você não encontra na despensa de Baba: uma cerveja holandesa, um uísque sour, um *old-fashioned,* um sidecar e um martini. Ela não os bebe até o fim, é claro. Ela tem perfeito controle de si mesma – embora, se quisesse, Mahtab poderia ficar bêbada e vomitar na rua e as únicas consequências seriam uma advertência e uma dor de cabeça no dia seguinte. O barman não recusa nada. Você sabe, os barmen ocidentais são ex-estudantes de medicina permissivos, com os cabelos penteados para trás, que se especializam no subconsciente de belas mulheres. Eles têm um sorriso debochado e mangas arregaçadas onde guardam cigarros, e eles respeitam o direito de Mahtab fazer o que quer. Essa é a regra. Pode confiar em mim. Eles sabem que não podem interferir com as regras. Os barmen são pessoas boas, sensatas.

Depois que passa algum tempo e a felicidade volta, ela vê James sentado numa mesa com alguém. Ela desce do seu banquinho e vai até lá. Pego de surpresa, ele balbucia um cumprimento antes de olhar para a sua companheira de mesa – é Simone, a princesa infeliz de Nova York. Ela está usando um casaco comprido de nylon branco que parece um roupão de plástico. Mahtab o acha feio e sem graça, mas o elogia assim mesmo, porque este é um dos hábitos que todas as mulheres do mundo compartilham.

– Olá – diz Simone. – Acho que James não está a fim de uma grande discussão esta noite.

– Então o que *você* está fazendo aqui? – Mahtab pergunta.

Simone segura a mão dela ternamente. Mahtab se encolhe. – Olha, Mahtab, eu sei que este é o seu primeiro relacionamento, se você quiser chamá-lo assim. Mas às vezes os homens precisam conversar com alguém que não seja a "namorada", sabe?

– *Que garota má – Khanom Mansoori diz. – De que útero doente sai uma serpente dessas?*

Sim, realmente, mulheres como ela existem em toda parte. Mas não se preocupe, James não a quer. Ela é apenas do tipo que gosta de participar.

Ele parece cansado, um tanto descabelado. Ele dá um gole na sua caneca grande de cerveja e lança um olhar cruel para Simone. – O que você está fazendo, Simone? Eu disse para você ficar fora disso. – Mahtab nunca o ouviu falar desse jeito. Parece covarde o modo como ele perde a calma.

Ela nunca o viu violento por causa de bebida, uma expressão de confusão e contrariedade no rosto.

Ela senta com eles. O cheiro do hálito dele é muito forte, e ela se pergunta se gosta mesmo desse rapaz. Simone se encolhe em seu canto, encolhe as pernas e aperta o casaco em volta do corpo. James espera e olha para Mahtab com uma expressão cada vez mais infeliz.

– O que está havendo? – ela pergunta. – Você está me ignorando. Aconteceu alguma coisa com a sua mãe?

James solta uma risada azeda. – Olha, May, eu não sou seu moleque. – Outra expressão americana que não dá para explicar direito. É como dizer: *Eu não sou seu capacho*. Mahtab fica sem fala. Ele continua: – Eu não tenho que ficar à sua disposição. Eu não tenho que contar para você quem são os meus amigos e, mesmo que eu ligasse, você apenas me daria uma lista de tarefas para fazer.

– Mas, eu nunca... você se oferece para fazer essas coisas. Achei que você quisesse...

– Sim, da primeira vez. Mas quando foi que você se ofereceu para fazer alguma coisa para mim?

Mahtab é tomada por uma perplexidade que a envolve como uma túnica suja, úmida e pesada. Ela tenta livrar-se dela. Como não consegue, curva os ombros e começa a roer as unhas. James se inclina na direção dela e tenta segurar sua mão, de modo que agora só ele e Mahtab estão na conversa. Há uma barreira de braços e copos entre eles e Simone.

– Olha, May, eu sei de você e do Irã e de todos os problemas com os homens, mas...

– *Os homens sempre acham que sabem* – Khanom Mansoori suspira. – *Sempre, sempre.*

– Eu não tenho nenhum problema com os homens – ela diz.

– Ótimo, mas isso não está funcionando para mim. É castrador pegar suas roupas na lavanderia e ter você me dando ordens o tempo todo. Você faz isso na frente de todo mundo. E com minha mãe...

– Não tive a intenção de corrigi-la.

– O quê? Não... Você me mandou pegar sua bebida, bem na frente dela. Você poderia ter feito um esforço. Que diabo, você poderia ter ido pegar um café para *mim*... Foi embaraçoso, ok?

O rosto de Mahtab fica quente. Ele está pedindo a ela para servi-lo? É isso que ele quer? Ela não sabe se sente raiva ou vergonha. Ela esfrega os olhos cansados com os polegares e espera que ele continue. Ele gagueja um pouco, e Mahtab tem certeza de que não está mais interessada nesta conversa. Ela se prepara para sair.

– Pense o que quiser. Para mim chega – ela diz. – Eu tenho trabalhos para preparar. – Ah, quantos trabalhos ela já fez cobrindo um universo de assuntos maravilhosos!

Mas James segura a mão dela. – Talvez possamos começar de novo – ele propõe. Ele recua, com medo de perdê-la, e começa a falar sobre a beleza dela e tudo o que ele admira nela. Vem à cabeça dela um *khastegari* iraniano, onde o homem, sinceramente ou não, fala sobre as raras virtudes da moça e chega até a ameaçar suicídio. Ela é transportada para Cheshmeh, onde dúzias de olhos ansiosos a estão observando, esperando que ela aceite o pedido de um homem aparentemente perfeito. Ah, e ela *tem* que aceitar. Ela *vai* aceitar. Isso é o que foi planejado e desejado para ela. Ela tenta apagar a imagem, mas não consegue – especialmente depois de uma cerveja holandesa, um uísque sour, um old-fashioned, um sidecar e um martini.

Nesse momento, Simone se debruça na mesa e passa o braço pelo de James. Ela cochicha: – Estou com fome. Vamos pedir comida.

Mahtab sente o rosto queimar. Ela se vira para ir embora, mas, antes que consiga se levantar, James se solta e dá um empurrão no ombro de Simone. Não é um empurrão forte. Ele só está bêbado e quer que ela tire as mãos dele. Mas não é isso que Mahtab observa. Você sabe, Khanom Mansoori, é prerrogativa de uma moça americana perceber o que quer, mesmo que não seja verdade. Ela pode ter sua própria versão, e isso não conta como meio testemunho, como contaria aqui. Na América, a versão dos fatos de uma mulher é geralmente o que cola. Sua versão tem o valor que ela queira que tenha. E aqui está o que ela prefere ver: braços brancos cobertos com uma penugem de bebê atirando uma mulher para o outro lado da mesa. Com força. Simone esfrega o braço e sai do reservado. A cabeça dela bateu na parede? Mahtab diz a si mesma que sim. O olhar embaçado de James vai de Mahtab para Simone. Sem perceber o que tinha feito, ele resmunga: – Eu disse para você ficar fora disso.

Mahtab se levanta. – Eu vou para casa. – Ela não levanta a voz. Não precisa.

– Por quê? – James pergunta, arregalando os olhos. – Fique mais um pouco. Não houve nada demais.

Mas Mahtab está ocupada observando outra coisa. O casaco de nylon branco escorrega do corpo de Simone e flutua até James, que se recosta em seu assento confortável. Ele cobre seus ombros trêmulos com seu abraço aprovador. Agora ele está usando um caftan. Agora ele é um sacerdote. Agora ele levanta a cabeça mais alto e tudo o que ele fez está certo. Ele pode não achar isso, mas é verdade. Mahtab viu isso. A túnica o cobriu e ele está perdido, tornou-se mais um dos homens odientos que Mahtab conheceu ou imaginou – como os *pasdars* e os sacerdotes, ou Mustafá, que surrou Ponneh com um cassetete, ou Reza, que não consegue enfrentar a mãe. James jamais poderá tirar sua túnica ou convencê-la de seus próprios medos, porque Mahtab não perdoa as pequenas coisas – não quando se trata de homens e seu poder imerecido. *Ele é fraco, fraco, fraco*. Ela pensa igualzinho a mim. Inofensivo? Não. Sem intenção? Nunca. *Não existem pequenas coisas*.

– Você é rigorosa demais, Saba jan... com Reza e com seu pai e com todo mundo. Perdoe, querida menina. Reza é seu amigo. Seu baba é seu baba. Fraqueza não é pecado.

Sim, mas Mahtab, a gêmea de sorte, não *tem* que perdoar ou se acomodar. Esse é o ponto. Ela tem o poder de rejeitar, de recusar o perdão. Ela tem capacidades que eu – enquanto estava ali sentada ouvindo um pretendente à minha mão – teria dado uma fortuna para possuir.

– Eu não quero você – ela diz para seu príncipe louro com braços brancos, cobertos com uma penugem de bebê. – Há milhares de homens em Harvard. – James é fraco, medroso, governado por sua amedrontadora mãe. Ela o arranca do coração, como eu também já fiz uma vez.

Quando ela vai embora, Simone chama por ela. – Soube que você quis usar uma bolsa de plástico para conhecer a mãe dele. – Aí ela ri dela como as pessoas costumam rir do idiota da aldeia.

Mahtab dá meia-volta. Ela vai até o barman de cabelo esticado para trás e pede um saco de compras. Enquanto ela esvazia o conteúdo da bolsa de couro dentro do saco, um sentimento de nobreza, de sacrifício, toma conta dela. Ela não considera este ato trivial, como outras moças poderiam considerar. Ao contrário, ela se julga capaz de muito mais. Nos próximos dias, os eventos desta noite irão se tornar cada vez mais importantes aos seus olhos, até ela ser definida por eles. Embora ela possa entender mais tarde na vida que James é só um rapaz confuso e inexperiente sem muita personalidade, ela prefere ver isso como defesa. O mais provável é que ela jamais perdoe James por ter, sem querer, caído perto dos medos dela. E como é que eu sei disso? Porque eu conheço minha irmã melhor do que ninguém. Mahtab amarra o saco plástico com um gesto brusco, volta à mesa e joga a bolsa de couro no colo de Simone. É uma performance maravilhosa, como uma boa bofetada estilo televisivo.

De volta ao seu quarto, ela liga para a Mamãe. Puxa seu travesseiro e conta à mãe todos os seus problemas. Em troca, Mamãe lhe conta um segredo – o que aconteceu durante o tempo que passou na Prisão de Evin, o que ainda é um mistério para mim. *Você* sabe, Khanom Mansoori? Não? Um dia, eu juro que vou saber cada detalhe.

Antes de desligar, Mamãe conta a ela sobre meu casamento iminente com Abbas e o fato de que agora vou estar unida para sempre a alguém além da minha gêmea. Eu gostaria de poder ter visto o rosto dela quando ela ouviu esta notícia. Embora eu conheça todas as suas expressões costumeiras, seu rosto nesse momento é uma incógnita para mim. Em todos esses anos, nenhuma de nós jamais se preocupou em imaginá-lo – o momento de descobrir que a outra está perdida.

Você está surpresa, minha amiga? Sim, Mahtab pensa em mim, mesmo estando ocupada com sua condição de estudante. Nós somos irmãs. Nós temos o mesmo sangue. E é claro que Baba a teria informado do meu casamento. Em algum lugar distante no ocidente, Mahtab e Mamãe devem saber que eu estou casada.

Khanom Mansoori, você acredita que ela saiu de Evin? Dizem que no interior daqueles muros eles torturam e executam centenas de pessoas por ano. Mas muitos saem de lá, mudados para sempre, amedrontados para sempre. São esses que fogem para a América, que arrancam o Irã dos seus corações. Se Mamãe saísse de Evin, ela sem dúvida fugiria. Gostaria de que alguém me contasse a verdade. Obviamente, Baba sabe mais do que me contou. Talvez ele esteja escondendo mais coisas ainda. Ultimamente, nos meus sonhos, quando o *pasdar* encosta aquela faca na minha garganta e me diz para revelar o paradeiro de Mahtab, eu vejo que minha boca está selada, que só me resta deixar que ele corte a minha garganta, porque eu não sei a resposta.

– *Não chore, minha doce menina. E se eu cantasse para você?*

Não, não, desculpe. Vamos focar na parte alegre. Esta é a história de como Mahtab vence outra preocupação de imigrante. A notícia do meu casamento a fez compreender algo importante: ela pode ter vindo de uma aldeia iraniana, e James ser um rapaz americano de platina e ouro, mas hoje ela exerceu toda a autoridade. Deve haver algo no seu pequeno corpo que pode fazer o mundo se mover. Sua história do salto de sapato quebrado não a fez levar uma surra como aconteceu com a nossa Ponneh, mas ela a trouxe aqui, a um lugar onde é o pé *dela* que está pisando nas costas de um homem. Depois de ter enlouquecido sem querer o inatingível James Scarret, Mahtab jamais irá temer de novo não ter força ou poder para ser bem-sucedida em alguma coisa. Posso estar casada com um velho, mas minha irmã disse não. *Não, eu não quero você*. Simples e definitivo assim. *Não*. Uma palavra final que ninguém pode questionar. Mahtab continua a sua busca. Ela está livre e apenas começou a conquistar a multidão dos príncipes pálidos das capas de revista que nos governam de dentro dos seus clubes particulares

Bravo, Mahtab joon. Você é uma mulher melhor do que eu.

Parte 2

DINHEIRO DE IOGURTE

*Algumas pessoas têm esperanças e sonhos,
Algumas pessoas têm recursos e dinheiro.*
— BOB MARLEY

Desejo por você

(Khanom Basir)

Sinto pena de Saba? Sim, estou muito triste. Mas devo jogar terra na minha cabeça? Ela está casada com um homem rico. Sim, tem o problema de Mahtab, mas isso não é motivo para ter pena. Ela está fazendo isso a si mesma, remoendo o passado. Quer saber, outro dia Khanom Mansoori disse que nas histórias de Saba nunca se fala muito na saudade que Mahtab tem de Saba. Curioso, pensei a princípio. Mas depois de refletir um pouco, eu entendi. É porque Mahtab está livre e Saba sabe disso. Mahtab não tem saudade de nada. Saba não consegue admitir que a irmã se libertou; então ela inventa histórias que giram em torno do tema. Se você quiser saber o que eu acho, uma contadora de histórias experiente, eu diria que a liberdade é uma coisa tão poderosa que não há negação que possa disfarçar o seu cheiro; então ela aparece nas histórias. Mahtab fazendo isto, Mahtab fazendo aquilo. Todas aquelas aventuras e estudos, sua vida garantida.

É bem típico de Saba demonstrar sofrimento por alguém que nunca pensa nela.

Ela sofre pelo meu filho também. Ela devia ter mais juízo, porque sabe como é o verdadeiro amor. Nos invernos, os velhos Khanom e Agha Mansoori costumavam visitar os Hafezis e jogar uma manta *korsi* sobre uma mesa e um fogareiro. Nós nos sentávamos bem juntinhos, nossos pés descalços debaixo do corpo, tomando chá e ouvindo o borbulhar do cachimbo de água e a voz doce de Khanom Mansoori, como uma corda bem esticada de *setar*, cantando velhas canções. Então seu marido trazia uma tijela das comidas fáceis de mastigar que eles gostavam de compartilhar – purê de maçã ou de pepino, sementes de romã com sal ou pedaços de laranja cobertos com pó de golpar.

– Khanom – ele dizia. – Tirei as sementes de uma romã inteira para você.

Eu cutucava Saba e dizia para ela um velho ditado: *Só morra por alguém que pelo menos tenha paixão por você*. Ela fingia não entender, mas entendia. Ainda entende. Agora, se ao menos ela compreendesse que existe uma diferença entre paixão juvenil e paixão *por você*.

CAPÍTULO 8

PRIMAVERA DE 1990

Seis meses depois de ter se casado com Abbas, Saba fica numa situação confortável – uma não infelicidade que a deixa agradavelmente ocupada. Ela não é mais uma garota que pode ser dada em casamento, e portanto, sob muitos aspectos, é livre. Entretanto, ela se sente frequentemente entediada, em filas para comprar comida, em salões de beleza em porões, ouvindo Abba falar. Ela deveria ter ido para a universidade? Não, ela diz a si mesma e compra mais livros. De que adianta estudar literatura ocidental no Irã, onde metade dos livros está banida e a entrada na universidade depende do conhecimento do islamismo? Por ora ela tem o Tehrani, provedor da melhor educação. Mais tarde ela terá sua vida gratificante e desafiadora. Talvez ela se apaixone. Talvez ela solucione o mistério da sua mãe, que, apesar da carta, pode estar em qualquer lugar. Afinal de contas, de acordo com todas as agências para onde Saba ligou, sua mãe não está mais em Evin. Ela pode muito bem ter fugido com Mahtab num outro dia. Então, por mais algum tempo, até Saba encontrar sua própria saída, Mahtab tem que viver uma vida rica por elas duas. Enquanto isso, Saba descobre segredos que dão a ela domínio sobre seu limitado mundo.

Como uma mulher casada, ela pode ir e vir mais livremente. Frequentemente, acompanha Ponneh ou uma de suas mães da aldeia por ruas ladeadas de árvores até pequenas lojas e mercados, parando para recolher os cupões de alimentação das outras. Elas visitam as lojas que ouvem dizer que recebem mercadorias num ou noutro dia, seguindo os boatos de loja em loja, comprando os itens mais essenciais, cada um fornecido diariamente por uma loja diferente. *Agha Maziar tem ovos hoje. Iraj Khan ficou com todos os frangos da semana.*

Quando possível, Saba não sai atrás de alimentos racionados de produção em massa. Ela tem dinheiro para comprar ovos ou frangos orgânicos, mais caros, diretamente dos fazendeiros locais. Algumas coisas ela compra no mercado negro. Mas ainda tem que comprar açúcar, óleo, manteiga e itens importados da maneira de sempre. Antes do fim da guerra, os donos de lojas que tinham a sorte de conseguir acesso exclusivo a algo vital embrulhavam ilegalmente esse item com umas porcarias invendáveis das quais eles queriam se livrar. *Ovos podem ser comprados junto com um mata-moscas. Leite só está disponível para quem comprar detergente. Uma lixeira de banheiro com seu açúcar hoje, Khanom? Só uma sugestão...* Alguns lojistas ainda tentam fazer isto, e Saba empilha os artigos inúteis em seu cavernoso depósito. Abbas detesta casa atravancada.

Nos primeiros tempos do seu casamento ela odiou Abbas por ele não ser tão cego quanto o pai tinha prometido que seria. Ele jogou fora o que achou que eram todas as suas músicas americanas. Ele revistava meticulosamente todas as suas roupas em busca de peças escandalosas ou coloridas. Ele examinava até os seus artigos de higiene, analisando cada artigo e jogando fora qualquer coisa que não correspondesse aos seus padrões obsessivo-compulsivos – ao contrário de sua mãe severa que, anos antes, revistava o quarto de Saba atrás de algum sinal de vaidade, Abbas não estava procurando por giletes proibidas, mas por giletes sujas; ele não estava atrás de pinças de sobrancelha, mas franzia a testa ao menor sinal de um pelo preso dentro delas. Ele fazia mil exigências ridículas. Khanom Omidi chamava isso de *vasvas,* a palavra persa para aquele traço de comportamento obsessivo-compulsivo que todo mundo tem. Ele reclamava constantemente que seus jantares não estavam suficientemente quentes, que seu iogurte não estava suficientemente grosso, que havia polpa na sua tigela de sementes de romã. Ele era um velho e tinha suas manias. Por que Saba iria ressentir-se de umas poucas excentricidades próprias da velhice? E por que ela iria sair de casa sem antes limpar aquele lugar atrás do fogão?

Mas na noite em que Abbas visitou o quarto dela pela primeira vez, dois meses depois do casamento, Saba perdoou todas aquelas peculiaridades dele. Dois meses e ele nunca pediu para dormir com ela. Nunca tentou tocar nela. Nunca fez insinuações sobre seus deveres de esposa. Ele deu a ela um quartinho em frente ao dele, com uma cama, uma mesinha de cabeceira e um abajur. Era um quarto de hóspedes. Como o resto da casa, ele estava decorado em estilo ocidental, com cadeiras e camas em vez de tapetes. Ele pediu que ela guardasse suas roupas no quarto dele, como era o costume matrimonial. Ele pediu que ela não deixasse nenhum traço de sua presença no quarto de hóspedes – no caso de algum visitante curioso ou de uma empregada desconfiada. Toda noite, quando eles se retiravam para seus quartos separados, ele resmungava numa voz cansada: – Boa-noite, criança. Durma bem. – Naquelas primeiras noites de casada, ela perguntava a si mesma: "Será que ele espera que eu vá até ele?" E decidiu que jamais faria isso.

Dois meses depois do casamento, Saba estava quase dormindo quando ouviu a maçaneta da porta girar e lá estava ele. Parado na porta com sua camisa comprida e suas velhas calças de pijama, parecendo ainda menor e mais frágil do que durante o dia. Ela ficou em pânico, pensando no que ia acontecer. Agora, quando ela recorda aquela noite, ela se lembra de três sensações, invadindo-a numa sucessão dolorosamente lenta. A primeira foi o arrependimento que fez seu estômago revirar – *Por que eu não fui para Teerã? Qualquer outra moça teria ido para Teerã.* Ela se lembra de ter apertado os lábios e espiado com os olhos quase fechados para ver o que ele faria, e depois de ter ouvido os passos dele se aproximando da cama e de ter odiado a si mesma por ter feito a escolha racional. Ela se lembra dele subindo na cama e da repulsa que a invadiu quando a calça do pijama deslizou para cima e ela viu ali no escuro seus tornozelos enrugados e cheios de veias.

Será que ele sabe que eu estou acordada? Ela pensou, e então resolveu fingir que estava dormindo, ainda agarrada ao cobertor para se proteger. Tentando parecer que estava dormindo calmamente, ela virou de cara para a parede. E, então, aconteceu. Abbas chegou para perto dela e pôs a cabeça ao lado da dela no travesseiro. Ele se esticou e puxou as cobertas dela sobre o corpo. Ela prendeu a respiração quando ele estendeu um dedo ossudo e acariciou seu cabelo. Ele enterrou a barba em seu pescoço e adormeceu quase que instantaneamente, suspirando por causa dos incômodos e preocupações do dia, certamente, e depois roncando baixinho contra o seu cabelo.

Saba passou a noite toda gelada, vigiando seu corpo o tempo todo. Ela planejou como adiar o pesadelo inevitável com mentiras e promessas e truques. Mas logo ela também adormeceu, e quando acordou, três horas depois, Abbas ainda estava dormindo com o queixo barbudo enterrado em seu pescoço. Foi então que a segunda sensação tomou conta de Saba: um doce alívio. Ela se desvencilhou com cuidado dos braços frágeis de Abbas, foi até o quarto dele e pegou uma roupa. Vestiu-se rapidamente e foi para a cozinha preparar o café. Lá, na cozinha, ela experimentou a terceira sensação daquela estranha noite: uma possibilidade animadora. Será que Abbas estava velho demais para... aquilo? Talvez ela nunca tivesse que fazer mais do que *isto*.

Na noite seguinte, Saba esperou para ver se a visita da noite anterior iria repetir-se. O dia todo, Abbas não tinha mencionado nada para Saba. Mas ele pareceu um pouco mais alegre do que o normal. Ele só reclamou uma vez do iogurte, e quando viu que o chá estava quente demais só resmungou e soprou para esfriá-lo. Saba começou a temer que a noite anterior tivesse sido apenas um quebra-gelo e que Abbas iria querer mais esta noite. Mas, de novo, o velho entrou sorrateiramente no quarto, sem fazer barulho, enfiou-se debaixo das cobertas e encostou a cabeça cansada nos ombros de Saba, adormecendo quase que instantaneamente.

Dezesseis noites e nada mudou na cama de Saba, exceto umas poucas demandas variadas por parte de Abbas. Algumas noites, ele a puxava para junto dele e passava um braço murcho ao redor do corpo dela. Outras noites, ele reclamava do frio e resmungava que ela não devia virar de costas para ele. Frequentemente, ele pedia para ela coçar seus ombros e suas costas, uma tarefa que causava repulsa em Saba, dado o volume de pele seca que se soltava e dos pelos no corpo dele. Depois, ele dizia, "Obrigado, criança", de um jeito um tanto tímido. Após algum tempo, ele começou a ir para o quarto dela antes de ela se deitar e a executar seus longos rituais de antes de dormir ao lado dela, pedindo a ela para misturar xarope de cereja com água gelada na sua vasilha de remédios. Ela assistia a ele toda noite cortar exatamente um milímetro das unhas, aparar os pelos dos braços com uma tesourinha e dobrar suas meias sujas em quadrados perfeitos antes de colocá-las na pilha de roupa para lavar. – Tem sempre alguém olhando – ele dizia – e é bom que saibam que eu sou limpo e arrumado. – Em pouco tempo, os temores de Saba começaram a diminuir. Abbas não parecia ter nenhuma intenção de consumar o casamento, pelo menos não de uma forma diferente da intimidade banal e tortuosa de vê-lo cuidar de si mesmo. Toda noite ela o observava e calculava todas as doenças mentais que não eram tratadas naquela pequena cidade. Todo dia, ela dizia a si mesma para relaxar. Ele era velho. Ele obviamente só queria uma esposa para proteger sua imagem. Ela não era mais do que um par de meias perfeitamente dobradas. Ela não tinha nada a temer. Mas algo dentro dela queria ter certeza, colocar um fim naquele horror diário. Uma manhã, ela decidiu dizer alguma coisa.

Ele tinha acabado de perguntar se ela tinha dormido bem.

– Sim – ela disse timidamente, e em seguida: – Abbas...

– O que é? – ele disse. Eles estavam sentados na pequena mesa de madeira na cozinha.

Ela hesitou. Ela queria que ele soubesse, sem se sentir ofendido, que ela preferiu manter o arranjo entre eles do jeito que estava. Finalmente, ela disse: – Eu não posso dar filhos para você. – As palavras saíram de sua boca sem nenhum floreio, como lixo atirado pela janela de um carro em movimento. Ela se arrependeu imediatamente da estupidez da mentira.

Abbas parou de tomar seu café e levantou a cabeça. Suas bochechas balançavam enquanto ele mastigava. Nos olhos dele, Saba pôde ver que ele sabia por que ela tinha dito isso. Ele riu baixinho.

– Sim. – Ele engoliu. – Na minha idade, um homem só quer alguns pequenos prazeres que tornem a vida mais confortável... eu já passei desse tempo na minha vida.

Saba sentiu pena dele. Ela quis fazer algum elogio, então ela disse: – Você não é tão velho assim. – E então ela se arrependeu, achando que ele poderia tomar isso como sendo um convite.

Abbas parecia triste. – Não, não teremos filhos – ele disse olhando para o prato. Então ele acrescentou: – Mas você vai ser rica. Isso não vai fazer falta para você.

Ela pôs outra fatia de queijo no prato dele. – Eu não quero ter filhos – ela disse.

– É mesmo? – Ele pareceu despertar. Isso é porque você quer ser uma intelectual?

– Sim. – Ela sorriu. Um bebê a amarraria ao Irã. Ela não poderia sair sorrateiramente à noite nem conseguir um visto para a América a menos que deixasse a criança para trás, como sua mãe tinha feito.

– Então você é feliz – ele perguntou – tendo apenas nós dois nesta casa grande e vazia?

– Sim – Saba disse, embora uma parte dela já estivesse lamentando uma perda. Quanto tempo isto duraria? Ela jamais teria que dormir com um velho, um alívio, mas será que ela jamais sentiria a alegria de estar com alguém que pudesse amar? Quando ela teria uma chance de despertar? Quanto tempo mais até poder fugir? Ela misturou os remédios matinais dele num perfeito coquetel de cereja com bastante gelo e melado. Ele sorriu ao beber um gole.

– Sabe, minha última esposa era muito gorda – Abbas disse, estufando as bochechas. Saba riu com a boca cheia de chá. – É verdade. É verdade. Ela era um *khepel*. Mas eu estava sempre quente à noite. Quando ela morreu, essa foi a primeira coisa que eu notei. Esta casa é muito fria e cheia de correntes de ar, não é? Saba concordou. – A segunda coisa que eu notei foi que não havia mais cheiro de picles. Ela costumava fazer conservas de tudo, a doce mulher. – Ele suspirou e comeu mais um pouco antes de se levantar para fazer sua caminhada matinal pela aldeia. Quando se dirigia para a porta, ele se virou e disse: – Saba jan, enquanto vivermos nossas vidas do jeito que queremos, não há motivo para ninguém saber... a respeito da nossa intimidade...

– É claro – ela disse, deliciando-se com sua recém-descoberta liberdade e sem entender completamente a apreensão de Abbas, a ameaça potencial à sua reputação e ao seu orgulho.

– Tenha um bom dia, criança. Não leia demais. Você vai gastar a vista.

Então, meses depois, Saba está feliz. Às vezes, quando está sozinha e não consegue afastar os pensamentos, sua pele se lembra do toque de pés descalços na despensa ou de mãos úmidas segurando as dela. As fantasias não têm rosto, e ela finge que está sonhando com uma versão mais jovem do seu marido, com um amor adolescente de décadas atrás. Existe um certo romantismo nisso. Ela vai ser leal ao marido, ela decide, e ficar alegre – os desejos noturnos que se danem.

Ela passa a maior parte dos dias na casa do pai porque se sente bem na casa onde ela tem centenas de lugares secretos para esconder músicas ou livros ou revistas que ela ainda compra do Tehrani. Abbas não insiste em ir com ela; ele gosta de passar os dias do lado de fora, fumando, jogando gamão e contando histórias ao lado de outros homens na praça da cidade. Além disso, o pai gosta da companhia dela, e ela o ajuda a suportar o fardo dos visitantes frequentes na hora das refeições. Ultimamente, Khanom Omidi e os idosos Khanom e Agha Mansoori têm ido sempre à casa do pai dela, e Saba passa inúmeras tardes na companhia deles – ouvindo histórias, descascando pepinos, adoçando chá. Ela observa o casal idoso alimentar um ao outro com uma variedade de purês – polpa de maçã amassada numa tigela, raspas de melão num copo com gelo, pudim de açafrão com água de rosas mas sem amêndoas – e começa a se imaginar uma velhinha, não uma viúva, mas uma esposa amada. Dentro de setenta anos, talvez seu marido raspe frutas para ela. Ela tem tantos anos para viver depois de Abbas, ela pensa. Existem tantas maneiras de esta história terminar.

Uma friagem de primavera ainda está no ar. Então ela prepara um fogareiro quente para esquentar os pés do trio que ela coloca sob o grosso cobertor *korsi* aos pés deles. Eles agradecem, dizendo que o casamento a tornou extradoce, extrassensível às necessidades dos mais velhos. Um *korsi* é um regalo na amena Shomal, onde um aquecedor é suficiente. Que Deus a abençoe, eles dizem.

– Saba jan, estão precisando de você na casa de Khanom Basir. – Seu pai aparece usando uma camisa fina e calças largas. Ele se junta ao casal idoso sob o *korsi* e começa a soprar no seu hookah, mandando suas lembranças para as mulheres da vida de Saba por meio de baforadas de fumaça.

Agha Mansoori está tirando as sementes de uma romã. Ele tira punhados de sementes com suas mãos cheias de veias azuis e as joga numa tigela. As sementes balançam, deixando manchas cor de sangue nos lados da tigela de porcelana. Elas caem sobre uma pilha, um mar de pedrinhas preciosas cor de rubi. A esposa dele estende a mão para pegar uma. –Agora não, Khanom. Espere até a tigela estar cheia, aí você pode pegar vinte de cada vez, com uma colher. – Ela larga a semente, e uma expressão culpada aparece em seu rosto. – Não, não. Você começa. E se, na nossa idade, nós não conseguirmos chegar ao fim?

Tanto sentimento por causa de uma semente de romã. Às vezes, em momentos de tristeza, Saba pensa no que poderia estar perdendo. Ela tem vivido com tantos tipos de afeto. Ao se levantar para sair, Saba ouve a voz frágil de Khanom Mansoori, aguda e trêmula como velhas cordas de violino. – Quem tem uma boa história para nós?

Faz muitos meses desde que Saba, Reza e Ponneh se sentaram em círculo na despensa do pai dela. Faz muitos meses que eles não fumam nem bebem juntos, não contam histórias e riem dos adultos. E, durante todo esse tempo, ela tem pensado diariamente, *Onde ele está agora?* Está nos braços de Ponneh, em algum beco por aí? Está esperando por ela em algum lugar secreto? Embora Ponneh tenha sempre protegido o trio, ela tem menos escolhas de marido que não seja Reza. A guerra com o Iraque levou tantos homens. Saba imagina como foi que Reza escapou dela – algum artifício médico ou talvez pura sorte – já que ele não tem dinheiro para subornos. Ela nunca perguntou por que este é um tópico infeliz e que desagrada aos homens. Embora a guerra já tenha acabado, ela ainda tem sonhos nervosos em que ele é mandado para uma zona de batalha desconhecida ou que é atacado à noite por ladrões ou pela polícia religiosa. Após cada sonho, ela acorda com uma sensação de culpa porque sua mãe lhe ensinou a não sofrer pelos homens, a não condicionar sua felicidade a eles e a encontrar alegria no trabalho e no estudo. Ela obedece à voz da mãe e expulsa Reza dos seus pensamentos, até que o jovem e intrépido companheiro do seu universo onírico se torna de novo anônimo.

Ele poderia ter ficado do lado dela quando eles foram apanhados e poderia ter corrido em sua defesa. Mas foi fraco e não fez nada, e agora ela não o quer mais.

Mas nesta cidade pequena evitar amores passados é um luxo. E agora que Saba está casada, Khanom Basir não sente escrúpulos em visitá-la com pedidos, fofocas e tentativas de conhecer todos os aspectos da sua vida particular. Ela nunca pediu desculpas pelo papel que desempenhou no planejamento do casamento de Saba. Em vez disso, ela usou uma boa dose de *maast-mali* para encobrir suas ações e acha que Saba tem uma dívida de gratidão para com ela. Hoje Saba se ofereceu para fazer compras para as famílias. Ontem ela pegou dinheiro com eles, para carne, pão, ovos, legumes e possivelmente algum esfregão, sabão velho ou pedra-pomes, e agora ela tem que ficar na fila para garantir o jantar de todos. Ela procura na bolsa os cupons extras que seu pai compra no mercado negro – cupons não usados de viciados ou de pessoas com parentes recém-falecidos cujas identidades ainda valem – e distribui para os amigos.

Horas depois, ao chegar na porta da casa dos Basir, carregada de peixe fresco e outras mercadorias, Saba abre a cortina da cozinha e encontra Ponneh e a mãe picando legumes com Khanom Basir e Omidi, a mais velha agachada no chão com suas saias enroladas em volta das coxas, e Ponneh num banquinho, descascando desanimadamente uma cenoura, deixando cair tiras cor de laranja em volta dos pés.

– Você já separou as compras? – Khanom Basir diz sem levantar os olhos.

– Ainda não – Saba diz, cumprimenta todo mundo e beija Ponneh dos dois lados do rosto.

– Pode deixar que eu mesma faço isso. Então Khanom Basir levanta os olhos e acrescenta: – Deus a abençoe.

– Como você está, Saba jan? – Khanom Alborz pergunta. – Não a temos visto ultimamente.

– Bem, ela ainda é recém-casada – Khanom Basir diz com um sorrisinho malicioso que faz Saba estremecer. – Por que ela teria tempo para nós?

– Eu estou sempre na casa de Baba. Sinto não a encontrar lá com mais frequência – Saba diz para Khanom Alborz.

– Ah, é, a minha filha toma muito do meu tempo – Khanom Alborz responde, baixando a cabeça num gesto exagerado de tristeza. – Ela continua piorando. Vocês devem agradecer a Deus por sua saúde, meninas.

– Sim, sim – Khanom Basir torna a se intrometer. – Vocês duas são o retrato da saúde e da beleza. Diga-me, Saba, você está deixando o seu marido feliz? – O risinho malicioso volta e Saba se vira para Ponneh, que faz uma careta e desvia os olhos.

Saba chega mais para perto de Ponneh. Khanom Basir, tirando os olhos por um momento da tábua de corte, se aproxima de Saba e segura o queixo dela. Ela fita Saba quase com ternura, e Saba abre um sorriso tímido e nervoso.

– O seu marido permite que você use maquiagem? – Khanom Basir pergunta. Ela tem uma echarpe xadrez azul e violeta em volta do pescoço. Saba lembra que a echarpe pertencia a Khanom Alborz e imagina como Khanom Basir conseguiu ficar com ela. A echarpe é velha, foi deixada na praia por uma turista – mas tem um nome francês famoso. Khanom Basir

enxuga a testa com ela, como que para dizer que está acima dessas coisas.
– Bem, você é casada agora – ela diz num tom que Saba admite que é quase bondoso. Depois enfia a mão no bolso e tira um pedaço de papel amassado. – Eu encontrei a receita para lavar seus janelões. Toma.

A receita é uma mistura de três ingredientes, principalmente vinagre. Está escrita com uma letra irregular, quase ilegível. Saba agradece à mulher mais velha, que se esforçou para ensinar-lhe tudo sobre os cuidados de uma casa – sua maneira de mostrar que podem ser amigas agora que a questão do casamento foi resolvida. Pouco depois do casamento dela, quando todas as suas mães substitutas foram até sua nova casa e mostraram a ela como guardar seus temperos, desossar o peixe e todas as outras coisas domésticas imagináveis, foi Khanom Basir quem ensinou a Saba a fazer o prato favorito dela mesma, o *gheimeh* perfeito, embora ele fosse pesado demais para o estômago de Abbas. E dois dias depois do casamento, foi Khanom Basir quem levou um substancioso ensopado de *âsh* para "dar energia para ela". E agora ela estende a porção de peixe de Saba, bem embrulhada em plástico. – Quer levar agora ou quer voltar para buscar depois?

– Volto para buscar, obrigada. Esses gestos fazem Saba se lembrar do dia em que ela começou a sangrar e Khanom Basir explicou o que era se tornar mulher para ela no banheiro. Agora ela é uma delas, uma mulher casada, dotada de certa dignidade – embora em seu coração ela não seja mais velha, nem mais sábia, nem menos consumida por desejos egoístas, e, caso isso fosse possível, ela preferiria passar todas as tardes na despensa com os amigos, fumando.

Ponneh leva Saba até a porta, dando o braço a ela. – Da próxima vez, eu dou um sinal e você deixa o peixe do lado de fora.

– Elas vão adorar isso, tenho certeza – Saba diz. Estou vendo que sua mãe deu sua bela echarpe para Khanom Basir. Não é aquela estrangeira que ela ganhou da turista?

– Foi um presente de reconciliação depois de uma das brigas delas. – Ponneh enfia alguns fios soltos de cabelo para dentro do xale e tira uma cabelo da língua. – A respeito da doença da minha irmã e do fato de eu ainda não poder me casar. E de que vou morrer solteirona.

– Não seja dramática – diz Saba. – Como vai Reza?

Com seus travessos olhos castanhos, Ponneh diz: *Não pergunte.* Saba ri. Ela tem pena da amiga. As regras da mãe dela não lhe deixam outra forma de se expressar além de roupas. Recentemente ela tentou estilos de Teerã, usando menos cores e jogando o xale sobre um ombro, empurrando-o para trás para mostrar o cabelo eriçado sobre o rosto perfeito. Saba abaixa a voz e cochicha. – Por favor, Ponneh jan, olhe só para você. Você *deve* ter um namorado... – Ponneh levanta os olhos e sorri, mas Saba continua. – Eu não consigo acreditar que você tenha ficado todo este tempo sem... *alguém.*

Ponneh puxa a manga da sua blusa de algodão cor-de-rosa. – Eu tenho amigos suficientes.

– Não foi isso que eu quis dizer – diz Saba.

– Eu sei o que você quis dizer. – Ponneh olha para ela. – Eu sinto falta de nós três. Reza também. – Quando Saba volta a perguntar, Ponneh a interrompe. – Não se preocupe tanto. Nunca a deixaríamos de fora. – Saba segura a mão da amiga. Ela sabe que Ponneh está tentando evitar que ela sofra, que, sem dúvida, ela e Reza se veem com frequência. Ela pode ver isso no modo como Ponneh evita a pergunta, o modo reflexo com que ela mexe nas unhas e desvia os olhos só por um segundo. Agora Ponneh passa a cochichar também, seus olhos brilhando. – Vou contar um segredo para você. Eu tenho uma *amiga* nova, alguém que eu conheci em... – Aí ela para, e Saba não entende por que Ponneh não quer contar a ela onde esteve.

– Sim? – Saba examina o rosto de Ponneh.

Ponneh revira os olhos. – O nome dela é Farnaz. – Khanom Omidi passa por elas a caminho da porta. Ela se despede de ambas com um beijo e sorri seu sorriso distraído. Depois que ela sai, Ponneh cochicha: – Às vezes é mais divertido com outra *garota.*

– O que vocês duas estão falando? – Khanom Basir grita lá de dentro.

– Não me entenda mal – Ponneh diz. – Isto é só para praticar. Ela vai se casar em breve. Talvez eu também me case algum dia. Mas por ora... – Ponneh levanta uma sobrancelha orgulhosamente, como uma criança apanhada fazendo algo muito feio. Saba não consegue se conter. Ela segura o braço de Ponneh e as duas começam a rir baixinho.

Ela queria muito contar a Ponneh sobre seu acordo com Abbas. Declarar que ela não está dormindo com um velho e que também precisa praticar um pouco. É bom poder brincar com Ponneh sobre coisas íntimas de novo. Mas ela resolve guardar seu segredo. Ela prometeu a Abbas. *É sempre melhor revelar menos,* sua mãe costumava dizer e parece ser um conselho sábio. – Eu também sinto saudade – ela diz. Dos nossos encontros na despensa.

Ponneh limpa um pouco de kohl do canto do olho. – Você acha que Abbas também gostaria de participar? – E elas começam a rir como costumavam fazer quando eram meninas.

– É melhor eu ir. – Saba começa a se despedir e se inclina para dar um beijo em Ponneh.

Ponneh a interrompe. – Olha, eu tenho novidades.

– O que é?

– Você se lembra daquela mulher que nos viu... aquele dia? A amiga da sua mãe? – A voz de Ponneh fica séria e seu rosto assume aquela mesma expressão grave dos meses seguintes ao incidente com Mustafa.

Saba balança a cabeça.

– Dra. Zohreh? Achei que você não a tinha visto.

– Eu não a vi – diz Ponneh. Ela perguntou o meu nome pela cidade e me achou.

– Por que você não me contou? – Saba pergunta.

Ponneh encolhe os ombros. – Era o meu segredo – ela diz, e depois com muito mais amargura: – Foi comigo que aconteceu, não com você. Além disso, você estava ocupada se casando.

Saba começa a se desculpar, mas lembranças vagas da amiga da mãe distraem sua atenção.

– A Dra. Zohreh queria que eu pedisse a você para ir vê-la. Ela disse que há uma coisa que sua mãe queria que você soubesse. – Saba sente um aperto no peito. Ponneh cruza os braços. – Estou pensando em entrar para o grupo delas. O grupo da sua mãe. Sheerzan. – Leoa. Ela ri, se inclina para Saba e diz: – Você vai ter que perdoar o nome. Elas são médicas e engenheiras, não poetas.

– Por que você entraria no grupo? – Saba pergunta. Ela não ouve o nome *Sheerzan* faz uns cem anos e, mesmo assim, só de passagem, durante conversas em voz baixa entre seus pais. Mas consegue recordar o bastante para saber que Ponneh, uma garota de aldeia que largou a escola no oitavo ano, não se enquadra naquele grupo. As amigas da mãe dela eram universitárias e filhas de homens importantes. Por que a médica procuraria Ponneh e não ela? Apesar de indignada, Saba sabe que não arriscaria seu futuro do modo que Ponneh seria capaz de arriscar – seria cruel causar mais preocupações ao pai dela. Ela se pergunta o que a mãe pensaria agora se visse Saba e suas amigas com vinte anos. Reza ainda passando os dias jogando futebol. Saba casada com um velho e Ponneh uma ativista. Ela ficaria perplexa com a ironia da coisa. O quanto será que a Dra. Zohreh sabe sobre o mistério de Bahareh Hafezi?

– O que foi que Mamãe disse a ela?

– Isso é só o que eu sei. – Ponneh encolhe os ombros. Ela levanta uma sobrancelha com um ar coquete e acrescenta: – Foi lá que conheci Farnaz. – Saba tem a distinta impressão de que Ponneh está tentando mudar de assunto. Talvez ela não queira dividir sua nova confidente. Presa numa casa pobre cheia de irmãs, Ponneh raramente tem alguma alegria só dela. Saba dá um beijo na amiga e elas prometem se encontrar na despensa junto com Reza na sexta-feira porque seria uma pena abandonar a maior alegria da infância delas.

Na sexta-feira à tarde, Saba diz a Abbas que vai passar o resto do dia na casa do pai. Ela voltará antes do jantar para ele não ter que comer sozinho. Mas a que horas ela vai cozinhar, ele pergunta preocupado. Ela o tranquiliza dizendo que preparou o jantar de manhã. Mas então ele não vai estar fresco, ele prevê gravemente – Saba não sabe que peixe tem que ser comido imediatamente? Ah, ele não precisa se preocupar, Saba diz, porque eles vão comer carneiro. Evidentemente, Saba esqueceu que Abbas pediu peixe para o jantar. Depois de muito reclamar, Abbas se satisfaz com a promessa de peixe para o dia seguinte e sai. Saba, que planeja sair meia hora depois, volta para o quarto de hóspedes, pega seu estoque secreto de maquiagem e usa apenas um pouquinho. Ouve canções de Paul Simon, disfarçadas no meio de pilhas de teipes de ensino de inglês, e lê *The Captive*, um livro de poesia da renomada poetisa persa Forough Farrokhzad, uma mulher cujas obras estão proibidas e que, como Saba, parou de estudar cedo e se casou jovem. *Ó estrelas,* ela escreve sobre um amor perdido, *o que aconteceu para ele não me querer?*

Saba se demora nesse verso, uma indulgência momentânea. *O que aconteceu?*

Quando tem certeza de que Abbas está longe, sai pelos fundos e vai para a casa do pai. Da outra extremidade da casa, a música de Agha Hafezi chega na cozinha, onde ela entra. Notas suaves atravessam as paredes finas e tocam de leve seus ouvidos. Ele está ouvindo um teipe de músicas francesas. Saba reconhece imediatamente a favorita do seu pai, *Le Temps des Cerises*. Ele a ouve quando está em outro mundo, recostado nas almofadas, desejando uma outra época, os olhos semicerrados contemplando a sala cheia de fumaça com uma expressão de amargura. Ele não entende a letra da música. Mas entende *alguma coisa* dela. A melancolia. A lembrança.

Ela encontra Ponneh e Reza esperando por ela na despensa. Faz seis meses que ela não vê Reza de perto. Ele parece um pouco mudado. O queixo dele está mais redondo e coberto com uma barba mais espessa. A sua pele está mais pálida. Isso fica bem nele.

– Faz tempo que eu não a vejo – Reza diz sem jeito e se inclina para beijá-la nas duas faces. A lembrança daquele outro beijo deixa seu rosto quente e ela torce para que Reza não tenha notado. Ela tenta expulsar as lembranças, diz a si mesma que elas são inúteis, que ele falhou com ela e que não faz sentido construir novas esperanças sobre velhas decepções.

– O que você tem ouvido ultimamente? – ela pergunta, compreendendo que seus esforços para não sentir nada não deram certo. O rosto de Reza se ilumina e ele começa a recitar uma lista de canções – nada de novo.

– Eu aprendi a tocar *Fast Car* no *setar* – diz Reza, sorrindo. O peito de Saba fica apertado ao se lembrar do dia em que eles foram apanhados juntos – Ela deseja muito ouvi-lo tocar a música. Ele tem um talento para fazer qualquer melodia parecer que tem mil anos.

Eles só levam poucos instantes para retirar tudo o que estão trazendo em seus casacos e bolsas, uma garrafa de vinho feito em casa, três cigarros de haxixe, um luxo comparado com ópio, mostrando que seus amigos consideram esta uma ocasião especial, e uma pequena caixa de pão doce *ghotab*.

– Então – Reza diz e espera. Nenhuma das moças diz nada. Ponneh dá uma tragada e sopra a fumaça num ralo que tem no chão, posicionado estrategicamente entre suas pernas cruzadas. – Como é... ser casada?

– Não seja idiota – Ponneh diz e dá outra tragada. – Você conhece a situação.

Reza olha para ela apertando os olhos. – Você está planejando fumar isso sozinha? – Ponneh passa o bagulho para ele. Nenhum dos dois torna a mencionar o casamento de Saba.

– Estou planejando falar com a Dra. Zohreh sobre a minha mãe – Saba diz.

Ponneh presta logo atenção. – Estive pensando e acho que não é uma boa ideia – ela diz. – Eu não devia ter dito nada.

– Quem é a Dra. Zohreh? – Reza pergunta.

– Veja, Saba jan – diz Ponneh. – Ela não pode ter nenhuma informação nova. Se tivesse, se sua mãe tivesse entrado em contato com ela, ela teria ligado para o seu pai, certo? Eu já contei tudo para você, e não é bom se afligir com coisas que sua mãe disse anos atrás.

– Mas você *não* me contou tudo – diz Saba. – Como o que o grupo faz exatamente. – Ela tenta localizar a Dra. Zohreh em suas lembranças e se lembra vagamente da mãe viajando várias vezes e passando dias fora para encontrar pessoas que Saba não conhecia. Ela acha que a Dra. Zohreh talvez a tenha visitado uma vez no hospital e tenta recordar os dias próximos àquela noite na praia. Mas para quê? Esta conversa é como fixar-se numa fita cassete quebrada ou numa lista perdida. Ela sabe cada palavra da informação perdida, mas tem uma necessidade obsessiva de procurar por algo que talvez tenha deixado passar.

– Quem é a Dra. Zohreh? – Reza torna a perguntar, mais alto desta vez. Ponneh respira fundo. Ela olha zangada para ele e coça uma sobrancelha bem aparada com a ponta da unha cor de pêssego – um desafio sutil à polícia religiosa, à acuidade de sua visão.

– Eu ainda não me filiei a nada – Ponneh diz. – O nome é *Sheerzan*... a mãe de Saba e a Dra. Zohreh fundaram esse grupo depois da revolução.

– Para que serve o grupo? – Reza pergunta.

– Para as mulheres, o que mais poderia ser? – Ponneh ri, como se fosse óbvio.

– Eu não gosto disso – diz Reza, sacudindo a cabeça. – Você vai arranjar mais encrenca.

Saba brinca com o isqueiro. – Reza tem razão. Você devia desistir disso.

Ponneh dá uma risadinha de desprezo. – O que é que vocês dois sabem? Não foram vocês que... – Ela para e tira alguma coisa da língua. Então, passado um momento, ela encolhe os ombros e diz: – Elas têm uma cabana nas montanhas, logo acima do mar. É lindo lá. – Seus olhos vermelhos se abrandam e ela torna a se recostar nas prateleiras.

– Você *esteve* lá? – Reza pergunta. – Não posso acreditar!

Ponneh o ignora. – Elas são *incríveis*. Elas me contaram que as mulheres persas são feitas de fogo por dentro. – Ela bate no peito com a mão livre. – Esses mulás e *pasdars* sabem disso. E o que é que você faz quando quer apagar um fogo? Você joga um pano grande e pesado sobre ele, privando-o de oxigênio. E foi isso que eles fizeram conosco. Não é poético?

A mãe de Saba costumava dizer coisas semelhantes quando foi obrigada a cobrir as cabeças das filhas com xales, um ano ou dois depois da revolução de 1979 e quando viu pela primeira vez aquele monte de figuras pretas, cobertas, amorfas, nas ruas. *Gralhas.* Fileiras e fileiras de gralhas. Fileiras e fileiras de fogos apagados. Será que este grupo teve alguma coisa a ver com o desaparecimento dela? Será que ela foi para a prisão por causa dele? Qual foi o crime que ela cometeu do qual o marido não era também culpado, sendo como ela um cristão convertido? As lembranças estão confusas demais e ela se ressente pelo fato de a mãe a ter deixado com tão pouca assistência.

– O que é que elas fazem? – Reza pergunta. – É ilegal?

Ponneh pega um pedaço de pão *ghotab.* – Como eu disse, elas têm uma cabana nas montanhas, perto do mar. E elas pesquisam atos de violência cometidos contra as mulheres em todo o país. Elas os documentam – escrevem sobre eles e os fotografam secretamente para os jornais americanos.

Saba reflete sobre o timing da mensagem da Dra. Zohreh sobre sua mãe, seus motivos para tentar falar com ela agora. A Dra. Zohreh não apreciaria muito Saba se soubesse o que ela tinha feito, que ela tinha desistido da universidade para se casar com um velho rico, um muçulmano que podia encobrir a religião que sua mãe tinha ostentado. Lá no fundo, Saba sabe que não é mais uma rebelde apesar da sua música, que ela trocou os ensinamentos da mãe por seus planos seguros.

Confie em mim, Saba costumava dizer para a mãe quando tinha apenas cinco anos de idade. *Eu sei um monte de coisas.* Sua mãe costumava rir ao ouvir isso, e Saba imagina que ela não levaria essas palavras mais a sério agora do que naquela época. Se ela soubesse o endereço da mãe na América, ela gritaria as palavras num gravador e mandaria para ela. *Confie em mim. Eu sei um monte de coisas!* Só que Saba não sabe nem se a mãe foi para a América. Talvez ela esteja numa cela. Tudo o que ela tem é a figura esfumaçada de uma mulher e uma menina no terminal de um aeroporto e uma Mahtab fora de foco olhando para ela com a culpa e a vergonha por estar deixando-a para trás. Será esta uma lembrança falsa? Ultimamente, seus pesadelos do *pasdar* empunhando uma faca cessaram. Ela não precisa apostar sua vida em alguma verdade neste momento. Começou a procurar pela mãe e escreveu duas cartas para a Prisão Evin no nome de Abbas e guardou segredo disso por causa do pai.

Os olhos de Reza estão arregalados e ele se esqueceu do haxixe e do álcool. – Isso é muito pior do que eu pensei – ele diz, coçando a cabeça.

Saba suspira. Isso não vai dar em nada. – Que tipo de atos de violência? – Ela murmura, tentando imaginar a cabana perto do mar no meio das vilas ou nas montanhas cheias de árvores.

– Elas me mostraram caixas escondidas por toda a cabana, Ponneh continua. Panfletos, fotos, cartas escritas à mão e à máquina. Tudo isso é mandado para a América, Inglaterra, Austrália, França – mas também para Rasht, Tabriz, Teerã, Isfahan. Elas enviam o material para jornais e televisões. Para pessoas que deveriam saber dessas coisas, mas não sabem. E também enviam panfletos para o interior do Irã, para mulheres que poderiam entrar para o grupo. É mesmo um trabalho fantástico.

Ponneh tira uma foto do bolso. Uma foto de uma mulher com a cabeça raspada e cicatrizes de uma surra recente de chicote que desfigurou suas belas costas. Embaixo da foto tem uma legenda: "Crime: xale empurrado para trás pelo vento." Saba nota o quanto é belo o rosto da mulher e olha para Ponneh, que está roendo as unhas. Percebe a hesitação de Ponneh em compartilhar seu segredo, estas amigas, com ela, porque, afinal, Ponneh teve uma experiência que Saba não teve. A mulher da foto, provavelmente, jamais poderia ser suficientemente piedosa. Jamais poderia ser obediente o bastante. Porque o crime dela estava em seu lindo rosto. – Não é grotesco? – Ponneh diz, com um tom de voz seco e duro.

– Não seja tão vaidosa, Ponneh jan – Reza diz, como que reagindo a algo inteiramente diferente, a alguma conversa particular num outro dia.

– Bem, essa é exatamente a reação que a Dra. Zohreh deseja – Ponneh diz. – Indignação. Eu acho grotesco que a pobre moça... não... que *eu* tenha que carregar estas marcas para sempre. E se eu me casar? – A voz dela treme e ela se encolhe como se pudesse sentir os machucados. Segundo Khanom Omidi, eles não estão cicatrizando e partes da pele de Ponneh ficaram para sempre insensíveis e descoloridas. Os nervos foram danificados. Mas ela tem sorte de não ter tido nada na coluna.

Reza balança a cabeça. – Ponneh, você é linda – ele diz, como se também pudesse sentir os machucados.

Saba solta uma baforada de fumaça no ralo. – A *mais* linda – ela diz, e acaricia o ombro de Ponneh. – Não fique triste. Não na Despensa dos Prazeres Terrenos.

Ponneh sorri de leve. Por mais alguns minutos, ela descreve as coisas terríveis que aconteceram não muito longe, enquanto Saba analisa sua própria vida, sua sorte, o destino que ela construiu para si mesma. Alguma coisa a respeito do grupo da Dra. Zohreh parece esquisita para Saba – não tanto como lutar, mas, sim, se adaptar. Não abandonar este país condenado, mas se contorcer até a presente situação ficar suficientemente confortável. Ela prefere o seu jeito, o seu jeito muito mais lógico de passar despercebida até poder se libertar. Ela tem um casamento que permite que se locomova e planeja seu futuro sem chamar atenção, enquanto que a Dra. Zohreh está mandando fotos para aliados sem rosto no estrangeiro – políticos e repórteres que talvez nunca respondam. Gritando no vazio ocidental para amigos que talvez nem mesmo existam.

Quando Ponneh termina, eles ficam em silêncio. Eles deveriam sentir-se mal, mas estão acostumados a este trio bizarro que criaram. Cada um buscando alguma coisa. – Por favor, não entre para o grupo – Reza diz.

– Não se preocupe, eu não entrei – Ponneh diz e passa a garrafa para Saba.

Eles passam mais uma hora com a garrafa, os doces, conversando com Reza que cantarolava baixinho. Se estivessem sozinhos, Saba pediria a ele para cantar alguma coisa. Eles ouviriam a música dela com o fone de ouvido de metal esticado para caber nos ouvidos deles dois, como costumavam fazer quando eram crianças. Quando Ponneh vai ao banheiro, Reza se inclina, toca a mão de Saba e murmura,

– Você me perdoa por aquele dia? Desculpe por eu não ter tentado com mais empenho. – Ela balança a cabeça e desvia os olhos. Ele cochicha no ouvido dela. – Quando o velho morrer, você vai estar no auge da sua beleza.

Ela o empurra e se distrai fazendo uma lista mental das melhores maneiras de abordar a Dra. Zohreh. Ela quer fazer isso sozinha, sem Ponneh.

– Não torne a fazer esse joguinho comigo – ela diz. – Nós não somos crianças. É insultante.

Só morra por alguém que pelo menos tenha paixão por você – Khanom Basir disse a ela uma vez.

Ele parece confuso. – Eu não estou brincando – ele diz. – Você é minha amiga, Saba jan. Você acha que eu posso simplesmente substituir meus amigos como se eles nunca tivessem existido? Seu lugar está vazio aqui. – Ele pega a mão dela e coloca sobre o peito, mas ela a retira. – Eu trouxe uma oferenda de perdão para você, a melhor que pude comprar. Fui até Rasht para isso. – Ele tira do casaco um livro velho com a lombada rachada. – Histórias americanas – ele diz orgulhosamente, e ela o aperta contra o peito e decide jamais revelar que o livro é em alemão ou holandês. Ele diz: – Eu até tentei fazer amizade com o velho, o seu Agha Abbas, para poder visitar você. Ele estava na praça e eu lhe perguntei quem era seu poeta favorito e me ofereci para fazer compras. Fiz tudo o que pude. O velho arrogante achou que eu queria dinheiro e me enxotou.

Isto faz Saba rir, e ela o empurra de novo bem na hora que Ponneh volta. – O que aconteceu de tão engraçado? Eu preciso de uma boa piada. – Ela torna a acender um cigarro e se senta de pernas cruzadas no seu canto.

De repente, a porta da despensa é aberta de supetão e Ponneh engatinha para jogar as guimbas de cigarro no ralo. A garrafa está vazia, mas Reza a deixa cair e ela rola no escuro, batendo nas latas de comida. Saba pensa em todas as desculpas possíveis e se decide pela tática do *Eu sou casada e livre para fazer o que quiser*. Mas, antes que possa dizer qualquer coisa, ela vê o rosto pálido do pai, quase curvado na porta, os olhos vermelhos, o olhar tão fora de foco que ele não pode ter notado o contrabando.

— Crianças, temos que ir — ele diz num tom calmo. — Saba jan, vamos, minha querida.

Saba jan sente um buraco se abrindo no mundo. Alguma coisa preciosa se foi e em poucos segundos seu pai dirá a ela o que foi perdido. Ela põe a mão na garganta e começa a tossir. Reza corre para abraçá-la, um hábito de antigamente, mas recua porque o pai chega primeiro. Ela engole com força, mas a água é tão profunda que ela não consegue sair.

— O que aconteceu? — Ponneh pergunta baixinho.

— É Khanom Mansoori... — diz o pai dela e depois para. Saba o vê mudar de ideia, alterando as palavras que ele tinha planejado dizer possivelmente desde a hora em que fechou a porta depois de receber a notícia. Ele olha preocupado para a mão dela na garganta, e Saba a retira imediatamente. — Agha Mansoori está sozinho agora. Ele vai precisar da sua ajuda.

O trajeto da despensa até a casa de Agha Mansoori é um borrão. O pai conta a eles o que aconteceu, que Khanom Mansoori morreu dormindo, aninhada nos braços do homem com quem ficou casada quase setenta anos. Saba tenta imaginar a cena e é fácil fazer isso. — Agha jan — ela murmura para ele ao adormecer. — Minha boca está seca — e ele se levanta do colchão para pegar água para ela. Quando volta, ela está respirando docemente, e ele coloca a água ao lado do colchão. Talvez ele acenda um lampião a óleo. Ele a toma em seus braços. Quando ele acorda, a pele dela está fria e cinzenta. A água não foi bebida. E ele grita e chama por Agha Hafezi para levá-lo dali.

Saba não consegue imaginar o que tudo isso vai significar. Khanom Mansoori nunca foi o centro das atenções, mas ela era uma parte essencial da vida em Cheshmeh. Ela era uma ouvinte, uma consoladora, uma incentivadora, uma dorminhoca. Como a vida vai poder continuar sem ela? Quem vai pedir histórias sobre Mahtab? Em que ouvidos atentos irá cair o legado de Mahtab?

Durante um dia inteiro, Agha Mansoori se recusa a permitir que ela seja enterrada. — Prometi a Khanom que seríamos enterrados juntos no mesmo chão. — Está sozinho, parecendo nu e acabado, e a lembrança que ele desperta em Saba é a do dia em que o casal assistiu a *Laços de família* com ela, americanos de televisão em seu mundo resplandecente. Ele disse, *que vergonha que vergonha,* e não permitiu que Saba desligasse a televisão. Ela pensa se algum dia haverá alguém que possa ser enterrado ao lado dela, alguém que não Mahtab. Alguém que não nasceu ao lado dela, mas que encontrou um lugar ali.

– Mas, Avô, seja razoável – a neta de Agha Mansoori, Niloo, pede. Um grupo de vizinhos está reunido no depósito da casa de Agha Hafezi, o único lugar suficientemente amplo e frio para se colocar um cadáver. – Nós temos que enterrá-la *agora*. É a lei islâmica.

– Por favor, o velho implora numa voz rouca. – Dê-me apenas dez dias para morrer.

Saba segura o braço de Ponneh e fica aliviada ao ver que não é só ela que está tremendo.

– Querido Agha Mansoori! – diz o pai de Saba. – Não diga isso.

– Depois que ela for enterrada, não podemos mais incomodá-la. Mas, se esperarmos... Tenho certeza de que iria querer esperar por mim. – O velho balança a cabeça com segurança, mas quando ergue os olhos todos desviam o olhar. Ele olha em volta, atônito, sem conseguir compreender o mundo. À esquerda dele, Khanom Omidi está chorando com um lenço nos olhos. Ele se vira e vê Saba num canto, com a cabeça baixa, rezando. – Saba Khanom. – Ele olha para Saba com um olhar suplicante. – Eu imploro. Convença-os. Você é boa com as palavras, criança. Diga a eles que não posso mandá-la sozinha para aquele lugar escuro. Diga a eles para esperar dez dias para enterrá-la. Anda, querida. – Em seguida, Agha Mansoori enterra a cabeça nas mãos e chora convulsivamente. Agha Hafezi se vira e olha para Saba, que parece assustada, incapaz de tomar uma decisão.

– Eu... – Saba começa.

– Toda essa conversa de morte – diz Abbas. Ele soa muito frágil, muito obcecado com a própria mortalidade. Saba fica enojada da sua escolha. Ele pede licença, vai para casa e não volta.

– Vocês, crianças – diz Agha Mansoori. Eu posso ser velho e ignorante, mas conheço a minha esposa. – Ele enxuga o rosto e faz uma careta que imagina ser profética. Ele reúne toda a sua energia, mas mesmo assim suas ameaças são ditas numa vozinha fraca. – Ela vai assombrar todos vocês.

Saba vai até ele e põe um braço ao redor do seu ombro. Ele funga e aponta para eles com um ar profético. Agha Hafezi suspira. Ele implora, tenta acalmá-lo, faz um discurso eloquente sobre vida, morte e eternidade. O velho soluça baixinho. Em seguida, no silêncio carregado com a preocupação e as expectativas das famílias ali presentes, ele soluça sobre um lenço encardido e mostra que não estava prestando atenção. – Dez dias não são muito. Mas estou cansado, Agha jan. Acho que não vou durar muito.

– Eu não sei o que fazer – Agha Hafezi, frustrado, diz para ninguém em particular. De alguma forma todo mundo sabe que Agha Hafezi, e não a família Mansoori, tomará a decisão. Ele esfrega os olhos com o polegar e o indicador, exausto. O velho se apoia no braço de Saba.

– Ehsan jan. Eu prometo parar de incomodar você daqui a dez dias – ele diz.

Saba recorda o dia em que sua mãe e Khanom Mansoori a ensinaram a espalhar massa de pão dentro do *tanoor* do avô dela na cozinha da casa. Quantos dias antes do incidente do aeroporto foi isso? Sua mãe desapareceu uma semana depois? Um mês depois? Naquele dia, Khanom Mansoori disse a mesma coisa para a mãe de Saba – porque ninguém mais tinha um *tanoor* e ela queria fazer pão para o irmão dela que veio do Sul e não estava acostumado a comer arroz em todas as refeições. *Eu prometo parar de incomodar você dentro de poucos dias.*

– Isso é loucura. Nós não vamos permitir que você faça *isso* a si mesmo – diz Agha Hafezi.

– Não há o que fazer, Agha jan. Estou velho. E faz muito tempo que não durmo bem.

Então eles esperam. Khanom Mansoori é lavada, embalsamada, e guardada no depósito cavernoso da casa de Agha Hafezi, a poucos passos da casa com sua cozinha ocidental e sacos de arroz, um velho *tanoor* de fora da cidade, e a amada despensa de Saba.

No dia seguinte, o Mulá Ali faz uma visita. Quando sabe do plano, fica lívido. – Eu não vou permitir. Está errado, e vai contra a lei islâmica. Ela tem que ser enterrada imediatamente.

Saba nunca odiou mais o mulá. E todas as leis que ele burlava para seu próprio prazer? E as festas? E Mustafá, que não foi castigado? Sem dúvida agora não é hora de ser severo.

– O que o senhor sugere? – ela pergunta friamente.

O mulá pensa um pouco e se vira para Agha Hafezi. – Vamos enterrá-la agora e diremos a ele que ela ainda está no depósito, só enquanto ele ainda está no auge da dor. Depois mandaremos fazer a lápide com os nomes dos dois para satisfazê-lo. É claro que vamos precisar de uma de verdade também. Tenho certeza de que daqui a algum tempo ele vai ceder, e vamos poder marcar o túmulo dela com sua própria lápide – ele acrescenta em Gilaki. – Hafezi, você pode providenciar isso?

– É claro – diz o pai de Saba, disposto a pagar o que for para tirar o corpo do seu depósito. É uma boa solução, cheia de meias verdades e *maast-mali*.

Durante dias, Saba mantém uma vigília constante sobre o triste viúvo, certificando-se de que ele não faça nenhum mal a si mesmo. Ela conta histórias para ele, mostra todos os seus programas favoritos de televisão, tenta convencê-lo a comer e mantém a mentira – que Khanom Mansoori está esperando por ele no depósito e que não pode visitá-la porque ela tem que ser mantida fria e seca. *Ah, sim, está tudo bem*, ela murmura, como se estivesse mentindo sobre um parente na cadeia. Logo ela percebe que não deveria preocupar-se com suicídio, já que Agha Mansoori considera isso um pecado. O mais preocupante é que o velho está determinado a ter uma morte natural para poder juntar-se à esposa. Ele faz todo o possível para enganar o destino. Tira os rótulos dos seus remédios, e Saba tem que se certificar de que eles estão em seus frascos corretos depois de cada uso (eles nunca estão), ele se "esquece" de apagar o gás do fogão, deixa entrar o ar gelado pelas janelas sempre abertas da sua casinha de madeira e palha. Num dia bom, quando ele conversa, ela fica sabendo que ele comeu a mesma coisa toda semana por mais de cinquenta anos: o *baghaleh ghatogh* da esposa com arroz. Saba o viu comer este prato antes, sempre com um pratinho de alho em conserva ao lado e pilhas de arroz branco, sem usar nenhum utensílio, apenas as pontas do polegar e de dois dedos para amassar os grãos formando bolas amanteigadas. Saba sempre se impressiona com a quantidade que ele consegue pegar só com aqueles três dedos. Talvez ela tente preparar o famoso prato de Khanom Mansoori para ele. Afinal de contas, é obrigação dela mantê-lo vivo.

Por alguns dias, ela se esquece da Dra. Zohreh e de todas as injustiças praticadas contra as mulheres, dedicando-se a este homem frágil. Várias vezes, quando Saba tenta preparar a especialidade da esposa para ele, Agha Mansoori faz uma série de comentários tristes e evasivos.

– Um pouco mais de alho, criança. Não, um pouquinho menos de endro... bem, não importa, eu vou morrer em breve. – Ele fica curvado perto dos ombros de Saba, seu corpo protestando contra o ato de ficar ereto – bem como de comer e respirar –, seus olhos acompanhando atentamente a mão dela. Ela põe de molho os grandes feijões-vermelhos e os descasca. Agha Monsoori observa enquanto ela os frita usando a quantidade certa de alho, endro, cúrcuma e ovos, conforme instruções dele. Ela despeja a mistura sobre uma cama macia de arroz branco, sem economizar na manteiga em cada etapa do processo. No fim, ele come um pouquinho e diz: – Você tentou, Saba jan, você tentou. Mas não consigo sentir o gosto da mão dela.

– Dá para comer assim mesmo? – ela pede e, quando ele come, ela se sente gratificada, como se tivesse feito um grande favor a ela.

No sétimo dia depois da morte da esposa, Agha Mansoori supervisiona os preparativos de halva e passas para serem dados aos amigos. – Temos que ter bastante, Saba jan, porque, se adoçarmos as bocas de nossos vizinhos, eles irão rezar pela alma dela, o que é essencial se formos nos reunir dentro de poucos dias.

– Tenho certeza de que ela já está no céu – Saba diz, certa de que mesmo um Deus cristão ficaria com Agha Mansoori perto de si. Ela conta a halva assim mesmo, só por precaução.

Ele resmunga como se estivesse amedrontado: – É melhor prevenir. – Então ele pede que ela prepare exatamente a mesma quantidade de halva e passas quando ele morrer.

Quando caminha pela cidade, distribuindo a halva com Saba, Agha Mansoori canta louvores à adorada esposa. Como um jovem amante, ele diz o quanto ela estava bonita no dia do casamento deles, elogia a doçura com que ela cuidou da família, o carinho com que ela decorou a casa deles. Ele prossegue falando na "mão maravilhosa" que a mulher tinha na cozinha, e Saba promete a si mesma que também terá isso um dia, mesmo que tenha que esperar cem anos e sobreviver a todo mundo. Talvez ela tenha isso com Reza ou talvez ela encontre seu amado muitas décadas à frente. Ela será sua enfermeira quando ele estiver velho e frágil e não houver mais ninguém para cuidar deles dois.

Oito dias se passam e Saba fica preocupada. Ela vê as rugas no rosto marrom de Agha Mansoori se transformarem em sulcos no interior dos quais seus olhinhos castanhos desapareçam. Ela vê suas bochechas penduradas e sua corcunda mais pronunciada do que nunca. O que vai acontecer quando terminar o prazo? Como este pobre velho irá continuar vivendo? Ela divide seus temores com o marido, que já passou pela dor de perder uma esposa.

– Ele vai continuar vivendo – Abbas diz com simplicidade. – Ele vai superar isso.

– Mas ele parece tão fraco... – ela diz. – Ele está decidido a morrer.

– Não se preocupe, criança – é a resposta de Abbas.

Saba olha para o marido e fica fortalecida pela expressão calma no rosto dele. Ela se lembra do modo terno com que Agha Mansoori olhava para a esposa enquanto preparava seu purê de frutas ou soprava seu chá e o que ela um dia sentiu por Reza. Essas coisas ainda são possíveis, mesmo aqui. Ela sente uma profunda coragem, um desejo de fazer um esforço em prol de si mesma, uma consciência do seu próprio corpo moribundo. E do de Abbas.

– Abbas – ela diz timidamente. – Posso pedir-lhe uma coisa?

– Qualquer coisa, *azizam*.

– Espero que você saiba que eu sou muito feliz com você. – Abbas sorri e Saba se sente encorajada a continuar: – Mas nós somos muitos distantes... em idade.

Ela percebe que Abbas – como todos os homens costumam fazer – entende que ela já está lamentando a possibilidade de sua morte. – Nós ainda temos muitos anos de vida juntos – ele a tranquiliza.

–Sim, mas depois... – Saba abaixa os olhos. *Eu ainda vou ser uma virgem.* Eles não discutiram mais o acordo entre eles desde aquela manhã, dez meses atrás. Abbas fica calado; então ela continua. – Você gostaria que eu me casasse de novo?

Saba imagina se deve dizer a ele que não contou a ninguém sobre seus fracassos íntimos e que nunca irá contar. O sorriso sumiu do rosto dele e ela teme já ter falado demais. Ele não pode gostar de ter a juventude dela, e as possibilidades que a aguardam depois da morte dele, colocadas diante dele.

– Por que esta conversa? – A voz dele está mais irritada.

O que Saba quer perguntar, a coisa que ela mais deseja é que ele afirme em particular, numa carta dirigida apenas a um futuro marido, a não consumação do casamento deles. Sem dúvida isto não fará mal algum. Sem dúvida ele deve entender que ela tem todo o interesse em ocultar a verdade para poder herdar a fortuna dele. Então, Saba raciocina, ele não deve temer que ela fale disso publicamente. E, nesse caso, por que ele não faria esse pequeno favor a ela? Se isso não causa nenhuma vergonha a ele, por que ele não lhe daria esta pequena apólice de seguro contra um segundo casamento sem amor caso ela jamais consiga ir embora para a América? Será que ela está sendo gananciosa? Saba toma coragem. Ela tem que pedir isso a ele. Senão quem jamais acreditará que ela é virgem? Ela jamais teria uma chance com um homem da idade dela, um homem que ela pudesse gostar mais até do que de Mahtab.

– Eu só estava pensando – ela começa cautelosamente – o quanto nós dois combinamos um com o outro. – Ela lança mão de cada grama de sinceridade que consegue juntar e forma uma bola que atira para Abbas com cada palavra bem calculada. – Eu jamais diria nada que pudesse prejudicá-lo. – Abbas faz um ar confuso. – Mas você gostaria que eu me casasse de novo?

Uma sombra cai sobre os olhos de Abbas. – Acho que minha opinião não iria contar muito depois de morto.

Ela suspira. – Você podia escrever uma carta. Eu jamais a mostraria para ninguém. Escreva o nosso segredo, e eu prometo protegê-lo para nós. – A voz dela treme com um desespero que deixa suas têmporas quentes. Ela pega na mão dele.

– *Azizam*, se eu escrever isso, a sua herança estará em perigo.

– É por isso que você pode confiar em mim. Isso é algo que podemos fazer um pelo outro.

Abbas ri da esperteza dela. – Minha mulherzinha esperta – ele diz, e dá um tapinha na mão dela. Então, sem responder, ele se levanta para ir para a cama. – Não quero mais falar sobre morte – ele resmunga por cima do ombro ao se afastar.

Na nona noite, durante um sono agitado, sem dúvida colorido pelo enterro iminente da esposa e sua permanente separação, Agha Mansoori dá seu último suspiro, juntando-se à esposa. Com medo do que irá encontrar, Saba não volta para a casa dele para checar seus remédios. Ela não cheira o ar nem procura aquisições secretas. Ela diz adeus e promete testemunhar diante de Deus que ele nunca fez mal a si mesmo. Ela distribui exatamente a mesma quantidade de halva que foi oferecida durante o período de luto da esposa dele.

Saba e o pai ajudam a família a embrulhar o corpo de Agha Mansoori no depósito e a carregar o corpo para ser enterrado ao lado da esposa na tumba dupla. Pai e filha ficam lado a lado, cada um rezando em silêncio. Cada um com saudades de uma metade perdida. Saba não sabe para que Deus, seu confuso pai, está rezando agora. Provavelmente para o Deus da esposa dele, que ele seguiu devotamente o tempo todo em que a teve com ele – assim como faz na privacidade de sua mente. A respiração dele é ofegante e cheia de dor, e seus olhos estão vermelhos. Bem depois de a família sair junto com os clérigos, Saba e seu pai permanecem no depósito que parece uma caverna, velando em silêncio, pensando. Quanta coisa mudou desde que a mãe dela partiu... *Para ir para onde?*

– Baba, conte-me o que aconteceu com Mamãe? – A voz dela ecoa na extensão escura do espaço aberto que forma o depósito. É uma estrutura comprida, parecendo um tubo, que vai se estreitando na direção de uma extremidade invisível, suas paredes de lama e pedra, suas fendas profundas não exploradas. Saba abraça o corpo trêmulo com os braços e olha para os caixotes de comida, os produtos comprados no mercado negro por preços exorbitantes, as iguarias estrangeiras – biscoitos, queijo fundido La Vache Qui Rit, xampu Johnson, Canada Dry, nada muito perecível – escondidos nos buracos mais fundos.

Agha Hafezi dá um suspiro cansado. – Desculpe – ele diz. – Eu não posso fazer o que você me pede, Saba jan. Eu tenho minhas teorias. Eu procurei. Você viu que minha carta foi devolvida, e eles nunca me disseram nada. Tive que me divorciar dela ou me arriscar a perder você e nossa vida.

Saba tenta não se agitar. – Mas e quanto à América? Quando é que ela foi para a prisão?

Seu pai sacode a cabeça. – O aeroporto estava um caos. Você fugiu correndo e eu tive que ir atrás de você. Então eu me virei e ela tinha desaparecido. Eu vi os *pasdars* e então não consegui mais encontrá-la. Passei dias ligando para as pessoas. – A voz dele está fraca e ele fixa o olhar para além dos ombros dela. – Mais tarde alguém me disse que a tinham visto na prisão, mas eu disse que não era possível. Ela não podia ter ido para lá porque minha Saba a viu entrar no avião; então devia ser verdade. Devia ser, porque minha filha é muito esperta. Ela vê tudo e não mente.

Durante anos, Saba tinha imaginado o momento em que o pai admitia que sua mãe estava na América. As palavras dele, ela imaginou, seriam a tábua de salvação na qual ela se agarraria para poder flutuar. Mas agora, ouvindo que sua percepção confusa tinha sido a tábua de salvação do pai, ela sente o chão sumir sob seus pés, atirando-a na água gelada. Qual é a credibilidade daquele fragmento de memória que ela conservou durante anos como se fosse uma fotografia apagada? Por um segundo, o retrato de uma dama elegante em seu mantô azul e echarpe verde fica claro de novo. Sua mãe sai da névoa do terminal do aeroporto e sorri para Saba. Ela segura a mão de Mahtab, passa facilmente no meio da multidão e entra no avião.

Uma dúzia de perguntas brigam por espaço. *Mamãe ligou da América? Mulá Ali pode ajudar? Por que os* pasdars *a prenderam? Se ela não pegou aquele voo, onde está Mahtab?*

– Ela nunca entrou em contato comigo de novo – seu pai diz com uma dolorosa finalidade. Ela vê a garganta dele se mexer quando ele engole com força, e pensa que suas histórias a respeito de Mahtab o entristeceram, impediram-no de seguir em frente porque ele tem medo de forçá-la a aceitar a verdade. Quando ela começa a falar, ele diz: – Chega – com a voz aguda e nervosa. Ele atravessa o depósito para voltar às suas lembranças, deixando para Saba o consolo de suas músicas e filmes, ignorante do sofrimento que causou em seu infeliz marido, que, após meses de casamento, finalmente abriu os olhos para o fato de ser descartável.

Dallak com barbante nos dedos

(Khanom Basir)

Os Hafezis eram tipos intelectuais e estranhos; eles deixaram de ensinar tanta coisa às meninas. Uma vez, quando elas tinham nove anos, elas ficaram encrencadas por terem raspado as pernas até os joelhos e arrancado três pelos do espaço entre as sobrancelhas. Três pelos. Eu quis perguntar a Bahareh por que ela era tão severa em relação a coisas de mulher, mas você sabe como é – pergunte ao camelo por que ele está mijando para trás e ele diz: "Quando foi que fiz alguma coisa igual aos outros?" Bahareh achava que estava ensinando as meninas a serem importantes.

Elas não podiam raspar nada, nem passar perfume em nada, nem arrancar nada. Ela não queria que elas crescessem depressa demais nem se tornassem mulheres antes de estarem preparadas para isso. O único cuidado de higiene que era permitido a elas era passar uma pedra-pomes na sola dos pés – porque pés macios eram sinal de que elas eram filhas de Hafezi e não de um dos seus camponeses: importante. A mãe checava as pernas delas todo dia, especialmente depois da revolução, para se certificar de que elas não estavam desobedecendo as regras. *Seja severa em relação às regras simples e ensine-as a arriscar seus pescoços desobedecendo as regras importantes.* Uma maluquice! Às vezes eu achava que era a única pessoa sã num raio de vinte quilômetros.

Que regras sem sentido! As garotas do Norte são trabalhadoras e nada vaidosas. Quando as mulheres Gilaki falam sobre prazeres, quase sempre estão se referindo à comida. Mas então, um dia, Bahareh disse às filhas para evitarem andar de bicicleta, o que é necessário com essas nossas estradas montanhosas. Quase todas as crianças normais andam de bicicleta porque têm que ganhar a vida.

– Vocês são mocinhas – ela disse. – Vocês vão rasgar suas cortinas. – Apesar dos seus modos modernos, de suas roupas ocidentais, Baharh seguia a tradição quando se tratava de sexo e de educação de meninas.

– Que cortina? – Saba perguntou, e a mãe disse para ela parar de fazer perguntas. Aparentemente, alguma garota estúpida tinha usado a desculpa da bicicleta na noite do casamento e os Hafezis não queriam que suas filhas tivessem qualquer desculpa. Ridículo. As moças sempre irão encontrar desculpas. Uma raposa sempre terá seu rabo como testemunha.

Mesmo com todos aqueles livros de medicina, a mãe não contou a elas sobre homens e mulheres, e coisas assim. No dia que Saba ficou menstruada, fui eu que tive que lhe contar que ela não estava morrendo. Bahareh tinha medo de que elas descobrissem os meninos e virassem o rosto para seus grandes sonhos ocidentais. Ela queria que as gêmeas ficassem jovens e puras para sempre. Intelectuais, cheias de planos e ambições, pertencendo apenas a ela.

Então elas cresceram estranhas, sem informações sobre seus próprios corpos. Eu me pergunto como Saba está se arranjando agora que está casada. Provavelmente o velho não tem muitos apetites que exijam habilidades femininas. Eles formam um casal harmonioso.

Um dia Bahareh e eu estávamos no *hammam* particular da casa dos Hafezi enquanto ela se depilava com linha, seu método favorito, já que detestava o cheiro das pastas. Não ouvimos Saba nos procurando pela casa. Então, ela simplesmente apareceu lá. Bahareh puxou uma toalha para cobrir o peito, mas Saba já tinha visto tudo. Era um tratamento a seco – sem vapor para ocultar as coisas. Imagine o que aquilo deve ter parecido para a menina. Tente ver através dos seus olhos inocentes. Uma mulher enorme estava debruçada sobre a mãe dela, como uma *dallak* dos *hammams*, do tipo que lava você com um saco grosso enfiado nas mãos. Ela estava usando um pano *lungi* em volta da cintura e seus dedos estavam enfiados numa teia de linha.

Ela estava inclinada sobre Bahareh, arrancando os pelos de suas partes íntimas com as mãos gordas enroladas na linha. A teia se movia quase sozinha, com os fios emaranhados, carregando seus dedos e pedaços de Bahareh junto com ela. A mulher olhou para Saba, seus dentes tortos mordendo a linha, e a pobre criança fugiu dali o mais rápido que pôde.

CAPÍTULO 9

PRIMAVERA DE 1990

Saba sai do depósito da casa do pai e vai andando pelas estreitas estradinhas das montanhas, trocando o ônibus pela liberdade de subir e descer os caminhos de terra que levam à aldeia seguinte. As árvores, cheias de flores algumas semanas antes, agora estão cobertas de frutas, mas ela está arrebatada por pensamentos de prisões e halva e túmulos duplos. De mães rebeldes com câmeras fotográficas gritando no vazio ocidental. De atestados de virgindade e maridos relutantes. De homens mais jovens e da lembrança feliz de um beijo não tão inocente no rosto. Ela imagina se Ponneh anseia por essas coisas. A irmã mais velha dela está ficando mais doente. As regras de Khanom Alborz transformaram a pobre moça numa relíquia, numa curiosidade em Cheshmeh. As pessoas só conseguem pensar sobre *quando ela irá morrer e libertar suas irmãs?*

Ela gira a maçaneta e chama por Abbas. A casa parece vazia, e ela entra na cozinha, deixando a bolsa sobre um banquinho perto da janela. Ela se inclina sobre a mesa para examinar a tigela de frutas – trazidas de manhã por um jardineiro local a pedido de Abbas –, as hastes ainda intactas, as cascas brilhando do ar úmido de Gilan e machucadas da viagem na traseira do caminhão do comerciante. Ela torna a arrumar algumas frutas de acordo com a cor, depois pega um pepino – um alimento básico na vasilha de frutas persa –, corta-o no sentido do comprimento e passa sal nele. Ela não perde o hábito infantil de esfregar as duas metades uma na outra para criar uma espuma salgada. Ela esfrega a ponta úmida do nariz ao atravessar a casa, chamando por Abbas em cada cômodo, não porque precisa dele, mas só para confirmar que está sozinha. Finalmente, se vê em frente ao seu quarto, onde ela dorme, mas não guarda nenhuma peça de roupa. Certa de que não tem ninguém em casa, Saba tira o xale da cabeça e o casaco, ficando apenas com uma blusa fina e uma saia cinzenta. Ela abre a porta, pronta para jogar as peças de roupa em cima da cama, e então para.

Abbas está parado perto da mesa. Há pessoas estranhas em seu quarto com ele.

Ela cumprimenta as duas mulheres estranhas que estão sentadas na cama dela, amorfas em seus chadors urbanos, esparramadas com uma naturalidade maternal. Elas parecem Irmãs Basij, as mulheres islâmicas vestidas de preto da milícia Basij, a que ajudou a impor regras pós-revolucionárias aos iranianos. Por que elas estão lá? Mulheres como essas raramente são vistas em pequenas cidades do Norte. As duas estão cobertas até as sobrancelhas, não têm uma mecha de cabelo de fora, só muito preto envolvendo-as. Conversam baixinho com Abbas. A princípio, Saba não teme a presença delas, espantada apenas com seu tamanho, com o modo como elas enchem o quarto como se fossem nuvens negras. Como abutres usando roupas de corvos. Mas então ela vê uma delas dar um sorriso seco do tipo que toma todo o rosto e invade os olhos com sua severidade, e ela acha que já a viu antes. Pois não foi essa *dallak* que ela viu uma vez, quando abriu uma porta e viu a mãe fazendo aquele horrível procedimento com um punhado de linhas? *Arremessando faixas*, era a expressão profissional para isso. Não era ela que estava curvada sobre a metade inferior do corpo de sua mãe, com dois dedos de cada mão enrolados em fios brilhantes, arrancando pelos como uma artista ou uma espécie de musicista corcunda? Antigamente, *dallaks*, geralmente homens, costumavam fazer tudo em casas de banho, esfregar, massagear, até executar curcuncisões. Suas versões femininas, com seus loofahs e pedras-pomes, estão quase todas desempregadas, agora que a maioria dos hammams públicos está fechada por causa da modernização dos encanamentos domésticos. Elas passaram a fazer outros trabalhos – costura, faxina, atividades em salões de beleza clandestinos. Talvez esta tenha se tornado uma Basiji. Muitas mulheres pobres se tornaram uma delas. Saba vê que nenhuma das duas mulheres é dali, pelo menos não é mais. Ela olha para aquelas criaturas estranhas, tão diferentes de sua mãe, a intelectual e ativista que usava blusas londrinas, e de suas mães substitutas com henna nos cabelos, echarpes enfeitadas de pedras e saias coloridas, duas ou três ao mesmo tempo.

— Feche a porta, Saba — Abbas ordena, e ela obedece.

Ele pega a mão dela e a puxa para dentro, não com violência, mas com uma certa decisão que ela não associa a ele. Ele faz sinal para ela se sentar na cama. As mulheres abrem espaço para ela no meio das duas, cumprimentando-a com excessiva formalidade. De repente ela pensa se mais alguém morreu. *Ó Deus, não mais uma morte, tão cedo.* A antiga artista da linha põe a mão sobre sua perna. Abbas se ajoelha e fita seu rosto, como se estivesse olhando para uma criança rebelde.

— Saba — ele diz. — É meu dever zelar por você e seus interesses. Protegê-la de todo mal. Mesmo que isso signifique proteger você de si mesma.

Ela franze a testa sem entender.

Abbas se levanta do chão. Alisa a calça e passa a mão nervosamente no cabelo. Ele faz um sinal para as mulheres e diz: — Vou esperar lá fora com seu pagamento.

Saba o ouve resmungar alguma coisa ao fechar a porta. *As barganhas femininas.*

Nesse momento, um medo visceral toma conta de Saba. Um demônio desperta dentro dela, percebendo o perigo, e tenta se libertar, atirando-se contra a parede interna do seu peito, apertando seu coração com o punho e fazendo suas costelas doerem. *O que é isto?*

Quando se lembra deste momento nos anos seguintes, ela sempre se lembra disto: uma mão grossa agarrando-a por trás. A pontada de dor e náusea quando seu corpo é puxado para trás. Uma mulher gigante empurrando seu corpo sobre a cama, enquanto ela se contorcia e berrava, prendendo-o lá com o peso do corpo dela, deitado sobre o torso de Saba.

— Pegue a maleta — uma delas diz com um forte sotaque *dehat* de algum lugar do Sul. Um sotaque de camponesa, com o tom inconfundível das lavradoras, das atendentes de hammam e das faxineiras, mulheres sem renda certa, sem laços familiares como os dela. Provavelmente, essas duas estão mais pobres do que qualquer uma das mães que passou pela casa de Saba e ganhou a confiança do pai dela. Ela ouviu dizer que muitas mulheres desesperadas — antigas prostitutas, mães na miséria — juntam-se às Irmãs Basij e que é possível contratá-las para coisas impensáveis, atos sujos que precisam ser ocultados. As Basij não se negam a nada disso, principalmente se podem ligá-los remotamente a Deus e à lei islâmica. *Abbas pagou a elas para fazer o quê? Ele pediu informações nas vizinhanças da velha casa de banhos?* Num lampejo de esperteza, Saba pensa dizer à mulher conhecida quem é a mãe dela. Ela vai ligar para isso? Ela vai se lembrar de sua antiga vida? A lembrança dela se intensifica e por um instante a mulher que estende a mão para a bolsa não está vestida de preto, mas com o peito nu, um *lungi* em torno da cintura como estava no dia em que Saba a viu.

Ela liberta o braço direito, dando um soco bem no nariz na mulher. Ela ouve um estalo, e a mulher dá um grito de dor, praguejando e pondo as mãos no rosto, soltando Saba por um momento, o que permite que ela corra para a porta. Quando Saba gira a maçaneta, ela se vira e vê a mulher agachada no chão, mal conseguindo conter a cascata de sangue que sai por entre seus dedos. Aquela visão faz Saba ficar parada; de qualquer maneira, a porta está trancada. Percebendo que está presa, ela banca a corajosa. – Está querendo mais?! – ela grita para a Basiji ensanguentada ou seja lá quem ela for. – Juro que se você tocar em mim vou mandar matá-la durante o sono.

A segunda mulher, a velha artista da linha de sua mãe, a agarra pela cintura e a levanta do chão, atirando-a sobre a cama.

– Trate de segurá-la. Depois nós cuidamos do seu nariz – ela diz.

Enquanto a mulher dos fios de linha abre uma maleta cinzenta em forma de pirâmide, Saba consegue levantar a cabeça o suficiente para ver o que está acontecendo do outro lado das dobras do cobertor e do chador que agora cobrem metade do seu rosto. Na bolsa, ela vê trapos. Eles voam em todas as direções enquanto a mulher enfia a mão lá no fundo. Saba vê algo brilhar. A coisa reflete a luz da janela e por um momento a cega com seu brilho. Ela vira a cabeça e faz mais uma tentativa de se soltar.

– O que vocês querem?! Vocês querem ser presas?! – ela grita.

E, então, o instrumento está acima de Saba e ela pode ver que é só o cabo de um atiçador de fogo comum ou, pelo menos, é o que ela imagina que seja. A camponesa que não está machucada, a que esteve tão perto de sua mãe quanto está dela agora, levanta a saia de Saba acima dos seus joelhos e faz uma piada vulgar. Algo sobre ela estar precisando dos seus serviços de depilação. Ela pega o atiçador e, com o hálito cheirando a leite azedo e alho, o corpo pesado e estranho, o empunha com a precisão de um médico.

Saba tenta dissuadi-las. – Vocês duas vão para a cadeia se tocarem em mim.

Elas a ignoram. – *Yala. Yala* – a que está machucada diz à outra para se apressar. Ela está sangrando sobre a cama de Saba. A companheira obedece, enfia a mão sob a saia de Saba, enquanto a mulher que sangra abre as pernas dela, e então Saba compreende.

– Por favor – ela implora, balbuciando a primeira coisa que lhe vem à mente, com o rosto cheio de lágrimas e catarro. – Vocês são Basij? Vocês podem ir para a cadeia. Meu pai... ele é... Vocês precisam de dinheiro? Eu tenho dinheiro. – Elas parecem decididas a não ouvir, então ela fecha os olhos e vira a cabeça, pensando que pelo menos não está sendo assassinada, um temor que sentiu por um momento. Ela reza, esperando por um milagre, e quando vê que ele não virá reza para o ferro ter sido limpo.

Então a ponta afiada do instrumento entra. Ela sente a ponta dura de metal espetar primeiro um pouco, depois com uma torção que a faz gritar de dor quando ele entra até o fundo. Ela grita. Ela pensa no quanto fará essas mulheres sofrerem depois, quando o pai dela souber o que elas fizeram.

Ela tenta sair dali, bloquear sua mente e evocar uma voz baixa e branda da América que um dia a fez lembrar de chá e canela. Ela imagina a si mesma bem longe dali, dentro da canção.

Perto do mar. Num lugar chamado Geórgia.

Sentada na beira do cais.

Ela se sente humilhada enquanto lágrimas quentes, de raiva, escorrem pelo seu rosto. A mulher machucada põe a mão na testa de Saba, como que tentando acalmá-la. Ela enxuga o suor da testa de Saba e tenta confortá-la sussurrando baixinho. Saba tem vontade de esmagar aquela mulher, que realmente acredita estar agindo no interesse de Saba, senão por que ela a estaria acalmando como uma enfermeira acalma uma criança com medo de tomar uma injeção?

Que estranho que Abbas tivesse contratado uma antiga *dallak* para isso, uma profissional que deixava as mulheres atraentes, uma artista que de repente se virou contra a beleza. Provavelmente isso não faz diferença para Abbas. São elas que as esposas chamam quando precisam cuidar de algum incômodo feminino. Esta é apenas mais uma tarefa desagradável, de limpeza, como esfregar a sujeira da pele num *hammam*. Ela afasta a mão da mulher. – Não toque em mim, sua *dehati* suja. Espere até eu contar para o meu pai.

A mulher ri. – Você é tão esperta, não é? O que o seu pai vai fazer? Dizer ao juiz que o seu marido não é um homem e fazer com que você seja deserdada? – Então ela diz para a companheira: – Terminou? Verifique e vamos embora.

Pelo espaço entre suas pernas, Saba vê a cabeça da mulher não machucada desaparecer atrás dos seus joelhos trêmulos. Um cheiro esquisito sobe dos lençóis e se mistura com o fedor azedo do hálito da camponesa e do sangue do seu nariz. Saba sente uma coisa quente e pegajosa ao fechar as pernas. Um par de mãos frias solta seus joelhos e eles batem um no outro, fazendo-a rolar sobre o lençol molhado, escuro do sangue dela e do de sua algoz, como um campo de batalha abandonado ao cair da noite.

– Sim – ela ouve a voz abafada da Basiji. – Vamos embora.

A dupla, seus rostos gravados para sempre em sua mente, arranca os lençóis da cama para receber o pagamento e bate a porta sem dizer mais nada. Ela as vê sair, sentindo um peso doloroso no peito quando uma delas se vira para olhar para ela. Ela lança um olhar de pena para Saba, sua versão particular de solidariedade feminina. Do lado de fora, elas dizem alguma coisa para Abbas antes de receber o pagamento e deixar a casa num silêncio lúgubre e silencioso, onde Saba terá que morar por... quanto tempo? Talvez para sempre. Talvez por cem negros anos.

Durante vários dias, Saba fica deitada na cama, ora chorando, ora sentindo-se uma tola por chorar. Ela não é mais virgem? Aquela foi sua estranha noite de núpcias? Ela vai se lembrar disso para sempre? *As barganhas femininas*. Abbas tem razão. Ela foi uma tola ao tentar barganhar com ele. Ela foi uma tola em ignorar os temores dele e só pensar nos dela, em pensar que poderia se casar e abandoná-lo por um visto fácil. Que plano idiota. Ela foi tola o bastante para merecer isto. E, agora, está aqui, e está casada – por quanto tempo? Ela se lembra do dia em que consolou Ponneh depois do encontro com Mustafá. Se ao menos Mahtab estivesse lá para consolá-la. Ela ri de si mesma por julgar a Dra. Zohreh e as amigas dela, achando que elas estavam apelando para um vazio sem nome no ocidente enquanto ela estava com tudo sob controle. Ela xinga a vaidade da sua falsa lógica. Ela reconsidera a ideia de contar tudo ao pai, porque o que há para dizer a ele? A camponesa tinha razão. Ele não pode buscar justiça sem pôr em risco a fortuna dela. Além disso, como cristão convertido ele tem que ser discreto. Entrar em batalhas jurídicas ou chamar atenção para a Basiji irá colocá-los em perigo. A lei assusta Saba. E se ela contasse ao pai de qualquer maneira, embora ela não possa fazer nada a respeito? A informação iria apenas fazê-lo sofrer e ele iria se comportar de uma forma ainda mais estranha em relação a ela. Não, ela conclui, contar a ele seria um erro.

Ela revê o evento em sua mente, mas não consegue dizer com exatidão o que aconteceu com ela. Foi um crime? Alguém já definiu esse tipo de crime entre marido e mulher? Seria aconselhável ela procurar justiça por conta própria? Ponneh nunca obteve justiça. E quanto a deixar Abbas, mudar-se para Teerã e ficar lá com um parente? Ela rejeita a ideia de imediato. As coisas mudaram. O pior aconteceu. Já não é mais o bastante fugir para a América, tornar-se uma imigrante motorista de táxi ou operária de fábrica como seus primos descreveram em suas cartas. Ela quer muito mais por seu sacrifício. *Eu não vou partir sem o dinheiro*. Esta não é, afinal de contas, a fortuna vulnerável do pai dela que pode ser tomada pelo governo a qualquer momento, mas um Dinheiro de Viúva Muçulmana que ela mereceu. Um dia ela vai fugir do Irã, encontrar sua mãe, mas não vai tomar nenhuma medida que a leve a ser deserdada. Agora é hora de ser forte e racional. Ela proíbe a si mesma de revelar o segredo de Abbas por vingança ou raiva. Ao contrário de Mahtab, ela não pode dizer *não* e ir embora sem perdas. Ela vai *maast-mali* o assunto e recolher seu Dinheiro de Iogurte, como as moedas que Khanom Omidi guarda de suas vendas de iogurte. Este tipo de recompensa é agora seu único consolo. É sua única chance de liberdade.

"Bésame Mucho"

(Khanom Basir)

Ultimamente tenho pensado em despedidas. No ano seguinte à perda de Mahtab e da mãe, Saba começou a ficar rebelde na escola. Então seu pai a mandava cada vez menos para lá, chamando professores particulares, homens e mulheres de Rasht que um dia tinham morado na América. Eles não a ensinavam apenas com livros, mas explicavam também as gírias dos programas de TV a que ela assistia e a entender bem o inglês. Às vezes ela ia à escola quando havia uma prova, e mesmo assim causava problemas – usando uma *maghnaeh* marrom (a feia echarpe triangular da escola) em vez da cinzenta obrigatória, ou usando-a para trás, deixando o pescoço e as orelhas de fora, ou desenhando tatuagens de mentira em sua pele com um marcador vermelho. Ela voltava para casa e escondia as cartas zangadas dos professores. Eu dizia a ela, não adianta andar num camelo inclinado para a frente. Isso quer dizer, se é óbvio o que você está fazendo, não faça um esforço patético para esconder.

Ela estava perdida nessa época. Um dia, da cozinha dos Hafezis eu ouvi Saba chorando na sala por causa de uma coisa sem importância, um programa que não era mais exibido por causa do novo governo. Ela resmungou e roeu as unhas, dando uma importância exagerada ao fato. O que restava para ela? Tantas coisas que ela gostava desapareciam a cada dia. Ao espiar de longe, eu vi em seu rosto inchado que ela estava pensando em Mahtab, em todos os sonhos que elas tinham. Olhe para elas agora, as gêmeas Hafezi. O que foi feito delas e de seu futuro grandioso... dos planos de sua mãe?

Quando seu pai chegou em casa, Saba tinha adormecido numa almofada no canto da sala, o rosto manchado de lágrimas. Ele ficou espantado. Tirou o paletó e pôs para tocar uma canção muito famosa de Vigen. Lembro esta cena até hoje, Saba tinha um amor especial por Vigen, aquele belo artista cristão que trouxe a música de guitarra ocidental para o Irã e cuja primeira canção se chamava "Mahtab". A canção que Agha Hafezi pôs para tocar naquele dia foi "Mara Beboos" ou "Me dê um beijo". Se você perguntar a qualquer pessoa por aqui quais são as duas canções iranianas mais amadas, ela irá citar essa, junto com "O sultão dos corações". Há uma história de que a letra de "Mara Beboos" fora escrita por um dos prisioneiros do Xá como a despedida de um pai para sua filha pouco antes de ele ser executado.

Beije-me pela última vez, o condenado diz, *e que Deus a guarde para sempre.*

Saba me disse uma vez, quando era alguns anos mais velha, que esta é mais uma das belas mentiras iranianas, porque a canção é exatamente igual a uma melodia espanhola com o mesmo nome.

Algum tempo depois, Saba começou a acordar. Ela deve ter ouvido o pai cantando baixinho aquela melodia triste. Ele estava sentado nas almofadas da sala, olhando para o vazio, pensando. Eu espiava de vez em quando – não havia garrafa nem hookah por perto, mas ele estava em outro mundo. Então Saba engatinhou até ele e ele a pôs no colo. Ele cantou as palavras em seu ouvido, eles ficaram ali sentados por um longo tempo, ela com a cabeça no peito dele, cantarolando uma canção de pai e filha.

Minha primavera passou. Tudo ficou para trás. Agora eu caminho na direção do meu destino.

Depois o pai contou a ela a história da canção. – É assim que os pais se sentem em relação a suas filhas, e só a suas filhas. É igual em todos os tempos e em todo lugar, e nenhuma mãe ou filho ou primo ou outro par pode replicar as esperanças que existem por trás disso.

Não é engraçado como algumas lembranças se perdem até que um dia decidem voltar? Eu me lembro agora de que foi nesse dia que ouvi pela primeira vez Saba contar uma história sobre Mahtab – só umas poucas palavras que fizeram Agha Hafezi rir, sobre a viagem de avião de Mahtab para a América. Ela fez isso pelo pai para devolver a ele a filha perdida.

– Eu vou tirar você dessa escola – ele disse. – É uma perda de tempo essas aulas de árabe; é melhor você se tornar fluente em inglês. Vou levar você para se despedir amanhã.

Despedidas são uma extravagância. Algumas pessoas anseiam por elas a vida inteira.

CAPÍTULO 10

OUTONO DE 1990

Saba agora sangra mais de uma vez por mês. Ela tem dor nas costas e às vezes dor de estômago. É um castigo, ela diz a si mesma. Depois que as duas mulheres foram embora, Saba sangrou por mais dois dias. Ela não contou a ninguém porque, afinal de contas, havia um segredo a ser guardado. Além disso, Khanom Omidi um dia não disse a ela que as mulheres sangravam na primeira vez? Seus ciclos ficaram erráticos depois disso. Todo mês sua menstruação durava duas vezes mais do que antes, e ela frequentemente encontrava manchas escuras na calcinha e nos lençóis entre uma menstruação e outra. Ela não contou a ninguém. Talvez o sangramento fosse a justiça divina por ela não ter conseguido se proteger neste assustador Irã novo e por ela ter acreditado que tinha tanta coisa sob controle. Quando ela e Mahtab eram crianças, sua mãe costumava dizer que Deus castiga o orgulho porque "o orgulho pode arruinar você, e, Saba jan, o seu cérebro é a sua maior vaidade".

– Essa também não é a vaidade de Mahtab? – Saba perguntava.

A mãe sacudia os cabelos negros com cinco fios cinzentos e sussurrava que a vaidade de Mahtab era pior ainda, porque ela se contentava em confiar na lógica de suas próprias convicções, mas acreditava que era capaz de manipular o mundo. – Mas não se preocupe com sua irmã. Olhe para o cisco em seu próprio olho e deixe que eu cuido de Mahtab – ela dizia, referindo-se a um versículo da Bíblia.

Agora, preocupada com a viabilidade de suas próprias escolhas, ela se lembra de que há sempre alguém mais esperto, alguém que tem um plano melhor. E o que uma moça pode fazer quando é passada para trás? Sua única arma contra Abbas é a solidão dele, que ela tem um prazer cruel em aumentar – proibindo que ele entre no quarto dela, aceitando convites sociais sem ele, fazendo jantares só para uma pessoa. O que ele pode fazer para impedi-la? A herança dela está protegida por um contrato férreo. E ele sabe que, se a machucar fisicamente de uma forma que ela possa mostrar a todo mundo, ela fará isso.

Dia após dia ele implora silenciosamente a ela para entender. Ele caminha na ponta dos pés pela casa, procurando por ela, deixando-lhe pequenas oferendas de amêndoas e pêssegos. Às vezes ele desperdiça um saco inteiro de damascos, abrindo os caroços um a um porque sabe que ela gosta da noz suculenta que tem no caroço. Mas os pecados dele são imperdoáveis para Saba. Ele que morra de solidão. Ele que passe suas últimas noites frias e vazias, e definhe, sabendo que nunca mais vai ser consolado pelo toque de outro ser humano.

Ela se recolhe em cantos isolados da casa, devora notícias do ocidente como um animal faminto. O Tehrani, seu amigo fiel embora eles mal se falem, traz os itens mais populares para ela – as coisas que ele negocia de casa em casa com o máximo de faturamento –, tudo, desde vídeos de Michael Jackson até filmes indianos e fitas com exercícios físicos, mas Saba só quer mais filmes americanos. Depois que *Love Story* abriu os olhos dela para a magia de Harvard, ela prometeu ao Tehrani duas vezes o preço normal dele se ele trouxesse mais filmes e programas de televisão passados lá. A primeira tentativa dele foi um desastre. Uma barafunda horrorosa ambientada em Hartford, uns poucos episódios de *Cheers*, e um filme chamado *The Paper Chase* que não foi filmado lá. Embora haja um momento fascinante no fim quando o personagem principal, um estudante de direito, faz um avião de papel com seu boletim escolar e o atira no mar. Que coisa! Ele nem olha para ele. Há muitos papéis – contratos de casamento e passaportes iranianos e cartas para a Prisão de Evin – que ela gostaria de poder jogar no mar, onde Mahtab os apanharia e examinaria para ela.

Agora ela está assistindo à última aquisição do Tehrani, um filme universitário independente de que ela gosta apesar de sua má qualidade. Ele mostra o lugar certo para a irmã dela. Ela decora os nomes das ruas e dos prédios que aparecem no filme. Ela observa como as mulheres falam, como os homens se movimentam, o modo chocante como um deles fica espiando sua bela amiga tirar a roupa. Que mundo bizarro e maravilhoso.

Logo Khanom Omidi entra e senta ao lado dela. Ela descansa a cabeça no colo da velha. Enquanto a embala cantando baixinho e acaricia o cabelo de Saba, suas melodias folclóricas se misturam com as palavras sofisticadas em inglês que vêm da televisão, criando o que Saba imagina ser a música do mundo imigrante da sua irmã. Para seu próprio aborrecimento, ela começa a chorar outra vez. Ultimamente seu choro se tornou quase incontrolável.

– O que foi? Ah, não, Saba jan – Khanom Omidi diz carinhosamente – não fique triste, criança. Você pode ser feliz se tentar.

Na tela, estudantes usam jeans e camisetas numa sala de aula. Eles vão a festas de pijama. Eles ficam sentados em volta da mesa de jantar com vinho tinto e folhas de teses.

Saba não responde. Ela soluça no colo da mãe substituta e anseia por sua irmã. Khanom Omidi parece ter uma vaga ideia de que alguma coisa aconteceu com Saba. Ela murmura sua canção, segura o rosto de Saba com as duas mãos e o vira para ela.

– Eu sei que você foi ferida – ela diz com um tom de voz grave. – Mas o casamento é uma melancia inteira. Você só pode ver lá dentro quando decidir abri-la.

Saba deixa escapar um muxoxo. – Esse ditado é para garotas ingênuas. Ele não serve para *tudo*.

– Talvez não – Khanom Omidi diz e volta a embalar e cantarolar. – Saba jan, conte-me o que aconteceu. – Após um longo silêncio, ela murmura, quase que para si mesma – O que é bom nos velhos é que eles morrem. Logo nós todos morremos.

Saba abraça a cintura de Khanom Omidi com os braços. Ela vê que a velha se sente culpada por ter incentivado o casamento dela. – Você não pode morrer nunca. Eu não vou deixar.

Khanom Omidi estala a língua e belisca o queixo de Saba. Saba pensa em morte, em sangue e em como, segundo as teorias de sua mãe acerca de destino e DNA, tudo seria igual mesmo que ela tivesse ido para a América. Todo o destino está escrito no sangue. Então o que Mahtab, que tem o sangue igualzinho ao seu, está fazendo agora? Ultimamente, Saba tem praticado suas listas de palavras em inglês, de novo, caso sua mãe queira ouvi-las algum dia.

– Eu sinto falta de Khanom Mansoori. – Ela se lamenta. – Ela costumava pedir para eu contar histórias de Mahtab na América.

– Isso parece bem típico dela. – Khanom Omidi tira alguns fios de cabelo do rosto de Saba. – Você pode contar uma história para *mim*, se quiser.

– Talvez eu esteja velha demais para esses jogos – Saba diz.

– Nunca velha demais. Quando uma pessoa fica velha demais para contar histórias, é melhor enterrá-la. Contar histórias é nossa maneira de ter de volta as pessoas que estão longe de nós. – Khanom Omidi se levanta do pequeno tapete que é o seu favorito e traz da despensa para Saba um copinho com um líquido claro. – Beba isto – ela diz. – Não vamos contar para ninguém.

Saba ajeita a cabeça no espaço entre o braço gordo de Khanom Omidi e seu colo macio e aconchegante, e olha para cima. Ela vê os olhos vesgos da velha e sente uma afeição ainda mais profunda por ela.

– Está bem, Khanom Omidi – ela diz. – Eu vou contar-lhe a história do meu casamento... mas do meu jeito. Como é um segredo, você vai ter que se contentar com a versão de Mahtab. Ela é minha gêmea, e o destino dela sempre seguirá o meu de algum modo. Acho que você vai gostar especialmente desta versão porque ela trata de *maast-mali* e de algo que você conhece melhor que ninguém... tirar Dinheiro de Iogurte de homens cruéis.

※

Toda história tem que ter um desenlace e, como numa série de televisão, todo desenlace tem que se encaixar num tema – Preocupações de Imigrante são os marcos da vida de Mahtab. Esta história é sobre dinheiro. Você pode imaginar, não pode? Você não precisa viajar para lugares distantes para saber que imigrantes se preocupam com dinheiro porque sua riqueza ficou perdida em outro país. Esta história também é sobre um dilema. Ela pensa se deve aceitar este dinheiro que pertence a um persa rico com um ego machucado e um temor por sua reputação.

No terceiro ano da faculdade, Mahtab começa a pensar o que fazer com a vida dela. Ela quer ser jornalista, uma contadora de histórias para uma revista grande e respeitada – é o que nós duas queríamos quando éramos crianças. Então ela viaja para Boston e Nova York para entrevistas, usando calças pretas, blusas coloridas e golas alegres que saltam por baixo de severos colarinhos de lã. Ela faz as unhas à moda francesa, faz luzes no cabelo e espera que alguém lhe ofereça um lugar no mundo. Nos saguões de gigantes do mundo editorial, ela se senta em frente a homens de vinte e poucos anos vestidos da mesma forma e mulheres todas de preto. Corvos em fila.

Desde James que ela não tem tempo para homens ou relacionamentos. Ela passa as noites lendo e vendendo entradas num cinema local para ganhar um dinheiro extra.

Está na hora do almoço. Mahtab e Clara, do dia do salto de sapato quebrado, comem saladas no gramado bem em frente à famosa Biblioteca Widener em Harvard – espera, existe um gramado em frente à Biblioteca Widener? Sim, tenho certeza que sim. Mahtab se deita na grama, com as mãos atrás da cabeça. Ela endireita os óculos escuros sobre o nariz e come um pouquinho da sua comida. Ela não nota o rapaz moreno e sorridente com uma expressão curiosa em pé ao lado dela. Ele é jovem, da mesma idade que Mahtab, deve estar no último ano da faculdade, é alto, está mal barbeado e veste um jeans caro.

– Você é iraniana? – ele pergunta. – Eu tenho um bom radar, mas fiquei na dúvida em relação a você.

– É porque eu fiz plástica de nariz – Mahtab diz com naturalidade, de um jeito quase entediado. A beleza dele não a intimida nem um pouco. Ela está acostumada com homens maravilhosos.

– Esse é normalmente o primeiro sinal – ele diz. – O sorriso adolescente dele a faz rir.

O nome dele é Cameron. Ele o pronuncia da maneira ocidental, não como o persa Kamran. Cameron Aryanpur. *Aryan Poor (Ariano Pobre)*. Ela gosta do nome.

– Então, *May*. – Cameron diz o nome dela com ceticismo, como um substituto, como um *Vamos ver*. – Você tem tempo para sair com um pobre ariano?

– Muito pobre? – ela diz, e aceita antes que ele possa responder.

Cameron é o primeiro persa com quem Mahtab jamais saiu ou aceitou sair. Sob vários aspectos, suas vidas correram paralelas, embora a família de Cameron tenha deixado o Irã muito antes da revolução, garantindo segurança para sua fortuna em moeda europeia e propriedades americanas. À medida que o ano escolar vai passando, Mahtab se vê sempre perto dele. Eles passam as noites no dormitório dele, vendo filmes, conversando em farsi, requentando pratos clássicos que a mãe dele trouxe de Westchester. Tomate e berinjela com carneiro. Feno-grego, salsa e coentro com carneiro. Ervilhas e batatas com carneiro.

Eles conversam sobre comida, música, livros – tudo o que guardaram de sua cultura. Eles namoram em inglês e farsi, uma milagrosa linguagem intermediária estranhamente sensual. Eles deixam bilhetes um para o outro nos quadros de avisos dos seus dormitórios, em inglês, usando letras farsi, como um código secreto de ginásio. Como ninguém mais sabe ler os bilhetes, eles escrevem as coisas mais escandalosas. Sabe, Khanom Omidi, eles fazem isso em plena luz do dia e ninguém os impede. Para sua felicidade, Mahtab percebe que é muito mais indecorosa do que imaginava. Ela leva horas escrevendo mensagens vulgares para ele. Cameron também parece encantado por terem o mesmo sangue, e ela imagina se eles estão agindo de algum modo étnico. Seu teatro particular continua por longo tempo. Ele a consome como um bom filme.

Eles se sentam juntos em salas de aula, usando jeans e camisetas. Eles vão a festas de pijama. Eles se demoram ao redor de mesas de jantar com vinho tinto e páginas de teses.

Às vezes ele faz galanteios para ela, chamando-a de seu prato persa favorito ou de sua Shomali Shahzadeh, e ela revira os olhos castanhos, pensando que ele está treinando para conquistar todas as mulheres persas. Ela nunca conheceu ninguém tão confiante do seu charme, e tão claramente é uma aprendizagem. Ele exala juventude, como Abbas exala morte. Mas o pobre ariano não é só uma espécie de príncipe, um outro filho de Baba Harvard, ele também é um poeta, angustiado com as mesmas dúvidas de imigrante que afligem Mahtab. Ela diz a ele que odeia seu emprego no cinema e que quer ser jornalista. Ele diz a ela que quer voltar para o Irã, se envolver em algum tipo de resistência, lutar por um novo regime. Ele está enamorado com a ideia de um movimento de resistência

– com tudo que é de vanguarda: filmes, música, livros – de redescoberta da "nossa terra natal". Ele usa palavras em farsi de propósito quando fala inglês: *roosari* e não echarpe; *kiar-shoor* e não picles.

– Ele é como você, Saba jan – diz Khanom Omidi – que mistura inglês na sua conversa.

Como toda criança americana que tem pais estrangeiros, Cameron gosta de analisar e categorizar o seu povo até achar que decifrou o enigma. Ele faz com que Mahtab sinta uma triste empatia.

Você pode não saber disso, Khanom Omidi, mas, como nós, os persas americanos podem sentir a perda do velho Irã, do belo Irã, do Irã que era tão cheio de romance. Talvez a América seja vazia para eles; então eles fazem do Irã um paraíso que não existe mais. Como Agha Thomas Wolfe diz num livro que eu acabei de comprar do Tehrani: *Você não pode voltar para casa*. A casa nunca é a mesma. Mahtab e Cameron sabem disso. Mesmo eu, que nunca parti, sei disso. Vejo minha casa mudando. Todo mês leio a infelicidade espiritual daqueles imigrantes tão afortunados nas cartas de primos distantes. Eles são um povo perambulante e gravitam em torno uns dos outros como vira-latas perdidos que se conhecem pelo cheiro.

– Mostre algum respeito para com seus ancestrais – Cameron diz um dia quando Mahtab sacrifica o arroz com medo de um vestido implacável. – Você não pode simplesmente decidir mudar um prato de mil anos. Deveria haver regras para ser um *verdadeiro* persa, não importa onde você more. – Ele sorri para Mahtab com dentes brancos e brilhantes ressaltados por uma cabeleira negra e boêmia que não combina com suas roupas chiques e sua barba bem aparada num modo marcantemente não islâmico.

– Reza tem uma barba assim. É com ele que Cameron se parece? Com Reza?

Não, não, nem Reza tem dentes de revista como esses. Você só os consegue na América, junto com o seu diploma chique. Há algumas pontes que nunca podemos atravessar completamente aqui desta aldeia, Khanom Omidi. Mas Mahtab pode. Ela também tem dentes brancos e perfeitos, consertados pelo seu dentista quando ela tinha doze ou treze anos. Ela tem aquele nariz perfeito pós-cirurgia também. Eles são um par e tanto – escolhidos pela natureza, como gêmeos.

O iraniano rico dela é muito diferente do meu iraniano decrépito.

O comentário de Cameron leva a uma análise de cada prato, de cada costume e ritual. Esta é uma regra dura? É realmente persa ou só árabe? Não fazem isso de forma diferente no Sul? Em uma noite eles criam uma série de mandamentos escritos nas costas de um velho teste de história. Eles tentam escrever em farsi, mas nenhum deles se lembra de como se escrevem as palavras grandes e acabam caindo num nível de quarta série antes de mudar para inglês. Eles riem deles mesmos, e nenhum fica particularmente envergonhado.

Quer ouvir isto, Khanom Omidi? Meu amigo o Tehrani confirmou isto para mim, e vou dizer uma coisa para você, os iranianos americanos têm uma noção bizarra do que faz deles persas. Isso me faz pensar se a minha informação sobre os americanos é tão caricata, porque, em sua busca para encontrar um velho e esquecido Irã, eles nos transformaram em musas barrigudas em desenhos de jardins e guerreiros esculpidos nas ruínas de Persépolis. Não passamos de figuras esfumaçadas que saem de livros de poesia. O Tehrani me disse que aqueles que estão fora há mais tempo veneram o mais sujo trabalhador *shalizar* como discípulos com saudades de casa. Cameron e Mahtab também passam horas escrevendo suas ditas regras:

> *Para alcançar autenticidade persa, você pede alho em conserva com o jantar. Num restaurante ocidental, onde o alho não passa dez anos cozinhando em salmoura, você pede iogurte e cebolas cruas, ou rabanete cru, hortelã e manjericão para acompanhar sua comida. Você considera a entrada um produto da idiotice ocidental, pois qual é o apetite babaca que precisa ser despertado? Você come com colher, nunca com garfo e faca, porque qual é o cozinheiro horrível que deixa a carne tão dura que exige outra coisa além de uma colher? Você adiciona uma gema crua e manteiga ao seu arroz, só trocando isso por um molho consistente. Você nunca para em duas ou três xícaras de chá e come algo que leva mel de sobremesa. Você se recosta depois num monte de almofadas – você está inevitavelmente*

sentado num tapete artesanal estendido no chão – fuma demais e toma mais chá.

Você nunca sussurra quando pode gritar; nunca diz a verdade quando pode mentir.

Ah, o milagre de ter nascido abaixo do Cáspio. Você pode ser agraciado com um gênio assustadoramente terrível. Você pode ganhar um bico de corvo como nariz. E a menos que você seja um dehati sem raízes ou um mestiço, com toda a certeza tem uma história de insanidade poética na família. Mas tudo isso é compensado pela capacidade de metabolizar um pequeno veado da noite para o dia.

– Ah, Saba jan, isso é tão verdadeiro! É até pior do que isso, se quer minha *opinião.*

Eles riem alto e derramam seus drinques quando Cameron, com sua voz de político, declara o trabalho terminado, e Mahtab comemora e acha que está apaixonada. Que mundo estranho. A minha Mahtab, a tantas colheres de chá de distância, ainda consegue se apaixonar por um persa. Será que devo avisá-la? Se ao menos eu soubesse como me comunicar com ela.

Neste momento beatífico antes de ser testado, Cameron parece lindo para ela.

Antes de Abbas se tornar um monstro, ele também parecia frágil e delicado, e eu o amava de um jeito diferente. Ele era uma espécie de pai para mim, quando o meu pai de verdade estava indisponível. Mas Mahtab não precisa de um pai agora. Ela tem Baba Harvard. E então, antes de sua transformação em Abbas, Cameron é ele mesmo, ao natural, um Mahtab homem, perambulante, desterrado. Um exilado e um par perfeito.

Ela não sabe que seu iraniano ideal, seu *alter ego*, embora esteja ali, escovando os dentes enquanto ela o observa pelo espelho do banheiro, não existe.

Ela quer tocar nele, abraçá-lo, esquecer suas ressalvas e transar com ele. Por que ele não quer isso também? Às vezes, quando ele está dormindo de barriga para cima com os braços e pernas espalhados, ela se deita sobre ele na mesma formação, de modo que cada centímetro dela esteja tocando nele, das pontas dos dedos dos pés até o alto da cabeça logo abaixo do seu queixo, com cada dedo perfeitamente alinhado com o dele. Ela ouve seu coração batendo lentamente e deseja que eles fiquem congelados naquela posição, como duas metades de uma estrela do mar.

Embora eles tenham perdido a conta das noites que passaram juntos assim, Mahtab sente algo forçado na forma como Cameron segura a mão dela. No modo como ele a beija. No modo como ele se levanta assim que termina um filme e interrompe seus numerosos mas curtos amassos no sofá. Ele é tradicional, ela pensa. O modo como ele reage a ela sempre deixa uma sensação de frustração em sua barriga, em seus membros que pairam sobre ele. Mahtab já dormiu com um homem antes? Não sei. Garotas americanas dormem com homens antes de estarem comprometidas? Na televisão sim, mas talvez Mahtab não durma. Ela não é obrigada. Um dia ela vai se casar com um homem de sua escolha e vai ter tudo isso.

Quando ela beija a barriga dele, ele se afasta. Ele segura as mãos dela para trás e brinca. – Achei que este fosse um relacionamento islâmico. – Ela ri e conclui que ele é tímido.

Às vezes, no cinema, ela lê Forough Farrokhzad. *Ó estrelas, o que aconteceu que ele não me quer?* Então, como uma boa persa, ela mente para si mesma.

Ela comete o erro de contar à mãe sobre Cameron. Mamãe fica logo nervosa. – Não se envolva com um iraniano, Mahtab jan. – Ela não diz por que e Mahtab não pergunta, porque a mãe dela também tem os seus medos particulares.

Dois meses depois de iniciado o romance, eles combinam de ir de carro até Nova York para jantar na casa dos Aryanpur. À medida que o dia vai se aproximando, Cameron fica agitado.

– Eles são muito tradicionais. Muçulmanos muito devotos – ele diz. – Por favor, cuidado com o que disser. Não converse sobre o Irã nem sobre política, e não diga que é cristã. – Ele mexe nas cutículas. – Tem mais uma coisa. – Ele não a encara. Vê-lo assim tão nervoso deixa Mahtab curiosa. – Minha mãe – ele murmura. – Ela usa *hijab*.

Mahtab ri, aliviada. – Tudo bem, eu já vi um *hijab* antes. Eu *morei* no Irã.

– Não, preste atenção – ele diz, segurando a mão dela com as duas mãos. – Eu ficaria eternamente grato se você se dispusesse a usar um xale vermelho cobrindo na cabeça na hora do jantar.

Mahtab sente o sangue fugir do seu rosto. Ela abre a boca, mas não sai nenhum som. Ele diz "Por favor" mais uma vez, e ela recupera a fala, que volta galopando com a fúria de um rebanho de cavalos selvagens. – De jeito nenhum. E não torne a me pedir isso.

Mahtab sai do quarto de Cameron com tanta raiva que espera nunca mais tornar a vê-lo. Ela bate todas as portas entre o quarto dele e o dela, andando furiosa do corredor para a rua e de volta para o seu quarto. Os dias que se seguem são marcados pela confusão, por uma obsessão constante com as palavras e intenções de Cameron. Ele não deve conhecê-la nem um pouco, depois de tantas noites juntos. Porque uma coisa é certa no mundo de Mahtab, que é o fato incontestável de que ela jamais, *jamais* usará um *hijab*. Então por que ela está parada na frente de uma loja chamada Hermès – ou será Casa Hermès? Eu não sei que nome está na porta – examinando aquela cara echarpe de xadrez azul e lilás da vitrine? Por que ela a está olhando com tanta atenção, com sentimentos tão conflitantes, como se estivesse contemplando a prova dos seus próprios crimes? Por que ela numa sexta-feira de manhã antes das aulas chega sem avisar na porta de Cameron, carregando a caixa cor de laranja de Hermès – como aquelas que você vê veranistas de Teerã carregando nos arredores de suas *villas* à beira-mar para exibir suas compras estrangeiras – e um cartão de crédito preenchido, sua cabeça elegantemente coberta (só pela metade) numa imitação perfeita de Jackie Kennedy, inclusive com seus grandes óculos escuros?

– *O modo como as garotas chiques de Teerã usam* – diz Khanom Omidi. – Muito elegante.

Enquanto espera, a Mahtab, que nunca sacrifica sua dignidade, tenta se libertar, obrigar seus pés a correrem. No fundo do estômago, um ser selvagem, uma coisa egoísta que não liga para princípios briga para satisfazer seus desejos, crava os pés no chão. Lembra a ela que aquilo é só um pedaço de pano. Deixa-a ciente do seu desejo físico por Cameron.

Quando Cameron abre a porta, ela diz: – Isto é o melhor que eu posso fazer.

Ele a abraça e beija seu rosto. – Eu sabia que você não me decepcionaria.

– Como eu poderia negar? – Ela diz, passando por ele com a caixa cor de laranja na mão, apenas com um recibo dentro. – Veja a bela echarpe que você comprou para mim.

Antes de você perguntar, deixe-me explicar que na América as pessoas não compram as coisas com dinheiro vivo. Elas têm cartões que registram cada compra, e depois pagam tudo de uma vez. Então Mahtab ainda não pagou, e Cameron a reembolsa discretamente, colocando dinheiro em sua bolsa. É tudo muito sutil, muito disfarçado. Assim ninguém pode perguntar o que ele comprou.

– *Isso é muito estranho. Para onde vai mesmo o dinheiro?*

Eu explico depois. Por ora, eles vão para Nova York.

E, sim, Khanom Omidi, eu sei que a echarpe azul e lilás parece ser igualzinha à de Khanom Basir. Isto porque ela também é uma echarpe culpada – uma echarpe que ela não merece.

Como Mahtab já esperava, os Aryanpurs são ricos e espalhafatosos do jeito que só iranianos americanos conseguem ser – do jeito que os primos de Baba eram quando passaram um verão em Shomal. Eles a cumprimentam efusivamente, elogiando seu equilíbrio entre religiosidade e elegância. Eles beijam o filho nas duas faces, e o Sr. Aryanpur franze a testa para a camisa de Cameron.

– Abotoe até em cima – ele resmunga, olhando para o peito liso do filho. – Hábito vergonhoso.

Mahtab gosta dos rituais urbanos de Cameron. Ela acha que os pelos são o primeiro sinal de "excesso de Irã", lembrando-se da sua luta para convencer a mãe a deixar que ela se depilasse. Depois de muita pesquisa, Khanom Omidi, eu acho que os iranianos têm uma ligação única com os pelos do corpo e, para ser franca, que não faz muito sentido. Por que tanta confusão por causa disso?

A casa dos Aryanpurs é ao mesmo tempo solene e extravagante. Nas paredes estão pendurados diversos painéis redondos de caligrafia islâmica, escritos em bela letra Nastaleeq, ao lado dos desenhos de Nezami e Ferdowsi. Nas estantes, volumes do Corão são guardados respeitosamente afastados dos outros livros. A riqueza da família aparece em toda parte. Na sala de jantar, uma grossa toalha de mesa marrom e dourada cobre uma mesa de cerejeira onde cabem doze pessoas. Há um excesso de objetos de ouro maciço.

— O seu nome é Mahtab, não é? — A Sra. Aryanpur pergunta. A mãe de Cameron é a personificação do seu ambiente. Embora coberta da cabeça aos pés, ela usa uma camada grossa de maquiagem e unhas longas e vermelhas. Embora ela evite o estilo moderno de deixar vários centímetros de cabelo à mostra, uma mecha solta diz a Mahtab que, sim, o cabelo dela é daquele tom alaranjado próprio de Los Angeles — como as persas exibidas da Califórnia que você vê em fotos.

— Sim, mas eu uso May agora para simplificar as coisas — diz Mahtab.

O Sr. Aryanpur dá um longo suspiro que parece que estava esperando dentro dele. — Isso é uma pena. Você não devia abandonar seu nome persa. Ele significa "luar", você sabe.

— Sim, eu sei. — Ela nota que o Sr. Aryanpur também é adepto de tinta de cabelo. Seu bigode preto retinto contrasta fortemente com seu cabelo grisalho.

— Muito bonito — ele murmura e se afasta da porta.

Existe algo de familiar quando eles se sentam ao redor da mesa — uma espécie de descompasso no ritmo da noite. Eu já vi isso nos vídeos caseiros que chegam dos primos de Baba na Califórnia — aquelas refeições são uma mistura bizarra das nossas e das que você vê na televisão americana. Os Aryanpurs, como Mamãe e todas as outras famílias de imigrantes do mundo, estão no limbo, presos entre dois conjuntos de rituais inteiramente diferentes. Sem saber se começam às seis horas ou às dez, eles beliscam nozes e frutas secas até estarem quase cheios quando começam a jantar às nove. Sem saber se respeitam o hábito iraniano de levar toda a comida para a mesa ao mesmo tempo ou o americano de comer em etapas, eles servem salada verde como entrada, comendo depressa como se fosse uma obrigação — uma homenagem forçada ao novo país — antes de desfilar as carnes, cada uma cozida numa combinação de pelo menos cinco temperos. Mas a conversa flui com naturalidade. Eles começam com poesia e literatura, recitam e voltam atrás e corrigem, recordando Isfahan, Persépolis e o Cáspio, e depois, horas mais tarde, passam para indagações mais básicas entre eles. Eles se parecem muito com as famílias que vêm passar uma temporada nas *villas* junto ao mar, companheiros dos meus pais em educação e interesses. Embora na América eles sejam livres para escolher seus passatempos e os temas de suas conversas.

Dali em diante, os Aryanpurs passam a noite quase toda reunindo informações sobre os pais de Mahtab, seu passado e sua educação.

– Então você está no terceiro ano em Harvard – o Sr. Aryanpur diz, enquanto tenta se adaptar à arrumação de mesa americana. Ele está ficando visivelmente zangado com os grãos de arroz basmati que caem do garfo no seu prato. Quando ele pensa que Mahtab não está olhando, ele pega a colher de sobremesa. A visão dele empilhando grãos naquela colher minúscula, as mãos tremendo até alcançar a boca, faz Mahtab lembrar o seu próprio pai, embora ela não saiba ao certo por quê. Ela pensa em José da lanchonete e percebe que talvez este homem a faça lembrar de todos os pais. Há uma dor ali, no espaço vazio onde Mahtab guarda saudades paternas. Ela tem vontade de tocar na mão do Sr. Aryanpur, de tornar a encher sua xícara de chá e mostrar que ela não é um problema, de dizer o quanto Cameron se parece com ele. Ela tem a sensação de que ele passa grande parte do dia em casa, provavelmente porque não tem terras para cuidar.

– Estamos sempre dizendo a Cameron para se casar com uma moça inteligente – o Sr. Aryanpur diz na sua voz baixa e indiferente.

– Baba! – Cameron exclama.

– Bem, é verdade, não é? – O pai de Cameron parece chocado. – Por que você ficaria envergonhado com a realidade do casamento? Por que você desperdiçaria a sua vida? – O Sr. Aryanpur continua como se Cameron não o tivesse interrompido. – Mas a culpa não é de Cameron. Nós o desencorajamos a namorar enquanto ele não estivesse adaptado na faculdade.

E então, como se só agora tivesse se lembrado disso, a Sra. Aryanpur diz: – Nosso filho é o primeiro da classe. Você sabia disso? – Ela olha ansiosamente para Mahtab.

– Sabia sim. – Ela ri e se vira para o pai de Cameron, que voltou a falar.

– Eu acho que você seria uma boa candidata. O que fazem os seus pais?

Quando Cameron está prestes a reclamar, o pai se vira para ele e fala tão alto que Mahtab quase dá um salto. – Eu já disse para você não sentar assim. – Na mesma hora, Cameron descruza as pernas e fica vermelho. Qualquer que fosse a reação dele ao comentário do pai sobre casamento se perdeu agora, e Mahtab gostaria de saber qual seria. Cameron evita olhar para o pai, sorri ternamente para a mãe, que segura a mão dele. O Sr. Aryanpur continua a falar sobre o Irã, educação e o significado de cada um dos quadros pendurados na parede. Ele parece mais velho, mais rigoroso do que a esposa. Ela bebe seu chá numa xícara, enquanto ele o despeja no pires para esfriar, morde um cubo de açúcar, depois leva o pires aos lábios com as mãos – do modo que tomávamos chá quando éramos crianças para não queimar a boca.

Mahtab gosta desse homem. No final da noite, ela começa a achar que em breve irá se juntar ao conjunto de belos objetos na vida dos Aryanpurs.

Cameron passa a viagem toda de volta à universidade agradecendo a Mahtab e se desculpando pelos pais. Mesmo depois que Mahtab diz a ele que se divertiu muito, ele continua a agir de forma tensa, inquieta. Ela não dá importância a isso, imaginando que ele voltará ao normal de manhã.

Ela tenta ligar para ele no dia seguinte, mas ele não atende. Passam-se dias e nem sinal dele. Quando eles se encontram por acaso uma tarde, ele diz que está ocupado com sua pesquisa sobre o Irã e que seu orientador irá ajudá-lo nos seus planos de voltar para lá.

– Você está cansado de mim agora que já tranquilizou seus pais? – Ela pergunta brincando.

Ele ri e diz que isso nunca vai acontecer. Mas ele estará dizendo a verdade, esse persa jovem e elegante? Ele se cansou dela?

Na semana seguinte, Mahtab se ocupa com o trabalho. Ela está sempre precisando de dinheiro e passa as noites vendendo entradas no cinema. Ela tem uma sensação estranha, incômoda em relação a Cameron, um incômodo igual a uma bolha ou uma picada de inseto, mas está ocupada demais para tomar alguma providência, até uma noite em que o trabalho termina cedo e ela resolve visitá-lo.

Ela passa pela biblioteca e pelo centro do campus. Na vitrine de uma lojinha, retoca a maquiagem antes de entrar no dormitório dele. A porta do quarto de Cameron não está trancada e ela entra, chamando por ele enquanto larga a bolsa no sofá. Ela ouve um barulho no banheiro. Corre para o quarto, tirando o casaco e pensando em jantar. Cameron está lá – um relance de pele enquanto ele veste um suéter, com uma expressão triste no rosto.

Ao lado dele, sobre os lençóis azuis amassados, está sentado um rapaz frágil e belo, de no máximo dezoito anos, agitando-se como uma criança. Mas ele não é criança. Ele é um homem, seminu, e claramente jovem e confuso demais para enfrentar essa situação complicada.

Apesar da incompreensão no sorriso de Mahtab, Cameron é esperto demais para tentar esconder suas indiscrições. Então ele começa a se apressar para minimizar o dano. Ah, o dano. Ele passa a mão pelo cabelo. Quantos problemas isto pode criar? Sem dúvida ele vai perder a namorada. Mas o que mais? Lembre-se Khanom Omidi, que o pobre ariano quer trabalhar no Irã. Ah, isso é um grande problema.

– *Pobre rapaz – diz Khanom Omidi. – Mahtab vai esquecer. Mas ele vai ter muitos problemas.*

Bem, talvez ele esteja apenas experimentando, como Ponneh com sua amiga Farnaz – não faça essa cara chocada; eu sei que ela contou para você –, ou talvez esta seja a verdade dele e ele cresça sofrendo por ela. Mahtab fica ali parada, ainda insegura, olhando para Cameron com olhos cansados, delineados de preto, agora arregalados de espanto. *O estranho é um estudante? Um entregador?* Aos poucos os detalhes se tornam visíveis para ela e substituem o quadro mais amplo. O rapaz de rosto vermelho encolhido na cama. Um botão do jeans dele arrancado na pressa. O cheiro almiscarado pairando no ar. Roupas atiradas em todas as direções. Camisinhas na cômoda.

Quando vê a verdade refletida nos olhos de Mahtab, Cameron não pede desculpas. Ele a puxa para a sala e fecha a porta. Numa voz excessivamente calma, ele diz à sua namorada que o romance deles terminou.

– Eu não entendo – ela diz. – Você agora gosta de homens?

– Não *agora*... – Ele parece ofendido e baixa os olhos. – Eu sou... bem... eu *sou*... sim.

– Mas nós éramos... – Mahtab quer mencionar as noites no sofá, mas, diante da cena agora fixada para sempre em sua memória, seus amassos com ele parecem ridículos e inocentes – uns poucos beijos, uma mão que sabe exatamente aonde *não* ir. Então ela compreende mais uma coisa. Alguma coisa que desperta nela um ódio intenso dele. – Você me fez conhecer os seus pais. Você me fez usar o *hijab*! – De repente, o crime dele foi multiplicado por mil.

– E daí? Qual o problema? – ele diz. – Você acabou ganhando um belo presente.

Em algum lugar dentro dela um demônio acorda, contempla os membros dele e tenta escolher qual ela vai arrancar primeiro.

– Você é um...! – Ela não consegue completar a frase porque não sabe os melhores palavrões em inglês, mas você pode imaginar. Ela esbraveja, furiosa, pensando naquele pedaço de seda odioso.

Ele começa a suplicar, pede desculpas, diz que ela é sua melhor amiga. – Por favor, compreenda – ele diz. – Eu *gosto de* você, mas sofri tanta pressão. Você conheceu o meu pai. Eu não posso contar a eles...

O demônio procura algum açafrão para marinar os pedaços dele quando aquilo estiver acabado.

– Por que não? – Mahtab pergunta. Num relance, ela se lembra de detalhes do jantar e diz: – Você ainda não percebeu que o seu pai já desconfia disso?

– Não é verdade! – Cameron torna a passar a mão pelo cabelo, os olhos fixos na testa dela. – E eu quero trabalhar no Irã, está lembrada? Mahtab, eles *enforcam* pessoas por isto.

– Sim, é verdade. – Khanom Omidi sacode a cabeça. – Nossos bons tempos terminaram.

Mas Mahtab não percebe o medo na voz dele. Ela não faz uma pausa para admirá-lo por querer voltar para a terra natal de ambos apesar dos perigos. Ela só ouve os gritos raivosos que vêm do fundo de si mesma. Ela torna a xingá-lo e sai furiosa.

Cameron vai atrás dela. – Mahtab, você não pode contar isto para ninguém – ele diz e segura o braço dela. – Você tem que guardar este segredo. – O coração dela palpita com este último golpe.

– Por que eu faria isso?

– Porque sim! Ninguém pode saber. Eu não posso deixar que eles pensem que eu sou... *assim*.

Mahtab ri. – Você é imbecil ou está fazendo drama? Você não vai ser enforcado. Tem um monte de gays no Irã. Não tem problema ser gay. Basta arrumar uma esposa primeiro. – Então, lembrando que é exatamente isso que ele está fazendo com ela, ela tenta se soltar para descer a escada.

Porque, Khanom Omidi, é exatamente isto que todos os persas fazem quando eles temem que sua masculinidade possa estar em jogo. Eles procuram uma esposa. Eles protegem seu segredo. Eles ocultam as provas. É isso que me deixa mais triste pela minha irmã. Nós caímos na mesma armadilha. E, como eu, Mahtab comete o erro de provocar a fera. No meio da névoa de humilhação e choque, do oceano de dor, um sorriso zombeteiro surge nos lábios de Mahtab e ela o provoca, embora sua vontade seja cair nos braços dele e chorar e verificar se ele se sente enojado. – Será que tem um telefone para eu ligar para a polícia religiosa em Teerã?

Talvez ele tenha vontade de atacá-la agora. Talvez ele queira contratar uma antiga *dallak* para provar sua masculinidade por ele. Mas aqui é a América, e na América os homens não conseguem se safar desse tipo de violência. Lá, o dinheiro é a única arma que vale a pena ter, e desejar uma pessoa desse tipo não é algo tão assustador.

Como Cameron não responde, ela grita: – Me solta! – E se livra dele. Ela não chora – só mais tarde. Ela simplesmente vai embora, admirando-se no ego sem tamanho dos homens persas... ou talvez de todos os homens. Porque nesse momento, mais do que qualquer outra coisa, Cameron está preocupado com sua reputação, com medo que ela vá anunciar seus segredos dentro de um hammam cavernoso de mulheres raivosas, reunidas lá para confirmar seus repetidos fracassos em consumar o romance. E o motivo? Porque ele é... *assim*.

E agora vem o momento em que Cameron, o pobre ariano, acaba com a outra Preocupação de Imigrante de Mahtab e entra para o rol das anedotas de trinta minutos que constituem sua vida perfeita de TV. Na semana seguinte, Mahtab ignora os telefonemas de Cameron, embora ele ligue várias vezes por dia para ela. Ele não está tentando retomar o relacionamento deles, nem mesmo sua amizade. Ele está ligando para implorar o seu silêncio. Sim, Mahtab planeja ficar calada, mas ela diz isso a ele? Ela jamais daria esta satisfação a ele. Até que um dia ela chega em casa do trabalho e encontra uma mensagem na sua secretária eletrônica.

"Mahtab, sou eu. Olha, eu sei que você não quer falar. Mas eu não posso ir para o Irã sem ter certeza. Pensei em algo que irá livrar você de me fazer qualquer favor. Você disse que odeia o seu trabalho, certo? Bem, que tal isto? Você se demite e eu divido o meu cartão de crédito com você."

– Sabe, Khanom Omidi, esta é uma grande proposta. Significa dinheiro à vontade.

"Cheque a sua caixa de correio. Ninguém vai saber. Você pode usá-lo pelo tempo que quiser em troca deste favor, mesmo depois que nos formarmos. Que tal isso? Ligue para mim."

Mahtab ri. Ela apaga a mensagem e vai dormir, sacudindo a cabeça com a arrogância dele, sua ausência de remorso. Ela tenta odiá-lo. Por que ele não diz nada sobre o amor perdido, sobre o futuro que ela imaginou para eles? Por que ele não admite que a ama? São duas da manhã e ela tem que estar no cinema às oito para separar os recibos, mas não consegue dormir. Ela se espalha na cama, as pernas estendidas como a parte superior de uma estrela-do-mar, e diz a si mesma que o que Cameron disse a ela não é verdade – que ela pode achar um jeito de ficar com ele. Ao enterrar a cabeça no travesseiro, ela pensa que jamais aceitaria uma proposta dessas.

Tem uma coisa engraçada a respeito da reputação dos homens. Eles estão dispostos a dar toda a sua riqueza por ela. Você acha errado aceitar, Khanom Omidi? Um dia o meu dinheiro virá desta mesma fonte. Os destinos dos gêmeos estão unidos, afinal de contas. Pelo menos Mahtab experimentou um amor unilateral. Ela pode se deitar sobre o corpo de Cameron e ouvir o coração dele, tocar os lábios dele com os dela e o fazer rir, passar os dedos por seus dentes de uma brancura de Harvard. Imagino o que é passar uma tarde com um homem desses. Desejá-lo e poder ficar tão perto dele. Tocá-lo e ver que ele é afetado por mim. Às vezes eu não me importo se esse homem é meu marido ou um estranho ligado a mim apenas por nossos desejos comuns, proibidos. Eu odeio Abbas por ser velho, por me negar até mesmo o mais ínfimo conhecimento dessas coisas, o mais ínfimo dos prazeres. O sentimento de que eu poderia ser parcialmente humana, mesmo não tendo mais uma metade de mim. Às vezes eu o odeio mais por *isso* do que pela violência que ele cometeu contra mim.

Talvez eu seja uma imigrante também, vagando pelo casamento como Cameron e Mahtab vagam pela América em busca de uma fantasia que costumava existir. Eu quero ser eu mesma, inteira sem Mahtab, e selvagem com a cabeça descoberta. Talvez eu pudesse dançar ao redor de uma fogueira como as mulheres costumavam fazer durante as comemorações Norooz antes da revolução. Cabelos negros voando. Esposas beijando maridos e amantes. Correndo para os quartos para fazer quem sabe o quê. Então eu não desejaria que Reza fosse igual a James ou que Abbas fosse igual a Cameron. Eu não desejaria estar no lugar de Mahtab. Eu só desejaria ser eu mesma, sem livros nem requintes – só uma coisa selvagem e faminta correndo descalça por algum lugar.

O mundo mudou, Khanom Omidi, e agora somos *todos* impotentes.

– *Ah, que tempos estranhos vocês têm que enfrentar.* – Khanom Omidi suspira. – *Nós todos ansiamos pelos velhos tempos, Saba jan, mas temos que nos contentar com pequenas alegrias... Talvez devêssemos comer alguma coisa, tomar um chá. Depois você tem que me dizer o que aquele homem fez com você.*

Sim, talvez depois... Mas agora é a vez da minha irmã. No dia seguinte, Mahtab encontra o cartão de crédito em sua caixa de correio. Ele tem até o nome dela nele. Ela o coloca numa repartição separada da carteira, longe do seu próprio dinheiro. Ela não liga para Cameron nem conta para os amigos ou para a mãe. Ela está ocupada demais para corrigir os seus erros. Ela vai lidar com isso de manhã. Mas no dia seguinte o patrão precisa que Mahtab trabalhe mais turnos e ela não tem tempo para devolver o cartão de crédito. Além disso, uma parte dela gosta desta ligação com Cameron. Ele pode ter ido embora, mas ainda está amarrado a ela por aquele pedacinho de plástico. Isto é algo a que ela pode se agarrar – como uma camiseta ou um livro deixado no quarto dela. Isto significa que ele está pensando nela. Ela ignora este fato, dizendo a si mesma que fazer isso não é uma concessão. Além disso, dentro de um mês ele terá esquecido que ela possui esta porta de entrada para a riqueza da família dele.

Uma tarde, com as mãos tremendo, ela usa o cartão de crédito para comprar um café. Para ver o que acontece. Para ver se isto é real ou apenas mais um jogo. O pagamento é autorizado sem problema e o cartão fica pesado em sua mão. Ela aceitou o dinheiro sujo e passou uma grossa camada de iogurte sobre ele para ninguém ver. Dois dias depois, ela torna a testar o cartão. Ela compra um livro, que devolve vinte minutos depois. A música da máquina do cartão de crédito confirma que alguém aceitou seu consentimento tácito.

– *Como assim, Saba? Que máquina?*

Uma semana depois, após um fim de semana insone, dois prazos esgotados e uma prova, Mahtab larga o emprego na bilheteria do cinema.

Mahtab se sente culpada? Alguém sabe o que ela fez? Encharca de lágrimas o travesseiro à noite e põe a culpa naquela echarpe de seda Hermès pelo seu pobre ariano que voltou para casa com seus grandes sonhos e temores ocultos?

– *Então ela aceita o dinheiro?* – Khanom Omidi diz. – *Talvez seja uma decisão sábia.*

Parece que sim. Mas cartões de crédito não passam de plástico até você usá-los. É assim que eles funcionam, cada compra é um novo acordo. E, como você diz, o amor é uma melancia não aberta. Você pode cortá-la e descobrir que comprou a fruta errada.

E, por falar nisso, Khanom Omidi, embora você esteja concordando com o bom senso de tudo isto, você devia saber que em inglês é uma ótima piada às custas de Cameron.

Embora não tenha certeza de que irá tornar a usar o cartão de crédito, Mahtab diz adeus para uma de suas maiores Preocupações de Imigrante. Ela já venceu muitas outras até agora: ela não se aflige mais com o fato de ser diferente. Ela se preocupa com o sucesso. E agora ela parou de pensar em dinheiro também, não pelo acesso que tem à riqueza do pobre ariano, mas porque ela percebe com que facilidade o dinheiro pode ser obtido. Talvez eu deva aprender com a minha irmã. Minha irmã mais forte, mais sábia, mais experiente. Talvez eu deva parar de categorizar todos os tipos de dinheiro do mundo; parar de ver diferença entre dinheiro velho, dinheiro novo, Dinheiro de Viúva Muçulmana e Dinheiro de Iogurte, julgando-o e separando-o em categorias que são a mesma coisa. Eu deixei de usar tanto dinheiro. Talvez eu deva ser mais corajosa, proteger-me contra as maldades dos homens covardes. Talvez eu deva parar de esperar pela minha herança.

Uma palavra humilde

(Khanom Omidi – A Meiga)

Depois da história de Saba, tentei dizer a ela sem dizer a ela, porque, é claro, não posso incentivar o mau comportamento. Mas acredite em mim quando digo que sei do que ela precisa. Tenho sido uma verdadeira mãe para Saba durante todos esses anos. Tenho cuidado de suas feridas, sussurrado palavras de defesa e simpatia em todos os ouvidos acolhedores, seguido atrás dela enquanto ela deixava uma trilha de lorotas e asneiras, e aplicado uma camada sutil de iogurte sobre tudo isso para que ninguém a julgasse. Quem mais faria isto, especialmente depois que perdemos Khanom Mansoori? Minha querida amiga… Que sua alma descanse em paz, ela estava certa ao dizer que as histórias de Saba fazem bem a ela. Ontem, quando aquela doutora, Zohreh Khanom, ligou e Saba não estava em casa, eu elogiei a imaginação da moça, e a médica pareceu preocupada, o que é ridículo.

O que foi que Abbas fez a ela? Eu gostaria de saber. Depois de sua história, comecei a pensar: a tristeza dela é realmente por ter se casado com o homem errado ou tem outro motivo? Eu, pessoalmente, acredito que toda mulher deveria ter um dinheiro só seu, uma pequena quantia guardada que esteja a salvo de todo homem e que ela possa usar para sair de situações difíceis. Sabe de uma coisa, eu acho que, se um dia todas as mulheres do Irã acordassem e tivessem seu próprio dinheiro, não haveria mais casamentos. O dar e receber de filhas iria acabar rapidamente. Talvez o país inteiro desmoronasse. Se ele desmoronar *mesmo*, eu vou estar segura porque tenho economias guardadas no meu chador.

Por favor, não conte a ninguém que eu penso assim, porque eu vou negar.

Acredito que nenhum homem jamais será suficiente para Saba. Ela deseja independência, e enquanto não a obtiver, as histórias de Mahtab não terão fim. Mas não é só isso que ela deseja, o que me traz à segunda coisa que eu observei.

A pobre menina está desesperada para crescer, para se tornar mulher, para experimentar um despertar verdadeiro, o que ela obviamente não tem com o velho cadáver que desposou. Ora, aqui é que eu preciso tomar cuidado para não incentivar um mau comportamento, mas tentei sugerir que existem coisas que ela não deveria deixar de experimentar na vida. Eu disse a ela: "Você é uma moça inteligente. Você lê poesia antiga?" Ela disse que sim, então eu disse: "Rumi é de que mais gosto. A dor e a fome. Tem um verso sobre um peixe sedento dentro de nós que jamais consegue ser saciado." Saba só olhou espantada para mim e sacudiu os ombros. Eu recitei mais poemas sobre paixão e desejo. Que palavras! *Eu estendo os braços,* Rumi diz, *desejando que você me rasgue.*

Será que Saba entende? Espero que um dia ela entenda, mesmo que seja por uma noite. Por uma hora. Ela já não sofreu o bastante? Talvez ela devesse ter um amante só para experimentar esta parte preciosa da vida. E antes de você pensar que eu tenho uma mente pecadora, deixe-me dizer que não é pecado ser humana. Quando eu era jovem, os prazeres eram muitos e os amantes eram como bolas de ópio no fundo de um pote de especiarias – se você procurasse direito, sempre haveria outra para encontrar.

Não me venha com regras sobre castidade. Essas regras foram feitas por alguém que não Deus. Não me venha com sentimentalismos sobre amor verdadeiro e encontro de almas. Esses sentimentos são para contadores de histórias. A vida não passa de pequenos prazeres guardados como moedas num chador. Provavelmente, neste mundo não existe amor, só bom senso e atração – a combinação de estatura e idade e cheiros para dar bons resultados. Aos meus velhos olhos, é isso que significa se dar bem junto – não há mais magia nisso além de duas pernas, dois braços e, se você tiver sorte, um rosto jovem e bonito.

Anotações
(Dra. Zohreh)

Não culpo o pai de Saba por me pedir para ficar afastada quando ela era criança. Os perigos para a família eram bem reais. Acho que agora ela não precisa de mim, embora eu fosse gostar muito de poder ajudá-la a entender melhor sua mãe para equilibrar o retrato sem dúvida hostil que as mulheres da aldeia pintaram.

Mas não vou insistir demais. Isso seria um erro, creio.

Da próxima vez, se tiver uma oportunidade, talvez eu diga a ela que ela se parece muito com a mãe. Outro dia eu liguei para Saba, e uma empregada, uma mulher chamada Omidi, me contou sobre as "histórias" que ela conta. Naturalmente, fiquei preocupada. Já li estudos de casos sobre crianças que, para conviver com uma tragédia ou uma perda, usam lembranças distorcidas para criar outras realidades para si mesmas. Interessante, normalmente são tragédias em que elas estiveram envolvidas – como os sujeitos do experimento de Milgram que, quando foram informados do que tinham feito, convenceram-se de que tinham discutido ou brigado quando, de fato, tinham sido coniventes. Mas por que Saba demonstra esses sintomas? Eu gostaria de poder falar com ela ou de ter feito isso quando ela era pequena.

Depois do telefonema, lembrei que Bahareh costumava fazer algo parecido. Quando estávamos na faculdade, eu me envolvi com um rapaz que mais tarde terminou o namoro para ir estudar em Londres – uma desculpa esfarrapada, já que eu também tinha conseguido uma vaga numa universidade inglesa por um semestre. Bahareh foi ao meu quarto e passou a noite toda inventando histórias sobre as besteiras que ele ia fazer lá. Ela fez uma lista. Número um: ele vai usar o garfo errado. Número dois: ele vai tentar beijar um homem no rosto. Número três: ele vai fazer discursos babacas para a rainha. Ela me divertiu tanto. No dia seguinte, ela me trouxe um bolo de noiva para jogar no rio como um símbolo de... bem, não sei de quê.

CAPÍTULO 11

OUTONO-INVERNO DE 1990

Nas duas últimas semanas, a Dra. Zohreh ligou duas vezes. Em cada uma das vezes ela disse a Saba, com sua voz rouca de fumante, que estava disponível caso Saba precisasse dela. Saba não retornou as ligações, com medo do que a médica tivesse a dizer sobre sua mãe. Suas cartas para a Prisão Evin não tiveram resposta até agora e ela não conseguira encontrar novas pistas. A mensagem da médica podia ser uma última esperança, e ela ainda não estava preparada para um final. E se a informação trouxer de volta a velha raiva contra a mãe por ela ter partido? E se ela confirmar que a mãe está morta ou definhando em Evin? Mesmo assim, num esforço para recrutar Saba, a Dra. Zohreh mandou, via Ponneh, livros para ela ler, fotos para examinar, histórias para considerar. Embora contente com a atenção da amiga da mãe, Saba não consegue imaginar-se vivendo com tanto perigo e incerteza. Ela folheia os jornais do mundo inteiro, aqueles que contêm fotos tiradas por membros do grupo da Dra. Zohreh. Essas mulheres têm diferentes origens, desde cidades ao redor de Teerã até Shomal. Elas são cristãs, baha'i, zoroastrianas. Algumas são até muçulmanas. A Dra. Zohreh é zoroastriana – uma adoradora do fogo. *Minha mãe é feita de fogo*, Saba pensa, empolgada com a imagem da mãe, a ativista, queimando sob chadors sem nada além de sua raiva. Ela deseja ter visto este lado dela, o lado que não era tão sensato. Será que Saba também tem um pouco disso em seu sangue?

Abbas bate na porta para dizer que está saindo. – Saba? Saba jan? Estou saindo agora. Quer vir se despedir de mim? – Ela tem ignorado todos os seus olhares suplicantes, todos os seus gemidos e arrastar de pés pela casa dia e noite durante meses. Ela não diz nada e espera que seu silêncio seja doloroso aos ouvidos moribundos dele. Quando a casa estiver vazia, ela vai pesquisar um pouco sobre a América, talvez sobre viajar até lá...

para mais tarde. Ela precisa criar um caminho tangível para si mesma porque é isso que uma moça sensata faria. Talvez esteja na hora de visitar a Dra. Zohreh só uma vez, só para obter qualquer informação que possa haver – para deixar de ter medo e ouvir a voz distante de sua mãe. O que a médica poderia ter para dizer que ainda possa machucá-la? Talvez ela encontre uma resposta, algo a que se agarrar enquanto decide como viver sua vida aqui.

※

Depois que tomou coragem e elaborou um plano, Saba segura numa das mãos um mapa desenhado a lápis e na outra o volante do carro do pai e dirige pelas ruas cobertas de neve. Logo a rua encontra a estrada montanhosa que tantos iranianos pegam para fugir para as florestas verdes e as *villas* à beira-mar no verão e para chegar nas pistas de esqui no inverno. Ela olha o mapa, que a orienta a abandonar a estrada Qazvin-Rasht, perigosa e cheia de curvas, e pegar uma estrada ainda mais sujeita a avalanches mortais. Ela empurra para trás o chador que usa fora da cidade, abre o vidro, agora embaçado da sua respiração, e acelera sobre um trecho de neve antiga. Dirigir para a cabana da montanha sozinha foi mais fácil do que ela pensava. Seu pai está passando o dia percorrendo suas plantações salpicadas de neve e preenchendo uma papelada no escritório do seu amigo e contador, e não vai dar por falta do carro. Até agora, as estradas estão vazias e não oferecem maiores perigos. Saba relaxa, contemplando a paisagem mutante – dunas e pedras marrons e cor de laranja, ligeiramente cobertas de neve, ficando para trás no horizonte e sendo substituídas por árvores brancas de gelo na subida da montanha. Quando era criança, Saba costumava pensar que todas as distâncias podiam ser medidas com uma colher de chá. Hoje ela mediu a distância usando a gasolina no tanque do carro do pai. Talvez depois disto ela possa viajar distâncias ainda maiores sozinha – distâncias medidas por mares e oceanos em vez de colheres de chá e tanques de gasolina. Dentro de poucos meses, a primavera vai chegar no topo da montanha e Saba está contente de ter feito esta viagem para ver o inverno.

Ela para o carro numa área plana ao lado de uma colina, logo abaixo do platô onde a Dra. Zohreh disse que ficava a cabana. Saltando do carro, ela a vê imediatamente, uma casinha de madeira em forma de cubo escondida pelas cores da montanha. Toras de madeira sem pintura num cobertor branco e verde. Ela pode sentir o cheiro dela, embora as árvores bloqueiem a vista. Uma mulher está fazendo chá do outro lado de uma janela. Ela levanta os olhos e acena para Saba antes de desaparecer para abrir a porta.

– Saba jan – ela diz com sua rouquidão de fumante enquanto segura a porta aberta e faz sinal para ela entrar. – Seja bem-vinda. Você parece tão adulta. – A Dra. Zohreh é alta e magra com um rosto moreno e um coque preto, à mostra. Ela está usando uma calça marrom elegante, e seu suéter cor de marfim parece ter vindo da América.

– Obrigada – diz Saba. – Eu tenho vinte anos. – Então ela se acha tola, tem medo de não ter dado uma boa impressão. O sistema de calefação lá dentro é feito por aquecedores a bateria e lampiões de querosene. A casa consiste numa sala principal, uma pequena cozinha e um banheiro externo, depois do muro dos fundos. Saba se senta numa mesa grande coberta com renda branca e entrega à Dra. Zahreh o seu chador, que ela amassa sem cerimônia e coloca atrás de uma caixa – estranho, Saba pensa, e fica curiosa a respeito do conteúdo da caixa. Panfletos? Cartas? Quando a chaleira apita, a médica vai até a cozinha. Saba passa a mão fria pelo cabelo, desembaraçando uma mecha com os dedos.

A voz da Dra. Zohreh chega junto com o cheiro de doces de mel. – Estou tão feliz por você ter vindo. – Saba já está fascinada pela cabana.

– Eu também – ela diz. Ela olha pela janela, apreciando o silêncio do lugar. Quando a Dra. Zohreh traz o chá, aquilo parece quase um luxo, como encontrar uma amiga nova num café desconhecido para um bate-papo. Nenhuma mãe fofocando e dando conselhos. Nada de Ponneh e Reza com seu diálogo mudo passando através de nuvens grossas de fumaça de haxixe. Nenhuma história, o que é a própria essência da paz.

– Conte-me sobre o seu marido – a Dra. Zohreh diz num tom impessoal, psicanalítico. Ela morde um pedaço de pão *ghotab* e empurra o prato para Saba. Este gesto tão não iraniano – servir-se primeiro – de certa forma faz com que Saba confie mais nela. Não há *tarof* aqui, e Saba odeia generosidade fingida, que é uma mentira, afinal de contas. Ela pega um pedaço e percebe que é o mesmo pão que Ponneh tem levado para a despensa ultimamente.

– Ele é muito velho – Saba responde. E então acrescenta – Eu o odeio.

A Dra. Zohreh para de mastigar e aperta os olhos. – Ele machuca você? – ela pergunta, sem nenhuma hesitação bem-educada. – Caso ele a machuque, acho que você deve me contar.

– Por quê? – Saba tenta fixar no rosto um sorriso irônico. Mas parece que ela só consegue parecer triste, porque a Dra. Zohreb estende o braço e toca a mão dela. Na mesma hora, Saba teme ter falado demais, porque é vital para o seu futuro que ninguém investigue o seu casamento. Então ela diz: – Ele é um covarde. Ele fica longe de mim quando eu quero. – E desde o Dia das Dallaks isso é verdade.

– Sabe o que a sua mãe me disse um dia... depois do acidente? – a Dra. Zohreh fala. – Ela me disse que, se alguma coisa acontecesse com ela, eu deveria me certificar de que você não se tornasse sensata e cautelosa demais. – Ela sacode a cabeça e bebe um gole de chá. – Que coisa engraçada para dizer a uma filha numa época destas.

Sim, que coisa engraçada, Saba pensa. Sem dúvida, a mãe dela ficaria desapontada se visse suas escolhas. Casar com um velho por dinheiro. Rejeitar a universidade para cuidar de um homem que mal sabe ler uma palavra em inglês. Existe a possibilidade aterradora de que Saba tenha feito uma série de escolhas idiotas. Mas Bahareh Hafezi está em alguma posição para julgar? Tenha ela partido ou sido presa por causa de suas atividades, não abandonou Saba de um jeito ou de outro? Não deixou a filha para cuidar da própria vida? E foi isto que Saba escolheu para se proteger – foi o que suas mães substitutas lhe ensinaram, e Khanom Hafezi não tem direito de dar sua opinião por meio desta estranha. As mães que a criaram a ensinaram a se comportar de forma tradicional, e foi isso que Saba fez. Não havia ninguém por perto para incentivá-la a agir de outra forma.

– Isso foi tudo o que ela disse? – Saba pergunta. – Conte-me mais sobre ela. Quando você falou com ela pela última vez?

Agora é a vez de a Dra. Zohreh ficar surpresa. – Falei com ela? – ela diz. – Bem, como todo mundo, anos atrás, é claro, antes de ela ser... detida.

— Ela examina Saba com o seu olhar inquisitivo de médica e acrescenta: — Acho que ela quis dizer que você deveria ter algum objetivo. Algo por que valesse a pena se arriscar. Ela se preocupava tanto com o seu potencial.

Saba balança a cabeça e toma um gole de chá.

— Você sabe — a médica diz, endireitando a bandeja de chá —, nosso trabalho, de certa forma, é o legado da sua mãe. Você deveria vir aqui num dia de reunião.

Saba a interrompe: — Você pode me contar o que aconteceu com ela?

Quando a Dra. Zohreh se levanta e começa a acender um lampião e duas velas, Saba acha que ela está só querendo ocupar as mãos. Logo a janela gelada reflete um brilho amarelo e a Dra. Zohreh suspira, satisfeita. — Não é bonito? — Ela esquenta o pão sobre um fogareiro, mas Saba conhece bem esse truque. Sua mãe o usava para evitar as perguntas do pai nas semanas — ou foram meses ou foi num ano inteiramente diferente — anteriores ao seu desaparecimento. Saba se recosta na cadeira e se recusa a dizer uma palavra, decidida a esperar que o joguinho termine.

Finalmente, a Dra. Zohreh torna a suspirar e diz: — Se você não tem notícias de alguém que foi levado para a Prisão Evin... Bem, você sabe.

— Eu não sei — diz Saba, enquanto pensa nos motivos para a prisão de sua mãe. Talvez ela distribuísse os panfletos da Dra. Zohreh ou pusesse para tocar demais a Rádio Gospel para os trabalhadores.

— O que eu acho é o seguinte — a médica diz. — Alguém contou ao seu pai que a viu na prisão, certo? Foi por isso que ele começou a procurar por ela lá. — Saba concorda com a cabeça. — Mas você sabia que nunca houve nenhum papel?

Os dedos de Saba estão mexendo num pedaço de pão *ghotab*, esmigalhando-o na mesa. Ela quer que a médica vá logo ao assunto.

— Eu não entendo.

A Dra. Zohreh balança a cabeça. — A prisão diz que ela nunca esteve lá, e, é claro, eu tenho que ser muito honesta com você, é isto que eles costumam dizer quando algo inesperado acontece com o prisioneiro... — Ela se cala e limpa as migalhas de Saba. — Eu acho que é mais fácil para o seu pai acreditar que ela morreu lá. Ela era tão corajosa, sabe... E esta é realmente a explicação mais lógica, Saba jan.

Saba revê a imagem da mãe no aeroporto. Ela se recusa a acreditar na Dra. Zohreh. Quem é ela para dizer taxativamente que sua mãe está morta? Ela respira fundo e tenta não tocar a garganta, porque sem dúvida a médica irá ver sua fraqueza.

– Mas – a Dra. Zohreh continua – quem vai afirmar que a pessoa que disse ter visto a sua mãe é mais confiável do que os guardas da prisão? Eu digo que a falta de papéis nos dá duas possibilidades. – Saba vê um brilho de excitação no rosto da médica, e seu pensamento percorre as lembranças confusas daquele dia no aeroporto. Ela viu os *pasdars* levarem sua mãe embora? Naquele último momento – antes de sua mãe desaparecer no meio da multidão partindo para a América – elas viram uma à outra no salão do terminal, no portão, na fila de controle? Mahtab estava usando um casaco no verão?

Ela tenta se focar na possibilidade que a melhor amiga da mãe está oferecendo agora. – Ela pode ter morrido – Saba diz, ou... – Ela para, imaginando qual será essa outra opção, mais esperançosa.

– Ela pode nunca ter sido presa – diz a Dra. Zohreh.

– Sim – Saba murmura. *Ela pode ter abandonado Cheshmeh e a família dela.*

Desde que viu a carta para Evin que Saba vem tentando juntar a sequência de eventos desde aquele dia. Como Mahtab poderia ter entrado num avião com uma mãe que tinha acabado de ser presa? Mas agora, com esta nova possibilidade, talvez as lembranças que tem do aeroporto sejam verdadeiras. *Baba poderia estar errado a respeito de Evin.* Agora sua elegante mãe volta, usando um mantô azul, segurando a mão de Mahtab, entrando num avião – uma imagem que de repente é real de novo, como se alguém tivesse mexido nos botões da TV e tirado toda a estática e as linhas brancas.

Saba solta o ar, deixando que uma calma agradável a invada.

Faz sentido. Afinal de contas, como seu pai poderia ter se distraído a ponto de perder a esposa para os *pasdars*? Ele tem vergonha de admitir que ela realmente o abandonou? Que fugiu sem dizer uma palavra? Por que ele não está mais zangado? Por que ele nunca xinga a esposa que estragou a vida dele daquele jeito? Talvez isso faça parte do seu sofrimento particular. Talvez ele a tenha ajudado a fugir e se recuse a contar a Saba porque ela também pode querer deixá-lo.

No início da noite, quando as velas e os lampiões ficam mais fracos e o sol se esconde atrás das montanhas geladas, quando o pão está seco e as janelas perderam seu brilho quente e amarelo e voltaram a exibir a camada de gelo cinzento, Saba se despede. Ela não gosta de estar perto do mar à noite. – Eu tenho que chegar em casa antes de Abbas.

– O que você acha de vir na nossa próxima reunião? – a Dra. Zohreh torna a perguntar enquanto pega o chador de Saba atrás das caixas. Olhando para o escuro do lado de fora, Saba se imagina a mesma criança, brincando com Mahtab aquele dia na água.

– Hoje foi bom – Saba diz. – Fico feliz por ter vindo. Mas, desculpe, isto não é para mim.

A Dra. Zohreh parece surpresa. – Tem certeza? A sua mãe...

– Tenho certeza – Saba diz. Há muita coisa em jogo. Todo o seu futuro para quê? Pela emoção de anunciar a infelicidade coletiva do país para o mundo? Quantidades vergonhosas de iranianos ignorantes que talvez nunca saibam que foram castigados? Ela não precisa disso. Existe um homem de verdade, um pecador de carne e osso para ela castigar quanto quiser, esperando por ela em casa. – Além disso, este é o projeto de Ponneh. Acho que vou deixar que ela fique com ele.

A Dra. Zohreh sorri, como se soubesse que isso é só uma desculpa. – Então leve isto – ela diz, e tira algo do bolso. Ela dá a Saba uma velha chave pendurada num barbante grosso. – Venha para esta casa sempre que precisar de um lugar para pensar.

As duas se despedem – cada uma com umas poucas palavras de nostalgia sobre a mãe de Saba –, vestindo suas túnicas cinzentas e pretas e desaparecendo em seus carros no meio da noite. Durante todo o caminho de volta, Saba imagina o mar do outro lado das copas das árvores. As rochas assustadoras. O cais rangendo e balançando. Os barcos jogados pelas ondas. Esses dias nublados de inverno têm um efeito estranho sobre o Cáspio, dando a ele o aspecto sombrio e nebuloso de um mau sonho. Ela esfrega a chave da cabana entre os dedos e pensa no *pasdar* de seus sonhos, com a faca na mão, aquele que diz: "Se não quiser morrer, diga-me onde está Mahtab." *Do outro lado do oceano*, ela sussurra para ele em sua mente, convencida de novo depois de tanto tempo.

Música de revolução

(Khanom Basir)

Em 1979, quando as meninas tinham nove anos, os Hafezis as fizeram passar alguns apertos por causa da religião deles. Antes, a família tinha vivido pacificamente em Teerã e Cheshmeh, só eles quatro, com as portas quase sempre fechadas. De vez em quando, eu via seus amigos adoradores de Cristo entrando e saindo, e algumas de nós ajudavam Bahareh na casa, mas isso era tudo. Depois da revolução, eles tiveram que mudar de vida – sob diversos aspectos, não só deixar de usar shorts e de comer chocolate estrangeiro. Agora os segredos da casa se tornaram um problema. Suas cabeças começaram a cheirar a ensopado de carneiro, como dizem, atraindo predadores. Mas Agha Hafezi não era o tipo de cristão que fazia alarde disso, e logo percebeu que a melhor maneira de se esconder era se expondo. Ao contrário dos covardes nas cidades grandes que se fecharam em suas casas, pensando que estavam seguros, ele começou a receber os moradores da aldeia em sua sala de estar. Se algum dia ele fosse acusado, a aldeia inteira poderia dizer sem mentir: "Eu jantei na casa dele. Ele tem um Corão e amigos muçulmanos. Se ele fosse cristão, *eu* saberia." Foi muito inteligente da parte dele agradar aos vizinhos, transformando-os de espiões e informantes em amigos.

Durante a revolução, não houve agitações nem protestos em Cheshmeh, só transmissões de rádio e novas regras de comportamento – nada de marcas estrangeiras nem de música não muçulmana. Logo, nas cidades maiores, os *pasdars* começaram a aparecer por toda parte com seus uniformes verde-oliva, apertados em seus jipes cor de camelo, quatro na frente e quatro atrás, levando pessoas para os escritórios do *komiteh* – a força policial que surgiu das mesquitas em 1979 e começou a dizer às pessoas que tudo era pecado. Foi ficando cada vez pior ao longo dos anos. Seu tornozelo está de fora? Pecado! Suas unhas são vermelhas? Pecado! Você tem um bronzeado? Você deve ter ficado nua no sol. Pecado! Pecado! Pecado! Se você põe os óculos escuros no alto da cabeça, está fazendo pose. Se os seus jeans estão para dentro das botas, você está exposta demais. Imagine só. Eu dizia brincando que se eles declarassem plástica de nariz um pecado e cobrassem uma multa receberiam muito dinheiro de Teerã. Bahareh ficou furiosa com tudo isso. A maioria de nós tinha medo de reclamar e estava feliz por morar numa aldeia tranquila com poucos *pasdars*. Aos poucos, ao longo de vários anos, as mulheres sentiram o peso de serem obrigadas a usar um xale cobrindo a cabeça e casacões pretos até os pés. Mesmo aqui, onde os lenços de cabeça fazem parte dos nossos trajes tradicionais, e nós ainda usamos cores sem problemas, há uma sentimento de perda por não termos escolhido o nosso recato. Eu sinto isso mesmo em quem é muito religioso. Geralmente, nós, aldeãs, só somos notadas quando viajamos para as cidades ou vendemos artesanatos de palha em barracas na beira das estradas perto do mar. Nas cidades grandes, tudo pode acontecer. Uma vez, quando Ponneh tinha treze anos, ela foi parada em Rasht porque seu mantô era abotoado do lado, mais elegante embora cobrisse tudo. Nada era o bastante para eles. Eles queriam nos transformar em pó.

 Se você perguntar a alguém do Norte, alguém cuja vida se move com o mar, vão dizer a você que uma das piores regras novas foi a da praia. Antes da revolução, costumávamos ir à praia com nossas famílias, nadar todos juntos. As mulheres usavam roupas de banho bem sumárias e trocavam de roupa em cabanas de praia que cheiravam a bambu molhado e tapete de junco. Então eles começaram a colocar cortinas enormes, pedaços de pano velho e sujo cheios de buracos e rasgões, no meio da praia para separar homens e mulheres, maridos e esposas, filhas e pais. Às vezes eles dividiam a praia pela hora do dia – as manhãs para os homens, as tardes para as mulheres. De qualquer maneira, não era mais permitido nadar com a família. Acabou a diversão. As mulheres tinham que nadar inteiramente vestidas. Elas eram instruídas a não chamar atenção para si mesmas. As garotinhas olhavam com inveja para os meninos brincando no mar de short, sem se preocupar em não fazer algazarra. Talvez seja por isto que no dia em que Mahtab morreu as gêmeas Hafezi tenham achado que poderiam se divertir mais nadando à noite.

Entre 1979 e 1981, nós soubemos de tumultos por amigos em Teerã. Ouvimos falar em torturas, execuções e tiros em multidões. As pessoas às vezes desapareciam para nunca mais voltar. O Xá fugiu. Os religiosos tomaram o poder, pendurando retratos do Aiatolá Khomeini em toda parte, enchendo as ruas de cartazes com punhos sangrentos e "Morte à América". Nos primeiros dias da revolução, as escolas foram fechadas e as meninas Hafezi ficaram trancadas no quarto, lendo seus livros e ouvindo música estrangeira.

Durante aquele primeiro mês de incerteza, quando o mundo lá fora estava mudando e as meninas estavam fechadas em seu enorme quarto, mulás de Cheshmeh e Rasht começaram a visitar a casa dos Hafezis. Agha Hafezi achou que precisava convidá-los, esses novos monarcas, para mantê-los próximos e satisfeitos. Mulá Ali era um deles, mas ele era diferente porque conhecia Agha Hafezi havia muitos anos. Ele morava em Cheshmeh e se tornou a graxa que evitava que as pontas agudas de Agha Hafezi arranhassem os ouvidos dos mulás. Ele contava piadas em voz alta, rindo de suas próprias tolices e contando histórias intermináveis do Corão. Funcionava, porque nenhum dos mulás fazia muitas perguntas, e após algum tempo só um ou dois voltaram. Se eles tivessem descoberto o segredo da família, Agha Hafezi teria sido preso ou executado porque a família não nasceu cristã como os armênios ou assírios. Eles se converteram do islamismo. Se um muçulmano os matasse, não seria pecado. É claro que Mulá Ali sabia disso. E eu também. Mas espertas contadoras de histórias como nós sabem que seria ruim para todo mundo se isso viesse a público.

Escondidas em sua prisão elegante, as meninas inventavam suas próprias canções revolucionárias e slogans de guerra. Durante meses, os espíritos e *paris* de outros tempos deram lugar a mártires e heróis e sangue e rifles. Um dia, no *sofreh* de jantar, Mahtab disse que o cordeiro tinha sido sacrificado por nossa causa, e Bahareh mandou que ela parasse de falar bobagens e comesse. Se quer saber, a perda de boas histórias em favor de toda aquela porcaria de revolução e guerra foi a pior parte. Para Bahareh, a pior parte foi a perda de sua casa, que deixou de ser um espaço privado, que não pertencia mais a ela. Ela ficou zangada. Ela perdia a paciência mais facilmente com as meninas.

Há um boato de que Agha Hafezi passou dois meses na prisão naquela época. Talvez seja verdade. Ele uma vez esteve fora por esse tempo e voltou com o cabelo raspado. Quando voltou, ele escutou todas as fitas de música de Saba e só a deixou guardar uma fita em inglês de canções infantis. Ele anunciou esta nova regra na frente dos mulás e dos outros convidados, embora nunca tivesse sido severo com as meninas antes. Mas você sabe o que costumam dizer, quem é picado por uma cobra tem medo de preto e branco.

Ei vai, o problema que essa música americana causou! Eu não vejo por que aquelas meninas eram tão loucas por ela – e depois que ela foi banida, elas ficaram mais fixadas nela ainda. Aquele dia no quarto, eu ouvi Saba chorando no colo da mãe, e Bahareh disse à menina que os revolucionários estavam errados. Que as coisas bonitas e divertidas não são um pecado e que Deus ama a música de todos os povos. Jesus ama o cabelo solto das mulheres, ela disse, e os livros estrangeiros, e especialmente o talento artístico. A verdadeira arte, ela disse, é a maior criação de Deus. Então ela disse a Saba que ela podia jogar fora a fita de canções infantis também, porque se ninguém se importa com ela; então ela não tem valor nem significado. Ela parecia triste, como se quisesse fugir.

Mais tarde, Saba conseguiu apanhar algumas fitas no lixo.

"Nada vai mudar meu mundo", ela cantarolou cem vezes naquele ano, enquanto nós todos aprendemos seu significado – e mais tarde também, quando ela viajou no carro do seu baba, num dia muito, muito ruim, cheio de echarpes verdes e mantôs azuis e chapéus marrons que a separaram de sua irmã.

Ouça o que eu digo, Deus jamais irá perdoar Bahareh por seu comportamento irrealista, por ensinar a filha a procurar sentido em coisas proibidas.

CAPÍTULO 12

VERÃO DE 1991

De acordo com os costumes das mulheres do Norte, dá azar cortar pano numa terça-feira. Nas segundas-feiras, viajar traz mau agouro, e se você varrer numa quarta-feira vai ter espíritos em casa. Não é aconselhável cortar as unhas nas sextas-feiras nem à noite, e quando você fizer isso deve embrulhar as aparas de unha em jornal e esconder nas rachaduras das paredes. Uma vez casada, Saba tem um novo lugar entre as mulheres de Cheshmeh, compartilhando suas fofocas e suas histórias, seus doces e suas superstições, de um modo inteiramente novo. Elas viviam segundo mil regras sem explicação. Mas, agora que Saba tinha aprendido a ouvir, ela conseguia perceber a sensatez por trás de cada uma.

– Eu não posso varrer, Agha jan – a vizinha de Saba diz para o marido enquanto se reclina sobre as almofadas com um livro de poemas. – Você quer que os espíritos se instalem aqui?

– Não posso consertar suas roupas hoje – Niloo diz para Peyman, apontando para o calendário pendurado na parede. – Terça-feira.

Parece que antigamente os homens de Rasht tinham dificuldade para entender a necessidade de um dia de descanso. – As esposas ficam em casa o dia todo – eles diziam –, elas têm muito tempo para descansar. – Mas logo as mulheres descobriram que enquanto os maridos não entendiam nada sobre cansaço e moderação, eles entendiam sobre espíritos, maus agouros e azar. E portanto, uma série de descobertas fortuitas foi feita. As mulheres mais preguiçosas fizeram as descobertas mais surpreendentes, como o fato de que se uma pessoa espirrar uma vez tem que largar tudo o que estiver fazendo e esperar pelo segundo espirro – mesmo que isso leve o dia inteiro. Senão... espíritos. E as esposas ciumentas descobriram que, se um homem sair de casa de manhã e vir uma mulher no caminho, ele tem que voltar para casa e começar tudo de novo.

Saba senta no jardim da frente e lê sobre essas regras num velho livro que achou na coleção da mãe. Ela gosta muito do jardim da frente da casa de Abbas. Os muros altos pintados de branco. A pequena fonte com peixes dourados. Os bancos baixos sob os telhados das passagens cobertas em estilo espanhol. Ao longo das paredes ásperas marcadas por galhos secos e borrões de tinta, grandes jarras de salmoura de alho de dez anos de idade, cada uma da altura da coxa de Saba, estão enfileiradas como sentinelas. Elas foram preparadas e deixadas ali pela primeira esposa de Abbas. Ao lado delas está pendurado um enorme retrato de um antepassado morto há muitos anos. Um *ghali* colorido, um pequeno tapete usado às vezes no dorso dos burros, cobre o banco favorito de Saba, onde ela gosta de ler ou de contemplar os peixes na fonte. Ela imagina que a primeira esposa de Saba era uma mulher supersticiosa.

Após algum tempo, ela volta para o seu quarto, onde seus livros e jornais mais recentes a aguardam. Ela tem lido mais notícias estrangeiras ultimamente. As publicações são geralmente antigas, mas ela está interessada em saber o que *The New York Times* e *The Economist* noticiam sobre o seu país. Ela pega um artigo de um exemplar de abril do *The New York Times*, comprado para ela por seu fiel Tehrani. Uma repórter chamada Judith Miller cita uma fonte diplomática: "A revolução finalmente chegou ao fim." Saba solta um muxoxo e continua a ler. O artigo fala sobre os funcionários dos *komiteh* e sua recente fusão com a polícia comum. Fala que as mulheres não usam mais os deselegantes *maghnaeh*, o Super Xale triangular acadêmico exigido (junto com um mantô) para ir à escola. Diz que os *pasdars* estão se recolhendo e que não há mais retratos de Khomeini nas ruas. "Que bondade sua nos dizer isso", ela diz em voz alta – certa de que há retratos mais do que suficientes, tem um até no escritório do seu pai – e inveja a repórter cujo nome é a única pista a respeito dela. Ela deve ser igual a Mahtab, obstinada e ambiciosa. Uma verdadeira jornalista.

Mais tarde ela ouve uma batida na porta, que ignora a princípio. Mas as batidas ficam mais fortes, e Saba larga o livro que tem na mão, um livro político altamente ilegal sobre o governo americano, chamado *Elegendo um presidente*, que a Dra. Zohreh emprestou para Ponneh, e Ponneh, envergonhada demais para admitir que mal sabia ler farsi, muito menos inglês, emprestou a Saba para ela ler e resumir. Ela desce silenciosamente as escadas que vão dar na porta da frente da casa de Abbas e se enrola num xale de várias cores.

Ela abre o portão e vê Ponneh usando um chador de viagem, lutando com duas sacolas grandes. Saba pega uma delas e fecha o portão. – O que aconteceu? – ela pergunta.

O rosto de Ponneh está mais pálido do que o normal e ela parece assustada – ou chocada. Ela não cumprimenta, e seus olhos estão arregalados e espantados. Ela se move mecanicamente, febrilmente, examinando as duas sacolas assim que chegam no jardim.

– Temos que nos apressar – Ponneh diz ofegante, e enfia a mão no fundo de uma das sacolas. – Seu carro está aqui? Você vai ter que dirigir.

– Você enlouqueceu? – Saba diz. – Onde você pensa que nós vamos? Como Ponneh não responde, ela pergunta: – Sua mãe está sabendo disso?

Ponneh ainda mora na casa de Khanom Alborz. Sua mãe resmunga, lamenta e chora diariamente na cabeceira da cama da irmã doente. Ela continua dizendo que, se sua preciosa filha mais velha tem que sofrer desse jeito, então o mínimo que Ponneh pode fazer é suportar uma fração do sofrimento dela e esperar sua vez de casar.

A voz de Ponneh é decidida. – Nós vamos impedir que uma coisa ruim aconteça. – Ela tira da sacola uma máquina de filmar e depois uma velha máquina fotográfica.

Aos ouvidos de Saba, sua amiga soa tão enlouquecida que ela imagina se não deve simplesmente pegá-la pelo braço e obrigá-la a entrar em casa. Ponneh encontra um rolo de filme. Ela põe o filme na máquina e evita o olhar preocupado de Saba.

– Vão enforcar uma pessoa hoje – ela diz. – E nós vamos documentar isso.

– *O quê?* – Saba dá uma risada nervosa. Ela sacode a cabeça e se dirige para casa porque agora tem certeza de que Ponneh enlouqueceu. – Você está louca.

– Saba, por favor – Ponneh implora. – Por favor, eu *preciso* fazer isso.

– Achei que você não estava envolvida nisso – diz Saba. – Você disse que não ia entrar para o grupo da Dra. Zohreh. Eu já disse para você. É perigoso.

Embora Saba se recuse a entrar para o grupo, ela já visitou a cabana diversas vezes – para ficar sozinha e pensar em sua mãe e em Mahtab. Ela fica escondida por muitos acres de floresta e nos meses mais quentes cheira a peixe fresco e alho – aromas costeiros que não a assustam mais como quando ela era criança, mas que a fazem sentir um sofrimento quase doce. Da janela, num dia claro, ela pode avistar o contorno do mar através das árvores. Às vezes ela vai dirigindo até a beira do mar. Ela caminha pelo calçadão até uma pequena peixaria empoleirada precariamente sobre um cais de pedra, pede o peixe do dia com picles de alho e contempla as casas de madeira que pairam acima das ondas sobre suas estacas altas e finas, como mulheres erguendo as saias na beira do mar. As andorinhas voam perto da casa da montanha e Saba olha para elas, com suas bocas vermelhas pecaminosas, suas penas brancas atrevidas no meio do preto em suas cabeças. Ela chegou até a tocar em uma delas, deu de comer a ela em sua mão até ela se assustar com o som de um carro. Saba gosta de ficar sozinha lá na cabana secreta no meio das montanhas. Às vezes ela caminha na direção do mar, olhando para ele como se fosse um amante misterioso perdido... cantarolando sobre um cais e uma baía.

Ponneh tenta enfiar a câmera na mão de Saba. – Por favor. Eu preciso de sua ajuda.

– Não quero me envolver nessas coisas, Ponneh. – Saba desconfia que Ponneh desde que foi açoitada levou os panfletos e as fotos e outros documentos ilícitos da Dra. Zohreh para dentro da casa dela. Seu comportamento, sua dedicação a essa causa desconhecida, é quase um culto, e ela acompanha as notícias com a lealdade de uma fã adolescente de cinema. Saba imagina se ela se sente purificada cada vez que lê os artigos delas, se ela se imagina espreitando num canto qualquer, atacando violentamente algum membro da polícia religiosa. Saba não sente nenhum desejo desse tipo de salvar o mundo. Porque o que irá acontecer depois? Alguma coisa irá mudar? Isso será suficiente para apagar a ideia de que ela, Saba Hafezi, rica futura viúva, não é uma boa pessoa? Que ela é uma criança desobediente, uma alma infiel, uma esposa cruel para um homem fraco? Isso não pode apagar aqueles flashes de clareza, sozinha num estupor esfumaçado, de que talvez ela fosse uma menina tão apegada à própria vida que largou a mão da irmã dentro d'água. Saba imagina a si mesma agachada atrás de um muro ou num beco deserto, esperando evidências para mandar para fora do país, sendo apanhada e pagando por seus crimes. Apanhando de chicote como Ponneh e se tornando uma das coisas bonitas que os *pasdars* desprezam. *Não*, ela diz para si mesma. Ela já pagou.

Agora, Ponneh está olhando para a câmera em sua mão, e tudo o que Saba consegue ver é a parte de cima do rosto dela e o começo do seu nariz. Ela começa a tremer. – Tenho que fazer isso – ela murmura.

Saba dá um passo na direção da amiga. – Ponneh jan, como você vai poder impedir que isso aconteça apenas tirando fotos? Você não vê que está agindo como uma louca?

Ela quer ajudar, mostrar a Ponneh a importância de ser cautelosa. Centenas de execuções acontecem todo ano no Irã, talvez milhares, seja nas prisões ou em público. Embora nunca tenha havido nenhuma em Cheshmeh e nunca tenha visto nenhuma, Saba sabe pelo pai dela que, quando os juízes decidem fazer uma execução em público, geralmente se trata de um crime moral, uma alma fraca que as multidões podem julgar enquanto veem o que acontece com aqueles que são ambiciosos demais. Ninguém nesse evento irá sentir a dor de Ponneh. Ninguém irá ser amigo dela. É melhor ficar longe desses espetáculos.

– Não – Ponneh diz. – Não, eu não disse que ia impedir o enforcamento. Eu disse que vou impedir *que algo ruim* aconteça. E isso quer dizer deixar a minha amiga morrer sem motivo.

Saba tenta engolir, mas ela tem um bolo na garganta. Ela começa a falar, mas quase não consegue. – Que amiga? – ela finalmente pergunta.

– Farnaz – Ponneh murmura. Assim que ela pronuncia o nome, seus ombros começam a tremer. Ela mexe na câmera e depois enxuga o nariz na manga do casaco. – Eles vão assassinar Farnaz em público hoje, por ser indecente. Por... – Ela gagueja e começa a soluçar. – Eles estão dizendo que ela dormiu com muitos homens e que têm quatro testemunhas. Como pode *ser* isso? E eles disseram que ela tinha cocaína e ópio em quantidade suficiente para ser considerada traficante. Ela não fuma nem cigarro, quanto mais... De qualquer maneira, isso aconteceu tão depressa e a Dra. Zohreh estava tentando soltá-la, mas eles inventaram tantas acusações. Eles querem enforcá-la por causa do seu trabalho... – Os joelhos dela dobram e ela estende a mão para se segurar em alguma coisa. – Meu Deus, a culpa é minha... talvez eles saibam de coisas.

Saba abraça Ponneh pela cintura e a leva até um banco atrás dos canteiros, perto de uma árvore e da janela do quarto de hóspedes.

– Houve mais alguma coisa... Eles alguma vez viram *você* com ela? – Saba tenta ser racional, mas sente um aperto no peito, como se um pano estivesse sendo torcido. O gosto amargo de medo, que ela conhece tão bem, enche sua boca.

Ponneh sacode a cabeça. – Acho que eles só prestaram atenção nela depois que ela recusou um pretendente. O homem ficou obcecado, como Mustafá, e começou a segui-la por toda parte... Mas ela só gosta de mulheres.

Ponneh soluça, passa a unha do polegar no banco e diz – Achei que você poderia dar as fotos para o homem que consegue seus vídeos... Você sabe, para mostrar aos americanos.

Saba fica olhando, de olhos arregalados, para as duas sacolas. Ela tenta encontrar palavras de consolo para dizer a Ponneh, mas não consegue pensar em nada. Ela só tem perguntas. Quando isso foi decidido? Há quanto tempo Ponneh sabia que a amiga estava encrencada? – O que tem na outra sacola?

– Mais câmeras – Ponneh diz, com o rosto vermelho. – Eu saí recolhendo câmeras. A primeira que eu consegui emprestada estava quebrada. A outra era velha e tirava fotos ruins. Tive que ir até Rasht para revelá-las e saiu tudo preto. Então eu peguei todas estas emprestadas, porque talvez você saiba qual é a melhor. Você está sempre vendo filmes e isso e aquilo...

Saba se agacha no meio do jardim ao lado da outra sacola. Ela examina o conteúdo e escolhe a que parece mais funcional. – Eu não sei. É difícil dizer. Eu só aperto um botão do meu VCR. Eu não sou nenhuma fotógrafa. E, além disso, você não vai.

– É num *deh* a duas horas daqui, perto de Teerã. Temos que pegar a estrada logo.

– Ponneh, você ouviu o que eu disse?

Ponneh funga, sacode a cabeça. – E quanto à filmadora? Ela funciona?

– Filmadora? Você quer filmar a execução? Você quer cometer suicídio? Haverá *pasdars* por toda parte.

– Eu posso escondê-la, está vendo? – Ponneh esconde a câmera debaixo do chador, equilibrando-a de modo que só a lente fique exposta numa pequena fenda debaixo do seu braço. – Estes trapos servem para alguma coisa.

Saba fica em pé. – Você não pode salvá-la – ela diz.

– Não se trata de salvá-la – Ponneh responde, zangada. – Trata-se de fazer com que a morte dela sirva para alguma coisa! E o que é que *você* sabe sobre isso? Mesmo que eu não pudesse gravar, eu teria que estar com ela. Você sabe o que é ter que morrer – *morrer!* – por algo que eu considerava como sendo apenas flertar um pouco? É por isso que eles a odeiam tanto. Eu *tenho* que ir.

Não há como argumentar com Ponneh. Saba já sabe o que a amiga está pensando. Se Ponneh pudesse encontrar um jeito de dar dignidade às cicatrizes em suas costas, em tornar a experiência de ter sido açoitada por causa de um par de sapatos vermelhos algo mais importante do que isso, ela ficaria contente. Há um instante de silêncio. Ponneh parece mergulhada em seus próprios problemas, Saba imagina como este dia poderia terminar – num açoitamento? Na prisão de uma delas ou, pior, no desaparecimento da prisão? Talvez Evin com seus muros de pedra silenciosos que engolem cartas e telefonemas dos que são deixados para trás. Quem sabe o que Ponneh está pensando. Ela tem um olhar catatônico e murmura o nome de Farnaz de um jeito que Saba sempre imaginou que ela faria quando sua irmã doente finalmente deixasse este mundo.

– A culpa é toda minha – Ponneh diz, com um olhar baço, um tom de voz gelado, profético. – Ela vai morrer por minha causa.

E agora Saba não está pensando em Farnaz. Ela só consegue ouvir as palavras de Ponneh – a dor pela perda de uma espécie de irmã. Logo ela só pensa em Mahtab e sabe que Ponneh tem razão. *Por que isso é tão difícil?* Ela pergunta a si mesma, tentando convencer seu corpo a ser mais corajoso. Ela já viu a morte tantas vezes. Ela é a gêmea má, aquela com mil demônios. Ela pode lidar com coisas feias, assustadoras, e não vai deixar que Ponneh faça isso sozinha.

Quando elas chegam na aldeia, uma cidadezinha pobre, empoeirada, com uma delegacia de polícia, uma prefeitura e uma loja de telhado de sapê na mesma rua sem calçamento, não é preciso pedir informações. Cada detalhe do evento de hoje foi cuidadosamente organizado, o local escolhido para atrair o número certo de visitantes de Teerã, Rasht e da cidade natal da moça, a praça escolhida para acolher muitos espectadores. Até o ar está carregado de uma melancolia sufocante que parece ter sido colocada ali de propósito. Muitos homens usando roupas de camponês, jeans ou ternos de trabalho e mulheres de chador preto estão reunidos em volta de um guindaste que anda para a frente e para trás, posicionando-se no centro da praça.

– Ah, meu Deus – Saba murmura quando vê o guindaste, seu braço em forma de garra balançando, pronto para erguer sua vítima no ar. Saba nunca viu um enforcamento ou nenhum tipo de execução antes. Essas coisas não são feitas em bucólicas cidades na serra ou em aldeias *shalizar* como Cheshmeh. Saba não tem nenhuma vontade de ver isto agora, embora tantas pessoas tenham vindo de toda parte para assistir. Ao ver o guindaste, Ponneh, que está deitada no banco de trás para acalmar os nervos, solta um grito animalesco. Elas ficam sentadas por dez minutos para ela poder se recompor, depois deixam o carro a vários metros da praça, agora enlameada pelo trator e pelas dezenas de carros dos espectadores.

As duas mulheres estão usando chadors escuros, e Ponneh usa uma segunda camada apesar do calor. Cada uma delas tem uma câmera escondida debaixo do braço. Elas deixam as roupas largas bem soltas, tornando seus corpos amplos, amorfos – capazes de guardar muitos segredos sem chamar a atenção. Ponneh está com uma máquina de retrato comum porque ela não sabe usar uma câmera de vídeo tão bem quanto Saba. Ela a segura com força na mão direita enquanto usa a outra para prender com força a roupa ao redor do seu pescoço. Por um segundo, Ponneh larga a roupa e segura a mão de Saba. Ela começa a dizer alguma coisa quando um Paykan verde, sujo, passa por elas, jogando lama e água suja em suas roupas.

O Paykan para de repente e bloqueia o caminho para a praça. Saba, que está coberta por metros e metros de pano, pula para trás e mantém a câmera escondida debaixo da roupa. Mas Ponneh não se esforça para esconder o que tem na mão. Ela conhece este carro – o que Reza divide com o irmão e um amigo. Ela sai do caminho quando Reza abre a porta com violência e desce do carro, quase arrancando a porta das dobradiças ao batê-la.

– *Toro khoda*, o que é isto?! – ele grita. – O que vocês duas estão fazendo aqui?

Alguns transeuntes analisam o rapaz de rosto barbeado e olhos escuros e continuam andando. – O que *você* está fazendo aqui? – Ponneh pergunta. – Como foi que você soube...

– Eu vi o nome de Farnaz no jornal. Ninguém sabia para onde você tinha ido. E, veja só, eu tinha razão. Você veio se atirar no fogo. – Tentando envergonhá-la, ele acrescenta: – Muito esperta, Khanom.

Saba respira aliviada com a possibilidade de Reza convencer Ponneh a não fazer isso.

– Vou levar vocês duas para casa antes que alguém seja preso ou açoitado... ou pior. – Reza olha para além de Ponneh ao dizer isso. E aí olha para a câmera.

– Eu vou ficar – Ponneh diz a Reza. – Você sabe por quê. Vamos. Já estamos atrasadas.

Reza vai atrás dela. – Ponneh, por favor. Se eles pegarem você com uma *câmera*.

– Não quer dizer nada! – Ponneh diz, continuando a andar. – As pessoas tiram fotos o tempo todo.

– Não desse jeito, não com câmeras grandes. – Ele vai atrás dela, sempre um passo ou dois atrás, um hábito adquirido na adolescência, quando se tornou perigoso andar junto em público. – Isso vai parecer suspeito. Ninguém conhece vocês aqui. Vocês são duas mulheres desacompanhadas.

Saba não espera para ouvir a resposta de Ponneh. Talvez o mais seguro seja ficar com Ponneh durante o evento e sair dali o mais rápido possível. Não tem sentido fazer uma cena. – Nós estamos bem, Reza. Este é um evento público. O único perigo aqui é sermos vistas com você.

Ponneh esconde mais a câmera dentro da roupa.

As linhas na testa de Reza ficam mais fundas. Ele põe as mãos na cabeça e entrelaça os dedos como um jogador nervoso esperando o colega marcar um gol. Ele anda de um lado para o outro ao lado do seu Paykan verde, olhando para a praça em busca de algum sinal da polícia religiosa. O guindaste parou e o braço foi abaixado até tocar o chão. – Está bem – ele diz. – Está bem, vamos fazer o seguinte. Você me dá a câmera. Eu tiro as fotos.

– Não, não – diz Ponneh. – Ela é *minha amiga*. Eu faço isso.

– Pelo amor de Deus, Ponneh – ele diz –, por favor, deixe-me ajudá-la. – Ele respira fundo e murmura: – Eu posso ser um homem, mas ainda sou seu amigo. – Ele espera um pouco até Ponneh baixar o rosto. – Saba, me dá a sua câmera.

Ele dá um sorriso forçado e estende a mão. O rosto dele está desfeito de tanta preocupação, ele não é mais o rapaz fumante de haxixe que ela conheceu, o jovem obcecado por futebol que obedece à mãe e se senta na despensa, bebendo e escolhendo qual a garota que ele vai atormentar com seu amor fingido hoje.

– Obrigada, mas eu estou bem – Saba responde, pensando que *ela* se sentiria mais segura se ele ficasse. – Eu posso mostrar exatamente a você como isto funciona aqui mesmo, não posso? – Na verdade, Saba não quer largar a câmera. O que a sua corajosa irmã faria agora? A Mahtab que abriu caminho com garra até Harvard, a Mahtab que queria ser jornalista, a que sempre era a melhor em tudo – essa Mahtab jamais deixaria Reza assumir o comando. Ela ficaria com a câmera e capturaria todos os detalhes do evento. Ela entregaria o filme pessoalmente na porta do *The New York Times* e diria para Judith Miller, a repórter: "Está vendo? As coisas não são assim tão simples, são, Srta. Correspondente Estrangeira, que passou talvez dois dias no Irã, e todos dois em algum hotel *gherty-perty* em Teerã?"

Reza enxuga as palmas das mãos nas coxas. Ele segura a mão de Saba através do chador. – Ficarei alguns passos atrás. Serei capaz de ver vocês o tempo todo.

Saba afasta a mão dele, pega Ponneh pelo braço e elas andam na direção da praça.

Ela tenta não se perder de Reza na multidão. Elas olham para o longo trecho de rua onde a prisioneira deve surgir. De sua posição deste lado do patíbulo improvisado, Saba pode ver os rostos dos espectadores curiosos.

Alguns deles cumprimentam e abrem espaço para ela, e ela torce para eles não verem a lente da câmera – uma parte tão pequena da massa preta e larga do seu corpo, como os olhos redondos e brilhantes de uma gralha voando lá no alto. Alguém pode se lembrar de pequenas formas ou cores no meio de tanta homogeneidade? Mesmo assim, a ideia de ser apanhada a faz sentir ondas de medo e apertar bem a câmera debaixo do braço.

Uma van branca e suja para perto da praça logo depois que Saba se acomoda no lugar. A multidão de homens e mulheres se estende do guindaste até o estacionamento de onde a van sai. Abrem caminho, inclinando as cabeças na direção de um espaço aberto onde a prisioneira irá chegar. Saba enfia a mão por baixo de suas vestes e liga a câmera. A luz vermelha brilha, quente, no seu antebraço, e Saba tem certeza de que todo mundo está vendo aquele ponto grande, vermelho, colorindo todo o seu corpo. Mesmo assim, naquele instante de pânico, ela é uma jornalista encarregada de guardar esta última lembrança repulsiva para mostrar ao mundo. As portas da van se abrem e dois *pasdars* puxam lá de dentro uma moça aos gritos. Ela está algemada a uma agente feminina da polícia religiosa, que puxa a corrente e diz a ela para calar a boca. A multidão, instigada pela curiosidade e pelo espanto, fica mais barulhenta. Será que sentem pena da moça? Talvez estejam muito ofendidos com seus crimes. Saba nota que a moça é excepcionalmente bonita. Como uma *pari*. Como Ponneh. Ela sente o coração disparar ao ver a agente, uma mulher grande e gorda, exatamente igual às duas camponesas no seu quarto.

Mulheres sempre fazem este tipo de trabalho – purificar umas às outras de sujeira e pecado. É uma forma de mostrar ao mundo que elas não são julgadas pelos padrões dos homens. Saba vê a mão da agente fingindo apaziguar a alma da condenada. Uma mão basiji, a mão de uma antiga *dallak*.

O peito de Ponneh sobe e desce com tanta violência que com certeza a filmagem dela não vai prestar.

– Não se preocupem, amigas – uma voz rouca diz atrás delas. – Eles não farão isso. – Uma velha está apoiada em sua bengala de metal. Ela fala com segurança.

Ponneh se vira, faminta por uma história diferente. – Perdão? – ela diz.

– Eles não vão matá-la – diz a velha. – Vão ensinar-lhe uma lição que ela jamais esquecerá e depois nós todos iremos para casa.

Ponneh engole o choro, enxuga os cantos da boca com dois dedos, as unhas roídas até o sabugo. – A senhora acha? – ela diz. Ela tenta dar o braço a Saba, depois desiste, por causa das camadas de roupas entre elas. – Você ouviu isso? – ela sussurra para Saba.

A velha continua falando. – Eu vi a mesma coisa acontecer nos arredores de Teerã. Eles leem a relação de crimes dela. Eles perguntam se ela está arrependida. E, em seguida, o mulá que está parado ali... ele se aproxima e diz que Alá vai dar outra chance a ela.

Embora Saba saiba que isso é impossível o quanto custa trazer um guindaste a uma aldeia remota como esta, o quanto a notícia deste evento se espalhou e o quanto o mulá parado ao lado do guindaste coçando a barba suja está sedento do sangue desta bela jovem, ela permite que os comentários da velha lhe deem esperança. Ponneh também deve saber dos fatos concretos que tornam esta esperança uma tolice. Embora ela não leia jornais como Saba, ela já conviveu bastante com a Dra. Zohreh para saber. Mas Saba não quer pensar em fatos ou probabilidades agora. Esta possibilidade sussurrada brota em seu coração e cresce em segundos, tomando conta de todo o seu corpo, de tal modo que seu único propósito é que hoje ela fotografe apenas uma cena de humilhação pública. Ela ignora a expressão de obrigação nos olhos do mulá, o sentimento religioso – esta moça é uma das coisas bonitas deste mundo, como os Warhols, Picassos e Riveras trancados em algum lugar escuro, como os sapatos vermelhos de Ponneh, as unhas pintadas de rosa de uma estudante ou uma canção chamada "Fast Car". Ela atrai os olhos do mundo para si.

O mulá sobe na plataforma e faz sinal para a policial feminina amarrar uma venda nos olhos da moça. – É uma farsa – Saba murmura. Ponneh repete. – É uma farsa. Farnaz jan, é só uma farsa. – O mulá coloca a corda em volta do pescoço de Farnaz, certificando-se de que ela está bem amarrada no gancho do guindaste. Com um movimento da mão, ele silencia a multidão e lê os crimes listados num papel cinzento. – ... pelo crime de não ter mantido a castidade e as leis do Islã, agindo contra a segurança nacional, contra Deus, participando de uma organização de contrabando de drogas...

A multidão murmura. Dezenas de cabeças cobertas e rostos barbados olham para cima. Farnaz treme, sugando o capuz para dentro e para fora da boca a cada respiração.

– Ela fez tudo isso? – Outra espectadora pergunta à velha. Saba se esforça para ouvir, cada célula do seu corpo gritando para ela fugir ou pelo menos se afastar da multidão. Ela percebe que Reza também está ouvindo, e Ponneh está imóvel, com o corpo rígido como o de um cadáver.

A velha encolhe os ombros. – Eles dizem que acharam drogas na casa dela. Mas, se quer saber o que eu acho, ela contrariou o homem errado. – Ela aponta para a frente da multidão, na direção de um homem barbado com olhos faiscantes, que assiste ansioso, como um credor vendo o confisco da sua caução. – Ela deveria ter ido para o filho do mulá, mas se recusou. Acho que ela se dava com pessoas erradas. Ativistas e baha'is.

Ponneh abaixa a cabeça e suga as lágrimas dos seus lábios. Ela cobre o rosto com a manga e se apoia em Saba, que sabe muito bem o que a amiga está pensando. *A culpa é minha.*

– É só fingimento – Saba diz. Ela ouve a respiração de Ponneh, nervosa e superficial, a mão que segura a câmera tremendo sob as roupas. O mulá sobe na cabine do operador do guindaste. Ele segura seu turbante branco no lugar e é ajudado pelo condutor.

– O que ele está fazendo? – Ponneh pergunta, virando-se de novo para a velha.

– Ele mesmo quer fazer isso – ela diz.

– Mas é só fingimento – diz Saba.

A mulher parece entediada. – Ele quer estar lá no alto como Alá quando despejar sua misericórdia sobre ela.

Saba se acalma um pouco ao ouvir o sarcasmo na voz da mulher. Ponneh está tremendo mais, e então Saba ouve um estrondo. Ponneh deixou cair a câmera. A velha aperta os olhos e aponta para a bainha do chador de Ponneh quando Reza se aproxima delas. – Com licença, Khanom – ele diz para a velha. – Eu achei que tinha perdido minhas irmãs. – Ele se inclina com naturalidade e pega a câmera, enfiando-se entre Saba e Ponneh.

– Você está bem? – ele murmura para Ponneh. – Vamos embora. Isto vai ser horrível.

Ponneh não consegue tirar os olhos do guindaste. Como alguém pode não olhar nessa hora? Como pode não ficar de olhos arregalados e de boca aberta? Ela fica olhando para a frente, pensando talvez que a força do seu olhar seja a única coisa que impede o mulá de puxar a alavanca. Saba fica na ponta dos pés e examina a multidão atrás dela procurando algum *pasdar*, sua câmera de vídeo voltada para o guindaste e para a moça. Então ela ouve Ponneh dar um grito abafado e está terminado. O guindaste ergue a moça no ar com um movimento misericordiosamente rápido, sem levantar e sufocar devagar como na maioria dos enforcamentos com guindaste. O mulá devolve o controle para o condutor. O corpo de Farnaz balança no ar, o pescoço esticado de forma pouco natural, a cabeça inclinada para a direita numa espécie de súplica caricata, seus pés enroscados um no outro numa demonstração infantil de medo.

Por um instante, a multidão fica em silêncio e ninguém pensa em recato ou em cautela. As mulheres choram abertamente. Um homem segura a mão da esposa. O chador de uma garota escorrega para trás e cachos castanhos caem sobre seu rosto enquanto ela contempla a morte pela primeira vez. Saba mal consegue respirar. Será que estes espectadores esperavam por um perdão, assim como ela? Será que eles vieram achando que Farnaz seria poupada? Alguns deles deviam saber, e no entanto estão todos em choque. Talvez alguns deles a odeiem realmente ou esperam que as muitas cicatrizes em seus corações os protejam. Reza segura a mão de Ponneh. Será que ele sabe? Será que Ponneh contou a ele, talvez num momento de provocação, como ela estava *praticando* para o dia em que se casassem? Ele também segura a mão de Saba e eles ficam ali parados em silêncio, olhando, sem pensar no perigo que estão correndo. Pela segunda vez, Saba se admira dos amigos neste novo e cruel Irã e sente um consolo desconcertante naquela amizade, um alento no momento de maior sofrimento. Desta vez eles são apenas espectadores, tudo cheira a morte e gasolina, e não há um salto quebrado para se pôr a culpa nele.

Embora queira desviar os olhos, Saba não consegue. Ela acompanha o balanço dos tênis de Farnaz; a listra cor-de-rosa do lado de cada sapato provoca uma onda de náusea em seu corpo. Depois ela fica hipnotizada pelo pescoço quebrado, pelo belo pescoço de Farnaz amarrado numa corda. Ela respira fundo e recorda a sensação de estar quase se afogando, de engolir água e buscar desesperadamente o ar. Mahtab estava lá, tendo a mesma quantidade de água sendo forçada para dentro do seu pequeno corpo, sem conseguir se mexer nem lutar contra o mar, do mesmo modo que Farnaz não pode lutar contra a corda ou o guindaste. Ela imagina Mahtab pendurada no céu – um flash antes de ser puxada para o abismo. Então ela vê sua mãe em Evin, andando numa fila de condenados, impotente em suas roupas de prisioneira, com a cabeça baixa e as mãos amarradas, uma das vítimas das execuções em massa. Saba viu as fotos, as fileiras apavorantes de corpos enforcados. Sua mãe está entre eles? *Não*, ela diz a si mesma. *O boato sobre Evin era mentira. Eu vi Mamãe entrar num avião com Mahtab.* Ela engole em seco e olha de novo para o frágil corpo de Farnaz. A língua de Saba incha e ela põe a mão na garganta involuntariamente. A imagem de sua irmã desistindo, indo para o fundo, entra à força em sua mente e é logo substituída pelas mãos calosas do pescador puxando-as para fora. Elas estão juntas de novo, soltando-se, alternadamente desaparecendo no abismo negro abaixo e sendo puxadas para dentro de um barco.

Mahtab estava lá. Ela cantou até chegarmos na praia. Onde ela está agora?

O Irã se cobriu de manchas e crimes que Mahtab não viu. Ela só esteve aqui por tempo suficiente para vivenciar uma versão infantil de Shomal, brincadeiras à beira-mar, fogueiras de Norooz, e patinhar nos *shalizars*; depois ela fugiu. Ela fez uma reverência e se retirou bem a tempo. Mas aqui existe algo que Saba testemunhou que nem a Mahtab de Harvard viu – talvez a jornalista nela quisesse ver isto, e ela está imaginando as histórias da vida de Saba através de recortes de jornal, como Saba fez tantas vezes em relação a ela.

Eu deveria deixar logo este lugar, Saba pensa. *Ou talvez um dia ele me mate também.*

– Não – Ponneh murmura. – Não, não. Era para ser de mentira. – Lágrimas correm por suas faces rosadas e ela se afasta de Reza com violência. Ela arranca a câmera da mão dele e começa a tirar fotos, sem pensar, seus braços nus saindo de dentro das vestes. Antes que Saba possa reagir, Reza arrasta Ponneh dali, tirando a câmera da mão dela e fazendo sinal para Saba os seguir. Do outro lado da praça, Saba avista a Dra. Zohreh indo para o carro dela. Provavelmente, ela veio para fazer a mesma coisa: presenciar e documentar. Ponneh está chorando convulsivamente. Enquanto Reza abre caminho no meio da multidão, soluços fazem seu corpo tremer dos pés à cabeça.

– Pare com isso – ele murmura com os dentes cerrados. – Ponneh, pare já com isso.

Quando alcançam os carros, Saba percebe que seu rosto está molhado de lágrimas. Mas Ponneh sabia deste evento, sofreu meses por causa dele sem contar a ninguém. E, apesar de suas próprias cicatrizes, Saba sabe que jamais irá entender a dor de Ponneh. Ela ajusta seu chador e ajuda Reza a colocar a amiga no carro.

A Dra. Zohreh chega na área de estacionamento. – Ela está bem?

Reza faz sinal que sim. – Nós vamos para casa. – Ele olha para Saba, que os apresenta um ao outro.

Quando Ponneh vê a Dra. Zohreh, ela começa a sair do carro de Saba. – Dra. Zohreh – ela diz, com voz grave. – Eu vou com a senhora. Nós podemos imprimir as fotos hoje.

– *O quê?* – Reza pergunta, mas Ponneh o ignora.

– É claro. – A Dra. Zohreh olha em volta. – Se você quiser...

– Não precisa incomodar a doutora – Reza diz. – Saba pode levá-la e eu vou atrás, acompanhando.

– Não! – Ponneh está fazendo muito barulho, e Saba vê um *pasdar* olhando para eles do outro lado da rua. Ela cutuca Reza. Ponneh continua a se lamentar. – A culpa é minha! Ela respira com dificuldade e diz: – Ela recusou aquele homem porque me amava. Sabem o que é pior? – Ela engole em seco. – Eu não sou... Quer dizer... Eu a amava, mas não sou como...

– Sim, eu sei. – A Dra. Zohreh levanta o rosto de Ponneh e murmura: – Farnaz não iria querer que você se sentisse culpada.

Ponneh dá uma risada amarga. – Sabe o que Khanom Basir costumava dizer? *Só morra por alguém que pelo menos tenha paixão por você.* Alguém devia ter dito isso a Farnaz.

– Que coisa – Reza murmura. – Minha pobre garota. – As palavras batem com força no peito de Saba.

– Não, não, Ponneh jan – a Dra. Zohreh diz e passa a mão no cabelo de Ponneh por cima do xale. – Você está enganada. Ela não morreu por você. Farnaz queria levar a vida à sua maneira. Ela morreu por isso. Foi escolha dela e *essa* é uma razão muito boa para se morrer.

Uma boa razão para morrer. Que coisa idiota de se dizer, Saba pensa. Como pode a Dra. Zohreh querer que Ponneh não se sinta culpada? Será que ela não entende que a culpa de Ponneh não é por algo que ela tenha feito, mas simplesmente por estar viva? Saba não tem uma lembrança clara de lutar para sair do mar com Mahtab. Ela não se lembra de ter largado a mão dela. Ela lembra bem de Mahtab no barco do pescador. Mas em seus pesadelos ela vê a irmã desaparecer e é consumida pela culpa de não ter mergulhado nas profundezas ao lado dela, de não ter deixado o mundo do mesmo jeito que entrou nele, com Mahtab, e de ter aberto um abismo entre elas que nem todas as colheres de chá do Irã seriam capazes de preencher.

O *pasdar* está caminhando na direção deles. Ponneh está quase dentro do carro com os pés se arrastando no chão. A Dra. Zohreh coloca as pernas de Ponneh dentro do carro. Os olhos de Reza já estão fixos no *pasdar* que se aproxima e que ele se distancia um pouco das mulheres.

– *Salam alaikum* – o *pasdar* cumprimenta Reza. – Essas mulheres são suas parentas?

Reza não se curva como costumava fazer diante dos *pasdars*. Ele não faz nada para disfarçar sua altura. De fato, Saba acha que ele puxa os ombros bem para trás.

– Eu vi que elas precisavam de ajuda – ele diz. – Elas são minhas vizinhas. Eu estou estacionado logo ali.

– Papéis! – o *pasdar* grita para a Dra. Zohreh.

A Dra. Zohreh enfia a mão na bolsa para pegar seu documento de identidade, e Saba reza para que o agente não olhe para dentro dos carros, não veja as câmeras.

A Dra. Zohreh apresenta seus papéis com toda a calma. – Eu sou uma médica – ela diz. – Essas moças são minhas pacientes.

O *pasdar* se inclina e olha para Ponneh no banco de trás. Saba prende a respiração, torcendo para ele não ver as câmeras. – Eu vi essa garota na praça... Por que a histeria?

Ele espera uma resposta, mas Ponneh apenas olha furiosa para ele com os olhos vermelhos e o rosto inchado. Por mais que ela tente, é difícil parecer ameaçadora com o nariz escorrendo e olhos assustados que acabaram de contemplar a morte. Ele sacode a cabeça e diz: – Nós não deveríamos permitir mulheres e crianças nessas ocasiões. É degradante. Ele endireita o corpo, e Saba pensa que agora ele vai olhar dentro do carro. Mas o agente simplesmente acena com a cabeça e vira na direção da praça.

Ele diz para Reza, ao se afastar: – Vá para o seu carro. Isso não é assunto seu.

Sem dizer mais nada, cada um pega sua chave e vai embora. Começa a escurecer enquanto Saba segue o Jian cor de laranja da Dra. Zohreh e o Paykan verde de Reza para o Norte, na direção de Cheshmeh.

Ponneh está deitada atrás no carro de Saba e elas ficam algum tempo em silêncio. Saba conta os segundos, querendo que a amiga se recomponha. Elas saem da aldeia e percorrem as estradinhas de terra que vão dar na rodovia. Quando entram na autoestrada, ladeada pelos rochedos que sinalizam o caminho de casa, Saba tenta pensar em algo para dizer. Ela pensa no quanto Farnaz parecia pequena, pendurada no ar com os pés cruzados um sobre o outro como uma criança perdida numa cadeira grande demais, e sabe que Ponneh está pensando nela também. Que Farnaz irá assombrá-la por muito tempo.

A floresta surge de repente no horizonte. Ponneh está caída, seu corpo jogado num canto do banco traseiro, seus olhos tão vermelhos que os brancos desapareceram. Saba tira os olhos da estrada uma ou duas vezes, estende o braço para trás e segura a mão de Ponneh. Então ela se vira e diz: – Ponneh jan, não posso tolerar que você pense que isto aconteceu por sua culpa. – Ela se lembra de um dia em que também ficou naquele estado. O que Saba queria ouvir naquele momento? Talvez Ponneh devesse abrir os olhos para ver como as coisas são incontroláveis neste mundo novo; que o destino de Farnaz não foi determinado por uma ou duas tardes de experimentação, mas teve a ver com o fato de uma moça solteira desejar ser mais esperta do que seus captores.

– Se a culpa é sua – ela diz –, então o que aconteceu comigo também foi por minha culpa... e eu não acredito nisso. É tentador, mas não...

Ponneh endireita o corpo.

– É a respeito de Abbas. – As mãos de Saba se agitam no volante. Os raios de sol atravessam o visor de feltro e aquecem sua pele. – Eu achava que a culpa era minha – ela diz – porque eu devia ter anulado o casamento e deixado que me deserdassem.

– Do que é que você está falando? – Ponneh pergunta.

Saba suspira. – Ele nunca dormiu comigo. Ele é completamente impotente.

Ponneh arregala os olhos. – Isso é bom – ela diz. – Certo?

Saba ri um pouco. Ela esfrega o pescoço e tenta desfazer a tensão com os dedos. – Talvez – ela diz. – Só que ele contratou umas mulheres para me atacarem. – Ela dá um tempo para Ponneh entender o que ela está dizendo. – Você sabe... por causa da reputação dele. Duas *dehatis*... talvez basij, não tenho certeza. Ele as deixou entrar na nossa casa e pagou a elas para me violentarem.

– Meu Deus, Saba – Ponneh murmura, ainda mais pálida do que antes.

– Estou bem agora – diz Saba, decidindo que não há necessidade de contar a ela sobre o sangramento. – Mas entende o que eu quero dizer? A culpa é *minha*?

– É claro que não – diz Ponneh. – Mas isso é diferente.

– Não é diferente – ela diz para Ponneh. – Nenhuma de nós pode evitar essas coisas. Essa porcaria acontece o tempo todo, e nem eu nem você podemos mudar nada. Não podemos nem perceber o que vai acontecer! Culpar a si mesma é loucura. Você tem que tomar conta de si mesma, Ponneh jan.

Ponneh está inclinada para a frente agora, com a cabeça entre os dois bancos da frente. – Espero que você tenha contado ao seu pai – ela diz. – Essas mulheres deviam estar na cadeia.

Saba sacode a cabeça. Ela não quer revelar suas esperanças a respeito do dinheiro nem de um futuro no estrangeiro – *quando vai chegar a hora?* Ela tem tanta vontade de fugir.

– Você *não* contou a ele? – Ponneh pergunta horrorizada e se inclina mais para a frente. – Você vai deixar que Abbas fique impune? Você não aprendeu *nada* com a Dra. Zohreh? Você *tem* que dizer alguma coisa. Não se trata apenas de você. E se elas fizerem isso de novo?

O Jin cor de laranja desaparece numa curva à frente. O ar está abafado e Saba abre o vidro do carro. Os cheiros e sons da estrada entram no carro. Ela se vira e lança um olhar suplicante para Ponneh. – Não conte para ninguém, está bem? As coisas são diferentes para cristãos convertidos. Baba e eu não podemos entrar numa batalha legal com um muçulmano devoto. Se eles começarem a fuçar... Olha, Ponneh jan, eu já esperei tanto tempo... – O rosto dela fica quente. – Você não pode contar a Reza. Promete?

– Tudo bem – diz Ponneh. – Mas eu acho isso errado. – Saba fica contente ao ver que a voz de Ponneh recobrou o entusiasmo. – Você devia ir até elas e dar uma bofetada em cada uma.

– Da próxima vez que eu as vir – Saba murmura e continua dirigindo em silêncio por entre as árvores.

Naquela noite, quando Abbas bate na porta, ela o ignora. Ela ouve "Fast Car" e resolve que não tem mais nada a fazer ali. Seria tão difícil tentar partir? Ela adormece com imagens de sapatos com listras cor-de-rosa balançando no ar e sapatos vermelhos de salto alto flutuando pelos lugares nebulosos que a separam do seu universo de sonho. E ela agradece a Deus por ter tirado Mahtab de Cheshmeh no momento em que o mundo estava prestes a desabar.

Soghra e Kobra

(Khanom Basir)

Um ano antes da revolução, quando as crianças tinham oito anos, Soghra e Kobra mantiveram a atenção delas durante três meses. Elas não falavam em outra coisa. Soghra e Kobra eram irmãs que moravam na cidade vizinha – primas distantes de Ponneh, que contou a todo mundo sobre os planos de casamento de Soghra. Soghra tinha doze anos, mas seus pais eram pessoas desesperadas, muito pobres e atrasadas. Eles diziam que ela já tinha "ficado mulher" e então estava pronta para se casar. Que vergonha! Eles a deram em casamento a um homem cuja irmã tinha ido a um hammam local para examinar o corpo de Soghra, como era costume na época dos meus pais. E o que havia de tão fascinante no casamento dela? O que fazia as crianças andarem atrás dela na rua e contarem histórias a respeito dela para as amigas curiosas? Bem, o homem com quem Soghra ia se casar tinha quarenta anos.

– Tem certeza de que tem quarenta anos? Talvez tenha cinquenta! – uma delas disse, espionando a loja do homem no mercado.

– Não importa se ele tem quarenta ou cinquenta – Mahtab anunciou. Ela sempre tinha certeza de tudo o que dizia. – Porque você pode parar de contar em trinta, quando você é oficialmente velho.

– Importa *sim*, sua burra – Saba disse –, porque cinquenta significa que ele vai morrer dez anos mais cedo. – Elas tiveram esta conversa ridícula meia dúzia de vezes.

Depois do casamento, nós, adultas, observamos Soghra para ver o que o homem tinha feito com ela. As meninas perceberam isso também. "O que eles fazem?" Eu ouvi Saba perguntando, e Ponneh disse que fazia alguma ideia. Aparentemente, ela e Reza cochichavam a respeito disso às vezes. Mahtab fez a elas uma centena de perguntas sujas antes de eu perder a paciência e separá-las. Geralmente nós ríamos da curiosidade das crianças, mas naquele dia, por causa da pobre Soghra, eu perdi a paciência, e todo o meu bom humor desapareceu.

Quando as crianças tornaram a ver Soghra, elas comentaram que ela não parecia nem um pouco diferente. Eu fiz força para não rir do espanto delas. Ela não estava com um andar engraçado como Reza tinha dito que estaria, e o rosto dela não estava cheio de verrugas. Seus pés não tinham inchado e ela não tinha ficado com seios enormes. E – eu sou culpada por esta parte – ela não tinha sangue escorrendo do nariz. Tudo bem, então eu tinha contado a elas que mulheres casadas costumam ter hemorragias nasais, e que é por isso que o lençol tem que mostrar a primeira hemorragia nasal da noiva na noite de núpcias. O que você queria, que eu contasse a verdade a um bando de crianças de oito anos?

Eu notei duas pequenas mudanças na jovem esposa. Enquanto ela desfilava pelo mercado de Cheshmeh, levada pelo seu marido de bigodes fartos, Soghra, de apenas doze anos, parecia mais alta e muito desapontada com seu destino. Mas posso estar enganada, é claro. Talvez fosse só por causa do sapato de salto alto que o marido a obrigava a usar, porque ele sempre quis uma esposa sofisticada, e aqueles eram, afinal de contas, tempos pré-revolução. E talvez não fosse tristeza toldando seus olhos, mas muita sombra azul.

– É uma vergonha. Uma verdadeira vergonha – Agha Hafezi disse enquanto tomava chá com a esposa, comigo e com Khanom Omidi. – Como é que a lei pode permitir o estupro de uma *criança*?

Lembrei a ele que no Irã o estupro é algo muito específico. *Específico demais.*

Mas por que falar de coisas tristes? Eis o motivo pelo qual estou contando esta história. Depois, quando as crianças estavam sentadas em círculo com os pés se tocando, Saba disse algo muito estranho para uma menina tão jovem. Ela disse que devia ser bom para Soghra ter sua própria casa para governar, sem ter que dividir com a irmã. Uma escolha muito lógica, ela disse, já que Kobra era uma companhia tão chata. Eu me pergunto se ela ainda diria isso para Soghra se a encontrasse hoje. Embora eu não possa imaginar o que acontece no casamento de Saba, às vezes eu vejo aquela mesma expressão triste e assombrada, disfarçada pela sombra azul, no olhar distante da pobre Saba Hafezi.

CAPÍTULO 13

VERÃO DE 1991

Dizem que gêmeos sentem de longe a força dos movimentos um do outro, Saba leu histórias em revistas sobre uns poucos que, milagrosamente, sentiram mudanças em seu gêmeo embora não soubessem de sua existência. Nos primeiros dias assustadores depois de ter assistido a uma morte de novo, Saba tenta sentir as forças no mundo de Mahtab. Ela se rende a pensamentos soturnos da irmã afundando na água, de um *pasdar* ameaçando-a com uma faca para obrigá-la a admitir verdades que ela ainda não sabe. Quando as imagens ameaçam deixá-la nervosa, ela as afasta recordando outras melhores, Mahtab cantando no barco de volta para a praia, e de mãos dadas com a mãe no aeroporto. *Sim, há uma boa chance.*

Nas manhãs tranquilas, ela imagina a irmã, vivendo sua vida como a que vê na televisão, e conversa com ela como uma de suas amigas americanas faria. *O que faço agora?* Ela pergunta a Mahtab no dia seguinte ao enforcamento de Farnaz. A voz de Mahtab gira em sua cabeça, repetindo a mesma coisa, sem parar: *Sai daí! Sai daí! Sai daí!* Naquela noite, ela começa a pensar numa possibilidade atraente. E se ela fugisse para a América *agora*? Ela podia tentar conseguir um visto, falsificar a assinatura de Abbas, dizer que estava deixando um marido para trás para facilitar. Mas o medo dos *pasdars* e dos controles na fronteira a segura aqui, como acontece com tantos outros. Um dia, em breve – antes de ela fazer vinte e dois, vinte e quatro ou no máximo trinta anos –, Abbas irá morrer. Quando esse dia chegar, o que a prenderá em Cheshmeh? Se ela for paciente, será uma viúva independente em Nova York ou na Califórnia. Talvez ela faça faculdade de jornalismo. Afinal, ela se guardou para uma universidade americana. Ela desencava velhos guias de viagem reunidos pela mãe antes da revolução e encontra até pilhas de papéis de escritórios de visto, agências de passaporte e companhias aéreas – um tesouro de informações que sua mãe juntou só por precaução. Há um certo consolo em saber que seu desejo de fugir é herdado, um pedaço da mãe que jamais poderá ser tirado dela. Um dia, em breve, seus pés irão se desprender deste solo úmido Gilaki e ela irá embora.

Ultimamente, Khanom Omidi estava desenvolvendo uma estranha afeição pelo *Karatê Kid*. Ela deu com ele quando visitava Saba, que estava revendo suas últimas aquisições do Tehrani no seu quarto de criança. Khanom Omidi não entende o diálogo, mas consegue acompanhar o filme de uma luta ou treinamento para outro, parando a fita para fazer perguntas ou dar opiniões. "Aquele Johnny *falani* não presta. Ele é mau já desde tão cedo, e eu acho que seu *dojo* adorador de cobras tem demônios."

O filme de verão favorito de Saba é *Sociedade dos poetas mortos*. Numa noite em que Abbas foi dormir cedo e ela está sozinha com Khanom Omidi, ela deixa a velha preparar um cachimbo para acalmar seus nervos. Elas conversam sobre amor e morte e Farnaz, veem o filme juntas e tomam chá. Este semestre, Mahtab irá começar seu quarto ano em Harvard. Ela fará amizade com rapazes como os que estão na tela. Olhe para eles com seus paletós com escudo e gravatas elegantes, tão seguros, tão confiantes. Inteiramente diferentes dos iranianos que gritam em seus uniformes de *pasdar* ou que ficam sentados num canto da casa num estupor causado pelo ópio ou dançando como idiotas em festas proibidas. Uma vez, numa festa tarde da noite sem os mulás nem o primo Kasem, Saba viu Reza e o irmão se levantarem para dançar com toda a força dos seus quadris e braços, mexendo com as mãos de um lado para o outro. Essa é a diferença entre os homens daqui e de lá, ela pensou. Fora uma valsa ocasional, de smoking, os homens americanos dos filmes não dançam. Os homens iranianos dançam para impressionar. Talvez a educação ocidental tenha erradicado a selvageria natural. Os iranianos têm *pasdars* para isso.

Na metade do filme, o cachimbo começa a deixá-la sonolenta. Ela se deita no colo de Khanom Omidi, com pensamentos sobre a irmã e sobre dança se misturando em sua mente.

Mahtab costumava dançar. Quando criança, adorava agitar-se espalhafatosamente, tornando-se o centro imediato das atenções. Esta é uma das características persas que com certeza vai conservar. Depois de tantas horas passadas girando em pares de vestidos e smokings, Mahtab vai ansiar pelo centro do palco. Saba pode ver a cena, típica de cinema. Mahtab vai largar seu par, e, de repente, vai haver música *setar* e versos iranianos. Talvez o "Sultão dos corações" tocando ali no meio da Praça de Harvard. Um milagre!

Um coração me diz para ir, para ir.
Outro me diz para ficar, para ficar.

Só que Mahtab não teve esse tipo de dúvida sobre ir e ficar. Ela já está no lugar onde deseja estar. Ela vai dançar sozinha no seu vestido elegante e ninguém vai ousar dividir o palco com ela. A beleza de ser Mahtab é que você não precisa de um par.

✻

Venha, Khanom Omidi, venha ouvir uma história sobre a minha irmã. Este ano tem sido um ano sombrio e interminável para mim, e eu quero espiar dentro do mundo dela esta noite. Esta história é sobre a derrota de outra Preocupação de Imigrante: *importância* – a que preocupou minha mãe a vida inteira, embora ela não fosse nenhuma exilada. Meus primos da América sofrem de algo parecido – pesadelos sobre invisibilidade, mediocridade e morrer no anonimato. Preocupações com perda de legado, trabalho de motorista de táxi, atendente de lavanderia. Todos aqueles engenheiros e médicos limpando chão e vendendo cigarro em lojinhas de esquina. Mahtab também perde o sono com isso, porque ela sabe que tem tido sorte, que tem uma dívida monumental para com o mundo. Ela quer fazer coisas boas. Mas isso também vai passar, em 22 minutos e meio. Ela vai se livrar disso como sempre fez. Esta é a história de como Mahtab para de se preocupar em viver uma vida de alguma importância.

No verão, antes do seu último ano, Mahtab arranja um emprego de horário integral, como repórter júnior do *The New York Times*, que ela vai começar em junho e continuar depois da formatura. Ela vai trabalhar para a *khanom* repórter Judith Miller, verificando fatos e corrigindo seus frequentes erros de grafia. Ela vai andar em grandes vans brancas e novas e vai correr atrás de histórias e entrevistas. Ela vai se tornar uma contadora de histórias oficial – só que ela não pode mentir, nem mesmo escolher quais os detalhes que vai contar, omitindo outros. Você sabe, esses americanos conhecem as nossas artimanhas. E isso tira toda a graça. Por sorte, temos jornalistas iranianos que sabem tecer uma boa história.

– *Ai, Saba! Chega de conversa. Pare de reclamar e conte a história.*

Tudo bem. Nos dias que antecedem sua partida para passar o verão em Nova York, Mahtab ainda sofre por causa de Cameron, que ela costuma encontrar na academia de ginástica dos alunos. Ela luta diariamente com a decisão de usar ou abandonar seu cartão de crédito. Ela muda de ideia cada vez que encontra com ele ou com seu amante no campus. Você sabe, reconhecer que você é um personagem secundário no filme de outra pessoa dói um bocado. Às vezes Cameron olha com tristeza para ela. Às vezes ele tenta dar um alô. Nenhum deles jamais toca na questão do cartão e o fato de ela estar ligada à família dele como um parente esquisito e afastado é um assunto complicado, impossível de mencionar. Nos momentos de raiva, Mahtab tenta torturá-lo de longe. Ela carrega uma sacola com toalhas penduradas para fora, todas brancas exceto pela fina camada de seda xadrez azul e lilás no meio do algodão grosso. A echarpe está desbotada, aquela peça de seda que ela usou para ir à casa dos Aryanpurs agora relegada a enxugar o suor de Mahtab. Ela trata de deixá-la bem à vista para reafirmar o seu poder: eu estou acima disto, e acima de *você*.

– *Hah! É exatamente o que Khanom Basir tenta dizer com sua velha echarpe extravagante.*

Um dia Cameron tenta dizer alô na sala de ginástica, e ela se sente incapaz de formar palavras. Ela passa por ele, esfregando o pescoço com o pano azul.

Ele grita atrás dela: – Enxugando o pescoço com uma echarpe Hermès, Khanom Shahzadeh?!

Ela se vira. – Não fale farsi comigo – ela diz furiosa, porque a língua de sua família e do romance deles é sagrada para ela. – Você não é mais meu amigo. – Eu quis dizer isso a Abbas tantas vezes. Ele e eu costumávamos ser amigos do nosso jeito. Cada vez que ele tenta falar comigo agora, eu quero dizer: *Você não é mais meu amigo.* Mas não tenho a coragem de Mahtab nem suas opções. Ela pode pegar o dinheiro dele e ser livre, desde que guarde o segredo dele, enquanto que eu tenho que guardar o segredo e continuar presa aqui com ele.

Mas Mahtab é boa, e, assim que acaba de falar, ela se arrepende porque não quer magoá-lo. Ela examina o rosto dele. Será que ele também está infeliz? Ela gostaria de alcançar dentro dele e arrancar esse novo e desconhecido Cameron que finge que jamais poderá amá-la. Ela gostaria que o velho Cameron voltasse.

Que estranho, ela pensa, ele ter tanto medo, toda essa sensação de pavor cercando o seu segredo. É mesmo tão perigoso para ele no Irã? Ele pode mesmo ser enforcado? Mahtab não consegue imaginar essas coisas. Para uma futura jornalista, sua mente é pura demais, seus olhos imaculados demais. É realmente tão importante para Cameron voltar e tentar uma mudança? Como alguém pode se importar tanto com uma coisa intangível? Apenas a sombra de uma ideia que talvez nunca se torne realidade. Ela o inveja por sentir essa paixão. Ela ouve o barulho dos equipamentos à sua volta, sentindo-se como a única engrenagem defeituosa no motor de uma máquina enorme, movida a sucesso. Cameron está seguindo em frente. Ele quer ir sem ela, tornar-se um dos homens poderosos que nos governam, um transformador de destinos, e ela só está ficando cada vez mais para trás.

Ela conclui que a única maneira de se livrar do poder que Cameron exerce sobre ela é se tornar maior, melhor, mais bem-sucedida do que ele. Este foi, afinal de contas, o maior ensinamento de sua mãe: você precisa viver uma vida importante. Amanhã ela vai se mudar para a cidade grande para começar seu estágio no *The New York Times* e ocupar seu lugar na nova van branca. Ela vai fazer com que os homens e as mulheres com roupas de executivos – aqueles corvos enfileirados – fiquem impressionados com o seu talento.

Em Nova York ela vive uma vida de cinema. Ela vai a bailes como aquele em *Sociedade dos poetas mortos,* onde os casais giram sobre um assoalho de madeira. Ela joga golfe usando um short verde. Ela esconde um gravador no bolso do short para poder pegar empresários sujos admitindo coisas que eles não deveriam ter feito.

– Então, Agha Empresário – ela sussurra –, conte-me o que fez depois. – Ela bate seus cílios do Oriente Médio, e o bobo cai de joelhos e admite o desfalque ou aquele *bazi* sujo e ela publica tudo na primeira página do *The New York Times* sob o nome dela, "Mahtab Hafezi, Harvard, Turma de 1992".

– Os empresários americanos são mesmo tão estúpidos, Saba jan?

Não diga nada, Khanom Omidi! Estou contando uma história aqui. Histórias são cheias dessas maravilhosas cunjunções de coincidências que levam homens inteligentes a confessarem seus pecados. Elas são cheias de vitórias inesperadas. Você se lembra daquela parte de *Karatê Kid* em que Daniel chuta o rosto do terrível Johnny mesmo com a perna quebrada? Quando vejo essa cena, imagino Farnaz na sua execução, olhando para a plateia como se tivesse um plano, chutando o rosto do mulá com seus tênis femininos e escapando do guindaste sob os aplausos de uma plateia que de repente passa a adorá-la.

A vida de Mahtab é cheia desses triunfos improváveis.

Ela sobressai rapidamente no meio dos estagiários. Ela se torna uma estrela no jornal.

Ela mora num pequeno apartamento em Nova York que divide com outra moça. Toda noite, quando gira a chave na fechadura, larga a bonita bolsa de couro verdadeiro no sofá e senta na frente da televisão, ela sabe que hoje fez algo importante. Mesmo assim, ela quer mais. Este verão ela tem que fazer algo monumental, mudar o mundo do modo como Cameron planeja e fazer sua voz ser ouvida através de oceanos.

Poucas semanas depois ela expõe uma série de crimes sofisticados do governo, alguns ligados a pessoas tão importantes que eu nem posso mencioná-las aqui. Por favor, não me peça detalhes. Eu só sei que é um furo fantástico. E, com cada realização, Mahtab fica mais perto de encontrar seu verdadeiro eu, seu eu natural.

Uma noite, enquanto está sentada em seu sofá de minissaia, com as janelas abertas e a música tocando alto, bebendo uma cerveja abertamente de modo que os vizinhos possam ver, a resposta chega no meio de uma pilha de correspondência inútil e contas. É um envelope do Irã, coberto com uma centena de selos e carimbos, cheirando a arroz e endereçado numa caligrafia cuidadosa – uma mãe nervosa que não terminou a escola, não sabe inglês e parece ter copiado o endereço de um papel impresso. É de uma Srta. Ponneh Alborz, Cheshmeh, Irã.

É verdade? Sua amiga de infância, Ponneh, escreveu para ela? Que histórias esta amiga que ela não vê há tanto tempo terá para contar? A carta dela será cheia de histórias sobre Reza e a maluca da mãe dele, sobre a saúde da sua irmã? Que coisa boa receber uma carta de Cheshmeh.

Ela abre o envelope branco amassado e tira o conteúdo.

De repente toda a alegria desaparece quando sua mesa se enche de fotos, cartas, uma fita de vídeo e algumas gravações em áudio. As fotos são horríveis. Elas mostram uma linda moça sendo arrastada para fora de uma van, depois pendurada pelo pescoço num guindaste. É difícil até segurar a fotografia. Um bilhete rabiscado diz: "Minha amiga Farnaz falsamente incriminada como ativista e lésbica."

Ah, Khanom Omidi, não se desespere. Para Mahtab essas fotos são uma oportunidade. Ela é esperta o suficiente para saber exatamente o que fazer com elas. Porque, afinal de contas, nossa garota agora trabalha no *The New York Times*. Ela é nossa heroína de pernas de fora e está armada com uma fita de vídeo que gravei com minhas mãos.

Ela passa a semana seguinte assistindo ao vídeo, rebobinando e assistindo novamente. É impossível não chegar mais para perto do televisor, tentar olhar bem o rosto da bela Farnaz e tocar sua face antes de ela ser encapuzada. Aconteceu realmente uma coisa dessas? Eu pergunto a mim mesma às vezes no meio da noite quando vejo aquele filme tremido para me torturar. Apesar da mão trêmula, da estática e do chador preto cobrindo a lente a toda hora, a imagem é indiscutível. Aconteceu. Eu estava lá.

Mahtab enxuga as lágrimas com uma echarpe xadrez que não tem mais tanta importância em comparação. Quando ela pensa em Cameron agora, não o odeia mais. Não depois de assistir à tragédia na fita tremida. Ela agora compreende as coisas intangíveis que precisam ser feitas por pessoas como ele. Ele é um bom homem, um homem com toda a virilidade do mundo apesar do que o pai dele possa pensar, porque ele está disposto a voltar para este lugar que quer matá-lo por suas preferências; correr o risco de ter o mesmo destino para viver uma vida importante. Ela pensa em quando era a metade de cima de uma estrela-do-mar e decide que é melhor apreciar essa bela lembrança do que odiá-lo por não a querer.

Ah, mas ele *queria* você, Mahtab. Há mais de uma maneira de se desejar alguém. E olhe para Cameron agora, dono de que vida. Ele está recompensando o universo por sua boa sorte. Mahtab vai fazer o mesmo.

Ela vai viver uma vida corajosa, como Daniel LaRusso do *Karatê Kik* ou o Professor Keating de *Sociedade dos poetas mortos* – ambos tão corajosos diante de uma terrível maldade. Enquanto prepara sua reportagem com base em todas as provas que Ponneh enviou para ela – o depoimento da Dra. Zohreh, as fotos e o vídeo –, ela pensa no cartão de créditos de Aryanpur. Ele não vai libertá-la dos seus desejos, ela compreende agora. Riqueza secreta imerecida nunca faz isso. Bem no fundo ela sabe que só vai conseguir essa liberdade vivendo o tipo de vida que Mamãe queria, uma vida importante, uma vida que deixa a sua marca no mundo.

E lá você tem isso. Mahtab passa um verão em Nova York e vence uma Preocupação de Imigrante que algumas pessoas guardam para sempre, porque é preciso ser uma pessoa excepcional para vencê-la – a preocupação de deixar uma marca numa terra estranha. Duas semanas depois, a primeira página do *The New York Times* irá gritar uma verdade amarga para o mundo:

A REVOLUÇÃO NÃO TERMINOU!
Por Mahtab Hafezi, Harvard, Turma de 1992

Ah, Mahtab joon. Você foi incrível. Maravilhosa. Você deixou orgulhosos a mim e a nossos pais. Você pode imaginar o que Mamãe iria dizer se estivesse aqui para ver o seu nome impresso em letras grandes e negras e distribuído de um oceano a outro?

Para comemorar, Mahtab e as amigas vão dançar numa boate de Nova York com luzes piscando e coquetéis abundantes. Elas dançam sozinhas, sem homens. Elas pulam com suas saias curtas e blusas enfeitadas, como nos melhores vídeos musicais, e Mahtab é a causa da alegria delas, o centro de tudo. Ela não quer mais saber do pobre ariano por ora, não precisa de um parceiro. A sala está cheia de homens e mulheres juntos, mas é diferente das boates por onde ela costumava passar em Harvard, com rapazes que avaliavam mulheres sumariamente vestidas na porta – uma echarpe branca se transformando num turbante e a fazendo fugir dali, assustada. Aqui ela está no comando, e não há *pasdars* espreitando em becos escuros.

Quando eu a imagino lá, penso na cena de *Sociedade dos poetas mortos* em que os rapazes dançam secretamente à noite de um jeito muito diferente de seu comportamento formal, de terno e gravata. A dança deles é tribal, parecida com a dos homens de Cheshmeh. Eles dançam para se liberar, para impressionar, para expressar êxtase, loucura e um tipo de alegria exuberante demais para a luz do dia. Mahtab é uma coisa selvagem agora, uma criatura livre. Ela pode fazer o que quiser, mulás e *pasdars* que se danem.

Ela deseja que Cameron esteja seguro, seu amigo que está voltando para casa. Talvez um dia ela ame um homem americano. Os homens americanos podem não dançar, mas são especialistas em entender mulheres como Mahtab. E parece que eles têm orgulho em não ter desejos próprios. Você acha que isso acontece com todos ou só com os homens dos filmes? Os homens iranianos transbordam de desejos. Eles apelam para nós para cuidar deles, para salvá-los – sem ao menos citar nossos nomes embaixo. Eu às vezes desejo que um deles me dissesse: "Você, Saba Hafezi, me impressiona." Eles jamais diriam, nenhum deles. Nós, mulheres, nos tornamos fortes demais daquele jeito inabalável, sovina, e os assustamos. Mas se um deles escrevesse uma canção de amor para mim, ela não seria cheia de dramas. Ela não seria sobre morte ou eternidade. Ela diria simplesmente: "Saba joon, você foi demais."

Em breve terei coragem suficiente para sair deste lugar, e talvez eu seja valente o bastante para esconder aquela fita de vídeo na minha bagagem. Pedi ao Tehrani para contrabandeá-la para fora do Irã, para mandá-la para alguém importante, um jornalista ou um professor, talvez alguém de Harvard. Mas ele disse que era arriscado demais e recusou. É uma coisa assustadora abandonar uma casa.

Um coração me diz para ir.
Outro me diz para ficar.

Mas eu vou tentar. Isso eu prometo... porque você, querida irmã, me impressiona.

CAPÍTULO 14

VERÃO DE 1991

Saba senta numa cadeira perto da janela do quarto de hóspedes onde ela agora guarda todos os seus pertences, ouvindo suas fitas e assistindo à pequena televisão que levou para lá. Tem em seu colo um copo com o remédio de Abbas, que ela mexe distraidamente, misturando um pouco de xarope de cereja. Ele tem dificuldade em engolir comprimidos, e é assim que toma o remédio do coração, embora Saba ache errado. Sempre que acaba de tomar o remédio, ela enche o copo de água e dá para ele beber para não sobrar nada no copo. Hoje ela mexe o remédio numa bandeja em seu quarto em vez de na cozinha para não ter o que falar com ele quando chegar em casa, pois decaiu muito nos últimos meses, está quase cego agora, e embora ela se recuse a perdoar-lhe, ficou menos dura com ele por causa de sua fraqueza. Em poucos minutos, ele vai bater na porta pedindo o remédio. Esta é a rotina deles.

Saba olha para o jardim, onde as rosas que Ponneh e Reza plantaram para ela na primavera estão enchendo o jardim de um perfumado pó amarelo e não presta atenção no que sua mão está fazendo. Ela olha. Mexe. Olha. Mexe. Ao fundo, seu drama americano favorito repete uma história que ela praticamente decorou – um casal começa seu romance num restaurante italiano. Logo ela vai precisar de novos videoteipes – novos diálogos, novas palavras, novas espiadelas na vida americana. Hoje em dia, ela se fia em distrações para se consolar.

Ela joga algumas cerejas no extrator de caroços, onde os extrai com uma batida do punho e as joga no seu copo sem remédio, recordando os dias em que ela e Mahtab costumavam roubar o extrator de caroços de cereja, uma pedra e uma tigela de frutas, e se escondiam no quarto tirando caroço de cerejas, comendo amêndoas com sal e amassando damascos para tirar a noz. Às vezes o pai delas conseguia uma banana, um luxo depois da revolução.

O *sharbat* é frio e doce, deixando seus dentes e sua língua vermelhos. O gelo tilinta no copo quando ela o esvazia em três goles, e então ela não ouve a batida na porta. Abbas entra devagar, sem dizer nada, como faz toda noite há meses. Ele está segurando algo enrolado num jornal. Cheira a carne e está encharcando as folhas. Saba não pergunta nada, porque até mesmo as conversas casuais do primeiro ano de casamento deles não acontecem mais agora. Ele estende a mão para o copo de remédio, agradece e toma alguns goles.

Ela murmura ao sair: – Amanhã, talvez *ab-goosht*. – Ensopado de carneiro. Saba resolve que prefere frango, e é isso que ela vai fazer.

– Quero ver você tomar tudo – ela diz. Ele obedece. Ela pega o copo e torna a enchê-lo com água. Ele bebe toda a água antes de sair.

Meia hora depois, ela se levanta para ir ao banheiro. No corredor, esbarra no marido, que ainda está segurando o copo. Será que ele se dá conta do tempo que leva arrastando os pés por lá? Saba faz uma cara de nojo da velhice dele, de sua mente fraca, de tudo que constitui o seu marido.

Ela fita seu olhar úmido, cinzento, ladeado por teias de pele murcha, o olhar esperançoso de uma criança pequena que fica imaginando se sua travessura foi perdoada. Ela franze a testa para aquele velho patético com quem se casou, pequeno, curvado, com dobras de pele ao redor do pescoço, como se a carne estivesse despencando do seu rosto. Sua barriga estufada sobe e desce sob a camiseta branca e as enormes calças de pijama cinzentas.

– Aonde você vai? – ele pergunta, com um olhar suplicante. – Você vai ler esta noite? – Ela sabe o que ele quer, sabe que este velho infeliz quer que ela esqueça, quer tornar a abraçá-la, sentir o calor de outro ser humano. Ele tem andado na ponta dos pés pela casa desde o dia das *dallaks*, sempre esperançoso, implorando silenciosamente. Ela sente uma certa pena dele, lá no fundo, como um pedaço de carvão começando a incandescer, mas a raiva dela é imensa e apaga a pequena chama.

Abbas baixa os olhos e pigarreia. Ela percebe que o que faz a ele todo dia é muito pior do que qualquer julgamento. Talvez ele queira ser castigado para que sua miséria tenha fim. Mas ela não pode dar alívio a este homem que pode ter custado a ela uma vida de verdade.

Saba responde friamente: – Vá para a cama, Abbas. Eu gosto de ler sozinha.

Ele devolve para ela o copo vazio. – Sim... eu preciso descansar. – Ele torna a olhar para ela. – Você quer comprar mais fruta amanhã? Eu notei que você tem comido muita fruta neste verão... isso é muito saudável.

– Eu posso comprar minhas próprias frutas.

– Você quer algum dinheiro? Talvez para comprar alguns livros.

– Eu tenho uma conta bancária, lembra? – Agha Hafezi se certificara de tomar essa providência no contrato de casamento.

Abbas concorda com a cabeça. – Bem, achei que talvez você quisesse convidar alguns dos seus amigos para jantar. Se você quiser... bem... eu posso ser um bom anfitrião. Engraçado até.

Ela fita seus olhos embaçados e pensa que corre perigo de aceitar sua gentileza. O jeito triste de não conseguir decidir se é seu marido ou seu pai. Ela sente sua vontade fraquejar e então se afasta. Ele não passa de um velho, como Agha Mansoori... *Mas, não*, Agha Mansoori amava a esposa mais do que a si mesmo. Como ela pode desonrar a memória dele comparando aquele homem doce e gentil com o monstro que mora na casa dela?

Ela leva o copo sujo para a cozinha. Ela o lava e guarda os remédios no armário particular de Abbas. Um dos frascos, que estava pela metade com os comprimidos para afinar o sangue quando ela começou sua rotina noturna, agora parece leve demais na sua mão. Só restam uns poucos comprimidos lá dentro. Ela os conta, o coração disparado ao se lembrar de Agha Mansoori e de suas tentativas finais para enganar o destino e a morte. Mas ela não se lembra do número exato de comprimidos. Será que Abbas percebeu que o remédio estava na bebida? E se ele esqueceu a rotina e achou que ela estava oferecendo água para ele engolir o remédio?

Ele não pode ter esquecido. Esta tem sido a rotina desde o começo. O remédio *dentro* da bebida. Além disso, Abba conhece o perigo de tomar mais do que a dose indicada de comprimidos. Ele os toma para evitar coágulos e para ajudar o sangue a bombear o coração. O excesso pode causar hemorragia e derrame. *Não*, ela pensa. *Foi ele quem me explicou isto.*

Mais tarde, Saba ouve Abbas chamar por ela. Ela se agacha atrás da porta do quarto dele. Ele parece confuso. Está falando coisas sem sentido, balbuciando as sílabas do nome dela. Há um barulho, como se ele tivesse esbarrado em alguma coisa. Ela espera atrás da porta, mas não entra. Ela se encosta na parede e encosta os joelhos no peito, ouvindo a luta do marido. Então ele fica calado de novo por alguns minutos até começar a roncar. Uma ou duas vezes ela adormece, mas acorda assustada com a voz ofegante de Abbas e com as batidas do seu próprio coração. *Quantos comprimidos havia no frasco antes de hoje à noite?*

Ela pensa em chamar o médico. Num momento de silêncio, ela abre a porta e vai até Abbas. Ela se inclina sobre ele e ouve sua respiração, que parece normal.

– Eu devo chamar o médico? – ela murmura, sem saber se ele consegue ouvir. Então ele solta um gemido, e um pânico inexplicável sobe dentro dela, exatamente como o que sentiu durante os dez dias em que cuidou de Agha Mansoori. Cada manhã que ele se atrasava um minuto a se arrastar até a porta do quarto, ela sentia aquele mesmo terror.

Ela corre para o telefone e disca o número do médico, usando um lápis porque sua mão está tremendo demais. Ninguém atende. Ela imagina se deveria sair para procurá-lo. Mas ele mora na aldeia vizinha e é só um clínico geral. A clínica do centro da cidade está fechada – e ela só emprega médicos da família, enfermeiros e parteira. Ela teria que dirigir uma hora até Rasht para achar o cardiologista de Abbas ou um hospital. Será que ela devia chamar uma ambulância? Ela provavelmente demoraria o mesmo tempo. Finalmente, ela liga para o vizinho de Ponneh, a única nas redondezas que tem telefone e pode chamar a amiga.

Desde o enforcamento que Ponneh não está mais tão disponível para Saba quanto costumava estar. Saba desconfia que a amiga se envolveu mais com a Dra. Zohreh. Mas Ponneh acha tempo para visitá-la algumas vezes por semana, planta ervas no jardim de Saba e cozinha com ela.

O telefone toca dez minutos depois e uma Ponneh ofegante quer saber o que aconteceu e por que o vizinho a acordou para vir ao telefone. Ao ouvir a explicação, ela diz apenas "Estou a caminho" e desliga.

Saba volta para ver como está Abbas. A respiração dele se acalma por algum tempo e ela diz a si mesma que está tudo bem até ver o vômito no canto da cama. Ela corre à cozinha para apanhar água e toalha e pensa no terror inesperado que sentiu com a possibilidade da morte dele. Como podia ser, quando ela sonhava com este dia havia tanto tempo? Ela prepara outra bebida para ela e cochila de novo do lado de fora da porta do quarto dele. Entre períodos curtos de sono, ela sonha com uma melodia melancólica de um pescador americano num barco chamado *Alexa*. A canção a faz pensar em Mahtab e nas mãos ásperas do pescador que a tiraram do Cáspio. No meio do seu estupor, ela ouve a voz de Abbas, e o som insuportável a deixa sem ar.

Ela acorda com Ponneh sacudindo-a pelo ombro. – Como está o velho demônio?

– Shhh – Saba adverte. – Não fale assim. E se ele morrer?

– *E daí?* – Ponneh parece chocada e satisfeita. – Saba, isso já estava para acontecer há muito tempo. Ele é tão velho. Ele já teve muito mais do que merece. Vamos sentar e esperar.

A expressão gélida de Ponneh a deixa abalada. Abbas chama e Saba corre para o lado dele. Uma expressão suplicante nos olhos dele a faz lembrar de todas as pequenas crueldades que ela cometeu contra ele no que poderia muito bem ser o último ano de sua vida. Poucas horas atrás, ele implorou para comprar frutas para ela, para vê-la ler um livro, e ela o descartou como se ele fosse um vendedor ambulante. Ela toca a pele fria da mão dele. – Desculpe – ela murmura.

Ponneh anda de um lado para o outro atrás deles, já com a cabeça descoberta. Assim que Saba pede desculpas, Ponneh solta um muxoxo zangado.

– Saba, você vai se arrepender disso. Eu garanto. Você vai se odiar para sempre se deixar que as emoções a dominem. Diga a ele que o que ele fez é imperdoável. Você jamais terá outra chance.

– Pare com isso! Estou fazendo o que posso – Saba diz. – O médico não atendeu quando eu liguei. Por favor, tente ligar de novo. Ou melhor, chame uma ambulância também.

Ponneh bufa em protesto e vai pisando duro para a sala a fim de dar o telefonema. Ela volta um minuto depois e diz: – Ele virá logo.

– Quando?

– Eu disse logo! – Ponneh parece zangada, como se a vida *dela* estivesse saindo de controle. Ela batuca com o pé enquanto Saba busca pistas na língua de Abbas em suas pálpebras. Quão pálidas elas deveriam estar? Ela se lembra de algo que o médico disse sobre os braços dele.

– Abbas jan, levante o braço! – ela grita. – Levante o braço para mim. – Não há resposta.

Ponneh resmunga: – Você vai se arrepender disto.

Quando não encontra mais nada para fazer, Saba se senta na cadeira ao lado da cama de Abbas e fica olhando para ele. Ponneh se inclina sobre o velho e escuta o coração dele, com o cabelo caindo sobre o peito dele. Ela parece uma menina observando o avô dormir. Talvez ache que Abbas vai morrer esta noite. Os olhos dele estão frios, assustadores de olhar.

Será que Saba fez alguma coisa errada? Ela *sempre* colocou o remédio na bebida. Essa era a combinação entre eles. Mas é verdade que ela anda preocupada ultimamente. Será que ela executou uma de suas fantasias latentes? Ela poderia ter feito isso? Não. Ela não fez nada. Exceto isto: por um momento, enquanto assistia à televisão e sonhava com a irmã, deixou que alguém assumisse o seu lugar, alguma criatura selvagem que vive dentro dela e sobrevive de migalhas. Um monstro que nunca conseguiu fazer o que queria. Às vezes, durante seus devaneios mais cruéis, quando Abbas é estripado ou atirado no Cáspio, ela teme não ser diferente das mulheres basij. Ela teme ter também uma fera com um sorriso do gato de Alice esperando dentro de si, e a única razão de ela estar enjaulada é que ela tem riqueza e família. Um estômago vazio é um motivo poderoso, e talvez, mergulhada em seus próprios desejos e encarando outro solitário pôr do sol, Saba tenha se distraído e o demônio tenha encontrado um jeito de escapar. Será que *ela* misturou mais cereja amarga na bebida do que normalmente? Ela estaria tentando encobrir algum gosto repugnante?

– Não – Saba diz alto. Ela não fez nada. Ela colocou a dose certa.

Ela volta para a cozinha para examinar os copos, porque jamais poderá viver com um erro desses. Mas ela já os lavou. Volta para o quarto e se deita ao lado de Abbas, segurando as mãos dele. – Abbas, o médico está chegando. Mas você precisa me dizer uma coisa. Você tomou remédio junto com o suco? – Ela olha para ele. – Diga-me.

Ele respira ofegante, e então parece fazer sinal que sim com a cabeça.

Alívio e pânico tomam conta dela, seguidos imediatamente por descrença. – Você não se lembra da rotina? Remédio *dentro* do copo! – Ele torna a concordar com a cabeça e ela fica sem saber se ele sabe o que está dizendo.

Antes de ter chance de pensar, Ponneh está ao lado dela. – Diga a ele – ela murmura. – Saba jan, diga a ele agora.

Há pressão demais de todos os lados e ela se vira e grita para Ponneh: – O que você quer que eu diga? O quê? – Você veio aqui para me ajudar! O que você está *fazendo*? E onde está o diabo do médico?

Ponneh não ergue a voz. Ela balança a cabeça, depois diz simplesmente: – Eu não chamei o médico.

Saba fica paralisada. Ela procura a cadeira e se deixa cair nela.

– Você esqueceu aquele dia?! – Ponneh grita. – Lembre-se das mulheres e de seus instrumentos e do modo como elas a reviraram como se você fosse uma boneca de pano! – Saba cobre o rosto com as mãos e respira ofegante com a cabeça entre os joelhos. Ela não consegue decidir se deve se levantar para chamar o médico ou se é tarde demais. Será que Abbas ouviu essa conversa? Ponneh não parece registrar a presença de Abbas. – Eu sei que você é emotiva e que é fácil esquecer quando vê o quanto ele é velho... e o quanto é triste estar perto da morte. E, sabe o que mais, Saba jan? Eu sei que você não quer ficar sozinha. Mas você não vai ficar. Você tem a mim, e tem uma família de verdade. E você tem Reza. – Ponneh senta no chão ao lado da cadeira dela. Ela olha para Abbas, pega a mão de Saba e diz numa voz infantil: – Nós três para sempre.

Saba sacode a cabeça. Não, ela não esqueceu. As lembranças do Dia das Dallaks estão tão frescas quanto nunca e não há purificação possível para ela apesar das tardes que passa se lavando no hammam. Os detalhes daquele dia enchem sua mente, fazendo pressão em seu cérebro até não haver espaço para mais nada. Só existe isso: sua respiração acelerada. Ela levando a mão à garganta. Seu corpo estendido na cama e o sangue sob ela. Isso aconteceu faz mais de um ano; entretanto, todo dia, toda noite, Saba relembra tudo o que passou. Está tudo acontecendo de novo, agora.

Ela se levanta e tenta chamar o médico de novo, evitando o olhar de Ponneh. Na sala, ela pega o telefone e começa a discar, pensando em sua vida desperdiçada nesta casa. Ela pensa na tortura cruel que infligiu àquele homem e no modo como Agha Mansoori implorou para se juntar à esposa no céu. Ela pensa em suas primeiras noites com Abbas, em suas histórias a respeito do afeto da primeira esposa. Talvez Ponneh tenha razão e ele tenha vivido uma vida completa e abençoada.

Ela disca alguns números, os dedos pesados e trêmulos. E se Abbas tiver ouvido a conversa dela com Ponneh? E se ele estiver consciente do tempo que ela demorou para decidir seu destino? E se ele não lembrar que foi ele que tomou a dose extra de remédio? Que cruéis acusações irá fazer para todos os médicos e advogados que irão certamente desfilar por ali?

Então Saba pensa como Abbas balançou a cabeça quando ela perguntou se ele se lembrava da rotina. Será que tomou a dose extra de remédio de propósito? A ideia faz seu peito se contrair – a imagem do velho desejando a companhia da primeira esposa, assim como Agha Mansoori fez em relação à dele. Talvez isso seja uma bênção. Talvez ela deva usar o poder que lhe foi dado e devolver este homem à sua verdadeira esposa. Agha Mansoori lutou tanto para morrer; ele escondeu seus comprimidos e deixou fornos acesos e implorou a Saba para ajudá-lo. Como um anjo da morte ela segurou as mãos dele durante sua passagem, e foi fácil e boa e na hora certa. Ela pode ver que Abbas está esperando pela morte e que é um ato de bondade permitir que deixe o mundo em paz, sem a marca da violência que acompanha tantas mortes por aqui. Abbas deve compreender isso. Ela desliga o telefone e volta para o quarto de Abbas, onde Ponneh está com a mão na testa dele. Ela também deve sentir culpa.

– Eu não vou chamar o médico – ela diz, com uma voz exausta. Ela se atira nos braços de Ponneh, que acaricia seu cabelo e diz que tudo vai dar certo. Se Saba falasse com ele, Abbas conseguiria ouvir? Ela não pode ter certeza, porque a luz está deixando os olhos dele. Ponneh murmura sobre seu cabelo. – Diga a ele.

Saba endireita a blusa. O quarto ficou muito quente. Ela passa a mão por seus longos cabelos. – Eu não sei o que dizer. – Ela se senta na cama ao lado dele.

Ponneh se senta numa cadeira. – Eu vou começar – ela diz e se vira para ele. Ela começa a falar diversas vezes, mas reconsidera o que vai dizer. Finalmente, ela diz: – Adeus, Abbas... Apenas repita o que eu disser, Saba jan. Vamos... diga adeus para ele.

– Adeus – ela murmura, sem conseguir dizer mais do que isso.

– Que você consiga encontrar paz em algum lugar – Ponneh diz, com segurança, embora esteja improvisando.

– Espero que no paraíso você encontre paz – Saba diz. Parece que ela está rezando ao repetir as palavras de Ponneh. Quando era menina, sua mãe explicou as regras da oração. Ela disse que cada pessoa deve usar suas próprias palavras. – Essa é a diferença entre a oração cristã e a oração muçulmana – ela disse a Saba e a Mahtab. – Nós não recitamos. Nós dizemos a Deus o que está em nossos corações. – Algo dentro dela se agita e ela sente todas as palavras que quer dizer borbulhando, tentando sair da boca da fera ferida que está lá. Ela engole em seco e ouve o que Ponneh está dizendo.

– Mas o que você fez... Meu Deus, isso foi... muita maldade. – O tom metálico da voz de Ponneh desapareceu e ela parece insegura, abalada, talvez jovem demais para tudo isso. Mas este é um veneno que precisa ser expelido. Saba não quer mais ajuda. Ela faz sinal para Ponneh parar.

Ela respira fundo e diz: – Já chega. – Depois passa a língua nos lábios. – Abbas... – Ela para e pensa na possibilidade de Abbas ter feito isso de propósito. Será que ele acredita no céu como Agha Mansoori acreditava? Talvez ele também precise de alguém para ser testemunha de que ele não cometeu o pior dos pecados. – Você cometeu um engano com seus remédios. Foi só um engano, mas eu não posso consertá-lo para você. Eu dei bastante tempo para você, e a princípio nós éramos amigos, lembra? Mas aquele dia. – Ela para. – Não vale a pena falar nisso. – Eu não posso ajudá-lo agora. Você não é mais meu amigo. – Depois que ela termina, ela se levanta, sem conseguir recordar suas palavras, embora possa sentir por sua ausência o quanto elas teriam sido pesadas. Ela toca o rosto murcho de Abbas, agora frio, e acrescenta: – Espero que você encontre a sua esposa. – Com isso, ela sai do quarto, pensando no que significa ser cristã e no quanto sua mãe ficaria desapontada por Saba ter preferido largar sua cruz e ir embora. Mas talvez o mundo não precise de tantos mártires e carregadores de cruzes. Ou talvez Saba simplesmente não tenha fé.

Ponneh fecha a porta atrás delas. Elas esperam juntas do lado de fora, Saba esfregando o pescoço, tentando respirar, porque agora o pigarro em sua garganta está insuportável. Ela respira o ar com dificuldade e tenta não ouvir a respiração ruidosa dele. Ponneh corre para a cozinha para pegar chá e lenços de papel. Saba não nota quando ela volta. Quando o barulho cessa, Saba adormece no corredor diante da porta do quarto de Abbas e só acorda quando amanhece.

Na manhã seguinte, Abbas está morto e Saba é uma viúva rica, uma andorinha feroz usando roupas de gralha, os olhos baixos, a boca vermelha manchada e brilhando como sangue, velando ao lado de uma fileira de irmãs gralhas vestidas de preto. As mulheres em volta dela acariciam sua cabeça e beijam seu rosto, algumas murmurando que ela tem uma vida próspera pela frente. Mas atrás de suas camadas de preto, ela se apega ao seu desejo de voar para longe em busca de sua mãe na América. Para explicar seus pecados pessoalmente.

A morte de Abbas é considerada acidental – um derrame que deve ter sido causado por remédios para afinar o sangue. Embora tonta e insegura, Saba diz ao médico que ele tomou o remédio sozinho aquela noite. Talvez tenha tomado demais. Ela aprendeu a esfregar iogurte como uma hábil contadora de histórias, e portanto ganhou seu próprio Dinheiro de Iogurte. Ela se tornou uma grande mestra de *maast-mali*.

Uma overdose é uma infelicidade, os médicos dizem, mas ele era um homem velho. No fim, ninguém dá muita importância a isso. Não se trata de algo estranho, e é desinteressante como um potencial escândalo. Abbas teve uma vida plena e não há nenhuma sogra para criar problemas.

✦

Esse é o problema de estar velho. Nenhuma mãe cria caso por você quando está doente ou morrendo, ou simplesmente se afogando num mar imaginário. *Eu me sinto tão velha.* Cinco dias depois que sua última menstruação terminou, ela mais uma vez se inclina sobre o buraco de porcelana no chão, os pés firmemente plantados nos descansos de cada lado, e se enche de algodão. Seu sangramento é errático e ela imagina o quanto estará estragada por dentro, nos lugares que não consegue ver.

Na primeira noite que passa sozinha, ela tem pesadelos – sobre sua mãe, Abbas, Mahtab. Ela acende a luz e lê livros para se proteger do que fez – deixar Abbas morrer, deixar Mahtab entrar num avião ou ir para o fundo do mar. Em ambos os casos, Saba estava lá. Ela poderia ter evitado a perda de Mahtab de uma forma ou de outra? E é possível amar alguém que passou tantos meses torturando o próprio marido?

Às vezes ela se sente chocada por sentir saudades dele e percebe que sua culpa não vem por tê-lo deixado morrer, mas por ter tornado seu último ano de vida uma espécie de purgatório. Ela tinha esse direito como esposa dele? Ou como vítima do Dia de Dallaks? Ela vai ao enterro de Abbas de preto e enfrenta os homens que olham para ela, alguns com desconfiança, outros com compaixão. Existe algo de rejuvenescedor no processo. A lenta clareza que vem depois de passar horas vendo pessoas desfilando diante do corpo de Abbas para prestar sua homenagem. O conhecimento de que nenhuma delas pode tomar o que é seu. Ninguém pode impedir uma vida que agora está no nome dela, completamente e com total independência.

No enterro, ela vê Reza. Embora não fale com ele – isso é proibido para uma viúva enlutada –, duas vezes ele olha diretamente para Saba com a ternura dos seus anos de amizade. Ele a cumprimenta com um aceno compungido de cabeça e vai cumprimentar seu pai. Ponneh fica o tempo todo ao lado de Saba. Dentro de quatro meses seu período de luto estará terminado e ela poderá se casar de novo, embora ela não pense nisso agora. Ela vai para a América.

Mas primeiro isso: quatro meses usando roupas de gralha.

Saba conta os amigos de Abbas e do seu pai quando eles passam para dizer suas orações e presta atenção nas pessoas à sua volta – em dívida com seu marido, em dívida com seu pai. Agha Hafezi segura a mão dela para tranquilizá-la e Saba compreende que essas cabeças curvadas agora também estão em dívida com ela. Tudo o que pertencia a Abbas ou ao seu pai agora pertence a ela. Não apenas fortunas. Mas um nome, uma reputação, um poder de mudar as coisas.

Talvez agora ela vá ser como Mahtab, a jornalista. Talvez Saba possa fazer até mais do que isso. Ela se lembra das palavras da mãe no aeroporto, sobre não chorar, sobre ser um gigante diante da adversidade. O que era mesmo que sua mãe costumava dizer?

"Eu não sou nenhuma Vendedora de Fósforos", ela pensa e diz alto, de modo que Ponneh possa ouvir. Não por causa do contrato pétreo do seu pai, mas por causa dos seus planos e sofrimento e paciência. Essas verdades se tornam claras para Saba e então ela aceita as palavras de consolo das pessoas que dão pêsames a ela e se sente transformada.

Parte 3

MÃES, PAIS

*Benzinho, vovó entende
que você ama realmente aquele homem*
– BILL WITHERS

CAPÍTULO 15

OUTONO DE 1991

Três meses depois, Saba está sentada com o pai no escritório de um mulá em Rasht. O mulá fala com Agha Hafezi enquanto Saba examina as linhas suaves do rosto dele. Ele tem olhos bondosos, embora não olhe para ela, apenas balance a cabeça em sua direção de vez em quando à medida que vai explicando que os contratos de casamento ainda estão sujeitos às leis Shari'a. – Estou vendo que todas as despesas com enterro e todas as dívidas foram pagas satisfatoriamente – ele diz, olhando para uma pequena pilha em sua mesa – e, fora este contrato de casamento muito *informal*, Agha Abbas não deixou testamento.

Saba prende a respiração. Isso é um absurdo. O contrato foi feito com toda a rigidez possível, e, de fato, grande parte das propriedades e do dinheiro foi colocada no nome de Saba. *E se foi tudo à toa?* Não, ela pensa. Mulá Ali, que é um especialista na legislação Shari'a, garantiu ao pai dela que não havia impedimentos à sua herança.

Se não existem descendentes – e eu acredito que Agha Abbas não teve filhos com suas esposas anteriores –, então a esposa tem direito automaticamente a um quarto dos bens dele. Essa é a lei de Deus. Nós não discutimos o direito de sua filha a isso.

Saba respira aliviada. Ela pode sentir que o pai está fervendo de raiva ao seu lado, lutando para se controlar. Ela se agita num chador preto que pinica.

– Sim, mas o contrato que negociamos foi muito sólido – o pai dela diz. – Foi feito de acordo com a Lei Islâmica e assinado por mim e por Abbas. Há testemunhas. Ora, Hajji Agha, o senhor está vendo algum outro requerente aqui conosco?

O mulá levanta a mão, fingindo impaciência, embora obviamente respeite a educação e a posição social do pai dela. E continua: – A questão não é o seu conhecimento da lei. É se algum herdeiro escapou à sua atenção. Não existem outros herdeiros *primários* neste caso, já que o homem não tinha nenhuma outra esposa viva, nem filhos, e assim por diante. Mas nós achamos necessário cumprir nosso dever para com Alá e o morto e procurar qualquer beneficiário *secundário* que possa existir. Esses seriam residuais, que teriam direito ao resto dos bens.

– Ao *resto*?! – Saba exclama. O pai agarra imediatamente seu braço e diz para ela ficar calada. Isto parece satisfazer o mulá, que apenas sorri pacientemente, pronto para continuar seu discurso. Mas Agha Hafezi, ainda segurando o braço de Saba, o interrompe.

– *Procurar* beneficiários secundários parece excessivo. Agha, nossa família já procurou. Sem mencionar os herdeiros secundários que irão aparecer se o senhor puser um anúncio atrás deles! Mostre-me um homem morto com dinheiro e eu lhe mostrarei quarenta primos árabes surgindo do nada. Quem exatamente o senhor está procurando?

O mulá suspira e endireita os óculos enquanto consulta suas notas: – Irmãos, irmãs, sobrinhos, sobrinhas. Obviamente, não há possibilidade de haver tios ou avós vivos.

– Por quê? – Saba murmura, chocada com o fato de que um escritório tão pequeno, com cadeiras de plástico e o frio entrando por rachaduras no assoalho, fosse se dar ao trabalho de procurar por todo o Irã por parentes de um morto que vivia recluso.

O mulá ergue as duas sobrancelhas. – Vocês não gostariam que nós fizéssemos a coisa certa?

– E acharam algum? – Seu pai suspira. Quando ele fica impaciente, sua voz adquire uma condescendência que ele agora está tentando controlar. Ele dá um sorriso forçado e diz: – Parece que, se ninguém se apresentou, este é um caso muito simples.

– Sim, eu entendo a sua preocupação – diz o mulá. – Mas nós achamos um irmão.

O pai balança a cabeça sem acreditar. Saba não estudou a legislação Shari'a, mas sabe de uma coisa: a parte de um irmão é muito maior do que a de uma esposa – independentemente do fato de ela ter sido machucada e mutilada por causa de Abbas, e de este homem nem saber da existência de Abbas até poucos dias atrás. Um lado cínico dela parabeniza os homens do mundo por uma vitória de primeira classe.

– Não se preocupe, Agha Hafezi – diz o mulá. – Ele é apenas um irmão *uterino*. Ele só tinha a mesma mãe que Agha Abbas, e como a pobre mulher morreu recentemente só restou ele. O homem mora no Sul e está quase moribundo também, mas está vivo o suficiente para herdar. Nós já entramos em contato com ele. A lei determina que ele receba um sexto.

– E o resto? – seu pai pergunta.

Na ausência de outros reclamantes, nós dividimos o resíduo *proporcionalmente* entre vocês e o meio-irmão. – Ele olha para Saba e explica vagarosamente a lógica, pulando a parte que trata de números em seu benefício. – Isso significa que você fica com a maior parte, criança.

Sessenta por cento, Saba calcula de cabeça, pouco antes de o pai dizer isso alto para deixar registrado. O mulá aguarda um momento. Como Saba não demonstra nenhuma gratidão, ele diz: – Eu discuti isso com meus colegas. Eles querem continuar procurando herdeiros masculinos. Eles ficaram preocupados... é dinheiro demais para uma moça jovem, e aqui não é Teerã. Eu mesmo vou frequentemente a Teerã e sei que muitas viúvas muçulmanas gerenciam seus dinheiros sem escândalo. Mas os outros não são tão modernos quanto eu. Você tem muita sorte. Muita sorte. As mulheres não foram feitas para assumir tanta responsabilidade.

Agha Hafezi balança a cabeça educadamente para o mulá. Ele belisca o braço de Saba como costumava fazer quando ela era pequena e eles queriam compartilhar uma brincadeira só entre eles.

– Eu vou tomar conta dela – Agha Hafezi o tranquiliza. Vou me certificar de que ela compre um livro e um lápis de vez em quando, e não só tecidos e utensílios de cozinha.

Saba morde a bochecha por dentro. Seu pai costumava brincar que, se ela fosse solta numa livraria estrangeira sem supervisão, ela gastaria toda a fortuna da família. E ela conhece bem o pai para saber que a parte sobre utensílios de cozinha é uma mensagem sutil para ela – que ele a tem vigiado da casa dele, que continua conhecendo seus hobbies e tem anotado todas as coisas rotineiras que ela considera inúteis e fúteis, uma lista muito semelhante à da mãe dela.

– Muito bem – diz o mulá. – Antes de transferir os bens, as contas bancárias e outros papéis, tenho que cuidar de alguns detalhes. Só existem duas regras para que seja possível herdar. E como sabemos que sua filha não *matou* o marido – ele ri –, só precisamos que ela afirme ser uma verdadeira muçulmana.

Ela pensa em tudo o que perdeu, no preço alto que já pagou. No sangue. – Sim – ela diz, sem olhar para o mulá. – Sim, é claro, eu sou muçulmana. – *Isto é só mais um detalhe. Mais uma mentira para se juntar às outras.* Isso é simplesmente o branqueamento inevitável que vem com estoques secretos de dinheiro imerecido.

O pai dela olha para o chão. Há tristeza em seus olhos e, por um instante, Agha Hafezi, o empresário esperto, estudioso de religião, parece um simples fazendeiro Gilaki.

Quando todos os papéis estão assinados, pai e filha se levantam para sair. – Só tem mais uma coisa que eu preciso dizer para você – o mulá diz, meio sem jeito. Ele franze os lábios, e suas narinas tremem de um jeito que Saba notou ser habitual quando ele está tentando encontrar as palavras certas. – Entendam, os parentes de Abbas não faziam ideia do dinheiro. Abbas morava numa aldeia, afinal de contas. Quanto ele podia ter? Trata-se de uma herança inesperada para eles. – Agha Hafezi não faz nenhum comentário. Aliás, ele também é um homem rico que mora numa aldeia. – O problema é que a família está *tentando* provar que o homem é um irmão dos dois lados. Vocês devem estar cientes da possibilidade de eles conseguirem, e, nesse caso, eles irão herdar a maior parte dos bens. – Ele sacode a cabeça. – É uma vergonha... O homem é um animal voraz.

Momentos depois, eles atravessam as ruas movimentadas de Rasht, Agha Hafezi segurando o braço de Saba através do chador. Geralmente Saba adora os sons altos e os cheiros fortes da cidade grande – ela aspira o odor de gasolina e fumaça de carro, de peixe fresco e kebab grelhado, de perfume e de cheiro natural de corpo e tenta abrir espaço para tudo isso na sua memória. Normalmente, ela aprecia os sons dos vendedores de rua e do trânsito; o colorido forte de tudo – flashes exibidos por transeuntes, uma echarpe colorida aqui, uma gola clara ali – porque tudo isso faz parte da experiência da cidade grande. Mas não hoje. Hoje, tudo está coberto por uma névoa amarelo-clara e azul-acinzentada, cor de tecido desbotado e filmes ordinários. Saba pode notar que seu pai está zangado. Ela pode ver que ele se sente roubado por causa dela. Sim, ela tem mais dinheiro do que qualquer outra mulher que conheça – o suficiente para se sustentar pelo resto da vida, mas a expressão no rosto do seu pai faz Saba ter vontade de enumerar todas as coisas preciosas que perdeu nessa única transação. Ela tenta perdoar a si mesma pela mentira que disse no escritório do mulá – porque, apesar de suas dúvidas, tanto pai quanto filha parecem saber que mentiram. Ela pede a Deus para não trazer os parentes de Abbas para dentro de sua vida agora, para não criarem uma confusão legal que leve todos os mulás do mundo a examinarem sua vida pessoal e saquearem tudo o que ganhou. Há tantos segredos que podem levar à perda da sua fortuna: o casamento não consumado, as circunstâncias da morte de Abbas, seu cristianismo e este homem que afirma ser irmão de pai e mãe de Abbas... *e se ele for mesmo?*

– Nós ainda podemos comemorar – seu pai diz antes de chegarem no ponto de ônibus. – Que tal almoçar num desses lugares de kebab? Eu conheço um bom não muito longe daqui.

Saba sorri – porque seu pai escolheu não pensar nas batalhas que virão. Ela tenta tirar da cabeça a ideia terrível de que seus sacrifícios, as cicatrizes que carrega, não lhe garantiram nada. Como o pai, ela tenta ignorar os pecados do dia de hoje. Ela pensa que todos os bens são fugazes no novo Irã – que tudo na vida é como um passe de mágica – e que ela deve desfrutar da sua instável recompensa enquanto a possui. Um passe livre para a garota com os mil demônios antes que ela consiga sair daqui.

– Boa ideia – ela diz. – Eu estou faminta.

– Você está magra – o pai brinca. Ele sempre implica com ela quando quer deixá-la contente, naqueles raros momentos em que ele é ele mesmo e não um homem consumido pelo trabalho ou pelo hookah ou pela perda da esposa e da filha. Talvez isto seja um recomeço para Saba e Agha Hafezi, não só pai e filha, mas dois iguais em suas esperanças, em sua riqueza, em seu sofrimento por tudo o que perderam. – Está na hora de fazer de você uma viúva gorda e feliz.

Herdeira – uma pessoa (f) que herda os bens de um morto.
Eremita – uma pessoa que escolhe viver sozinha, longe das outras.
Hermes – na mitologia grega, mensageiro dos deuses. Também uma loja com provadores cor de laranja.

Mais tarde, durante a noite, ela faz uma nova lista de palavras em inglês e pensa nas suas duas opções: ficar com o pai ou tentar conseguir uma passagem para a América. Ela podia fazer isso já. Ela podia finalmente tentar embarcar naquele avião que perdeu quando tinha onze anos. Ela tem recursos para isso e, após anos de pesquisa, sabe exatamente o que tem que ser feito. Mas, de algum modo, cada vez que ela começa a enumerar os passos, ela se distrai e se vê no calor de vida da cidadezinha. Pode ser que agora as coisas melhorem.

Ela imagina o que Mahtab faria. Provavelmente escolheria a América. Se sua mãe estivesse lá, Saba iria mostrar-lhe os montes de listas de palavras que ela juntou e iria perguntar se seu inglês é suficientemente bom para ela ter uma vida respeitável na América.

Ela examina toda a papelada com instruções para conseguir passaporte e visto, os guias de viagem da mãe e seus extratos bancários, imaginando quanto tempo irá levar. Um dia, em breve, ela terá que contar ao pai sobre seus planos – mas, por enquanto, não. Ela prepara um ensopado de carneiro e berinjela para jantar. Triste e desesperada por algo que a distraia, ela passa uma hora descascando, cortando, temperando e tirando a água das berinjelas. Ela as frita em azeite e as coloca por cima da carne – tão tenra após duas horas que dá para comê-la de colher. Depois que termina, ela percebe que fez berinjela demais para o ensopado; então assa alguns tomates, acrescenta-os ao resto da berinjela e cozinha a mistura com ovos e alho. Este prato, *mirza ghasemi*, é uma de suas comidas favoritas; no entanto, ela só o prepara para se livrar dos ingredientes que sobraram. Quando fica pronto, ela come em pé, não como entrada, mas como parte da limpeza da cozinha, com pão velho, porque também não quer desperdiçar o pão.

Quando a comida fica pronta, ela faz um prato, tira a casca de um dente de alho em conserva que pega de uma das jarras enormes enfileiradas do lado de fora, joga os pedaços no ensopado e leva o prato para a sala, onde arruma seis almofadas e se recosta, preparando-se para passar a noite fumando e assistindo a velhos programas americanos de televisão.

Ela já havia conseguido ficar bem chapada, muito mais do que qualquer erva, televisão ou desespero podem provocar quando alguém bate na porta. Ela limpa os dedos sujos de alho e vinagre no seu jeans. Não adianta lavar as mãos – alho em conserva, com seu cheiro penetrante, é um hóspede que demora a ir embora, e que só é convidado por certo tipo de mulher sozinha, do tipo que não está mais procurando parceiro.

Eremitas sem esperança confinados em casa.

Ela se levanta do tapete e vai até a porta. Seus pés estão dormentes e ela demora a atravessar o jardim e a abrir o portão alto.

Do lado de fora, Reza espera com os braços cruzados sobre o paletó marrom, os olhos espiando de um lado para o outro da rua, em busca de vizinhos enxeridos ou *pasdars* de plantão.

Assim que Reza passa por ela e entra no jardim, a primeira coisa que passa pela cabeça de Saba é "por que ele veio?". Não há razão para isso, agora que ela não tem um marido para recebê-lo.

– Eu queria ter vindo antes – ele diz.

– Por quê? – ela pergunta. O fato de cheirar como uma cozinheira a faz querer ser cruel, mas o melhor que consegue é uma certa indiferença.

Reza encolhe os ombros. Ele parece meio triste e tenta disfarçar isso com um sorriso sem jeito. – Achei que podíamos passar algum tempo juntos. E resolvi fazer isso.

– Você *resolveu*? – ela provoca. – E por que você resolveu isso agora?

Ele está nervoso. Ela acha que entende por que ele está ali; entretanto, nenhum dos dois sabe como agir de forma diferente de dois amigos que costumavam fumar juntos e conversar sobre música americana. – Desculpe eu ter demorado tanto a visitá-la – ele diz. Ele olha para baixo como se estivesse tentando recordar um discurso pronto. – Não é fácil evitar fofocas nesta cidade. Mas eu prometi que não a deixaria sozinha duas vezes. – Você agora está desprotegida... Talvez precise de alguém para vir aqui de vez em quando para ver como você está. Para consertar coisas para você.

Saba morde a unha do polegar. Ela tem gosto de vinagre e azeite. Com certeza ele pode sentir o cheiro também. Ela sente necessidade de explicar as coisas. – Eu preparei um lauto jantar.

Reza parece confuso e preocupado em não perder o pé no discurso.

– Pode comer um pouco, se quiser – ela diz, levando-o para dentro.
– Bem... eu não sabia que você vinha.

– Ou não teria cozinhado tanto? – Reza pergunta brincando, e por um momento seu velho amigo está de volta. Ela tem vontade de levá-lo para a despensa e mostrar a ele suas músicas novas.

Saba sorri. – Sim, para ser sincera, eu não teria cozinhado – ela diz. Ela lança um olhar desafiador para ele – um olhar cansado do mundo próprio de viúva. Quando fecha a porta, ela estende as mãos na direção das costas dele, indicando que ele deve entrar, mas ele pega as mãos dela e beija suas palmas, depois a puxa para ele e a beija nos lábios.

Ela olha por cima do ombro dele para a porta, mas agora ele está com as mãos no cabelo dela e ela se esquece de portas ou *pasdars* de plantão ou vizinhos curiosos ou alho. Ela pensa nos pés dele na despensa – os dois descalços e meio bêbados no escuro, ousando apenas roçar os dedos dos pés. – Estou feliz que tenha vindo – ela diz.

– Você está cheirando a *khoresh* de berinjela – ele diz brincando.

Ela empurra o peito dele e tenta se afastar, mas ele não deixa. – Nesse caso – ela diz – você não pode comer nem um pouquinho.

Eles passam a noite num isolamento abençoado, experimentando os inúmeros prazeres da casa de Saba. Eles nunca tinham passado uma noite inteira sozinhos. Nunca tinham feito uma refeição sem as famílias. Eles comem primeiro na mesa da cozinha, mas resolvem levar a comida para um *sofreh* na sala, sentar juntos em pilhas de almofadas, se recostar e dar de comer um ao outro pedaços de ensopado de carneiro e pão.

– Que pena que não estamos de volta à despensa do seu pai – Reza diz, e Saba se lembra do seu saco de erva. Reza prepara um cigarro de maconha com a página em branco do final de um dos livros dela, e voltam a se deitar nas almofadas, fumando, comendo com os dedos, as cabeças encostadas uma na outra, o Walkman de Saba plugado nos ouvidos dos dois. Eles ouvem Janis Joplin, Madonna, os Beatles, Michael Jackson e uma série de artistas que Saba acha que o Tehrani etiquetou errado. Quando a voz cheia e macia de Tracy Chapman murmura as primeiras palavras de "Fast Car", nenhum dos dois suspira nem menciona a última vez que ouviram aquela canção. Eles ouvem e cantarolam baixinho. Depois Saba troca a fita e coloca suas canções favoritas sobre o mar. Ela guarda o melhor para o final, "Sittin' on the Dock of the Bay" e "Downeaster 'Alexa".

Quando Reza a segura pela cintura e a puxa para ele, ela pensa se será um erro se envolver com ele *desse* jeito. Ela não sofreu para tirá-lo do coração? Ela não o achou fraco quando precisou dele? Mas Reza era tão jovem quando deixou que ela se casasse. O que ele podia fazer? E ele depois pediu desculpas. Ele tem sido um bom amigo, um amigo verdadeiro. Ela pensa no dia do enforcamento de Farnaz, quando ele foi atrás delas. Sem dúvida Reza mudou, assim como ela. E ele a está escolhendo agora, apesar das previsões da mãe dele e de toda Cheshmeh. Talvez ele a esteja usando porque Ponneh ainda não tem permissão para se casar com ele. Mas Saba também o está usando. Por que não?

Um dia ela poderá estar muito longe dali, e vai pensar nele – no seu belo amigo que costumava se mostrar para ela, chutando sua bola e usando sandálias em frente à casa dela. Se ela deixar escapar esta oportunidade, jamais saberá qual a textura da sua pele e do seu cabelo, como será deitar com ele uma ou duas vezes.

– Não vamos fazer isso aqui – ela diz, subitamente temerosa do que possa sentir, na sua primeira vez com um homem. Ela pensa em todo o estrago que foi feito dentro dela. Será que ela deve revelar seus segredos para ele? Ela encosta o rosto no pescoço dele. – Os vizinhos vão saber.

Ele segura a mão dela. – Então o que vamos fazer para nos encontrar nesta cidade pequena?

– Eu sei de um lugar aonde podemos ir. A Dra. Zohreh me deu uma chave.

※

Duas vezes por semana, no cair da tarde, Saba entra sozinha no carro do pai e vai até a cabana à beira-mar. Se ela vai perder a fortuna de Abbas e acabar vagando pela terra, é melhor aproveitar o presente. Por que ela deveria ficar sentada na despensa sonhando com coisas que pode ter? Ela costumava se lembrar com saudades de seus tempos felizes no Cáspio da sua infância. Nas viagens de sexta-feira para a praia, no verão. Do mar frio deixando sal em sua pele. De sua pele nua. De peixe cozido na fogueira.

Do carro da família subindo uma colina rochosa num dia de inverno, mal conseguindo se manter na estrada ora empoeirada, ora gelada, escavada na encosta da montanha. O mar, cinzento e coberto de nevoeiro, depois colinas, montanhas e rochas. E então, na primavera, a floresta verde, as samambaias e água sem fim. Agora as viagens até a costa são tediosas. Não há mais piqueniques alegres. Uma cortina rota dividindo a praia. Olhos ardentes sempre vigiando.

Durante semanas Reza visitou Saba na cabana da montanha, às vezes no Paykan verde que ele divide ou, quando tem menos tempo, indo até lá numa motocicleta emprestada, às vezes pedindo carona na traseira de jipes lotados de trabalhadores. Eles passaram muitas tardes e noites lá, na casa secreta de Saba. Eles fizeram amor até cansar, embora ela tivesse medo no início. Ela imaginou se poderia fazer isso, se iria doer tanto quanto no Dia das Dallaks. Mas então, em sua primeira visita, Reza tocou o seu rosto como alguém que segura um filhote de passarinho, e o mal-estar passou. Ele achou que o medo nos olhos dela era devido a lembranças de Abbas. O que ele a tinha obrigado a fazer? Ela riu e eles passaram a noite conversando sobre música, como nos velhos tempos. Mais tarde, ela viu que só doeu um pouco. E da segunda e da terceira vez não doeu nada. Ela havia esperado uma dor terrível – como naquele dia. Mas sempre, depois, a pele dos dedos dela zumbe – uma bela surpresa. Como pode a pele zumbir? Parece que seu corpo pode fazer coisas que ela ignorava.

Às vezes ela tem dificuldade em se levantar imediatamente, e Reza brinca com ela – usa uma expressão vulgar que se poderia traduzir por "abóbada de trepar", que na boca dos aldeões costumava chocá-la, mas que agora a faz rir. Às vezes ele rosna, com a barba roçando sua barriga, como se ele estivesse tentando sussurrar para o espírito selvagem que corre descalço dentro dela ou talvez para seus futuros filhos. É um lado animal dele – e maravilhoso. Mas outras vezes, quando está escuro, ela imagina as sombras na parede se juntando e se fundindo nas silhuetas das duas mulheres gordas de outra vida. Elas estão ali na cabana, debruçadas sobre ela. Mas nunca ficam muito tempo. Ela as expulsa de lá, guardando-as em outro compartimento da memória, num sótão ou porão, um lugar para guardar coisas que não são mais necessárias no dia a dia.

Ela lê "O pecado" de Forough Farrokhzad, um poema que finalmente compreende.
Eu cometi um pecado cheio de prazer... Ó Deus, eu não sei o que fiz.
Apesar da excitação daquele novo segredo, ela se sente culpada em relação a Ponneh e por ter desequilibrado o trio formado por eles. Mesmo quando eram adolescentes, quando Saba mencionava Reza, Ponneh ficava calada, com medo de perder a ambos.

Quando os ventos do outono amainam, ela esquece o desejo de fugir. Ela para de procurar a mãe, mas não joga fora nenhum produto da pesquisa dela. Os formulários de passaporte, as instruções para tirar o visto e os folders sobre a Califórnia continuam sendo a sua proteção, embora desde o seu romance com Reza eles não sejam mais uma obsessão. Ela começa a pensar num futuro alternativo, imaginando-se outra vez uma esposa, mas desta vez uma esposa amada, sensual como a atriz Azar Shiva, cheia de vida, adorada pelo marido. Talvez um dia ela possa ser mãe, uma mãe forte, com princípios severos como a dela. Secretamente, ela imagina o queixo de Reza, seu nariz, sua boca, nos rostos dos futuros filhos. É um devaneio mais calmo, agora que seus planos para ir para a América estão prejudicados pelo medo de dar o primeiro passo. Não há mais nada que a impeça de tentar conseguir um visto. Por que ela não tenta?

Ela diz a si mesma para esperar mais um pouco. Quando ela for para a América, tudo será estranho e desconhecido; ela vai querer ter vivido este tempo com Reza para levá-lo com ela como consolo.

Na quarta visita à cabana, num final de tarde, quando o ar está pesado e as paredes parecem molhadas da água salgada que entrou pela janela e se depositou em seus corpos, quando Reza está enroscado em seus braços, suas pernas, seu cabelo, um Walkman jogado num canto murmurando a respeito de uma cidade solitária e de uma rua solitária, ela sente uma dor súbita no baixo ventre. Ela pergunta se ele quer trocar de posição, mas Reza, pensando que ela está preocupada em dar prazer a ele, beija-a e continua. Um minuto depois, ele olha para baixo, para as pernas deles, nuas sobre um lençol fino cobrindo o chão, e diz – O que é isto?

Saba se apoia nos cotovelos e empurra o cabelo para trás. – O quê?

– Você está sangrando – ele diz. – Eu achei que hoje não fosse um daqueles dias...

Saba sente um rubor descer das suas têmporas até os seus ombros. Ela vai ter que contar a ele agora? Ela respira fundo e se enrola no lençol. – Eu não sei o que é – ela murmura. – Talvez tenha vindo de você.

Reza examina o rosto dela, depois o lençol sujo de sangue. – Não seja tola – ele diz. – Me conta.

Saba respira fundo. Que mal faz? Ele pode muito bem saber daquele detalhe íntimo. Depois que ela termina de explicar, há um longo silêncio. Reza desvia os olhos e fala baixinho consigo mesmo. Talvez ele esteja tentando imaginar o que deve fazer – o que um homem deve fazer nessa hora em que um garoto seria perdoado caso fugisse.

Então ele abraça Saba – um movimento desajeitado e duro porque ele está arrasado. Mas para Saba é uma libertação, um choque de frio e calor. Ela descansa a cabeça no ombro dele; ele acaricia o cabelo dela. De algum modo, aquilo a faz lembrar do dia em que Ponneh levou a surra, quando ela viu Reza consolá-la com canções infantis e dizer a ela que os machucados não estragariam a sua beleza. Naquele dia ela ficou olhando o cabelo comprido de Reza se misturar com o de Ponneh enquanto eles cochichavam entre si. E agora, enquanto ela a abraça na cabana, ela pensa que talvez ele sinta o mesmo a respeito dela, que eles possam ter a mesma intimidade. Talvez ela não seja mais Saba Khanom, mas alguém igual a ele.

– Desculpe por não ter feito mais – Reza murmura. Ele mastiga o canto do lábio superior. – Eu devia ter dito alguma coisa. Mas não chore, Saba jan, eu vou cuidar de tudo. – Ele torna a olhar para ela, afasta uma mecha suada de cabelo do rosto dela e diz – Vamos nos casar.

Ela olha para o seu amante de cabelo sujo, este rapaz desmazelado de outro mundo, um mundo camponês que sob muitos aspectos é mais distante do dela do que os mundos que ela vê na televisão. Ele a está pedindo em casamento, embora não tenha a oferecer nem educação nem família. O romantismo daquilo a fez querer dizer que sim. Ela hesita, pensando, será que ele a ama ou tem pena dela? Ele está atraído pela parte ferida dela que precisa de proteção? Quando ele era criança, costumava pensar que ela e Mahtab eram princesas. Talvez ele ainda queira ser um herói de conto de fadas. E quanto à América? Ela pode esperar mais um pouco? Ele estuda a mão dela e diz: – Nós podíamos até ter um bebê, para você esquecer todos os seus problemas. – O coração dela dá um salto ao ouvir isto. Parece que o corpo dela deseja mais um filho do que uma vida americana. Este poderia ser o seu destino, misturar-se finalmente com a confortável e protetora tapeçaria de Cheshmeh. Se ela tivesse filhos com Reza, talvez jamais partisse. Isto a amarraria ao Irã para sempre, porque uma coisa é certa: Saba jamais deixaria um filho como sua mãe fez. Então se ela ficar na segurança e no calor dos braços de Reza, se ela formar um novo tipo de elo com ele, um que nem Ponneh possui, o que irá acontecer com seus outros sonhos? Como ela continua calada, Reza parece titubear. – Eu vou tomar conta de você – ele diz. – Eu sei que você não precisa de dinheiro... mas não se trata de dinheiro. Isto é o que eu deveria ter feito desde o começo – Reza murmura. – Nós já somos uma família.

Ele passa o resto da noite embrulhado nela como um casaco de inverno. Ele vai para lá e para cá, procurando formas de tirar o peso dos ombros dela, fazendo chá, trazendo travesseiros e aspirina embora ela diga a ele que não sente dor, suavizando as quinas frias da cabana com o calor do seu cuidado. Parece que ele está desesperado para ajudá-la a ficar boa, para se casar com ela não por pena, mas porque quer protegê-la do mundo e deixá-la inteira de novo. Ela o observa e pensa que ele será um bom marido. Como os filhos deles seriam lindos. Um bebê poderia preencher o vazio em seu coração – alguém ligado a ela pelo sangue, como Mahtab, como sua mãe. Se ela assumisse um novo papel, tivesse uma filha e a chamasse de Mahtab, poderia não pensar mais sobre aquele dia no aeroporto nem acordar toda suada, convencida de que está se afogando. Reza trouxe seu *setar* com ele. Ele dedilha as cordas e cantarola "Mara Beboos", a melodia triste sobre despedidas, encostado na parede, sua voz revelando um traço de melancolia que ela aprendeu a gostar. Saba se deita entre as pernas dele, a cabeça encostada em seu peito, e contempla a noite escura do outro lado da pequena janela.

Sim, ela pensa, as tristezas do passado se tornam pequenas diante da alegria deste momento. *Esta é a melhor coisa.* É um sentimento estranho e bem-vindo, fazer parte de um par outra vez. Duas pessoas devotas exclusivamente uma à outra. Nenhum amante extra ou outras configurações. Ela vai acordar todo dia sabendo que está protegida, segura, e é amada pela pessoa que mais amou desde que tinha sete anos. A América pode dar isso a ela? Quando ela aceita o pedido dele, Reza fica radiante. Ele a beija e abraça. Quando eles estão quase dormindo, ele sussurra: – Você devia ir logo a um médico.

✦

Na despensa, eles contam seus planos para Ponneh. Ela beija os dois, desejando-lhes uma vida feliz juntos. Depois Saba dá a notícia ao pai enquanto os dois tomam chá na cozinha. Ele olha para ela com uma expressão sombria. – Saba jan, você está quase conseguindo. Basta esperar mais um pouco e vai ter seu próprio dinheiro. Olha, eu não estou dizendo para você abandonar seus amigos... você é uma moça bondosa. E não me importo mais com as diferenças entre nossas famílias. Eles são gente boa, trabalhadora. Mas você já passou por muitos desgostos. Está começando finalmente a ser feliz e quer se engaiolar *de novo*?

– Baba! – Saba olha espantada para ele. Ela fica contente em ver que ele notou o fardo que ela carregava, a solidão, a perplexidade e o tédio. – Reza é o *motivo* da minha felicidade.

– Mas você tem certeza de que quer se casar com um aldeão pobre? – ele diz. – Você não vai poder levá-lo para Teerã. As pessoas vão comentar. Você sabe como elas são.

– Eu não me importo – Saba diz. – Eu não vou nunca a Teerã. Mal conheço seus amigos de lá.

Ele começa a objetar mas parece mudar de ideia. – Se você está feliz, eu estou feliz – ele diz. – Tenho certeza de que sua mãe e Mahtab também estão felizes... no céu.

Ela puxa a cadeira para perto dele. – No céu – ela murmura porque não quer discutir agora. Faz algum tempo que nenhum deles menciona as longínquas possibilidades.

Ela pensa em fazer uma brincadeira para melhorar o clima, mas desiste. Suas brincadeiras nunca dão certo com o pai. Ou elas são inapropriadas ou muito próximas da verdade.

Mas aí o pai dá um tapinha na mão dela e sussurra em seu ouvido: – Ou na América.

Ela solta uma risada espantada. – Ou na América – ela diz, sem conseguir disfarçar sua incredulidade.

Ele suspira e acaricia o rosto dela. – Ah, ter tanta certeza das coisas. *Saber* já é meia vitória, e a minha Saba sempre vence.

Minha Saba sempre vence. O pai nunca foi grosseiro com ela. Ele nunca escondeu nada dela, mas de alguma forma isto parece uma nova vitória – algo que ela sempre desejou porque os homens iranianos são difíceis de impressionar. *Saba jan, você se saiu tão bem*, ela o imagina dizendo. Engraçado, ela pensa, como uma pessoa pode esperar a vida inteira por uma coisa e ela pode ser cem vezes mais doce quando chega do que sua imaginação jamais poderia supor.

Educação islâmica

(Khanom Basir)

Sejamos honestos, Saba não seria uma boa mãe. Sua própria mãe tinha tantos demônios. Embora, admito, ela só tenha ficado *louca* depois da revolução. Então, em 1980, começou a guerra do Iraque. Naquela época, os bombardeios em Teerã e horrores semelhantes ainda não tinham começado – só havia notícias de jovens mortos em conflitos na fronteira. Mas engraçado que o que levou Bahareh Hafezi a uma depressão profunda foi a lei de Khomeini ordenando que todas as universidades se tornassem islâmicas. Esta notícia a deixou histérica e egoísta. Abalou sua mente, a fez vociferar, deixou-a de cama. Ela recolheu todos os livros proibidos e os enterrou no quintal. Ela pensou que ninguém tinha visto, mas eu vi. Ela andava pela casa procurando alguma coisa para fazer, para proteger as meninas do que estava por vir. Ela discursava para elas sobre o novo governo e como as coisas iam passar a ser, e dizia a elas para continuar a ler os livros proibidos – isso mostra a loucura dela. Quando parava de vociferar, ela tornava a procurar alguma coisa para fazer e, como não achava, repetia os conselhos que já tinha dado, palavra por palavra, como os mendigos loucos na rua que repetem as mesmas coisas sem parar como um *ayah* do Corão.

Um dia eu trouxe um chador velho e rasgado para as meninas brincarem. Elas o estavam experimentando em frente ao espelho, fazendo poses e encontrando formas de colocá-lo para trás das orelhas, sacudindo o tecido, transformando-o em duas asas. Era bonito de ver as meninas brincando com aquele pano colorido. Então Bahareh entrou, e quando vi Mahtab com o chador em volta do corpo, seus olhos se encheram de raiva. Ela gritou. Ela arrancou o chador, fazendo a filha cambalear e o rasgou em dois com as mãos, ficando com as palmas das mãos vermelhas. Ela pegou os dois pedaços de pano e os jogou num saco de lixo do lado de fora. – Não quero isto dentro de casa – ela disse, como se as meninas pudessem entender.

CAPÍTULO 16

INVERNO-PRIMAVERA DE 1992

Dois dias antes do seu segundo casamento, Saba é acordada pelo som do telefone. Ela enfia a mão na calcinha como faz todo dia. Não tem sangue; ela respira aliviada. Não sangra há cinquenta e um dias. Khanom Omidi, que nunca usa um telefone, grita no aparelho como as pessoas faziam nos filmes antigos: – Você tem que vir agora!

– Para quê? – Saba diz, alarmada. – O que aconteceu?

– Pobre criança... A irmã dela morreu. Eu fiz o halva.

A sala está silenciosa, ela deixa os segundos escorregarem por entre seus dedos. Sua melhor amiga perdeu a irmã. Como ela deve estar sofrendo. Saba precisa ir para a casa dela. Ela será uma substituta da irmã dela, assim como Ponneh tem sido para ela. Ela se sente tão tola agora pensando que Ponneh estava esperando ficar livre para casar, esperando a morte da própria irmã. Como ela pode ter pensado isto quando sua maior obsessão foi a perda de Mahtab? Ela toca na barriga, onde um bebê pode estar se formando, e pensa que deveria levar comida para a mãe de Ponneh.

Apesar disso, quando ela corre para o quarto, a parte egoísta dela pergunta: O que irá acontecer agora? Reza, tecnicamente, ainda é solteiro. Será que ele irá cancelar tudo e se casar com Ponneh? Desde o noivado que a mãe dele se recusa a falar com ela – inventando desculpas e anunciando sua desaprovação através das amigas. *Por que não houve um khastegari adequado? Por que a família dele não teve oportunidade para negociar os termos do casamento? Nós somos humildes demais para seguir os costumes?* Se ela soubesse dos planos de Saba para ter um bebê.

Saba se veste de qualquer jeito, mal parando para escovar o cabelo antes de vestir o mantô e o xale e correr para a casa dos Alborz. A casa está repleta de lamentos. Tem gente se derramando pelo pátio e as mesas estão cheias de halva. As mulheres estão reunidas dentro de casa com a família, enquanto os homens estão do lado de fora, conversando baixinho sobre coisas mais práticas. Eles ficam perto do velho poço em frente, cheio de água de chuva e folhas, inútil depois da chegada da água encanada (exceto para limpar mãos e pés sujos debaixo da torneira ou para pendurar roupas na beirada). No quarto da moça morta, Khanom Alborz puxa os cabelos e enterra o rosto nas cobertas da filha. Ela soca o colchão e amaldiçoa a Deus e a todas as pessoas alinhadas contra a parede, que observam em silêncio, mas se recusam a sair. Tão ruim, Saba pensa, perder um filho. Ponneh e suas duas irmãs mais velhas choram juntas num canto do quarto. Um homem jovem de jaleco de médico está parado a uma certa distância, observando as moças. Ele está com as mãos cruzadas na frente do corpo e tem uma expressão envergonhada no rosto. Saba encontra Khanom Omidi no hall de entrada da casa apinhada de gente, perto de duas pilhas de sapatos e sandálias dos visitantes.

– É tão triste – diz a velha. – Tão triste. Mas fique sabendo de uma coisa, Saba, foi a vontade de Deus. Aquelas garotas precisam viver.

Saba concorda e pensa nos primeiros dias que passou sem Mahtab. Será que Ponneh sente como se estivesse se afogando? Será que ela tem vontade de vagar pelas ruas, tentando imaginar para onde ir agora que sua irmã se foi?

– Está vendo? – diz Khanom Omidi. – Foi bom que ninguém fez deles irmão-irmã.

– Hein? – Saba está observando a amiga. Reza não está à vista.

– Estou falando do médico, Saba jan. – Os olhinhos de Khanom Omidi brilham e ela puxa Saba para mais perto para esconder seu olho vesgo. – Lembra-se da estratégia de Mulá Ali com o leite e... ora, Saba, não me faça contar isso de novo... não é bom falar de coisas engraçadas em funerais.

– Está bem, eu me lembro – diz Saba. – E daí?

– Bem, é óbvio, não é? Ele pode se casar com uma das moças agora. – Khanom Omidi balança a cabeça, satisfeita, três ou quatro vezes, e então se lembra de onde está e apaga o sorriso do rosto.

– Reza está aqui? – Saba pergunta.

— Ah, meu bem! — a velha exclama, como se tivesse acabado de se lembrar de que Saba está prestes a se casar. — Sinto tanto que isso tenha acontecido durante o seu *aghd*. Isso não é bom. Não é nada bom, pobre menina.

De repente há um barulho lá fora. Um grito agudo seguido por várias vozes masculinas. Ela corre para fora, com a velha Khanom Omidi caminhando devagar atrás dela.

— Soltem-me. Soltem-me, seus macacos nojentos, inúteis. Soltem-me, eu tenho o direito de estar aqui. — Khanom Basir está gritando enquanto o tio de Ponneh e outro homem espantado num terno cinzento e gorro Gilaki preto tentam fazê-la calar a boca. Quando ela vê Saba, seus gritos tornam-se ainda mais agudos.

— Você — ela diz com ódio para Saba. Os olhos dela estão selvagens e Saba fica assustada, achando que talvez Khanom Basir tenha tomado uma droga ruim. — Sua garota ardilosa. Você achou que tinha me enganado. Você tentou manipular meu inocente filho. Sua *jadoogar* malvada. Você não vai mais poder se casar com o meu filho. — Ela sacode o dedo para Saba enquanto o tio de Ponneh implora a ela para parar com isso. — Soltem-me. Eu só vim aqui para falar com a minha amiga. Ela agora não terá mais objeções em dar a filha em casamento. Ela vai querer me ver. Soltem-me.

O estômago de Saba dá reviravoltas e ela pensa que vai vomitar ali mesmo. *Será que ela me odeia tanto assim? Eu sou uma pessoa tão horrível?* Estranhamente, diante da histeria de Khanom Basir, ela anseia por Ponneh.

Ela diz a si mesma que Khanom Basir sofre de orgulho de família ferido. Que ela se acha importante na aldeia e que Agha Hafezi ofendeu a ela e ao filho dela. O contrato com Reza é ainda mais rigoroso do que o de Abbas. Reza não possui nenhum bem, e quando chegou a hora de negociar, o pai dela pediu a ele para assinar vinte páginas de texto antes de ficar satisfeito. Ele fez Saba prometer que jamais misturaria rendas, jamais daria informações bancárias e que indicaria ele e não Reza como seu parente masculino mais próximo em qualquer transação.

Os homens seguram firme a mãe de Reza, olhando por cima do ombro de vez em quando para ter certeza de que as pessoas não podem ouvi-la dentro de casa. Alguém corre para fechar a porta da frente. — Não é hora para isso, Khanom – diz o tio de Ponneh. – Por favor, controle-se. Volte amanhã.

Khanom Basir relaxa. Ela respira pesadamente e tenta se controlar. – Não há tempo – ela diz num murmúrio rouco. – Meu filho vai se casar com a bruxa daqui a dois dias. Não há tempo. – Saba fica atordoada de incredulidade e medo de que esta insanidade possa ocorrer. Ela devia dizer alguma coisa? Talvez se defender ou defender o respeito devido à irmã morta de Ponneh?

O tio de Ponneh cochicha no ouvido de Khanom Basir; Saba imagina que ele esteja tentando colocar algum juízo da cabeça dela. A mãe de Reza sacode violentamente a cabeça, de tal forma que seu xale escorrega para os ombros. Ela está descabelada, seus olhos desvairados. Não resta nada da vibrante contadora de histórias, nem da sensata figura materna que ficou com ela naquele banheiro fedorento e disse que ela tinha sorte de ser mulher. Saba odeia essa nova criatura perversa.

Ela não percebe que estão olhando para ela até que Khanom Omidi tenta levá-la para dentro. Mas ela quer ficar. Ela está tomada pelo temor de que Reza *queira* mesmo fazer uma escolha.

Ele chega segundos depois, cumprimentando calmamente os homens que estão ao lado do portão até ver a mãe histérica e então passa rapidamente por eles. Ele a puxa para longe e tenta consolá-la enquanto os homens cochicham no ouvido dele o motivo daquele espetáculo.

Reza ouve e vai ficando com o rosto cada vez mais inexpressivo à medida que a cena se torna mais clara. Os homens observam Saba, alguns sorrindo e se divertindo; os mais velhos, aqueles que conhecem o pai dela, sacudindo a cabeça com compaixão. Ela tem vontade de sair correndo. Mas talvez devesse ir até lá e dar uma bofetada num deles como Ponneh seria capaz de fazer. Então a porta se abre e Ponneh aparece, enviada pelas mulheres para ver o que está acontecendo. Ela avista Reza e se vira para entrar de novo em casa, mas Khanom Basir chama por ela, começa a implorar de novo. Ponneh fica paralisada com o rosto pálido. Será que ela acha que Reza vai mudar de ideia? Ela não olha para Saba, sua boa amiga. Em vez disso, ela tem ousadia suficiente para encarar o noivo de Saba, bem ali na frente de seus amigos e vizinhos. Reza espera. Ele parece chocado, confuso. Ele espera tempo demais.

O que é aquilo no rosto de Ponneh? Expectativa? Acusação? Esperança? Talvez seja só aborrecimento pela cena que a mãe dele fez. Reza parece encolher sob seu olhar e embora nenhum dos dois diga nada, o que se passa entre eles é a pior traição.

Alguém sussurra. Saba escuta fragmentos: – ... Ele é um homem... não podia esperar para sempre. – E então, alguém diz, um pouco mais alto: – É mais fácil com uma viúva, não precisa esperar.

– Mas foi bem a tempo – diz um homem. – A menos que ela o surpreenda com uma gravidez.

Ela tenta afastar o medo avassalador de ir embora sozinha, de cancelar o casamento, de ter que assistir à cerimônia de Reza e Ponneh desonrada, talvez grávida. E se Reza escolher Ponneh e ela tiver que cuidar do filho deles sozinha?

Pelo menos uma dúzia de pessoas aguarda no jardim da frente, a maioria assistindo ou cochichando. Khanom Basir senta na beirada do poço, molhando sua túnica de água de chuva. Todos os olhos estão voltados para o trio, um triângulo elétrico, olhando uns para os outros como imbecis. Saba conta os segundos. *Mais um,* ela pensa, *e ele irá escolhê-la. Ele está pensando. Só mais um segundo e eu o terei perdido.*

Os segundos se passam e Saba, desesperada por um momento sozinha, se vira para ir embora. Como que tirado de um estado de hipnose, Reza tira os olhos de Ponneh e corre para o lado de Saba. Ele segura sua mão, beija-a de propósito. Sua consciência de haver uma plateia é tangível, como um vapor espesso no ar que desacelera seus movimentos e impede que ela sinta os lábios dele em sua mão. Uma estranha inquietação a invade, como se ela tivesse escapado do desastre mas tivesse saído dele sem uma das pernas. O que foi que se passou entre eles? Uma parte dela ainda quer fugir, porque ela ouviu cada palavra não dita entre seus dois melhores amigos. Ela sentiu a tensão quando eles se olharam, tão diferente dos olhares significativos que ela e Reza trocavam em *sofrehs* e barracas do mercado – aqueles olhares travessos para lembrar um ao outro do que tinham feito e iam voltar a fazer. Reza olhou para Ponneh com tristeza e saudade. Ele olhou para ela sentindo algo além de preocupação.

Ponneh revirou os olhos e voltou para dentro, refugiando-se em casa como uma mulher cansada atrás de cortinas costuradas à mão.

Enquanto Reza pega a mãe e eles saem da casa dos Alborz com suas janelas azul-bebê e modestos vasos de flores, Saba se lembra de que, nas últimas semanas, sempre que Reza entrava num aposento, Ponneh saía e Reza adquiriu o hábito de perguntar pela mãe de Ponneh.

O que aconteceu entre Ponneh e Reza? Por que eles não são mais amigos?

Será que Ponneh está zangada com ele por sua escolha? Será que ela está confusa com o novo Reza que não é mais medroso e impressionável, que não é mais um menino que ela pode controlar? Talvez Ponneh só esteja triste pela irmã e deseje ter de volta seus melhores amigos. E se os três pudessem voltar aos velhos tempos, quando se sentavam numa despensa sem pensar em romance ou casamento? Apenas três amigos correndo o perigo de ser apanhados.

Ela quer tirar do corpo o mau cheiro desse dia. Ela agora sabe que, apesar de tudo o que ela e Reza sentem um pelo outro, ele também ama Ponneh.

Depois do funeral, a máquina de casamento Gilaki opera rapidamente, e no dia seguinte as duas Alborz mais velhas são visitadas por ansiosos *khastegars* – homens com tanta pressa que desprezam os costumes e ignoram o período de luto. Provavelmente amantes secretos, a cidade cochicha. A filha mais velha é prometida ao médico, e sua irmã, a outro amigo da família. Os dois homens desfilam radiantes pela cidade, com os peitos estufados, como se fossem algum exemplo divino de paciência. Amantes invencíveis. Modernos Rumis e Saadis. Ninguém pede a mão de Ponneh, que chamaram durante muito tempo de "A Virgem de Cheshmeh", maldizendo a mãe por deixar uma moça tão bonita de molho. Ponneh, ao que parece, não tinha nenhum khastegar escondido nos bastidores. Ela se ocupa dos preparativos para o funeral da irmã, recebe cumprimentos pelas irmãs mais velhas e se afasta dos preparativos para o casamento Basir-Hafezi. De vez em quando, Saba pensa por que sua amiga não vem. E então ralha consigo mesma por sua estupidez. Talvez desta vez Ponneh precise ser egoísta.

No primeiro dia do ano novo, Norooz, que marca a primavera no equinócio, Saba e Reza se casam num *aghd* tradicional na casa de Saba, a que um dia ela dividiu com Abbas. Eles se sentam sob um toldo e leem

Hafez e Nezami em vez do Corão, só para exibir sua rebeldia jovem para os convidados, enquanto duas mulheres consideradas sortudas esfregam enormes cones de açúcar sobre suas cabeças para protegê-los e simbolizar uma vida doce. Saba tenta ignorar a agitação da sogra. – A primeira coisa que você precisa fazer é aprender a rir – diz Khanom Omidi. – Aprender a se divertir com a maldade dela e, assim, você será sempre feliz.

– É papel da sogra fazer *jadoo* para sabotar a noiva– diz sua tia, irmã de Agha Hafezi. – Todos os truques de queimar cabelo e mergulhar isto ou aquilo no vinagre. Substituir açúcar por sal. Isso é para mostrar que sem maldade não pode haver bondade.

Saba decide aceitar isso. Os Rashtis têm um jeito de fazer tudo parecer menos sério, menos grave e preocupante. *Vida é vida.* Eles cobrem todas as coisas ruins com camadas de açúcar. Eles cobrem verdades amargas com iogurte. Eu posso rir de pequenas coisas, ela diz a si mesma.

Ela começa a cerimônia – rindo disfarçadamente junto com Reza do velho costume zoroastrista em que o sacerdote pede ao casal para prometer não "colaborar com tolos" nem "causar sofrimento às suas mães". E de uma tradição do extremo oeste em que uma parenta mulher – a prima de Saba do Azerbaijão – costura um pano num canto e diz alto para todo mundo ouvir: "Estou costurando a boca da sogra. Estou costurando a boca da sogra."

Ela só despreza uma das velhas tradições persas. Quando o sacerdote pergunta se quer se casar, ela deve ficar calada da primeira vez. As damas na sala dizem coisas do tipo "A noiva foi colher flores". O sacerdote torna a perguntar, e mais uma vez a noiva deve ficar calada. As convidadas então dizem: "A noiva foi até a mesquita para rezar." Finalmente, na terceira tentativa, a noiva deve dizer *sim* baixinho, tão timidamente que mal se escute. Então todos os convidados gritam e afirmam ter ouvido primeiro. Mas Saba responde claramente da primeira vez, e quando os convidados fingem estar chocados e o sacerdote ergue os olhos com a testa franzida, ela encolhe docemente os ombros e olha para Reza, e os amigos deles assobiam e comemoram.

Mais tarde, enquanto os convidados são tratados com comida e vinho e boas fofocas, o pai de Saba a encontra sozinha e a leva para fora para cumprimentar dois dos seus amigos mais antigos. Um dos homens, alto e com um formato estranho – rosto encovado, estômago côncavo e pernas compridas e magras – segura uma cesta dourada com alças de metal – um e*sfandoon*. Os lados da cesta são decorados em estilo persa e ela está cheia até a metade de carvão quente. Saba reconhece a cesta, a mesma que era usada nas crianças da vizinhança tantos anos antes para espantar o mau-olhado.

– Você está ficando supersticioso? – Saba provoca o pai.

Mas a expressão dele é séria. – Depois da garota Alborz e daquela ofensa por parte de Khanom Basir. Minha pobre filha. O mau-olhado tem estado há muito tempo sobre você. Eu quero dar proteção extra para você. – Então ele acrescenta, com a voz meio pastosa: – Essas práticas do zoroastrismo pertencem a todos. Não se trata de uma prática muçulmana, você sabe.

O outro homem, mais baixo, com uma vasta cabeleira preta e um grosso bigode preto que desce até o lábio inferior, tira um saco de sementes de *esfand* do bolso. Ele joga as sementes cor de chocolate sobre os carvões quentes. Elas se quebram, estalando alto e soltando tufos de fumaça perfumada. Saba respira fundo. É esse cheiro forte que dizem que afasta o mau-olhado. O pai de Saba pega a cesta e a move em movimentos circulares sobre a cabeça de Saba – como fazia quando ela era criança, como será feito de novo esta noite com Reza ao seu lado – recitando um antigo encantamento para um rei persa morto há muito tempo. Quando ele termina, entrega a cesta para o amigo, inclina-se e beija a filha dos dois lados do rosto.

– Você sempre disse para eu não acreditar em bobagens – Saba diz.

O pai concorda com a cabeça. Ele olha para ela com olhos solenes e úmidos. – Eu mudei de ideia a respeito das coisas... desde que me deram uma xícara cheia de sal na sua festa de noivado.

Saba começa a dizer alguma coisa, mas desiste. Khanom Basir substituiu o açúcar por sal – um truque comum para amaldiçoar um evento. O pai dá sua risada grave, rouca. Ele movimenta o *esfandoon* mais algumas vezes (– mais uma para a sua sogra –) e leva embora os amigos. Saba fica parada no pátio da sua casa, perto da pequena fonte, examinando suas mãos pintadas de henna e saboreando a possibilidade de que seu pai talvez não tivesse feito esse esforço extra por Mahtab. Ela se lembra de quando era criança e competia com a irmã pelo amor do pai – cada uma querendo agradar ainda mais a ele.

Ela vai para junto de Reza, e pelo resto da noite, echarpes são jogadas de lado. Cones de açúcar são moídos e Reza e Saba trocam olhares enquanto os convidados relembram o começo vergonhoso – quando o primo Kasem os apanhou aos beijos atrás da casa. A festa passa para o jardim da frente, onde rosas e jacintos estão começando a florescer. Algumas pétalas precoces escaparam do gramado e estão espalhadas no caminho de concreto e na fonte. Flores perfumadas caem das laranjeiras, cobrindo os convidados de uma inegável primavera.

Mais tarde, quando o sol se põe e Norooz, o primeiro dia do ano, está sobre eles, eles tocam instrumentos de corda no quintal, Reza sem dúvida pensando no pai ausente, que o ensinou a amar música e a tocar o *setar*, o *dutar* e o *saz*. Porque Saba ama Suri Wednesday, uma celebração que aconteceu alguns dias antes enquanto estava ocupada com os preparativos do casamento, ela insistiu que erguessem a tradicional fogueira no dia do seu casamento. Saba pula de mãos dadas com Reza e chamusca a bainha do vestido; mas ninguém nota, exceto o menino que apaga o fogo com seu tênis. Eles batem palmas, cantam alto e caem exaustos nos bancos ao longo da passarela do lado de fora da casa. Ao longo da rua, o brilho alaranjado das janelas pontilha o céu escuro enquanto outras famílias dão boas-vindas ao ano novo com música e dança. Por uma noite, é seguro celebrar, e por uma noite, Saba não sonha com o lugar onde sua mãe e sua irmã podem estar.

Norooz

(Khanom Basir)

Esta é a injustiça que me parte o coração, porque eu reconheço o amor quando o vejo.

Foi no ano de 1980 que Reza beijou Ponneh num beco atrás da casa dos Hafezi. As gêmeas viram. Todo mundo viu. Era a "Quarta-Feira Suri". comemorada em todo o Irã na noite de terça-feira antes do início da primavera. Nessa noite, as pessoas fazem fogueiras e pulam por cima delas da velha maneira zoroastrista e cantam para o fogo, "seu vermelho para mim, meu amarelo para você", e assim elas jogam sua doença e sua fragilidade nas chamas e tomam delas força, paixão e renovação. Todo mundo sabe que durante esta cerimônia os encantos e feitiços são muito mais eficazes. Naquela noite, todo mundo estava ocupado pulando fogueira, e o meu Reza deve ter achado que ninguém ia vê-lo beijando Ponneh atrás da casa. Mas nós vimos.

Pelo resto do tempo, aquelas irmãs cruéis se recusaram a brincar com Ponneh. Embora estivesse frio, elas levaram mantas e travesseiros para fora, protegidas por um mosquiteiro, e ficaram acordadas falando mal dela. Será que Reza a amava? Será que ela o amava? O que isso significaria para elas (meninas egoístas), para o casamento de Saba com Reza, para a amizade entre Mahtab e Ponneh?

– Ela não pulou a fogueira – Mahtab disse. – Ela pode ficar doente.

– Mamãe diz que tudo isso é bobagem – respondeu Saba. – Pare de acreditar em toda superstição que as pessoas falam.

– Pare de acreditar em tudo o que *Mamãe* diz – Mahtab respondeu. – Eu acho que você devia procurar outra pessoa. Reza não vale todo esse trabalho.

No dia de Norooz, o primeiro dia do ano novo, todas as famílias se reuniram para uma festa na casa dos Hafezi. A ainda deprimida Bahareh estava vagando por ali com seu vestido novo e as duas meninas, ambas de vestidos novos e com os cabelos presos para trás com fivelas enfeitadas. A família de Ponneh não tinha dinheiro para comprar roupas novas. Ninguém mais tinha. Mas isso não fazia diferença para os Hafezis com seus bazi elegantes. E se quiser saber minha opinião, não fazia diferença para Ponneh também. Ela tinha o rosto bem branquinho, os lábios muito vermelhos e os olhos que a cada semana eram comparados a um tipo diferente de noz. "Ah, aqueles olhos de amêndoas são feitos para casar cedo." "Não, não. Eles parecem avelãs, são tão redondos."

Durante a festa, as garotas espionaram Ponneh e Reza para ver se o beijo tinha sido uma coisa fortuita ou se eles estavam comprometidos. E, sim, o meu Reza brincou com Ponneh naquele dia. E aqui está a parte em que aquelas duas irmãs bruxas me pegaram. Elas ouviram Ponneh reclamar de uma mancha de tomate na barra do vestido, e quando Reza pegou um pilot vermelho e desenhou manchas iguais por toda a barra da saia, para as pessoas acharem que era um estampado, as garotas ciumentas o delataram. E eu o levei embora e ralhei com ele por ter estragado o melhor vestido da pobre menina. Se eu soubesse o que estava tentando fazer... um coração tão bom. Mais tarde, brincou com as meninas Hafezi também, porque Reza é um menino afetuoso – era a mesma brincadeira que todos os meninos gostavam, que era tentar identificá-las, fechando os olhos e pedindo que elas trocassem de lugar.

Eu o vi mais uma vez com Ponneh. Eles estavam sentados um de frente para o outro no jardim, os pés se tocando, de tal forma que o espaço entre eles era um diamante feito de joelhos ralados e saias manchadas de pilot enfiadas por baixo de coxas não raspadas. E quando ela pediu a ele para contar uma história, ele contou, e pôs o nome dela em todas as melhores partes. Depois, ele jogou futebol, até Mahtab fingir que tinha desmaiado e ele sair correndo para brincar de resgate porque o meu Reza tinha uma fascinação por resgatar pessoas. Os meninos construíram um hospital de brincadeira com almofadas e Reza fez o papel de médico e a trouxe de volta à vida. De repente, Saba gritou que estava morrendo e que precisava de todas as atenções, e Reza foi monopolizado a tarde inteira pelas bruxas gêmeas e seus mil demônios.

CAPÍTULO 17

VERÃO DE 1992

O que Mahtab está fazendo agora? Ela está casada? Está sonhando em ser mãe? Provavelmente não. Ela deve estar ocupada com a carreira. O sangramento voltou. Nos seus dias livres Saba visita a universidade em Rasht onde um amigo do pai dela, um professor, permite que ela folheie seus livros e revistas de medicina cheios de jargão – expressões que ela procura nos seus dicionários velhos, marcados a lápis, de latim, inglês e farsi. Ele não pergunta o que ela está pesquisando. Oferece chá e fecha a porta para que ela possa ficar sozinha. Ela senta no chão e lê sobre gravidez e sangramento fora de época, doenças obscuras e opiniões médicas. Ela lê histórias de outras mulheres nas revistas. Após algum tempo, o sofrimento coletivo delas a entristece e ela segue em frente.

Ela passa muito tempo pensando no seu legado. E se ela nunca tiver um?

Eles moram na casa de Abbas. É a primeira vez que Reza dorme numa cama ocidental. Ele fica muito bem nela, pensa toda vez que acorda e estica o corpo sobre o dele como um dia sonhou fazer. Quando ele abre os olhos, sorrindo ao ver onde está morando, ela se sente feliz por poder dar tanto a ele – alguma coisa dela, como na infância quando oferecia a ele suas fitas de música.

Não, ela pensa. *O dinheiro nunca vai ser um problema entre nós. Nunca foi.*

De manhã, Reza traz chá para eles e estuda seus livros sobre agricultura enquanto ela ouve seu walkman ou lê ou escreve. Eles ficam sentados na cama durante horas, porque Reza está estudando para entrar na universidade, para fazer exames que deveria ter feito anos antes, mas que só agora tem meios para fazer. Ele não faz mais serviços autônomos, mas ainda vende o artesanato da mãe para agradá-la. Se for aceito, vai estudar engenharia agrícola na Universidade de Gilan em Rasht. Ele vai se tornar um homem igual ao pai de Saba e vai fazer isso por causa dela. É maravilhoso! Às vezes, quando sonha acordada com Mahtab, James e Cameron, Saba imagina se Mahtab conhece esta sensação de ajudar alguém tão amado.

Mahtab jamais sentirá este pequeno prazer porque os homens ao redor dela podem construir seus próprios caminhos. Mas Mahtab também jamais terá que imaginar como seria ser uma jornalista de saia justa, correndo de lá para cá numa redação, colecionando carimbos no passaporte, voando para lugares distantes para buscar histórias que interessem aos leitores ocidentais.

Quase todo dia ela vai ao banheiro antes de Reza acordar. Tem dias que o sangramento não para. Ele piorou desde que ela começou a dormir com Reza, que se preocupa com isso e traz ervas medicinais para ela e poções que ele diz que devem ser colocadas dentro dela. Ele implora a ela para ir ao médico, mas ela tem medo. Às vezes ela briga com ele, diz que irá quando estiver preparada. Ele fica aborrecido e cala a boca. É a primeira semente de uma profunda melancolia que ele oculta dela como os recém-casados costumam fazer.

– Saba, vem ajudar a limpar o peixe – a voz de Khanom Basir vem da cozinha. Ela agora mora com eles, no antigo quarto de Abbas, porque Saba não consegue dormir lá. Permitir que a sogra morasse com eles faz parte do lento processo de reconquistar o amor de Khanom Basir abdicando do papel de matriarca em tudo menos no nome. Saba acha que está indo bem. Ela gosta do modo como Reza aprecia a generosidade dela com seus olhos meigos e nunca diz nada para lembrar a morte de Abbas ali. A gratidão dele é uma fonte de contentamento no casamento deles.

Saba encontra a sogra debruçada sobre dois baldes cheios de trutas do Cáspio. – Apanhadas uma hora atrás – ela diz radiante. – Algumas ainda estão se mexendo lá dentro. – Ela pega cada peixe cinzento pelo rabo e corta fora a cabeça com um movimento ágil da faca de cabo de madeira. Ela os enrola num papel que tira de uma pilha perto da pia e os joga dentro de um balde limpo. – Para o freezer. – Ela aponta com o queixo, e continua o trabalho. Eu já comecei. Jovens esposas precisam descansar.

Toda vez que Khanom Basir diz algo remotamente gentil, o desejo de Saba de encontrar a mãe na América volta com novo vigor. Agora que está mais velha, casada pela segunda vez, com sua própria casa e sua própria família, ela pensa em todas as mães como que foi agraciada cada uma delas, boa em diversos aspectos: Khanom Basir para coisas de casa, Khanom Mansoori para travessuras, a Dra. Zohreh para conselhos bem informados, Khanom Omidi pela sensatez. Juntas, elas falharam em substituir sua mãe, que não era boa em nada daquilo.

Khanom Basir ficou mais doce depois do casamento. Ela está sempre confusa, e cada vez que dá um ataque, a raiva e a mágoa de Saba são diluídas pela desconfiança de que a sogra possa estar perdendo a razão, que possa estar realmente doente.

Às vezes, quando a mulher mais velha pensa que está sozinha, Saba a surpreende chorando enquanto toma seu chá. – Ó, abençoado Maomé. Eu não sei... Eu nem sei mais. – Às vezes ela põe as mãos na cabeça do jeito inconsciente que as pessoas fazem quando algo desmorona sobre elas, e Saba pensa que talvez Khanom Basir realmente não saiba o que fazer ou o que é certo ou até mesmo verdadeiro.

Quando vê Saba, ela geralmente pede licença e sai. Ela resmunga: – Acho que estou muito cansada. – E deixa Saba para refletir sobre esse estranho vazio em volta dela.

Agora Saba a vê enrolar os peixes com folhas de papel e reconhece uma página de um velho guia de viagens. – Não use isso – ela diz, e tira o papel da mão da sogra.

– Por quê? – Khanom Basir pergunta. Ela pega outro papel na pilha.

– É a Califórnia – diz Saba. – Quem sabe, talvez a gente queira ir para lá um dia.

Se Khanom Basir soubesse dos seus velhos planos para a América... Saba só pode imaginar o que ela faria. Como ela tentaria sabotá-la – a moça instruída demais com suas fantasias, que um dia poderia fugir para uma vida de libertinagem ocidental como a mãe fez. Saba quase pode ouvir sua sogra fazendo uma de suas declarações épicas: Eu vou mantê-la aqui, onde é o lugar dela, e proteger meu nome nem que isso me faça perder todas as unhas e meus cabelos fiquem brancos e eu fique careca de tristeza! Mas a mãe de Reza só ri e remunga – Maluquice – e continua o seu trabalho.

O consultório da sua médica em Rasht não mudou nos últimos dez anos. Tapete verde felpudo. Cadeiras de plástico vermelho que rangem ao menor toque. Paredes forradas de madeira ordinária num tom de caramelo, enrugada perto do teto e do chão. Grandes lâmpadas fluorescentes que são ao mesmo tempo escuras demais e fortes demais. Um telefone antigo ao lado de um computador IBM relativamente novo que está colocado na ponta da mesa, tentando se encaixar ali.

– Khanom Hafezi – a enfermeira robusta que usa um mantô branco e uma echarpe preta cobrindo a cabeça chama. Saba leva um momento para compreender que foi chamada. Ela acompanha a enfermeira até uma pequena sala com uma cama coberta de lençóis brancos de aparência estéril. Ela já esteve nessa sala antes. De fato, ela foi chamada de volta duas vezes no mês anterior, porque sua médica, uma mulher bem jovem, provavelmente recém-formada, com óculos de Trotsky e um ligeiro bigode gosta de checar duas vezes *cada pequeno detalhe*. Essas foram as palavras da própria médica, ditas numa voz que revela sua falta de entusiasmo pela profissão.

No Irã, a medicina é a carreira mais respeitável. Se Saba tivesse ido para a faculdade, ela poderia ter se formado em medicina, mas estava se guardando para estudar jornalismo na América. Talvez ainda esteja. "Meu caminho e o seu neste mundo são tão longos", diz um verso inesquecível da velha canção "Sultão dos corações."

Quando a médica entra, Saba nota que seu bigode desapareceu. *Ela deve estar comprometida agora,* Saba pensa, *ou apaixonada*. Então ela nota a expressão nervosa da médica e seus olhos agitados e seus pensamentos se voltam para a sua própria saúde.

– Preciso colocar um avental? – Saba pergunta.

– Não precisa – a médica diz. – Mas obrigada. Muita gentileza sua.

Que gentileza estranha, Saba pensa e fica preocupada. Como o filho monstruoso de *tarof e maast-mali*. Uma mistura de generosidade fingida e inocência fingida que não tem nome, mas que só acontece quando as pessoas são gentis demais para esconder seu desconforto por saber algo que não deveriam saber.

– Eu tenho seus resultados. Só a chamei aqui para podermos conversar. – Ela esfrega o local avermelhado onde costumava ficar seu bigode.

Então, subitamente, seus olhos param de se agitar e se fixam em Saba e ela solta o que parece ser uma longa palavra: – O que foi que você fez a si mesma?

Seu tom de voz e seus olhos são acusadores, como os jovens costumam ser. Ela deve ter no máximo vinte e cinco anos, poucos anos mais do que Saba, que às vezes se sente com cem anos. Ela olha para a médica com um olhar que pretende impositivo.

A jovem médica consulta suas anotações, vira uma página no prontuário de Saba. – Você disse da última vez que o seu ciclo é irregular, às vezes doloroso. – Saba concorda com a cabeça. A médica torna a olhar para Saba, mas como Saba não titubeia, ela endireita seu jaleco branco e desvia os olhos. – Você costuma sangrar, fora do seu ciclo?

Saba tenta não perder a calma. – Como eu poderia saber se o ciclo é *irregular*? – Ela solta o ar e diz: – Sim, sim. – Ela começa a acrescentar, *Eu sofri um acidente*, mas se arrepende.

A médica torna a pigarrear e ataca: – Você tentou fazer um aborto, Khanom?

– O quê? – Saba quase ri. Ela põe a mão no pescoço, sente o velho tique vindo de novo das profundezas. Ela tenta parecer natural enquanto passa a mão na garganta.

– Um aborto. Você tentou remover uma criança ilegalmente?

– E existe uma maneira legal? Não, não. Eu estou tentando engravidar. Você sabe disso.

Saba sacode a cabeça e suspira, controlando as lágrimas. Ela já sabe o que vem; ela sempre soube, todas as manhãs quando apalpava o corpo para ver se havia sangue e toda vez que ela e Reza tentam fazer um bebê – um filho que seria a sua nova Mahtab, seu elo com o Irã, seu motivo para ficar. Agora as mulheres vestidas de preto estão de volta, pairando sobre ela e nas sombras lançadas pelo equipamento no chão e nas paredes do consultório.

– Bem, Khanom – a jovem médica diz. – As chances disso não são muito boas. Você tem uma infecção que ficou não diagnosticada por muito tempo. Ela pode ser curada com antibióticos, então você talvez consiga conceber, mas seu útero está muito prejudicado, cheio de cicatrizes. Eu não acho que ele sustente uma gravidez por muito tempo, mesmo com cirurgia.

Saba começa a divagar. Ela para de ouvir, permite que as figuras de preto a carreguem para lugares onde ela não usou ir por muitos meses, de volta àquele dia de primavera quase dois anos antes, brigando na cama, os instrumentos grosseiros, as semanas de sangramento, seguidas de pequenos intervalos. Depois o dia na cabana quando Reza viu o sangue pela primeira vez – aquele foi o dia em que ela começou a desejar um filho, apesar de todos os sinais, porque ela queria tanto ficar. Ela sente uma raiva crescendo dentro dela. Flutuando em volta dela, a jovem médica continua a fazer perguntas. Qual é a intensidade do sangramento? Qual a periodicidade? Ela tem febre? Ela tem certeza que nunca tentou um aborto? O que ela tem feito? Tem dormido com homens sujos? Talvez sejam necessários mais testes, embora, para ser franca, talvez não.

– Eu vou colocar você em controle de natalidade – ela diz. E, Khanom Hafezi, você nunca deve parar de tomar os comprimidos.

– Por quê? – pergunta Saba. Agora é ela que parece jovem e ingênua, e a médica segura sua mão. Ela tem um restinho de esmalte rosa bebê na unha do polegar e Saba fica imaginando como é a vida dessa moça fora do consultório. Entretanto, se pensar direito, Saba já sabe. A jovem médica está aqui porque não tem escolha. Uma aluna brilhante, uma mulher, não tem o direito de ser tão competente, e é logo obrigada a se tornar ginecologista e obstetra. Esta moça parece mais uma pesquisadora, uma cientista, uma empresária ou uma poeta frustrada.

– Porque, Khanom – a médica diz, com a voz suave como a de uma adolescente –, você não quer trazer ao mundo bebês mortos. Isso não é certo.

✳

– Podemos ir para a casa de Baba? – Saba pergunta um dia quando Reza está quase dormindo e ela está passando as unhas pintadas de vermelho nas costas dele. – Vamos convidar Ponneh.

Na semana anterior, quando uma infeliz Saba ligou para Reza do consultório da médica dela em Rasht, ele disse a ela para não dirigir. Ele tomou um ônibus e chegou duas horas depois para levá-la para casa. A jovem ginecologista e obstetra ficou sentada com ela numa casa de chá perto do consultório e elas trocaram histórias sobre seus livros favotitos. Quando a médica ofereceu a Saba o número do telefone da casa dela, Saba sacudiu a cabeça, e só mais tarde percebeu que tinha sido rude. A moça não estava oferecendo seus serviços e sim sua amizade. No carro, Saba disse a si mesma que não tinha importância. Que talvez ela não estivesse ali no próximo mês ou no próximo ano. Reza beijou seu rosto frio, disse que não ligava para bebês. Ele prometeu a ela que dias melhores viriam.

Agora, na despensa do seu pai com Ponneh, eles empurram as caixas de coisas inúteis – mata-moscas, pilhas, itens que eles eram obrigados a comprar durante os anos de guerra junto com leite e ovos – e abrem espaço em volta do ralo. Eles tiraram as túnicas e se sentaram de pernas cruzadas formando um triângulo, os joelhos encostados, as cabeças próximas, cochichando como adolescentes que haviam fugido de uma festa de adultos que não se davam conta de que seus filhos tinham crescido.

É um milagre como este pequeno armário modifica o próprio ar que eles respiram. Agora eles estão de volta em outro tempo, antes de casamentos e namoros, bebês e viuvez, antes de qualquer um deles ter visto a morte – quando eram apenas três crianças brincando.

Dezoito anos de idade, fumando na despensa, escondidos do mundo.

Sete anos de idade, embolados numa pilha de braços e pernas no chão.

Agora, vinte e dois anos, bebendo do gargalo de uma garrafa de *aragh*, de costas para a porta. Em uma hora a garrafa está vazia e eles esqueceram sua estranha história. Eles esqueceram muitas coisas e não há nada que não possam dizer.

Eles falam sobre o dia em que Ponneh foi espancada. Eles discutem o primeiro casamento de Saba sem reserva ou acanhamento. Isso é só um fato agora, e nenhum deles se importa. Eles falam até dos estudos de Reza e da sorte dele em ter uma esposa rica. No seu estado de embriaguez, nenhum deles acha isso embaraçoso e riem de Saba por ser benfeitora. E então eles chegam no dia em que Reza visitou Saba na casa dela. Esse é o momento da conversa que Saba recorda mais claramente, o instante em que ela percebe algo passar entre os amigos – um sinal que, apesar de eles estarem com os joelhos encostados uns nos outros, vai direto para Ponneh, sem passar por ela. Um olhar furtivo que parece um pedido de desculpas.

Embora seja muito rápido, Saba sempre se lembrará de que essa foi a hora em que mais se sentiu como sendo a outra. Não é um sentimento vago, mas algo claro, tangível e devastador. *Ela*, não Ponneh, é a terceira, a ponta mais distante do triângulo, a que não faz parte do conjunto, um personagem no filme *deles*. E na tristeza de tentar achar o seu lugar, ela se sente décadas mais velha, porque percebe que tem um papel, que Reza e Ponneh estão ligados e ela é a matrona. A provedora. A mãe.

Qual é o seu propósito aqui, agora que ela nem pode ter filhos com Reza?

Ela pensa no conselho do pai de que deveria usar bem a sua independência. Ela fez isso? Ela já poderia ter ido para a América ou até mesmo encontrado a mãe. Ela poderia ter procurado entre seus parentes exilados ou desencavado registros de prisão para ter certeza de que a mãe nunca esteve lá. Tem tanta coisa que ela nem tentou.

Eles ouvem um barulho vindo da outra extremidade da casa, e Ponneh se levanta para ir embora. Ela suspira e coloca o xale. Antes de sair, ela diz: – Foi muito bom.

Mas Saba já está em outro lugar. Já está num voo para a América. Tanta coisa fica clara quando você está bêbada e consegue realmente enxergar. Ela se lembra daquele dia no beco perto do correio em Rasht, quando tinha onze anos e ofereceu uma fita de música para Reza. Ponneh disse a ele que ele não podia aceitar um presente como aquele dela. Isso fazia parte do orgulho deles, dos seus costumes de aldeões. Os dois tinham raízes num lugar ao qual Saba jamais iria pertencer, quer tivesse ou não um filho com Reza. Como ela pôde acreditar que dinheiro ou classe social não iriam interferir na vida deles? Como ela pôde acreditar que podia construir uma vida com alguém baseada apenas no amor pela música estrangeira? Quando acompanha o olhar do marido para sua melhor amiga, Saba passa a língua nos lábios secos, certa de que cometeu uma infinidade de erros.

Sim, ela conseguiu se tornar de novo parte de um par, mas é o par certo ou só um substituto para ambos? Embora Reza tenha provado que a ama, que é dedicado a ela e que está decidido a fazê-la feliz, ele ainda sofre com saudades de Ponneh do jeito que Saba sofre com saudades de Mahtab.

Ela passa o dia seguinte inteiro na cama, pensando sobre o que fez. Ela pensa no seu corpo destruído, nas mulheres Basiji, no conselho do pai, e amaldiçoa a si mesma por ser tão tola, tão covarde, por confundir o que experimentou com Reza com o tipo de amor que viu tantas vezes em livros e filmes. Como ela pôde comparar isso com *Casablanca* ou *Romeu e Julieta*, ou mesmo com os casais das comédias de trinta minutos que se apaixonam enquanto comem massa num restaurante italiano? Reza não pode nem mesmo compartilhar essas histórias com ela. E o que é pior, se ela algum dia escrever suas próprias histórias em inglês, ele não será capaz de ler.

Mas talvez o seu azar tenha chegado ao fim. Não é verdade que o azar é finito e que um único golpe de azar pode consumir a provisão de toda uma vida?

Reza entra, inseguro, para perguntar de novo o que aconteceu, qual é o problema.

– Vá embora – ela diz, torcendo para ele ficar zangado, para arrancá-la daquele estado de espírito. Mas Reza simplesmente balança a cabeça e fecha a porta.

Esmagada por pensamentos sombrios, ela dorme e acorda até desistir e pegar seus fones de ouvido. Ela põe para tocar uma velha canção favorita, de Melanie, deixando que os versos acalmem a culpa que queima no fundo do seu peito. Ela cantarola a letra baixinho e fica feliz por ninguém ter confiscado aquela canção. Por causa da voz de criança de Melanie e a ignorância dos *pasdars* do inglês, ela foi ignorada por eles como sendo uma inocente canção infantil sobre patinação. Ela canta junto e debocha da plateia de mal-intencionados que ela guarda na cabeça para essas ocasiões.

Para alguém que não dirige,
Eu dei a volta ao mundo,
Tem gente que diz que eu me dei bem para uma garota.

༺✦༻

Ela sonha com o pai e a mãe, parados ao lado de uma Mahtab criança. Eles estão juntos, embora o rosto da mãe seja de dez anos atrás e o do pai uma versão mais velha. Ele está oferecendo a Mahtab frutinhas secas e amargas que tira do bolso. Esse foi o presente que ele sempre comprou para elas, para os marcos menos tangíveis de sua infância – decepções, tristezas, erros, sucessos. Mesmo agora ele traz frutinhas secas toda vez que visita Saba. Ele as manda junto com a correspondência, reserva-as na quitanda, paga adiantado para ela buscar. Ele sempre se lembra de mandar este pequeno presente, quase diário, embora às vezes esqueça o seu aniversário.

A cena seguinte é um momento verdadeiro que aconteceu poucos dias antes do seu casamento – a única vez que Khanom Basir tentou confrontar o pai dela. Ela bateu na porta da casa dele uma noite em que Saba tinha feito jantar para ele. Da sala principal, Saba viu o pai endireitar o corpo, encolher a barriga e berrar por entre o álcool e o ópio que corriam em suas veias – Chega disto! – Khanom Basir levou um susto e recuou. – Você está falando da minha *única* filha!

Minha única filha. Naquele instante, Saba não pensou em Mahtab. Ela não visualizou sua mãe segurando a mão da irmã no aeroporto. Existe algo de muito importante a respeito de pais em casamentos e nesse aspecto ela tinha muito que agradecer.

Ela acorda e estende a mão para uma pilha de papéis. Palavras em inglês e histórias pela metade. Se a mãe ouvisse as histórias de Saba agora, ela ficaria orgulhosa por ela saber tantas palavras. Mas qual dos seus amigos da vida real podem ficar sabendo da última história de Saba – aquela sobre Mahtab e seu marido e a Grande Mentira? Talvez um dia ela conte a história para a sua mãe, a mãe que vive em sua lembrança e com quem ela conversa de vez em quando. Ninguém mais é capaz de ouvir e entender. Esta é uma ferida aberta, uma ligação muito íntima, vem do depósito secreto de Saba.

※

Estas são pessoas que Mahtab deixou para trás:

Khanom Judith Miller – porque Mahtab agora é uma jornalista independente.

Cameron, o pobre ariano – porque ele mentiu e porque o cartão em sua bolsa não mais é do que um enfeite, um souvenir.

Bebês – porque eu posso não tê-los, mas ela não quer tê-los.

Baba Harvard – porque ele não tem braços, não tem sorriso, não tem ombros paternais. Ele é cruel apesar dos seus bolsos fundos e de sua erudição. Ele olha dentro e para além dos seus olhos cheios de lágrimas com uma indiferença acadêmica, uma postura perfeita, um controle total, e então passa para o rosto seguinte da fila. Ele tem filhos demais que brigam entre si por ele e não tem frutinhas secas no bolso, nem sangue em seu coração. Ele nunca fuma demais, nem bebe com frequência. Ele nunca esquece aniversários; ele tem secretárias que enviam pacotes em nome dele. Ele não precisa de você. Bons pais precisam.

Sim, há *algumas* coisas na minha vida que Mahtab inveja. Eu vi coisas que ela deseja ver com seus olhos de jornalista, e eu tenho um pai de carne e osso.

Nada mais, entretanto, porque eu fui covarde. Eu sei que mais tarde na vida, bem depois de Mahtab estar fora do alcance da minha imaginação, eu vou pegar o telefone querendo conversar sobre as incríveis coincidências em nossas vidas, todos aqueles truques de sangue e destino que nos obrigaram a viver a mesma vida separadas por tanta terra e mar. Vou desejar ter sido forte o suficiente, segura o suficiente, para viver a vida como ela viveu, não tão pragmaticamente, não com tanto medo de correr riscos. Vou lamentar minhas escolhas, ter me casado com Reza porque tive medo de fugir, de seguir minha gêmea e nossos sonhos longe deste novo Irã. Vou pensar sobre minha irmã perdida, vou colocar o telefone no ouvido e ter uma conversa de faz de conta com ela.

Nesse dia, quando eu encostar o telefone na orelha, ignorando o *bipe-bipe-bipe* da linha, vou compreender tarde demais que não deveria ter desperdiçado o tempo que tive com Mahtab, meu outro eu. Eu devia ter sido mais corajosa. Mahtab é corajosa. Ela não liga para o que o mundo diz que ela deve querer. Jovens esposas devem querer filhos? *Pfff.* Mahtab não liga. Ela tem seus próprios planos. Esta é a história de como ela se livra da última e mais importante Preocupação de Imigrante de modo a não ser mais uma estrangeira. Esta é sobre filhos e amantes.

Não, não é verdade... Esta história é sobre pais e filhas.

Acho que Mahtab deve estar casada agora porque, afinal de contas, estou casada e ela é minha gêmea. Quem foi que ela escolheu? Cameron?

James? Outra pessoa? Ela não pode ter voltado para Cameron. Ele tem um segredo e se mudou para o Irã – cometeu uma espécie de suicídio e a deixou com Dinheiro de Iogurte. Quanto a James, não foi ele que ela sempre quis? Um príncipe americano bem branquinho? Acho que ela pode perdoar esse deslize dele, como eu perdoei. Ela pode esquecer que um dia ele foi covarde, foi fraco demais para defendê-la após uma série de eventos envolvendo um salto de sapato quebrado. Seu caminho de volta para James acontece da seguinte maneira:

É maio de 1992 e ela está prestes a se formar em Harvard. Ela visita um restaurante italiano em Harvard Square – dirigido por um primo do Tehrani; mas ela não sabe deste detalhe que a liga a mim. Ela lê o cardápio e tenta escolher uma pizza para levar para o quarto, onde planeja passar a noite fazendo as malas.

James Scarret passa pela porta quando ela levanta os olhos do cardápio, e pela primeira vez desde o incidente no bar ambos sorriem e ele não aperta o passo. Ele entra meio relutante e ela se lembra de todas as partes dele que achava tão diferentes e sedutoras. Seu queixo largo coberto com uma barba rala muito loura, o cabelo da mesma cor, um tanto comprido, com um toque avermelhado. Aqueles pelos macios e quase brancos em seus braços. O oposto de Cameron com seu cabelo preto e suas feições delicadas e irônicas e um excesso de confiança no rosto.

– Você vai comer sozinha? – ele pergunta. Ela diz que sim. Ele faz uma pausa, e então diz: – Por que não fica? – Ele procura sinais de recusa no rosto dela. – Nós devíamos comer juntos aqui uma última vez.

Antes de pensar num motivo para recusar, eles já estão sentados.

É maio e Cambridge renasceu. Mamãe jan, você alguma vez viu a Harvard Square na primavera? Você a visitou em suas aventuras no estrangeiro? Há detalhes que eu sei que não posso imaginar apenas pelos olhos das câmeras de cinema ou pelas fotos de uma cúpula cor de esmeralda dando para o rio. Eu posso dizer que as tardes são mais compridas agora e que os donos de restaurantes colocaram mesas e cadeiras do lado de fora, a princípio tentativamente, olhando para o céu, depois esquecendo toda precaução e deslizando de mesa em mesa com vinho branco e vinho tinto e sangria, enquanto multidões de fregueses saem de seus estabelecimentos para a rua como caroços de milho explodindo no fogão. Eu imagino que o lugar se pareça muito com certas partes de Teerã ou Istambul.

James pergunta o que ela vai fazer no próximo ano, e enquanto eles comem massa, ela conta a ele sobre o *The New York Times*. Ela tem muito orgulho disso. James a vê comer, estende a mão e molha um pedaço de pão no resto de molho no prato dela.

– Nós vamos ter que parar para comer alguma coisa dentro de uma hora – ele diz. – Certo? Já que não tinha arroz? Como era mesmo a palavra?... *Domsiah!*

Mahtab levanta os olhos, surpresa por ele ter lembrado o nome do arroz e por querer falar de coisas que ela contou a ele sobre os persas e seus estranhos hábitos alimentares. Ela examina a expressão fascinante do rosto dele e pensa que talvez ela não precise de outro homem iraniano errante como Cameron se tem alguém como James. Alguém que não sabe o alfabeto farsi ou as regras de autenticidade persas, mas que *quer* saber. Alguém sem Preocupações de Imigrante nem saudades de um lar que talvez não exista mais. Alguém que não é um exilado, não está perdido em busca de um país, mas que a adora por seus problemas exóticos – sua bela melancolia; seus turbulentos olhos cor de amêndoa que derrubam os homens. Talvez o tipo de curiosidade sobre gatos e tapetes persas não seja tão ruim. Pelo menos ela não está numa aldeia onde é uma pessoa comum.

Sabe, Mamãe, eu aprendi algumas coisas. Quando eu for para a América, talvez eu me apaixone de novo, e se isso acontecer, vai ser por um americano. Sabe por quê? Porque Mahtab me ensinou que eu não preciso de alguém que esteja ligado a mim pelo sangue, que seja um amigo de infância ou alguém de onde eu nasci. Sim, há um certo consolo nessas combinações, mas eu vivi sem isso antes. Talvez eu consiga me arranjar sem um bebê e Reza e qualquer outro substituto para Mahtab. Por que a minha vida deve ser o eco da vida de outra pessoa? Eu não quero mais saber de fios invisíveis e elos com uma pátria moribunda. Eu não quero ser uma imigrante desamparada com preocupações e saudades que não deixam que eu me adapte. Eu preciso de alguém que pense que eu sou única nesta terra, embora saiba que sou a metade de um par quebrado.

Os homens americanos compreendem a singularidade muito melhor do que os laços de sangue. Eles não enxergam nenhum romantismo no conhecido, em vínculos territoriais. Eles são criados para serem aventureiros e corajosos. Meu americano sem nome pode não caber num velho filme iraniano, talvez nunca toque para mim "Sultão dos corações", com sua angústia fascinante, num violão mal afinado. Neste aspecto ele se parece com Reza, que não sabe ler os meus livros. Mas pelo menos ele não vai estar apaixonado por outra pessoa. Parece que os homens persas estão *sempre* apaixonados por outra pessoa. Eles olham para todos os pratos, menos para o que está na frente dele. Têm fome demais para o seu próprio bem – uma loucura poética que não vale a pena passar para a geração seguinte.

Apesar de todos os seus erros, James é fascinado por Mahtab e por mais ninguém. Ele fala do passado dela como se acreditasse que todos os homens iraninanos têm barbas pretas e crespas, usam khol em volta dos olhos e passam as tardes lutando com os gregos vestindo tapa-sexo de ferro; como se todas as mulheres iranianas tivessem olhares de mormaço e fizessem piqueniques de romã como nas velhas pinturas, descansando suas coxas grossas e macias em *setars*, nos braços de amantes bigodudos. Ela gosta desses clichês. Eles não são sobre *hijab* e bombas escondidas em turbantes.

De repente ele parece jovem demais e Mahtab imagina por que foi tão dura com ele. Eles pedem bebidas e começam a conversar, descobrindo logo que lembranças antes amargas agora são engraçadas. Logo eles irão compreender que este jantar é um marco – que Mahtab está dando a ele uma outra chance. Ele vai para o lado dela da mesa e eles dividem a sobremesa. Ele brinca com a colher por alguns minutos, mas Mahtab não se sente desconfortável. Ele sabe ficar calado. Por que ela não notou isso nele antes? – Eu sinto muito pelo que aconteceu – ele diz.

Ela toca nos pelos louros e macios do braço de James e diz, do modo despreocupado típico dos americanos: – Eu não estou mais ligando para isso.

Duas semanas depois da formatura, eles fogem e se mudam para Nova York, uma decisão precipitada, movida por uma infeliz combinação de uma cerveja holandesa, um uísque sour, um old-fashioned, um sidecar e um martini. Sim, ela é temerária. Ela pode ser, porque os divórcios americanos são fáceis. E as divorciadas americanas são consideradas sedutoras e corajosas.

Essas são as coisas que ela se lembra sobre sua fuga: jogar fora a echarpe Hermès. Tentar jogar fora o cartão de crédito sem conseguir, porque Dinheiro de Iogurte é uma coisa grudenta. A saudade de um pai que ela não vê há mais de uma década, porque, apesar de todos os seus livros e filosofias, Baba Harvard não pode levá-la ao altar.

Passam-se meses. Logo depois do casamento, Mahtab também tem que enfrentar a maternidade, porque um bebê com James é inevitável. Seu sogro fala nisso todo dia. A princípio ele sugeria isso como quem não quer nada, brincando e rindo sobre seus futuros netos. Mas recentemente ele tem resmungado a respeito, puxando James de lado e sacudindo a mão no rosto dele.

Ela percebe agora que a maternidade é o destino que ela vai ter... um dia.

Um bebê vai acabar com a sua infância, diz sua velha amiga, a *pari* que costumava pousar na sua caixa de correio na Califórnia. Ele irá amarrar você a este homem, a esta cidade.

Sim, isso *poderia* ser o fim, diz o outro eu lógico de Mahtab.

Com certeza *será* o fim, diz uma nova voz, uma velha amarga, com mau hálito e dedos tortos que Mahtab teme que possa ser *ela*... algum dia. A mulher agourenta na velhice.

Não, um bebê não vale os seus sonhos jornalísticos. Tanta coisa pode acontecer se uma criança entrar no seu mundo. Não haverá mais liberdade de movimentos. Sua própria mãe teve que sacrificar toda uma vida, toda uma história, pelas filhas. Ela teve que deixar um dos bebês para trás. E se Mahtab tiver que abandonar um filho? E se *ela* tiver que sacrificar tudo? E se Cameron voltar com notícias do Irã, com aventuras sobre as quais ela pode escrever no *The New York Times,* e a paisagem do seu mundo mudar?

Nunca, ela pensa. Ela não vai ter um bebê. De jeito nenhum. Por ninguém. Ela tem uma carreira para administrar, mundos para descobrir e revelar no melhor jornal do mundo.

Está vendo? Mahtab não precisa de um filho nem de ninguém. Essa é a sua maior força.

Logo depois do casamento, Mahtab e James jantam frequentemente com os Scarrets em Connecticut. Tem algo de desconfortável na casa dos Scarrets. Você já viu casas americanas como esta na televisão? Eu posso dizer exatamente como elas são, com sua mobília intocável e o decantador de uísque esperando entre o sofá creme e o piano de cauda cor de cereja. Uma noite, no jantar, por cima da borda do seu copo de uísque, o pai de James pergunta se eles estão tendo problemas para conceber.

– Nós vamos ter filhos quando chegar o momento certo. – James aperta carinhosamente a mão de Mahtab.

– A hora certa é *agora* – o Sr. Scarret diz. Mahtab gostaria de ter autoridade para tirar o copo da mão dele e o mandar de castigo para a cama. – Eu já estou com quase sessenta anos.

Mahtab sente a calma saindo do seu corpo e escorrendo pela rua. Ela está começando a odiar o pai de James. Mas apesar de sua fúria não perde o controle. Ela sabe que, num mundo livre, a decisão de ter um filho é só dela.

Algumas horas depois, ela e a Sra. Scarret se levantam para lavar a louça. Mahtab volta para a sala de jantar para tirar os últimos pratos e ouve o sogro resmungando para James na sala de estar. – Não está pronta? – ele diz com sua voz rouca de bêbado. – Qual é o problema? No Irã ela já estaria com quatro filhos amarrados nas costas.

Talvez James expresse todo o choque e a fúria que o mundo merece naquele momento. Talvez ele apenas abaixe a cabeça e suspire, murmure algo conciliador. Ou talvez naquele momento ele reúna toda a coragem e o heroísmo cinematográfico que não teve quando era um estudante assustado num bar. Talvez todas essas coisas aconteçam em outro universo, e neste Mahtab entre furiosa na sala de jantar, pegue a bolsa e as chaves de James e saia da casa dos Scarrets, deixando as portas de madeira escancaradas.

A noite toda ela se revira na cama. Não consegue tirar da cabeça a imagem que seu sogro criou – a imagem de si mesma como uma aldeã. Será que Baba Harvard mentiu? Talvez seja verdade que crianças órfãs jamais possam ser adotadas por pessoas de mundos melhores, que uma imigrante vá sempre parecer que pertence à aldeia de onde veio e que as órfãs de pai irão sempre permanecer sem um pai.

Ela se agarra a esses pensamentos e os revira protetoramente, maternalmente, no espaço quente entre seu peito e seu travesseiro. Portanto, algo com vida própria nasce e cresce dentro dela naquela noite. Não um bebê, mas os primeiros sussurros de um mau passo épico, uma ideia que ela mais tarde irá lembrar simplesmente como a Mentira – quase inevitável tanto na sua facilidade quanto no seu potencial para solucionar tanta coisa de uma vez – exatamente o tipo de coisa que fez com que tanta gente interpretasse Mahtab mal nos longos anos fora do Irã.

Quando a noite está quase chegando ao fim e o sono não vem, seus pensamentos se voltam para os seus pais. Fora algumas lembranças esparsas e as muitas conversas que inventou ao longo dos anos, ela não tem nenhuma evidência do temperamento ou das crenças de Baba. Ela diz a si mesma que Baba a defenderia do Sr. Scarret e sua obsessão com bebês, de sua ignorância dos costumes do Irã. Apesar de todos os pais que ela cobiçou em sua vida de imigrante, dos ombros paternais que ela admirou e dos protetores inanimados que criou, o Sr. Scarret nunca atraiu a filha solitária dentro dela, e isso é um indício e tanto para uma moça que observava com nostalgia José lavando os pratos e o Sr. Arganpur tomando chá.

Ela imagina o que a mãe diria e pega o telefone, porque este é um privilégio que Mahtab ainda possui – ligar para a mãe em vez de tentar imaginar.

– Por que você está tão triste, Mahtab jan? – Mamãe pergunta. – Seja grata. Você é uma garota de Gilan! Veja onde está agora. Você pode fazer o que quiser, e um bebê é a melhor coisa. Um bebê a tornará imortal. – Como Mahtab fica em silêncio, ela acrescenta: – Deixe nas mãos de Deus. Tente. Se não conseguir, essa é a sua resposta.

E aí está, o momento em que a ideia surge e toma forma. *Se você não conseguir, essa é a sua resposta.* Neste apelo vago a uma força superior, Mahtab encontra sua solução, nesta sugestão dada por uma mãe que acredita no poder das coisas simples. Ela inventa a grande Mentira agora, mas você não deve odiá-la por isso. Ela só faz isso pelo mais iraniano dos motivos – para satisfazer a todo mundo e dar a eles o que precisam, um gole de iogurte gelado. Ela pode ser educada por Baba Harvard, mas ainda é uma criatura selvagem. Não é culpa dela. Está escrito no seu sangue cáspio.

– Está bem – Mahtab diz antes de desligar o telefone. – Te amo. Saudades. *Zoolbia.* – Elas riem da velha piada, porque *zoolbia* é um doce melado, uma palavra que costumávamos dizer quando éramos pequenas em vez de *zood-bia*, que significa "Até breve".

É um domingo quando Mahtab diz em voz alta aquelas palavras pela primeira vez. *Eu não posso ter filhos* – é muito fácil. Pronto. Acabado. Livre. Agora cabe a James e à família dele aceitar isso ou resolver violar grosseiramente toda regra oriental e ocidental de bondade e decência. Porque quem pode culpar uma mulher que quer ter filhos, mas não pode? Ela não se sente culpada pelo que está fazendo. Ela está fugindo, da mesma forma que sua mãe fugiu do Irã. Ela se sente heroica, virtuosa, nobre. E também um pouco assustada, talvez. Ela respira fundo uma ou duas vezes. É a liberdade de fugir dos vinte anos e ter catorze de novo. A liberdade de ter – e não de se tornar – um protetor. É uma sensação boa. Quando James sorri solidariamente e pega sua mão, uma onda de alívio e de afeição a invade.

Agora ela está livre desta conversa. Ela pode voltar a documentar as injustiças do mundo, a impressionar Baba Harvard com seu talento pós-formatura.

Que poder ela tem! Mahtab é assim. Ela escolhe tudo o que acontece com ela. Ela não quer bebês, então não os tem, e ao fazer isso me dá muita esperança. Um legado pode ser muitas coisas além de filhos. Eu vou deixar um legado um dia que não tem nada a ver com Cheshmeh, Reza ou Ponneh. Vai ser algo que vem apenas de mim. Um pedaço de Saba Hafezi deixado no mundo.

Mahtab é uma jornalista competente; então, naturalmente, ela tem um bocado de pesquisa para justificar sua história. Na semana passada, enquanto consultava todos os fatos e números e a linguagem da doença, ela percebeu uma coisa: que podia criar qualquer ficção e a envolver numa capa de veracidade, usando o conhecimento coletivo do mundo. Esses momentos de poder autoral excitavam Mahtab desde que ela era criança e inventava histórias sobre o Homem Sol e Lua. A história dela é perfeita: Infecções. Cicatrizes. Problemas e mais problemas. Ela está se metendo em encrencas agora – Mahtab, a que se arrisca, a controladora do seu destino. Mahtab a sonhadora, a que dorme, a que abandona irmãs solitárias.

– Não se preocupe – James murmura. – Nós podemos adotar. Vamos adotar uma garotinha. Talvez uma do Irã. – Ele corta pedaços do doce que está comendo e coloca no prato dela, como faria com uma criança triste. Mahtab belisca um pedaço de pão e abre espaço em seu coração para a torrente de culpa que irá permanecer com ela a partir daquele momento pelo resto de sua vida.

Ela tenta ler as expressões nos rostos de seus sogros. A Sra. Scarret está obviamente procurando algo de positivo para dizer. Finalmente, ela resolve dizer algo evasivo: – Sempre há opções, querida, hoje em dia.

O Sr. Scarret olha para a mesa, espeta o bacon com o garfo. Seu rosto está pendurado e cinzento, de um modo que não combina com o tom pastel do seu suéter. – Não podem operar? – ele pergunta tão alto que o casal na mesa ao lado levanta os olhos. – Eu vou pesquisar – ele diz. – Vocês podem contar com o que precisar.

Agora Mahtab se lança no seu trabalho de reporter. Ela é boa nisso, uma estrela. Durante meses ela vive com a expectativa diária de que aconteça algo, e um dia acontece. Ela atende o telefone e é o Dr. Vernon, seu ginecologista, pedindo para ela ir ao consultório. (– Sim, é urgente. Sim, hoje, por favor.) Ela entra no consultório dele, situado no meio de uma rua sem saída cheia de consultórios particulares numa vizinhança chique, com toda a excitação de uma criança obrigada a ir a uma convenção especial de uma dúzia de diretores de escola furiosos. Ela fica dez minutos sentada na sala de espera antes de dizer o seu nome. Quando chega a sua vez, o próprio médico vem buscá-la. Ele é um homem de aparência bondosa, de trinta e muitos anos, louro de olhos cinzentos, ágil e atlético em suas calças engomadas e jaleco branco.

– Sra. Scarret – ela começa sem mesmo pedir que ela se sente, troque de roupa ou preencha algum papel. – Esta é uma situação um pouco delicada.

– Tem alguma coisa errada? – Sua voz quase inaudível parece confirmar as suspeitas dele.

– É só que... minha esposa é sócia do Clube de Mulheres Fulano de Tal... a senhora conhece?

– Sim – ela torna a murmurar. – Minha sogra é diretora de...

O Dr. Vernon a interrompe com três acenos vigorosos. – Minha esposa esteve com ela lá. Elas começaram a conversar e... desculpe interferir, Sra. Scarret, mas está tudo bem com a senhora? Por que disse à sua família que não pode ter filhos?

Mahtab respira aliviada porque a voz do Dr. Vernon não é condenatória e zangada como ela havia esperado. – Eu... – ela começa, sem se dar conta de que está chorando, estragando sua maquiagem de jornalista.

– Isso não é da minha conta – o Dr. Vernon diz a ela. Eu não estaria perguntando, se... Aliás, Katie me disse que ficou com muita pena de você, eu não contei a ela que não era verdade. Segredo de médico. Mas estou preocupado, Sra. Scarret, porque se a senhora disse uma coisa assim.... bem, a senhora deve saber que essa nem é uma boa história, certo? Quer dizer, além do fato de que a senhora é inteiramente normal, a doença que citou não causa infertilidade absoluta. Uma simples revista médica lhe dirá isso.

– Eu sei – diz Mahtab, bem baixinho.

O médico conduz Mahtab para uma cadeira e dá um lenço de papel a ela. Ele se senta numa cadeira giratória e começa a recitar o resto do seu discurso pronto. – Sra. Scarret. May. Posso chamá-la de May? Você não está fazendo nada mais drástico, está? De acordo com a minha ficha, você não está fazendo controle de natalidade porque, bem, porque você disse que estava querendo ter filhos. Então eu preciso me certificar. É minha *obrigação* verificar isso.

– O que eu estaria fazendo?

O Dr. Vernon encolhe os ombros. – Tomando pílulas que não fui eu que receitei, remédios caseiros e coisas assim. Nós estamos nos anos 90, mas você não acreditaria nas coisas que acontecem. – Ele tosse e acrescenta: – Principalmente com adolescentes, é claro... – Ele pigarreia, olha em volta, esperando Mahtab libertá-lo de sua tarefa.

– Obrigada, Dr. Vernon – ela diz e se levanta –, mas o senhor não precisa se preocupar.

O saguão agora está vazio. O médico aperta a mão dela com as mãos e diz a ela *passe bem e ligue se precisar de nós* antes de tornar a entrar no seu consultório. Quem é *nós*, ela pensa enquanto examina a sala. Resolve sentar-se por um minuto só para se acalmar. Suas mãos estão tremendo e ela não quer dirigir assim. Do lado de fora, o céu está ficando cinzento e a rua sem saída tem um ar comum e melancólico. Há revistas femininas arrumadas sobre as mesas de madeira espalhadas sobre um carpete peludo. De repente, Mahtab começa a chorar alto, tapando a boca com a manga do vestido. Ela sabe que não fica bem, que isso a faz parecer patética e fraca, mas não consegue se controlar.

Ela não nota a recepcionista correndo para segurar sua mão, nem o Dr. Vernon chegando e pegando o telefone. Ela não registra nem mesmo a tentativa desajeitada dele de alegrá-la trocando o CD de clássico para jazz, as únicas opções no consultório. Ela só vê um borrão marrom, cor-de-rosa e branco onde as mesas, as revistas e o carpete costumavam estar. Ela reconhece a sensação de não saber o que fazer, e de coisas se desfazendo e esmagando o seu peito; a noção vaga e solitária de que se ela ligasse para Cameron naquele momento ele explicaria todos os seus fracassos com um gracejo inteligente sobre licença poética e loucura. *Onde está o Cameron? Onde está o meu amigo? Outro forasteiro dando uma olhadinha no mundo?* E então, alguns minutos depois, ela vê a minivan azul dos Scarret percorrendo todo aquele concreto cinzento interminável lá fora.

James e o pai dele entram de supetão no consultório. O Sr. Scarret cumprimenta o Dr. Vernon. Pela janela, ela vê a Sra. Scarret esperando no carro, tamborilando com os dedos no painel e provavelmente mastigando o batom dos lábios. Ela sente pena dela, por toda a complicação que ela trouxe para esta pacata família americana, uma família que provavelmente nunca viu um dia de drama de verdade.

– O que aconteceu? – Ela ouve o sogro perguntar baixinho. A voz dele é rouca e simpática e ela se ressente com o fato de ele se solidarizar com o médico que foi incomodado.

– Desculpe ter ligado – o Dr. Vernon gagueja. Ele se sente intimidado pelo pai de James, um homem bem mais velho e mais importante. – Ela apenas... estava precisando de ajuda. – Ele baixa a voz e murmura: – Hum, bem, senhor, sobre o problema de fertilidade...

Mas o pai de James o interrompe. Ele põe a mão no braço do médico e o faz calar como se fosse um empregado. – Nós já sabemos – ele diz com tristeza, e Mahtab compreende que James encontrou a pesquisa dela. Talvez o pai dele tenha feito sua própria pesquisa, como disse que ia fazer quando ela contou a Grande Mentira. Depois ele tenta brincar: – Os jovens e a maldita biblioteca de pesquisa, é como dar uma pistola para um macaco – e ri duas vezes – subindo e descendo.

Mahtab desliga a mente, volta a sua atenção para a gentil recepcionista, enquanto James, o pai dele e o Dr. Vernon conversam sobre ela num canto da sala. Ela nota que James a está evitando e tenta odiá-los por seus cochichos abafados, tenta imaginá-los usando turbantes e fazendo avaliações cruéis, mas não consegue. Ela tenta várias vezes.

Em seguida, quando ela descansa a cabeça no ombro da recepcionista, o Sr. Scarret se aproxima e se ajoelha ao lado dela. O modo como ele faz isso e o modo como se agacha para poder ficar cara a cara com ela – como os pais fazem com os filhos no primeiro dia de escola – fazem com que Mahtab comece a chorar de novo. Por baixo das lágrimas salgadas que pingam sobre seus lábios, sua pele parece fina e rachada, como papel de arroz ou frágeis algas. Ela tenta se desculpar, mas o Sr. Scarret sacode a cabeça. Ele passa a mão ao redor dos seus ombros e a ajuda a se levantar. Quando ela tenta se desculpar de novo, ele diz com uma voz cansada: – Está tudo bem agora, coração. – Em segundo plano, Otis Redding canta uma canção que cantou no seu casamento e Mahtab caminha no mesmo ritmo do sogro, pensando que aquele era um modo engraçado de dançar.

Mas é agradável livrar-se da última e pior preocupação de imigrante, aquele medo aterrorizante de que, quando você entra num país novo, você está sozinha para sempre.

Não, ela agora não tem medo de ser uma forasteira, um fracasso, pobre ou sem importância. Seu sogro diz: – Não é tão ruim assim, é? – e ela sacode a cabeça, sem medo de ficar sozinha. Eu também não tenho mais medo da solidão em terras estranhas. Cometer um erro e ser perdoada como uma filha de verdade, ser adotada por um novo país com seus próprios pais de carne e osso. E reviver todos os momentos que deixou passar.

Peregrinação à beira-mar

(Khanom Basir)

A cidade inteira conhece a história – a verdadeira –, embora ninguém fale sobre isso, porque é assim que nós somos. Preferimos belas mentiras a feias verdades. Mas nos lembramos dela toda vez que Agha Hafezi suspira e a revivemos em nossas mentes toda vez que Saba menciona Mahtab.

Em 1981, quando as meninas tinham onze anos, a família foi passar uma semana numa casa de praia no Mar Cáspio. Ficava a pouca distância de carro de Cheshmeh, mas naquela época Agha Hafezi não queria se afastar das suas propriedades. – Se vocês fingirem que é uma longa viagem – ele disse às meninas –, vão ter a sensação de que é mesmo. Finjam que é uma peregrinação, como em suas histórias.

– Uma peregrinação a Meca? – Saba iria perguntar, enxugando o orvalho de verão do rosto.

– Não – Bahareh iria responder zangada, porque ela detestava qualquer menção a coisas muçulmanas.

– Cala a boca – Agha Hafezi iria dizer. – Chega dessa conversa. – Eles brigavam um bocado naquela época, embora as meninas nunca notassem. Estavam muito envolvidas uma com a outra. Elas provavelmente voltaram a inventar brincadeiras, a comer passas e grão-de-bico e a fingir que iam ver as tecelãs de tapete em Nain.

Ah, esses Hafezis e suas viagens! Para o mar para comprar peixe fresco, para Qamsar para sentir o perfume de água de rosas da estrada, para Isfahan, o centro do mundo, para Persépolis pela cultura, para Teerã para visitar a família.

Eu os invejo, saindo de carro de manhã cedinho, especialmente quando vão para as montanhas! Ver a floresta cerrada surgir de repente, do nada. Prender nas costas uma refeição inteira em recipientes térmicos e panelas cobertas com toalhas e subir até o pico para comer.

Antes de partirem, eu me lembro de ter dito às meninas que as *villas* à beira-mar tinham banheiros ocidentais, um negócio do demônio que se erguia do chão como um trono. Elas gritaram e caíram uma por cima da outra, rindo da impossibilidade de uma coisa dessas, desafiando uma a outra a ir primeiro.

Ah, como eu gostaria de ter ido naquela viagem. Naquela época os Hafezis negligenciavam as meninas, e eu não tenho medo de dizer que culpo Bahareh um pouco. Talvez eles me pagassem pelos meus serviços e eu adorava as cidadezinhas na beira do Cáspio, as cidades costeiras reservadas para os ricos com seus belos tributos à vida em aldeia por toda a parte – como casas sobre estacas ou pequenas lojas de madeira que surgiram a cada um ou dois quilômetros, suas cestas de vime penduradas do lado de fora, potes de conserva, alho em salmoura e geleia de flor de laranjeira estocados ao lado da porta. E o melhor de tudo, os galhos enormes saindo dos muros, cheios de azeitonas e dentes de alho. Na primavera, o norte do Irã tem cheiro de flor de laranjeira. No verão, ele cheira a peixe fresco. Shomal é uma espécie de paraíso.

Naquele verão, a casa dos Hafezi era perto o suficiente da água para permitir que eles fritassem peixe andando na beira do mar, dividissem suas refeições com as gaivotas, voltassem tropeçando no meio da névoa e da umidade e, ainda assim, encontrassem a casa em poucos minutos. Mau presságio estar tão perto do mar. Naquela noite, eles jantaram especialidades dali, berinjela assada e tomates cozidos com ovos e alho. Azeitonas batidas com salsa em pó, romã e amêndoas. Kebabs no espeto. Tomates verdes e pepinos com chutney de ervas. Quando uma mendiga bateu na porta, Agha Hafezi estava de bom humor e deu a ela uma panela de kebab, porque ele sempre dizia que mendigos são normalmente anjos que vêm para testar os fiéis, como os que visitaram Ló. Se quer saber, esse foi outro mau presságio, porque Agha Hafezi estava provocando Alá com sua homenagem aos profetas cristãos.

Mais tarde, depois que escureceu, as meninas estragaram tudo quando resolveram nadar nas águas escuras.

CAPÍTULO 18

FINAL DO OUTONO DE 1992

Os meses passam atabalhoadamente, perdidos no meio das horas e dias agitados que os cercam. Tirar um passaporte. Bater em portas de embaixadas e pagar propina a burocratas. Comprar passagem em seis voos diferentes espalhados ao longo de quatro meses, só por precaução. Ela não conta a ninguém que planeja partir. Ainda não. E por que contaria? É melhor ser cautelosa, se acostumar de novo a guardar seus segredos e seus planos. Adeus doce abandono daqueles primeiros tempos de casamento, quando nenhum segredo parecia grande demais para ser compartilhado.

Chega disso. Embora procure, ela não tem nenhuma desculpa para ficar no Irã, por nunca ter tentado sair apesar de ter se casado com Abbas apenas com base nessa esperança. Ela não está presa. Ela odeia a si mesma por achar que estava, por sempre andar um passo atrás, por aceitar papéis secundários e desempenhá-los agradecidamente. Chega tanto do sal quanto do açúcar desta vida à beira-mar. Chega de Khanom Basir, mas chega também de Reza. Ela não vai passar mais tempo sendo uma esposa de aldeia, mas também não vai passar mais tempo com o pai.

Chega de República Islâmica do Irã. Mas chega também de Irã. Chega de tardes caspianas cobertas de neblina. Chega de sopas grossas tomadas diretamente do caldeirão no alto de um telhado em Masouleh. Chega de viagens pelas montanhas cobertas de árvores em direção à praia. Chega de campos de arroz perfumados ou de alho pendurado em guirlandas em volta de portais de madeira.

Chega de muita coisa, mas o que é mais importante: chega de vagos esboços de Mahtab através de histórias. Está na hora de passar para algo tangível, de descobrir a história completa. De viver todos os momentos que ela deu para a irmã viver com medo de vivê-los ela mesma.

Ela toma todo o cuidado para esconder todos os sinais da sua partida até o último momento. Ela visita Rasht e Teerã nos dias em que Reza está na aula e Khanom Basir está jogando gamão, fazendo compras ou cozinhando com Khanom Alborz e Khanom Omidi. Ela contrata um simpático despachante para apressar seu passaporte e para evitar perguntas sobre seu marido e as viagens que eles estão planejando. (– Eu sempre quis visitar Istambul e Dubai – ela diz a ele e ele sorri e diz que Istambul é muito bonito.) Quando o passaporte chega, ela o esconde junto com suas fitas de música e suas seis passagens de avião. Aos poucos, ela começa a esvaziar suas contas bancárias. Ela pensa em Reza e na quantia que ele vai precisar para terminar os estudos, comprar um pedaço de terra, talvez até cuidar de Ponneh.

Com incredulidade e medo, ela lê a lista de passos necessários para pedir um visto para a América. *São tantos assim?* Ela se lembra de um artigo que leu num velho exemplar do *The New York Times*, no qual um iraniano rico faz a um americano a pergunta desesperada que tantos outros já fizeram: "Por que o seu governo não me deixa ir para os Estados Unidos?" Talvez seja impossível. Ela está lendo um desses formulários de visto, cada vez mais desanimada, quando o telefone toca. Ela o ignora e volta ao trabalho, colocando discretamente os itens que vai levar num canto do armário, guardando todas as suas anotações e histórias dentro do seu diário. Quinze minutos depois, o telefone torna a tocar. Ela atende e não diz nada.

– *Alô? Alô?* – o homem do outro lado grita ao telefone, como se nunca tivesse usado um telefone antes. – *Khanom Abbas?*

Este nunca foi o nome de Saba. Nem mesmo pessoas desconhecidas a chamam assim há mais de um ano.

No fundo, ela pode ouvir uma mulher dando instruções numa voz ofegante. *Diga a ela agora*, ela diz, e quando o homem hesita, *seria uma coisa simples, muito simples.*

Outro homem manda a mulher calar a boca enquanto o que ligou tenta falar. Ele se apresenta, um nome árabe que Saba esquece imediatamente, e diz a ela que é advogado. O sotaque dele é distintamente rural e ela o imagina sendo um homem frágil e careca. Esta imagem a acalma. O homem diz que está representando alguns membros da família dela, e como tal está à disposição dela, embora não deixe de informá-la de sua pesquisa, descobertas, e propor mudanças em benefício deles. Saba não responde. Ela espera que ele continue, embora a cada palavra dita e implícita ela chegue mais perto de um entendimento. – Meu cliente é um parente próximo. Como tal, ele irá cuidar da senhora, viúva do irmão dele.

– Isso é muita gentileza – ela diz. – Mas não é necessário.

– Não, não. É o certo a fazer agora que ficou provado que ele e Abbas tinham não só a mesma mãe, mas também o mesmo pai. – Ela recorda o irmão uterino que tirou um pedacinho da herança dela. O mulá disse a ela que ele ia tentar provar que era um irmão de pai e mãe. Um herdeiro principal. A última observação paira entre eles, e Saba imagina se pode ignorá-la. Mas, é claro, ele a repete.

Como é que ficou provado? Saba pergunta. Que provas ele tem? Ele já contatou alguém? O que ele quer dela neste momento?

A sensação de urgência que toma conta de Saba naquele momento – o conhecimento de que tudo que ela disser e fizer agora irá afetar todo o seu futuro – a deixa nervosa. Ela aperta o aparelho frio com tanta força contra a orelha que ele deixa uma marca vermelha. Quando chega a hora de responder – um momento tão cheio de expectativa que o silêncio coletivo do outro lado se dissolve numa gosma que vaza pelo aparelho –, ela diz as gentilezas habituais, mostra seu desejo de resolver as coisas e sugere uma data várias semanas depois para eles se encontrarem em Rasht. O advogado fica relutante, mas concorda, repetindo só duas vezes que o irmão de Abbas prefere agir mais depressa.

Depois, apesar da sensação de urgência que toma conta de Saba quando ela desliga o telefone, apesar de ela permitir que a sobrevivência e o interesse pessoal comandem suas ações, ela não consegue ignorar a dolorosa convicção de que este homem realmente merece o dinheiro porque ela deixou o irmão dele morrer.

※

– Baba, eu preciso da sua ajuda – Saba sussurra ao telefone dez minutos após ter falado com o advogado dehati. – Quem compraria as minhas terras em dinheiro? Dólares.

– Ó Deus, Saba jan. O que foi agora? Você está com problemas? – Seu pai estava com voz de sono. Era mais provável que estivesse usando o seu cachimbo.

Saba fala do irmão uterino e das novas reivindicações. Ela ouve o pai praguejando do outro lado e quase pode vê-lo sacudindo a cabeça, levantando-se, tornando a sentar. – Você não pode vender a terra.

– Por que não?

– Porque ninguém é tão burro. Se você tentar vender, mesmo que peça a metade do valor, o comprador vai saber que sua posse é suspeita.

– Mas eu tenho os documentos.

– Você não ficaria desconfiada se alguém quisesse vender toda aquela terra para você por um preço barato e exigisse pagamento em dinheiro? Você não teria medo que o governo a tomasse amanhã e você ficasse sem o dinheiro? – ele diz.

– O que eu posso fazer? – ela pergunta, imaginando se iria ter que deixar tudo para trás.

O pai começa a usar uma espécie de código, como o que ele usa quando está tentando conseguir bebida alcoólica para uma festa. – Pode deixar, Saba jan. Os juízes vão decidir com justiça. Sabe de uma coisa, eu achei sua boneca vitoriana. Lembra-se daquela boneca com uma saia comprida e um monte de bolsos? Talvez esteja na hora de limpá-la. – Ele está dizendo a ela para esvaziar as contas bancárias.

– E se eu mandar a boneca para a América? – ela diz.

Ele deve estar pensando ou então fingindo que não ouviu.

Então ela diz, sem ligar que estejam ouvindo ou não: – Eu quero ir para a América.

O pai respira com força. – Não diga tolices. Eu tenho o nome de um homem que pode transformar leite em manteiga sem fazer perguntas. Manteiga é bom em toda parte e, assim, o leite não estraga. – Ele está dizendo que pode trocar seus tomans por dólares.

Ao longo de várias semanas Saba comete um monte de erros. Ela vai esvaziar completamente suas contas antes de perceber que os funcionários do consulado que concedem vistos vão precisar ver que ela tem dinheiro no Irã e planos de voltar. Ela resolveu tentar um visto de turista primeiro e depois achar um jeito de ficar – talvez se matriculando numa universidade. No banco, suas mãos tremem quando ela rasga o formulário de retirada sabendo que quase estragou tudo. Ela imagina quanto dinheiro no banco irá convencer os funcionários. Será que ela pode retirar mais depois de obter o visto? Será que ela deve colocar de volta o dinheiro que já retirou? Não, ela decide. Ela vai usar aquele dinheiro para viajar. Em vez disso, ela pede ao banco um extrato de suas contas. O que o pessoal do consulado vai querer saber? Eles são tão vagos e misteriosos acerca dos seus critérios, possivelmente para que as pessoas não mintam. Pelo menos ela nunca deu acesso a Reza ao grosso de suas finanças. Graças a Deus ele não liga o suficiente para perguntar e Khanom Basir tem vergonha de insistir.

Ela pede ao pai para fazer tudo o que puder para retardar os procedimentos com a família de Abbas – para manter o dinheiro dela seguro durante o período em que ela não puder retirá-lo.

Numa noite calma, ela procura todos os Hafezis num velho caderninho telefônico – um cinzento escrito à mão que ela tirou de baixo da cama do pai Ela tem parentes na Escócia, na Holanda e na América. Será que sua mãe é um deles? Ela só encontra um B. Hafezi, mas, quando liga, uma voz desconhecida de mulher responde e afirma não conhecer uma "Bahareh".

Às vezes, Saba sonha em ouvir a voz da mãe do outro lado da linha. A voz dela vai estar mais velha e ela vai atender de um jeito americano, informal. Saba vai falar em inglês e seu coração vai dar um pulo ao pensar que a mãe está ouvindo sua perfeita saudação ocidental. Ela vai fazer uma série de perguntas estúpidas, porque essa é, afinal de contas, a sua mãe, que, até se separarem, ouviu todos os seus pensamentos mais triviais. *Qual é a sua aparência agora? Você está contente em ouvir minha voz? Está achando minha voz muito velha? Quer que eu diga mais alguma coisa em inglês?*

Elas vão passar horas misturando as duas línguas, rindo dos poucos tópicos favoritos que elas ainda têm em comum, histórias da televisão e dos livros favoritos de Saba em inglês. Antes de desligarem, sua mãe irá prometer enviar-lhe um convite oficial. – Sinto saudades suas, minha Saba – ela vai dizer. – *Zoolbia*. – E elas vão rir porque ela ainda se lembra daquela velha brincadeira.

Mal se passou uma hora e alguém bate na porta. Khanom Basir e Reza foram passar o dia fora e Saba põe a echarpe na cabeça antes de ir até o jardim de muros altos. Distraída, pensando em convites e entrevistas para tirar o visto, ela destrava o grande portão branco, quase cortando o dedo num pedaço de gelo, e vê o pai, tremendo nos seus sapatos de andar em casa e num casaco velho de frio.

Ele não precisa dizer por que está ali. Ele olha para ela como se ela fosse uma estranha, ingrata, cruel e egoísta, como uma trabalhadora *shalizar* apanhada roubando arroz ou o pastor que informou a polícia religiosa que os guardadores de ovelhas estavam escutando a Gospel Radio Iran na encosta da colina.

– O que você está fazendo? – ele pergunta. – Por que você ligou para Behrooz na Califórnia?

– O quê? – Saba não tinha esperado nada mais do que uma resposta atrasada ao seu comentário anterior sobre a América. – Quem é Behrooz?

– Meu primo da Califórnia. Você ligou para a casa dele uma hora atrás perguntando pela sua mãe... o que, aliás, assustou bastante a esposa supersticiosa dele! Ele achou que devia ter sido alguém de Cheshmeh e ligou para mim.

– Desculpe. – Ela pega o braço dele e o faz entrar. – Eu tentei contar para você.

– Olha, essa questão de Abbas pode ser resolvida – ele diz. – Você está sendo muito precipitada.

– Não – ela diz. – Está na hora de partir. Eu quero descobrir o que aconteceu.

– Sua mãe não está na América – ele diz, com a voz fraca. – Eu gostaria de poder contar exatamente o que aconteceu, Saba jan.

Eles se sentam na cozinha. – Eu sei – ela diz. – Mas esse não é o único motivo de eu querer ir embora. O telefonema foi... só uma tentativa... porque eu vi o nome no catálogo. Eu quero ter minha própria vida. Eu não sou feliz aqui. – Ela torce para que isto seja o suficiente.

Não é. Pais também têm desejos egoístas. – Isso é porque você não tem filhos.

Ela resolve contar a verdade. – Eu não posso ter filhos. – Ela sente um alívio ao dizer isso e então conta a história toda sobre Abbas e a noite de núpcias deles. Sobre as mulheres vestidas de preto no quarto dela e a herança que ela achou que merecia. Sobre os primeiros dias com Reza, aquela expressão nos olhos dele que ela interpretou como sendo amor, mas que agora reconhece como sendo uma tentativa de amor, uma espécie de teatro misturado com heroísmo juvenil e piedade por todas as mulheres maltratadas, por seus corpos arruinados. Sua recompensa por tudo o que passou.

O modo como o pai põe as mãos na cabeça, o modo como ele esfrega seu cabelo ralo em círculos dos dois lados da cabeça e olha para ela com olhos grandes e cheios de piedade, a faz lembrar da reação de Reza aquele dia no carro. Aquele rosto sem cor. Aquelas mãos trêmulas. Aquela reação imediata de segurar suas mãos ou acariciar seus cabelos. Por que os homens demonstram muito mais tristeza quando uma mulher é maltratada por alguém que não *eles*? Por que tanta pena agora? Será que ele pensa que ela tem menos valor como pessoa? Será que está zangado por ter se deixado estragar?

O pai recupera a voz. – Você sempre amou Reza. Todos sabem disso.

– E ele nunca correspondeu a esse amor – ela responde. – Todos sabem disso também.

– Você contou a ele? Ele não vai deixar você partir.

– Isso não depende dele. Baba jan, você não quer que eu consiga a única coisa que quero?

– Não seja ingrata. – Ela vê que ele está prestes a explodir.

Ela olha intrigada para o pai. Conversar com ele é como tentar controlar um carro no gelo. Às vezes, a direção que ele toma não tem nada a ver com o modo como você gira o volante. Talvez ela devesse parar de tentar e dizer simplesmente algo verdadeiro. – Você não tem orgulho de mim por não ter desistido? – ela pergunta com uma vozinha de criança. Ela pigarreia porque quer ser levada a sério. – Às vezes eu penso que ela está lá com Mahtab, talvez não nos Estados Unidos, mas em algum lugar. Sim, eu sou adulta e meu cérebro diz uma coisa, mas eu... – Ela se cala. Ela quer mencionar o dia no aeroporto, mas isso pode ser demais. – Eu só quero ir para ver.

O olhar triste e distante do pai a faz lembrar de Agha Mansoori quando a esposa dele morreu. Finalmente, ele olha para ela. Quando ele faz isso, Saba abre um sorriso grande demais, como fazia quando era a criança que ele não tinha tempo de conhecer, e os olhos dele escurecem e ficam cinzentos. Será que ele vai brigar com ela? Ela fixa no rosto uma expressão neutra.

– Saba jan, eu gostaria que você pudesse procurar o nome dela num caderno de telefone ou encontrá-la em algum lugar na América. Você tem um bom coração por continuar tendo esperança quando seu pai deixou de acreditar em tudo. – Ele estremece como que tentando livrar-se de uma lembrança dolorosa. Ele fala aos arrancos entre pausas reflexivas. – O que você acha que Bahareh diria a respeito do que eu fiz? Se um homem fala como um muçulmano, come e bebe como um muçulmano, e permite que a própria filha se case com muçulmanos, ele pode chamar a si mesmo de cristão? Importa o que ele tem no coração se está tudo coberto de covardia? – Saba não quer se mexer. Ele nunca disse tanto a ela. Ela gostaria de saber o que dizer para preservar este momento, mas, cada vez que eles caminham assim na ponta dos pés na direção um do outro, ela consegue estragar o momento, e a luzinha que a permite vislumbrar o mundo do pai dela se apaga. Seu pai suspira. – Mas isso não importa. Nós temos que aceitar a verdade por mais que ela doa.

Saba suspira. Mais uma vez, ele está falhando com ela, está se recusando a entender. – Por que é tão horrível manter a esperança? Talvez seja isso que nós dois precisamos. – Ela se levanta para pegar mais chá, mas o pai segura a mão dela. Ela para, mas não torna a se sentar, fica ali em pé, deixando que ele segure sua mão nas dele, como um vaga-lume que poderia sair voando.

Ele faz uma longa pausa e ela pode ver que ele está procurando as palavras certas – que está se esforçando para dizê-las. – Essa esperança é boa, sim. Mas há esperanças melhores. Lembra o que sua mãe e eu costumávamos dizer para vocês duas? – ele pergunta. – Que vocês estavam destinadas a serem importantes. Que vocês trazem no sangue a capacidade de serem poderosas e fortes e de fazer grandes coisas?

Saba balança a cabeça afirmativamente. Elas iam ser gêmeas poderosas, iam pegar todas as palavras em inglês que sabiam e as pilhas de livros que tinham e iam criar uma nova história para o mundo, ou só para uma cidade, ou uma família. Ela não fez nada disso.

O pai dela continua, sem largar sua mão, como se achasse que ela ia fugir ou que o que ele estava dizendo ia penetrar na palma suada da mão dela e correr em suas veias. – Aceitar a verdade não traz desonra para sua mamãe e Mahtab, Saba jan. Mas está impedindo você de se tornar aquela mulher. Você está segurando sua esperança com tanta força, usando todo o seu poder para se agarrar a ela, que ela está se tornando uma pedra que puxa você para baixo. Você entende? Agora você não tem mais nenhum poder. E mesmo que tente não pode sair voando e fazer todas as coisas que estava destinada a fazer. Como ela não responde, o pai diz: – Sinto muito se parece estar tudo errado. Eu não sou gêmeo. Essa parte eu provavelmente não posso entender.

Ela se senta ao lado dele, desliza a outra mão entre as mãos do pai e diz: – Eu acho que você entende. – Ela apoia a cabeça no ombro dele. Já faz muito tempo que ela não sente um ombro de pai contra o rosto. – Quanto à América, me dê um tempo. Eu vou pensar.

– Se você for – ele diz com a voz um pouco embargada –, vou sentir saudades suas.

– Só por um tempo. – Ela sorri e, quando o pai começa a discordar, acrescenta: – Porque eu não sou Mahtab, e não vai ser para sempre.

✼

O visto leva meses para chegar. Há entrevistas e viagens a Rasht, telefonemas para casa em horas inoportunas e dezenas de histórias inventadas sobre visitas ao médico para ser examinada e saídas para fazer compras com Ponneh, que sempre concorda em confirmar sua história antes de desligar correndo e provavelmente esquecer imediatamente o assunto. Ponneh nunca pergunta o que Saba está fazendo, e Saba desconfia que seu envolvimento com a Dra. Zohreh não só está se aprofundando, mas também se tornando muito mais perigoso. Mas Saba está ocupada demais para investigar.

A data do seu encontro com o irmão de Abbas chega e ela telefona para dizer que está doente. O advogado fica zangado e diz que vai entrar com um processo. Mas o pai dela é amigo de um mulá respeitado, e embora Saba sempre o tenha desprezado, Mulá Ali atrasa o processo enrolando o assunto, certificando-se de que seus colegas em Rasht estejam ocupados demais para responder e adoçando suas bocas com tesouros da despensa de Agha Hafezi. Ele pinta um retrato angélico de Saba, a viúva, que só tem usado o dinheiro para ajudar a causa do islamismo.

Durante semanas de cada vez, o tribunal é aplacado e o caso adiado.

Logo, Saba começa a desejar coisas impossíveis. Será que ela pode levar Reza junto com ela? Será que eles podem começar uma vida nova na América? Será que ela consegue convencê-lo a ir? Por outro lado, Reza não seria feliz na América. Ele teria saudades da família e das tradições. Ele se tornaria um ser errante, um imigrante, sempre procurando alguém com um perfume familiar. Ela se lembra de todos os homens iranianos, instruídos, que terminaram dirigindo táxis em Nova York ou na Califórnia. Onde iria parar alguém como Reza? Em Cheshmeh ele podia ter suas próprias terras. Ele podia ser como o pai dela.

Durante a espera pela expedição do seu visto, duas de suas passagens de avião expiraram.

Quando a papelada fica pronta, Saba chega à parte mais difícil de sua campanha, que é chegar numa embaixada americana. Não há nenhuma no Irã, e ela tem que achar uma maneira de viajar para Dubai sem que ninguém saiba. Ela obtuve vistos para sair do Irã e entrar em Dubai com a ajuda do amigo do seu pai que tem uma fábrica lá, e ela falsificou autorizações de viagem de Reza, pensando que em breve vai contar tudo a ele. Ela planeja dirigir de Cheshmeh até Teerã, e de lá voar para Dubai, onde irá alugar um carro para levá-la até a embaixada. A viagem toda, incluindo seu compromisso na embaixada, vai levar dois dias. Para isto, ela pede a ajuda do pai. Ela fica surpresa quando ele concorda fazer algo tão perigoso. Se ela quer mesmo partir, ele diz que prefere que ela tenha a ajuda dele. Ele vai esconder a ausência dela da família. Ele vai dizer que ela foi visitar um parente doente em Teerã.

A viagem para Dubai é cansativa e empoeirada, mas nada de extraordinário para uma iraniana rica.

Ela fica sentada no saguão da embaixada americana, apavorada, louca para ter alguma pista do que o funcionário vai perguntar. Ela decorou sua história, ensaiou-a, mas não há como saber quais as respostas certas. Ela resolveu subestimar seu inglês, sua educação, seus recursos e fazer com que isso pareça ser uma oportunidade única na vida, uma viagem absolutamente necessária em vez de uma viagem de prazer. Prazeres levam a caprichos e a vistos expirados e migrações ilegais.

Quando o nome dela é chamado, ela se levanta apressada. E se ela disser a coisa errada? Como a mãe dela se comportou quando passou por esta exata situação tantos anos antes?

– Por que a senhora quer viajar para os Estados Unidos? – a funcionária, uma mulher de meia-idade com o cabelo curto demais e uma aparência franzina, pergunta.

– Para visitar parentes e para buscar tratamento para o meu problema de saúde. – Ela mostra uma carta da sua médica, fotocópias de livros sobre os diversos procedimentos médicos disponíveis no Irã e no estrangeiro. Ela mostra à funcionária o nome e o endereço de um cirurgião na Califórnia. A funcionária dá uma olhada rápida nos papéis, preferindo estudar o rosto de Saba. Saba tenta soar otimista, esperançosa. – Sabe, no Irã temos ótimos médicos. Mas eu me sinto mais segura buscando a ajuda desse homem. Ele é especialista nisso. Meu marido vai ficar esperando por mim em casa.

– E isso tem que ser agora por quê? – a funcionária pergunta.

– Para podermos ter filhos. Meu marido e eu. Nós gostamos um do outro desde os sete anos. – De repente, ela deseja não ter dito essa última frase. Ela parece excessivamente sentimental. E é mentira. Será que a funcionária vai perceber? Ela mostra seus extratos bancários. – Aqui estão os extratos dos nossos bens. E, é claro, meu marido vai ficar. – Por que ela repetiu isso? Soa suspeito até para ela.

No carro, voltando para o aeroporto, ela censura a si mesma diversas vezes. Ela revê cada palavra e cada gesto durante a entrevista e tenta adivinhar quando saberá qual a decisão deles. De volta em Cheshmeh, ninguém faz perguntas. Quando ela chega cheia de cortes de tecido colorido, sapatos novos e fitas ilegais de música de dança iraniana, eles ficam convencidos de que ela esteve em Teerã. Durante semanas, ela espera uma palavra da embaixada. Ela fica ansiosa. Começa a roer as unhas, desenvolve outro tique nervoso de estar sempre olhando para o chão atrás de si.

Outra passagem de avião expira. Ela emagrece de preocupação.

Passa-se mais uma semana. Depois duas. E então, um dia, a espera chega ao fim. Um telefonema no meio da tarde e está tudo resolvido – num passe de mágica. Ela pode pegar seu visto em Dubai, e de lá ela está livre para viajar para a América – para a Califórnia, para Nova York ou Massachusetts. Um continente inteiro se abre para ela. Parece que suas semanas de pesquisa e sua estratégia de não procurar asilo funcionaram.

Saba passa quase cinco horas ligando para companhias de aviação, tentando mudar o itinerário do seu voo que inclui uma escala em Istambul por outro com uma escala em Dubai. Apesar das três passagens que ainda tem, ela é obrigada a comprar outra num voo de Teerã para Dubai, de Dubai para Istambul, fazendo conexão com uma de suas passagens compradas anteriormente. Quando ela desliga o telefone, fica tonta ao compreender que aquilo está mesmo acontecendo. Ela está indo embora. E agora, o que ainda precisa fazer? Ela tem uma forte sensação de algo inacabado. Será que ela pode tirar o dinheiro do banco agora? Alguém irá checar? Como deve levá-lo? Ela deve tentar vender suas propriedades ou talvez passá-las para o nome do pai? E quanto a Reza?

No banco, ela quase não consegue respirar. Será que tem alguém vigiando? Ela diz a si mesma para deixar de ser paranoica e esvaziar suas contas, deixando alguns mil tomans em cada uma, para que não encerrem as contas e disparem algum tipo de alarme na família de Abbas. Ela transforma sua fortuna em dólares à taxa ridiculamente alta, metade disso num escritório sujo numa parte calma de Rasht, com um veterano do câmbio negro cujo nome ela conseguiu com o pai e que parece perceber a pressa dela. A outra metade ela troca através de um contato do amigo dela, o Tehrani, que a acompanha até o escritório do amigo e sacode a cabeça dramaticamente. – Então vamos perder você, Khanom Saba. Quem vai comprar tantos videoteipes agora? – Saba sorri e se despede, prometendo até enviar alguns programas para ele da América.

Toda a sua fortuna, a parte disponível, pelo menos, soma quarenta e oito mil dólares, um saquinho de moedas de ouro Pahlavi e um punhado de joias.

Uma manhã, ela recebe um telefonema a respeito do seu visto. – Tenho que avisar a Khanom – o homem diz – que seu passaporte está em ordem. Tudo parece estar direito. A senhora só vai precisar da carta de permissão, uma carta específica para esta viagem, para mostrar no aeroporto.

– Eu não entendo – ela diz, embora saiba. Ela evitou este detalhe até agora.

– Seu marido – ele diz. – Ele tem que dar permissão cada vez que a senhora sai do Irã.

Saba passa a manhã refletindo sobre suas opções. Será que ela deve contar a Reza agora? Será que deve falsificar uma outra carta? Não, ela decide. Ela vai tomar coragem. Vai arrumar toda a papelada e quando ele chegar em casa vai contar seus planos para ele. Ela vai dizer adeus, vai contar aos seus amigos mais fiéis que deu a ela os dias mais felizes de sua vida e vai convencê-lo a deixá-la ir. Talvez ele relute, mas no fim vai entender. Ele pode ser antiquado, mas tem uma alma musical, um coração rebelde. É ele quem toca violão para ela quando ela dança. Ele odeia *pasdars* em jipes, chadors pretos e cortinas na praia, e ama os Beatles.

Ela vasculha as gavetas de Reza, procurando sua certidão de casamento. Quando está fechando a gaveta de cima, ela vê uma fita cassete desconhecida. Será uma das dela? Ela a enfia no Walkman e aperta o play. A voz sedosa de Reza soa no seu fone de ouvido. Então ele começa a cantar. É a canção de adeus, "Mara Beboos". *Beije-me pela última vez*. Ele dedilha o seu *setar* como fez aquele dia para ela na cabana. Saba vira a caixinha de plástico. Ela está datada do outono de 1991, poucos dias antes de Reza iniciar o romance dos dois. Quando a canção termina, Reza diz alguma coisa ao fundo, parando entre uma palavra e outra. – Minha bela amiga, eu vejo agora que você jamais se casará comigo; então, em vez de morrer por você, vamos dizer adeus.

O dia no Cáspio

(Khanom Basir)

Depois que escurece e seus pais já foram para a cama, Saba e Mahtab saem escondidas para nadar no Cáspio. Elas tinham onze anos na época e nadavam bem, mas o mar é muito forte para duas garotinhas. À noite, os demônios vêm se banhar e tiram a vida de quem ousa entrar na água escura. Pelo que eu soube, elas brincaram durante uma hora antes de uma delas notar que tinham se afastado muito da praia. Tentaram nadar de volta e atravessaram uma boa distância. Aparentemente, Mahtab puxou Saba durante parte do caminho e depois ficou cansada, e as duas começaram a boiar de costas, tentando evitar as ondas.

Elas boiaram de costas por duas horas. Essa foi a tragédia da coisa, porque uma criança normal de onze anos jamais conseguiria fazer isso no meio da noite, estando cansada e assustada e sabendo que não vai conseguir vencer o mar. Qualquer outra menina teria desistido. Mas as meninas tinham uma à outra, então sobreviveram durante duas horas a todos aqueles demônios da água. Elas contaram histórias umas para as outras e ficaram de mãos dadas. Riram do quanto estariam encrencadas quando fossem resgatadas. Foi assim que Saba a descreveu para mim, mas quando imagino aquela noite, eu as imagino lutando para respirar, eu as imagino batendo os pezinhos, tentando respirar enquanto as andorinhas do mar voam em círculos no céu. Essa é a imagem que me vem à mente nos momentos em que vejo Saba sozinha, debruçada sobre os papéis de Mahtab, e ela segura a garganta como se estivesse lutando para respirar. Ela não acha que percebo, mas é óbvio que ela está no Cáspio de novo. O corpo se lembra muito do que a mente esquece.

Agha e Khanom Hafezi estavam procurando por elas já fazia algum tempo. Eles tinham vasculhado a cidade inteira e tinham começado a pensar que talvez as filhas tivessem ido nadar. Por alguma coincidência de tempo e destino e da ligação entre mães e filhas, Bahareh escolheu aquele momento crítico, quando as meninas estavam começando a perder as esperanças e a deixar que os demônios as levassem para pedir uma busca no mar.

A polícia local a princípio ignorou-os. Recusou-se a dar ouvidos a Bahareh porque ela era uma mulher histérica, que deixava echarpe escorregar da cabeça, ficando indecente. Então, quando eles finalmente atenderam aos apelos de Agha Hafezi, ou melhor, da carteira dele, disseram que não tinham barco e tiveram que acordar um pescador e confiscar o barco dele. O velho pescador foi rápido, mas então, quando estavam prontos para partir, os policiais se recusaram a deixar que Bahareh entrasse no barco com os homens. Então, Bahareh, agora completamente enlouquecida, arrancou o chador e se atirou no mar. Ela começou a nadar toda vestida, e os homens gritaram pecado, indecência e demônios. Eles a tiraram de lá e a repreenderam primeiro, antes de deixar que o velho pescador partisse com Agha Hafezi em busca das meninas.

As meninas não podiam estar dormindo por mais de um ou dois minutos quando o barco avistou as ondas que elas estavam fazendo no mar. Saba ainda estava boiando de costas quando foi tirada da água pelas mãos calejadas do pescador. O pai passou uma hora mergulhando à procura da outra filha. Em algum momento, a guarda costeira se juntou à busca. Eu não sei se Saba estava acordada, se viu o pai tentando desesperadamente resgatar Mahtab durante aqueles sessenta minutos de pânico nas entranhas do Cáspio. Provavelmente não, porque ela costumava nos dizer que Mahtab estava com ela no barco, cantando canções ou então alguma outra coisa doida, impossível.

Quando a busca por Mahtab foi encerrada, o barco voltou para a praia e Agha Hafezi nunca parou de culpar a si mesmo. Eu gostaria de ter feito as coisas de um modo diferente, ele disse, pensando que talvez pudesse ter alcançado as meninas mais cedo ou talvez pudesse tê-las impedido de sair escondido para nadar. Mas ele não teve muito tempo para sentir pena de si mesmo – porque, naquele momento, sua esposa estava sendo interrogada pela polícia, que já sabia que iam precisar de uma desculpa. Algumas pessoas fariam perguntas. Por que a busca pelas meninas não começou mais cedo? Por que a demora? Eles culparam Bahareh por sua indecência. E mais tarde por ter prejudicado as filhas ao impedir uma busca policial.

※

Você conhece o ditado "Seu burro passou por cima da ponte", o que quer dizer que quando uma pessoa está encrencada – seu burro andando sobre uma ponte oscilante – ela se comporta de um jeito, mas, quando seus problemas terminam – seu burro conseguiu atravessar em segurança –, ela volta a agir com superioridade, como se não precisasse de ninguém. É assim que a maioria das pessoas se comporta. Mas não Agha Hafezi. Depois do dia do Cáspio, quando Cheshmeh toda se juntou para tratar da saúde da filha dele, ele abriu as portas de sua casa para todos nós e nunca mais tornou a fechar. Algumas pessoas acham que ele só fez isso para *maastmali,* sua religião secreta, e, sim, houve esse motivo. Eu não acho que sua alma anseie pela amizade de um velho mulá, nem que ele queira passar todas as noites com mulheres velhas. Não... mas há mais do que um desejo de segurança nisso. Ele tem um coração Gilaki, um coração mole. Eu vejo em seus olhos um olhar genuíno de boas-vindas, embora ele e eu tenhamos tido muitos motivos para discordar ao longo dos anos, mesmo depois que a esposa dele partiu. Mas ele nunca me mandou embora. Ele nunca me disse para calar a boca ou sair de sua casa.

Para os Hafezis aquele foi o começo de um longo calvário. Cem anos negros condensados em poucos dias. Quando eles voltaram daquela viagem ao Cáspio, tudo mudou. Saba passou semanas com febre alta, delirando. Ela passava o tempo todo na cama chamando por Mahtab, mas nós dissemos a ela que a irmã estava com uma doença contagiosa.

Bahareh, em todo o seu egoísmo, fazia meses que estava planejando fugir do Irã, mas, depois daquela viagem, ela tinha que ser contrabandeada para fora do país. O marido pagou a todos os despachantes e burocratas da cidade para conseguir documentos novos para ela, para conseguir que ela partisse antes que a investigação de seus crimes pudesse continuar. Foi uma sorte a polícia tê-la soltado, tê-la colocado sob a custódia do marido e do Mulá Ali. Mas todo dia Bahareh estava em alguma embaixada ou escritório ou pagando um dinheirão para algum falsificador de documentos ou conferente de passaporte. Ela planejara ir para a América com as meninas mesmo antes disso tudo. Eu não sei como o marido pôde permitir que ela levasse embora as meninas, mas a família toda estava obcecada com o mundo ocidental. Agha Hafezi não podia deixar suas terras e seu dinheiro para trás; ele ia ficar, mas Bahareh não abriu mão dos seus planos. Um dia, quando eu estava cuidando de Saba, ouvi Bahareh gritando com o marido: – Eu vou sair deste lugar. Como você pode querer que eu crie Saba aqui?

Mulá Ali ou estava muito bêbado, ou era sábio demais para interferir. Ele via e não via os Hafezis fazendo planos para tirar Bahareh do país. Ele via camelo, ele não via camelo, como dizem. Mais tarde, quando houve *pasdars*, entrevistas e perguntas demais, Mulá Ali disse que as mulheres são capazes de grande maldade sem que os maridos tenham conhecimento. Então, Agha Hafezi foi poupado. Engraçado o que o velho Mulá é capaz de fazer por bebida bem escondida, algo para encher o cachimbo e um *sofreh* grátis.

E então, subitamente, após semanas de inconsciência, visões e migalhas de informações fornecidas a ela junto com tigelas de sopa de cevada, Saba ficou suficientemente bem para viajar. Logo depois, os documentos ficaram prontos para eles poderem tirar Bahareh, a fugitiva, para fora do país. Eu não sei como Mulá Ali manteve a polícia e os *pasdars* longe por tanto tempo. Acho que foi uma série de coisas: a guerra com o Iraque, a burocracia, a influência do velho sacerdote e principalmente o dinheiro de Agha Hafezi.

– Onde está Mahtab – Saba perguntou várias vezes aos pais enquanto eles a vestiam e guardavam em sua malinha seus livros e suéteres favoritos. Eles tinham mantido Mahtab afastada por tanto tempo que Saba estava começando a duvidar da desculpa da doença contagiosa. Mahtab não ia com elas? Elas não iam se sentar juntas no avião? – Quieta, criança – Khanom Omidi disse enquanto escovava o cabelo de Saba. – Quieta, pobrezinha. – E começou a murmurar preces para Alá.

A família foi para o aeroporto num carro que tinham pedido emprestado a uma amiga de Bahareh, a Dra. Zohreh, aquela mesma ativista agitadora que atraiu Ponneh e tentou pôr as mãos em Saba. Eles deixaram o carro deles para trás com medo que os *pasdars* estivessem vigiando a casa.

– Onde está Mahtab? – Saba tornou a perguntar. – Ela não vem também?

Que situação deve ter sido. Eu soube tudo depois, de cada um deles, em partes.

Bahareh soluçava. – Ela vai nos encontrar lá – ela disse para a filha.

– Quem vai levá-la? – Saba perguntou.

– Khanom Basir vai levá-la – ela respondeu. Que azar me envolver com a maldição da família!

Então Agha Hafezi deu à esposa uma lista de instruções: quem procurar quando ela chegasse à Califórnia, como se comportar na frente dos *pasdars*, que documentos ter em mãos e assim por diante. A esposa apenas continuou chorando, então ele pôs uma música para tocar e eles foram para o aeroporto em silêncio, cada um deles indo na direção de um diferente futuro imaginado. Nenhum deles adivinhando que a garotinha no banco de trás poderia estragar tudo. Que você não pode mentir para uma menina com mil demônios. Mas não foi culpa deles. Eles só estavam tentando dar respostas simples, respostas curtas, a perguntas muito grandes e confusas.

Seja lá como for, para compreender melhor tudo isso: no aeroporto, Saba viu Mahtab.

CAPÍTULO 19

FINAL DO OUTONO DE 1992

Antes mesmo de Saba terminar de ouvir a fita, uma calma estranha e inesperada envolveu-a. Ela sempre soube disto. Nada mudou. Sua decisão está tomada e não há futuro para ela em Cheshmeh. Ah, mas não passar de um coadjuvante na história de amor de outra pessoa. Dói – sempre doeu – até os ossos. Ela joga o Walkman no chão e vai para o seu hammam particular, lembrando que na América falta uma certa indulgência aos banhos. Ela tira a roupa e se enrola numa toalha, abrindo os dois chuveiros nos cantos e observando do banco encostado na parede o aposento se encher de vapor. Volta a pensar na fita. Ela datava de pouco antes da visita de Reza e obviamente era destinada a Ponneh. Mas ele nunca deu a fita para ela. Ou talvez Ponneh a tenha devolvido. Será que ele a pediu em casamento primeiro? É claro que sim. Deve ser por isso que eles se comportaram tão estranhamente antes do casamento. Mas, em vez de sentir raiva, Saba sente pena do marido. Por que Ponneh recusou? Porque ela não o amava? Porque queria conservar a segurança do trio formado por eles? Ou por causa da regra da mãe? A irmã de Ponneh ainda estava viva na época. Quando o vapor a relaxa, ela deixa a mente divagar por muitos caminhos, mas então se vê perguntando: Isso importa? Não, ela responde – uma revelação confortadora agora que ela tem certeza.

Ela pensa em tudo o que aconteceu entre a data na fita e agora. Antes do casamento, no jardim de Khanom Alborz, ela soube pelo modo como Reza olhou para Ponneh. Ele a amava então. E no entanto ele se afastou e manteve seu casamento com Saba. Que ideia esquisita de fidelidade. Se ao menos ele pudesse entender que Saba não precisava de proteção, que ele a prejudicou e engaiolou com seu amor, deu a ela uma razão para ser covarde.

Nós três para sempre, eles vêm dizendo uns aos outros desde crianças, e é verdade. Ponneh estava lá quando Saba se casou pela primeira vez, quando Abbas morreu, e em todos os momentos marcantes entre um evento e outro. Reza perguntava por ela diariamente na praça e na casa do pai dela, e ia visitá-la sempre que podia. Para ele, este é um final natural para anos de amizade e dedicação – que ele deveria se casar com uma ou com outra – como a história *Zanerooz* que eles leram com Khanom Mansoori quando tinham catorze anos.

Mas quem é Saba para julgar a escolha de Reza, suas ideias sobre lealdade? Foi criada pelas mesmas mães e6 desejou fazer parte do mundo dele antes de compreender que pertencia ao mundo de Mahtab. Pensa brevemente no dinheiro. Será que foi isso que o motivou? Ela se lembra do dia em que contou a Ponneh e Reza uma história de Mahtab no beco atrás do correio. Ofereceu uma fita com músicas gravadas para Reza e ele se recusou a aceitá-la sem pagar. Ela tem certeza de que ele teria se comportado da mesma maneira hoje. É um homem honrado. Nunca foi classe social ou dinheiro que se interpôs entre eles; ela finalmente tem certeza disso. Outra lembrança daquele dia lhe vem à mente, quando ela contou aos amigos a diferença entre dinheiro velho, herdado, e dinheiro novo, ganho com trabalho. Ela sorri da sua lógica infantil, porque não é tudo a mesma coisa? Ela deve dar o dinheiro para eles. De que vale o dinheiro se não for para ajudar amigos queridos. Eles vão precisar dele depois que ela tiver partido.

Ela se recosta no banco e fecha os olhos enquanto pinga água quente na barriga com uma esponja. Ela pensa num dos versos favoritos do pai do *Rubaiyat* de Khayyam e o diz em voz alta enquanto se molha com uma xícara de água quente.

Ah, amor! Se eu e você pudéssemos conspirar com o destino
Para agarrar este plano lamentável,
Destruí-lo completamente – e então
Remodelá-lo de acordo com os desejos do coração!

Alguns minutos depois Reza entra com o violão velho que o pai dele costumava guardar no armário da sala, aquele que Ele dedilhou um dia, comparando as notas com o seu *setar*. O violão é velho e está desafinado, e se tornou um hábito levá-lo para o hammam. Um dia eles sabem que o vapor vai acabar com ele, rachando a madeira e enferrujando as cordas, mas eles gostam de usá-lo ali. Reza tira a roupa e se junta a ela no banco, levando com ele o violão e um prato de doce de limão. Ele põe o prato ao lado dela e olha ansioso para ela.

– Eu vi a fita no chão – ele murmura. Ela sacode a cabeça para fazê-lo calar.

Ele toca algumas notas, o começo de uma de suas canções favoritas, e ela se levanta do banco. Ele a vê soltar a longa cabeleira até as costas, o vapor envolvendo seu corpo pecador, mimado, de viúva. Ele tem um jeito antiquado de tocar o violão, usando apenas dois dedos de modo que as notas soem puras e cristalinas como a música do *setar* e ecoem pelo hammam uma de cada vez. Ele toca "Fast Car" lindamente, fazendo a melodia soar com uma versão iraniana de si mesma, e recentemente ele aprendeu "Stairway to Heaven" porque ela a mencionou uma vez e deixou uma fita com ela gravada. No meio do vapor e da água, ela o vê olhando para ela e imagina se ele estará pensando no quanto ela está estragada. Será que ele consegue ver tudo o que ela ainda pode fazer, o legado que vai deixar?

Ela pensa nos melhores dias que eles tiveram, em todas aquelas manhãs quando eles começavam o dia neste hammam, quando ele largava o violão e a puxava para o banco e eles passavam as primeiras horas do dia – as horas em que apenas os espíritos vêm se banhar – cobertos de vapor, revivendo aquelas primeiras visitas à cabana quando resolveram esquecer tudo sobre maridos mortos (Basij), e Ponneh e mães intrometidas e descobrir algo proibido e maravilhoso. Nos melhores dias, podiam passar horas assim até que alguma tristeza viesse à tona e Saba o empurrasse para fora do seu mundo. Será que terão mais desses dias agora, uma espécie de adeus? Essas são coisas impossíveis de esquecer. Mas um hammam no sopé de uma montanha, com sua luz suave e silhuetas se movendo no meio do vapor como fantasmas, é um lugar de cura, de boas lembranças. Às vezes a luz de uma pequena janela cai sobre o ar molhado sobre os banhistas, revelando as partículas de poeira assentadas em volta deles como nuvens. Aí você começa a ver os ângulos mais duros, menos bonitos.

– Eu acho que não nos demos muito mal no casamento – ela diz –, pensando bem...

Ela diz a ele que quer ir, não por causa da fita ou de alguma coisa que ele tenha feito. Ele diz a ela que nunca mentiu a respeito do seu amor por ela, que sente muito por ele não ser suficiente, não ser igual ao dos livros dela. Ele a puxa, o cabelo dela pingando sobre seu peito. – Minha beldade ignorada – ele murmura, porque agora ambos sabem o que acontecerá com eles. – Eu vou guardar cada detalhe seu na minha memória, como uma pintura.

Mais tarde, ela vê Reza se dirigir para a porta, deixando entrar uma lufada de ar frio ao sair. Agora que ele está indo embora, ela relembra como ele trazia chá para ela quando ela estava zangada, as canções que ele tocava no violão, seus sonhos de herói de aldeia. Em breve ele terá desaparecido e ela vai ter que trancar suas lembranças de música no hammam e dias de fingimento. Quando ele está fechando a porta, ela grita para ele: Eu vou precisar de permissão para deixar o Irã – com uma ponta de esperança de que ele possa não concordar ou pedir para ir junto.

Mas ele diz apenas – O que você precisar –, e o coração Rashti de Saba, a parte dela que pertence a Cheshmeh e tem pavor do desconhecido, luta para recuperar o entusiasmo.

*

Ele me deixou ir. Ela dirige sozinha pelas montanhas, no começo da noite. Dói um pouco. Mas não era tudo falso. Reza tentou amá-la. Ele tentou com cada canção e cada chute na bola debaixo de sua janela. Ele quis salvá-la, guardá-la para ele. Os versos de Khayyam lhe vêm à mente; talvez agora ela possa amar Reza de uma nova maneira. É possível sacudir o velho e remodelar seu destino do jeito que ela quiser.

Não é culpa de Reza, ela pensa, nem de Ponneh. O Reza com quem ela casou é em grande parte uma criação, uma distorção da realidade, como a Mahtab de suas histórias. Ela o inventou para poder viver ali. Ele é uma mentira, um fantasma, um show de mágica. Nós todos somos seres inventados, ela pensa, construídos deste jeito ou daquele para atender às nossas necessidades.

A viagem até a cabana da montanha é um borrão. Ela nem mesmo sabe por que está indo lá, só que agora está triste demais para fazer outra coisa e precisa de uma mãe. Ela surpreende a si mesma ao compreender que sua tristeza não é por causa de Ponneh ou Reza. Eles caminharam para isso desde a infância. Pelo contrário, ela está zangada consigo mesma por esperar, por nunca dar os passos corajosos que imaginou para Mahtab. Por acreditar em tantas mentiras. Quantas mentiras ela contou a si mesma ao longo dos anos?

O carro sobe a montanha, e o frio do inverno vai entrando devagar. Ela estaciona perto do precipício e contempla a paisagem antes de descer. Mas assim que se aproxima da cabana percebe que foi um erro, um passo atrás, ir àquele lugar tão familiar. Cada detalhe a faz lembrar da vida que está abandonando. O cheiro do bosque, de uma fogueira e do frio do inverno. O som do mar batendo na praia. A maçaneta fria em sua mão. Este é o lugar onde ela encontrou romance, onde ela e Reza passaram suas primeiras noites a sós. Ela é tomada por uma avalanche de lembranças. Ela se vira para o carro e está prestes a entrar nele quando a porta da frente da casa é aberta.

A Dra. Zohreh chama por ela. – Saba jan, o que aconteceu?

A preocupação na voz da velha amiga da mãe faz Saba se sentir uma tola. Quando a médica se aproxima, Saba respira fundo, tomando coragem. – Nada – ela diz. – Eu só estava me sentindo sentimental. – Ela sorri para a médica, para que ela não fique preocupada, e se despede antes que a Dra. Zohreh possa convidá-la a entrar. Ela desce a montanha até o mar, lembrando dias longínquos em que ela a família viajavam por estas estradas montanhosas para nadar no Cáspio. Faz quanto tempo que ela não põe o pé no mar? Durante anos ela chegou cada vez mais perto, mas sempre teve medo de tocar nele. Agora quem sabe quando ela o verá de novo?

Ela estaciona perto de uma praia e caminha na direção das casas de palafita na água e da cabana de pescador empoleirada no cais. Trechos cobertos de neve pontilham o horizonte. Não há gaivotas à vista, mas alguma ave grita ao longe. Ela caminha ao longo do mar ora calmo, ora violento. Os respingos de água em seu rosto a fazem lembrar daquele dia no verão quando ela e a irmã foram nadar à noite. Mas isso foi há muito tempo. Tudo está resolvido agora, então por que esta súbita inquietação?

No meio da praia, ela ouve uma voz chamando seu nome. Ela se vira e vê a Dra. Zohreh caminhando apressada ao encontro dela, tentando evitar que sua echarpe seja levada pelo vento.

– Saba, espere por mim! – ela grita. Saba para e espera que a Dra. Zohreh a alcance. O rosto da médica está vermelho e ela está ofegante como alguém que faz anos que não corre.

– Você não precisava vir! – Atônita, Saba dá o braço à médica. – Eu estou bem.

– Não está não – diz a médica, como se estivesse dando um diagnóstico. Ela pigarreia e segura a mão de Saba. – Qual é o problema, Saba jan? Você não precisa fingir que tudo está sob controle o tempo todo... Conta para mim.

Saba encolhe os ombros, procura uma resposta. *Não há nada errado*. Cheshmeh não é mais dela. Tantas pessoas que amou desapareceram de sua vida, e no entanto ela ainda está aqui com os pés na areia e nas pedras. Nenhuma onda chegou para levá-la. Ela manejou tudo isso com certa graça, espera. E agora os respingos em seu rosto a fazem lembrar do passado. Ela lambe a água da mão – aquele gosto único, meio salgado, do Cáspio.

A Dra. Zohreh toca o rosto de Saba, provocando um inesperado tremor em seu queixo. – Tem algo a ver com Reza? – ela pergunta. Saba sacode a cabeça.

Então a resposta surge sozinha. Ela surpreende até a Saba, porque ela tentou tanto não saber. – Mamãe está morta – ela diz. Um monte de palavras se atropela em sua garganta; ela as obriga a sair com uma força nova. – E Mahtab está morta. Eu a vi morrer no mar.

Maast e Doogh

(Khanom Basir)

No aeroporto, Saba a viu.

Ela vinha se queixando de tonteira e dor de cabeça por causa da doença, mas no meio de toda a confusão do aeroporto disse que a viu segurando a mão de uma mulher de mantô azul. A mulher estava indo embora com Mahtab, então Saba gritou o nome dela. – Mahtab! Nós estamos aqui! – Na mesma hora, Bahareh a levantou no colo e disse a ela para ficar quieta. – Mas onde está Mahtab? – Saba perguntou.

A memória não é engraçada? Sua própria mãe a pegou no colo e disse para ela não incomodar a mulher desconhecida, e no entanto ela confunde as duas para poder colocar a mãe dentro de um avião. A mente faz essas coisas para permitir que a vida continue.

Não consigo imaginar o que eu teria dito para a menina naquele estado. Bahareh preferiu dizer: – Mahtab irá encontrar-se conosco. Agora, por favor, Saba jan, comporte-se.

Elas entraram em várias filas, tiveram suas malas examinadas, seus documentos examinados. Um *pasdar* atrás do outro fez perguntas a Khanom e Agha Hafezi. *Para onde vocês vão? Por quê? Por quanto tempo? A família toda vai viajar? Onde vocês moram?*

– Apenas minha esposa e minha filha vão viajar – Agha Hafezi disse. – E só por um tempo curto, de férias, para visitar parentes. E eu vou ficar aqui esperando por elas.

O *pasdar* concordou com a cabeça, mas então Saba se intrometeu: – Mahtab também vai!

O *pasdar* olhou para a menina e franziu as sobrancelhas grossas. Saba sorriu e tentou encontrar Mahtab no meio da multidão. – Quem é Mahtab? – ele perguntou zangado para os pais.

Bahareh riu sem jeito. – Esse é o nome da boneca dela.

Antes que Saba pudesse fazer um escândalo, o pai a pegou no colo e disse que ela poderia comer todos os sonhos recheados de creme que quisesse se passasse o resto do dia sem dizer mais uma palavra. Saba concordou e fingiu que passava fecho ecler nos lábios. Depois desse dia, Saba deixou de gostar de sonhos recheados. Esse foi o último dia para um bocado de coisas.

Quando eles acharam que estavam livres das filas, Bahareh resmungou algo sobre o trabalho que as crianças dão – e foi provavelmente por causa disso que Saba não disse nada quando tornou a ver Mahtab, desta vez nos braços de um homem de meia-idade usando um chapéu marrom. Ela puxou o braço do pai e apontou, mas ele a ignorou. A família estava esperando na sala de embarque, e Saba podia ver os aviões lá fora. Ela sabia que depois que passassem por aquela porta entrariam no avião e Mahtab ficaria para trás – o que a assustou, porque Mahtab estava *bem ali*. Ninguém estava vendo que Mahtab estava ali parada com o baba errado?

Saba largou a mão do pai e correu o mais rápido que pôde, porque o homem e Mahtab estavam indo embora. O seu baba correu atrás dela e gritou para ela voltar, e o homem e Mahtab estavam indo em outra direção, e quando Saba viu, ela não estava mais na sala perto dos aviões, mas numa sala enorme com milhares de pessoas em volta dela. Quando ela viu o pai procurando por ela, correndo de um lado para o outro, apavorado, Saba se escondeu atrás de uma cadeira e esperou. Ela não ia deixar o país sem a irmã, não importa o que eles dissessem.

Mais tarde, soubemos que Agha Hafezi procurou Saba durante duas horas enquanto Saba estava escondida debaixo das cadeiras.

Durante esse tempo, Saba deve ter visto a mulher desconhecida de novo, porque, quando o pai finalmente a encontrou, sua história tinha mudado e o homem de chapéu marrom tinha se transformado de novo na mulher de mantô azul. Saba as tinha visto com os próprios olhos e estava convencida de que a mulher era a mãe dela – que ela e Mahtab tinham embarcado no avião sem ela. Engraçado, porque Agha Hafezi me contou que a menina para a qual ela ficava apontando não se parecia nada com Mahtab. Era apenas uma garotinha usando uma echarpe verde. Ou talvez fosse apenas o reflexo de Saba numa janela.

Provavelmente, o homem de chapéu marrom, a mulher de azul e a menina fantasma de echarpe verde fossem reais, uma família que se parecia vagamente com a dela. Duvido que Saba os tenha inventado. Quem quer que eles fossem, fizeram com que Agha Hafezi perdesse a esposa para sempre.

Ouvimos boatos de que Bahareh Hafezi fora presa. Um oficial da polícia religiosa a localizou, provavelmente com documentos falsos ou incompletos. Talvez um deles a tenha reconhecido da prisão no dia do acidente ou talvez eles tenham descoberto que ela era cristã e ativista. Seja como for, eles tinham que culpar alguém pela morte de uma menina, e ali estava a mãe fugindo do país. Embora até eu saiba que estavam tentando ocultar a culpa que sentiam pela morte de Mahtab – todos aqueles atrasos que causaram. Mais tarde alguém disse que viu Bahareh na Prisão Evin. Mas ninguém na prisão jamais admitiu isso, o que é um mau sinal. Algumas pessoas disseram que ela deve ter entrado naquele avião e decidido abandonar a família por não suportar tanto sofrimento. Suponho que foi por isso que Saba se agarrou à lembrança da mulher e da criança entrando no avião sem ela. Mas como ela pode acreditar numa coisa dessas? Uma mãe abandonando a filha porque não suporta mais sofrer? Ela não sabe que a maldição de uma mãe é sofrer pelo resto dos seus dias?

Bahareh não entrou no avião – disso eu tenho certeza. Todos os seus documentos falsificados devem ter sido descobertos. Ela era uma criminosa, então quem sabe o que eles fizeram com ela enquanto seu marido procurava por Saba? Ele nunca mais a viu, e no aeroporto aqueles filhos da mãe atiram para matar. Saba voltou para casa no carro do pai, com o rosto banhado em lágrimas, e o acusou de ter abandonado Mahtab no aeroporto. Ele pôs uma música chamada *Across the Universe*, talvez porque Mahtab tenha ido para lá. Saba a ouviu muitas vezes nos anos seguintes, enquanto refletia sobre todas as coisas que tinham mudado o seu mundo.

Agora você tem sua resposta. A prova de que Saba é uma coisa alquebrada e amaldiçoada. A razão pela qual eu nunca a aceitei na vida do meu filho. Gosto de pensar nisso como uma charada de contadora de histórias: agora que há tanta terra e tanta água entre as irmãs, quantas colheres de chá são necessárias para Saba alcançar Mahtab? Bem, deixe-me responder: Não levaria muito tempo para percorrer a terra que existe entre elas – mas você teria que esvaziar o mar.

Khanom Mansoori costumava sentar debaixo do cobertor korsi e dizer que existem forças que mantêm juntas as irmãs, não importa a distância que exista entre elas e quantos quilômetros as separem, mesmo se uma delas deixar este mundo. Eu posso ver que, como ela, você queria que isso fosse verdade. Mas uma história é por natureza uma mentira e *korsis* são os lugares onde todas as mentiras começam. Sentada com um hookah, com todos os olhos cravados em você, como você pode não ser tentada a contar histórias mirabolantes? Então você deveria saber o que vem depois e o que deve ter saído da boca de Saba ao final de cada história a respeito de Mahtab:

Nós fomos e havia maast,
Nós viemos e havia doogh,
E a história de Mahtab era doroogh (mentira)

CAPÍTULO 20

FINAL DO OUTONO DE 1992

Mais tarde elas se sentam juntas na cabana, tomando xícaras de chocolate quente importado da Suíça por uma das muitas amigas da Dra. Zohreh. Saba olha pela janela coberta de gelo para as luzes refletidas na água lá embaixo. – É verdade, não é? Todo mundo acredita nisso. Ela foi levada do aeroporto para a prisão e depois eles disseram que ela nunca esteve lá.

A Dra. Zohreh balança a cabeça afirmativamente. – Sim, isso geralmente é um sinal de que...

Saba não está ouvindo. – E então nós nunca mais tivemos notícias dela.

– Outro sinal – a médica diz com naturalidade.

Saba toma um gole e bate na janela. O contorno do mar no verão costumava fazê-la se lembrar da sua canção favorita, a que fala sobre um cais e uma baía. No inverno, ele costumava ser assustador, uma boca negra e cavernosa engolindo sua irmã. Mas agora tudo o que ela vê são rochas, água e chalés à beira-mar – apenas as partes comuns, desinteressantes, que quando se somam parecem algo terrível. Na realidade, elas não são nada além de gotas de água, algas e conchas.

– Eu pensei tê-la visto entrando num avião com Mahtab – ela diz. – Eu vi uma mulher de mantô azul com uma menina da minha idade.

– Você era tão pequena – diz a Dra. Zohreh. – As crianças inventam coisas para poder lidar com as situações.

– É só que é tão estranho... Todas as duas *desaparecidas*... Sem corpos, sem funeral... – Dizer aquelas palavras, *sem corpos*, soa mórbido, quase uma traição. – E com poucos dias de diferença uma da outra.

– Foram semanas – a Dra. Zohreh corrige. – Mas é verdade, é um lindo mistério. Acho que você tem razão. É muito ruim quando não há túmulos, quando não há conclusão.

– Eu me pergunto onde ela está exatamente – Saba diz. – Em que lugar do mar.

– Você quer conversar sobre aquele dia? – a Dra. Zohreh diz. – Tentar se lembrar de tudo?

Saba sacode a cabeça. Ela está obcecada por uma nova ideia. Sim, ela irá para a América, mas vai ser diferente. Ela vai para construir uma vida nova para si mesma e parar de procurar um passado nebuloso. E embora exista tristeza em saber que ela jamais irá encontrar a mãe, o fato de saber disso também tira um fardo dos seus ombros. – Tenho que ir agora – ela diz.

A viagem de retorno para Cheshmeh é escura e escorregadia, e ela é desviada dos seus pensamentos pelas condições da estrada. Ao chegar em casa uma hora depois, ela pensa no funeral de Abbas, naquela sensação de poder e de oportunidade. O modo como examinou as pessoas em volta dela, as pessoas em dívida com ela, e percebeu que tudo o que tinha sido do seu pai e do seu marido agora era dela. Naquele dia, teve certeza de que sua paciência e seu sofrimento a haviam redimido e transformado. Ela deseja ter a mesma certeza de novo e quer segurar aquela sensação de ser poderosa, não mais uma garota à mercê do vento. Ela vai conseguir, decide, um pouco de cada vez.

Na véspera de sua partida, enquanto Reza está na escola em Rasht, Saba se tranca no quarto e conta seu dinheiro guardado. Ela coloca um terço dele num envelope junto com as escrituras de suas propriedades. Depois ela ajuda Khanom Omidi a costurar os outros dois terços do dinheiro no forro de cada blusa, cada par de calças, e até na própria mala, enquanto seu pai mantém Khanom Basir ocupada com um nível incompreensível de incompetência doméstica. Ele está se esforçando ao máximo por ela, Saba nota. Ele sempre fez isso.

Na última noite que passa em sua casa, dormindo em sua cama, olhando para o jardim que Reza e Ponneh plantaram para ela, Saba ouve todas as músicas que não pode levar com ela. Folheia com tristeza todos os livros que sabe que vai poder tornar a comprar na América. Ela senta na cama que ainda divide com Reza e, pela primeira vez, compreende que esta é a mesma cama onde ela foi tão selvagemente atacada sete anos antes. Por que ela nunca pensou em trocá-la? Em dá-la para um dos empregados do pai e comprar uma nova? Talvez Reza, a lembrança dele, a ideia desta cama, o conhecimento do que aconteceu aqui, tenha sido o que os manteve juntos. Uma pobre garota prejudicada e seu amigo de infância com seu estranho senso de cavalheirismo e uma fraqueza por coisas quebradas.

Vendo Reza dormir encolhido no canto da cama, Saba se lembra de todos os seus momentos favoritos com ele. As noites no chalé da montanha. Reza com um violão no hammam. Mas, no fim, ela conclui, os melhores momentos foram compartilhados com Ponneh quando eles eram jovens – os três escondidos na despensa do pai dela, fumando um baseado roubado, pegando carona até Rasht para procurar cartas de Mahtab.

Ela dá um beijo nele de boa-noite – e de adeus – depois coloca todos os seus documentos numa pasta em cima da mala e se deita na cama. Ela adormece ainda com os fones no ouvido, com sua música favorita tocando sem parar, porque ela não consegue se conformar em jogar tudo fora.

Assim que nasce o dia, seu pai bate na porta, murmura uma saudação e diz que vai esperar por ela na sala.

– Vou fazer o café para você – ele diz, mostrando um saco plástico que cheira fortemente a pão lavash e queijo. John Lennon está cantando sobre a chuva num copo de papel, do fim do amor, de um universo em transformação, sua voz baixa e abafada saindo dos seus fones de ouvido caídos no chão. Em seguida, a loucura do seu último banho no hammam, de sua última xícara de chá, de seu último adeus a todos os objetos ao seu redor o subjuga e a música acaba. Em volta do *sofreh* com o café da manhã preparado pelo pai, ela o encontra tomando chá com Reza e Khanom Basir. O ar em volta deles está cheio de tensão, *tarof* e verdades não ditas. Khanom Basir sacode a cabeça com tristeza e segura alguma coisa suja do ensopado da véspera. Saba reconhece as bordas azuis, o papel brilhante – uma das passagens de avião expiradas que ela jogou no fundo da lata de lixo quando estava se desfazendo dos restos de sua antiga vida.

– Talvez meu cérebro tenha finalmente envelhecido, mas eu estou confusa – a mãe de Reza diz, ofegante. – Isto é uma passagem de avião. Eu devia ter sabido quando vi aquele livro com fotografias estrangeiras.

— Acalme-se, Khanom — diz o pai de Saba. — Ela ia contar para você antes de partir. Agora estamos todos aqui e você sabe tudo o que está acontecendo.

Mas Khanom Basir não está escutando. Ela se atira no chão como uma pessoa derrotada e põe as mãos na cabeça. — Você vai deixá-lo — ela diz baixinho. — Eu sabia que você ia fazer isso.

Reza corre para a mãe e tenta ajudá-la, mas ela o manda embora. A reação dela é um choque para os dois, porque ela não *queria* Saba fora da vida dela? Todo mundo faz silêncio enquanto Khanom Basir desabafa: — Depois de tudo o que meu filho passou, você o está abandonando? Eu achei que estava tudo bem agora. — Ela não está histérica como Saba esperava. Apenas curiosa e triste.

— Eu só estou seguindo o seu conselho — Saba diz e se senta ao lado da sogra no chão, ambas com as pernas encolhidas sob o corpo, enquanto os homens trazem xícaras de chá fresco para elas. Ela segura a mão de Khanom Basir.

Khanom Basir ergue os olhos molhados de lágrimas. É um olhar estranho, e Saba pensa que talvez ela só esteja com medo de ser deixada para trás. — Que conselho? — ela pergunta.

—*Só morra por alguém que pelo menos tenha paixão por você* — ela diz.

Khanom Basir dá uma risada resignada. Ela balança a cabeça algumas vezes.

— Vocês, crianças, fizeram uma confusão danada. — Ela suspira e aperta a mão de Saba. — Eu quero um pouco do chá especial. — A velha contadora de histórias se levanta do chão. Ela parece estar convencendo a si mesma das coisas. — Não precisa fazer uma *fatwa* de desentendimentos familiares. Meu chá especial da Índia seria agradável agora — ela murmura, deixando implícitas as palavras *antes de você partir* e Saba ficou sem saber por que eles tinham se esforçado tanto para esconder isso dela.

Eles bebem o chá indiano em silêncio, cada um deles bebendo e lembrando, só interrompendo o silêncio da madrugada quando existe alguma lembrança importante para compartilhar. Khanom Basir recorda o dia em que Saba, aos sete anos, pediu Reza em casamento. Reza, em sua infinita gentileza e arrependimento, fala sobre o beijo que trocaram no pátio e como naquele momento ele não estava pensando em mais ninguém — que homem seria capaz disso? O pai dela menciona o dia em que ela e Mahtab ficaram acordadas a noite toda lendo seu primeiro lote de livros de história em inglês e ele percebeu que aquelas criaturas deslumbradas e curiosas nunca pertenceriam a ele.

Quando chega a hora de ir, eles se levantam relutantemente do *sofreh*, e Saba veste o mantô e o xale. Reza espera perto do portão, fingindo examinar o jardim. Ele segura a mão dela, toca o seu rosto. – Agora quem vai cantar a letra quando eu tocar?

Ela pega o envelope com um terço do seu dinheiro e as escrituras das propriedades que herdou de Abbas. Ela o revira nas mãos antes de entregá-lo a Reza. – Isso é para a Dra. Zohreh e Ponneh. Eu quero que você use o dinheiro para ajudar o grupo delas. E quero que você termine os estudos.

Reza abre a boca, mas não diz nada.

– Eu quero que você esconda o dinheiro, está bem? Eu o resgatei para você.

Reza começa a sacudir a cabeça. – Não – ele diz. Ela pode ver que ele está com o orgulho ferido. – Eu não me casei com você para isso. Eu me casaria com você mesmo que você não tivesse mais nada além de suas histórias.

– Eu sei – ela diz, pensando que esta é a melhor coisa que ele já falou para ela e que ela vai se lembrar disso para sempre. Ela fecha a mão em volta do envelope e acrescenta – Eu sempre tive muito... talvez demais. Deixe-me dividir com você. Eu descobri que a família de Abbas ainda tem uma reivindicação em relação ao dinheiro. Eles podem tirar tudo que você tem aqui, então esconda tudo, e depois que a poeira baixar, você vai ter alguma coisa. – Ela vê que ele está olhando para as escrituras de terras, confuso. – Eu não tive tempo para pensar o que você deve fazer com as escrituras. Talvez nada. Mas talvez você possa reivindicá-las ou vender um pouco antes que eles venham atrás. Mas Baba não pode fazer isso. Ele vai dizer que não sabia do meu plano de partir.

– Tudo bem, mas... – Reza começa.

– Você não pode deixar o irmão de Abbas ficar com esse dinheiro. Você sabe o que eu passei para tê-lo. – Reza está olhando para o chão e concordando com a cabeça, e Saba percebe que ele ainda está inseguro.

– Um monte de gente se sacrificou por esse dinheiro. Quanta coisa você e Ponneh aguentaram para me proteger? Ela estava lá quando Abbas morreu. E você... você me fez feliz desde que éramos crianças. Agora eu quero que você seja feliz.

Reza examina o maço de notas e Saba sente uma sensação estranha ao vê-lo aceitar relutantemente sua bênção. Ela, que se sente feliz em poder finalmente dar alguma coisa para Reza, quis fazer isso desde o dia em que eles tinham onze anos e ele entregou suas moedas para ela em troca de uma fita de música. Mas, em todos esses anos e apesar de todo o seu dinheiro, ela nunca encontrou um jeito.

Antes de sair, Saba liga para o vizinho de Ponneh e pede à amiga para ir à casa de Khanom Omidi – calmamente, sem fazer perguntas. Sonolento, o pai dela a leva de carro para a região arborizada mais para cima na montanha. Quando eles chegam, a porta é aberta só um pouquinho; Saba e Agha Hafezi entram. Khanom Omidi está agitada e empurra a mala de Saba na direção da porta apesar da sua idade avançada.

Ponneh aparece vindo de outro cômodo. – O que está acontecendo? – ela murmura. – Você está realmente partindo?

– Eu só queria dizer adeus. E diga adeus à Dra. Zohreh por mim, está bem?

– Mas por quê? – Ponneh está confusa.

Saba abraça a amiga, beija seu rosto. – Eu amo você, Ponneh jan – ela diz. – Você foi a minha melhor amiga depois que perdi Mahtab.

– E quanto a Reza? – A voz de Ponneh está abafada pelo xale de Saba. – Ele vai?

– Ele ama você – Saba diz, recuando para olhar para a amiga. Ela encolhe os ombros para dizer que isso não tem importância, que Ponneh não deve se preocupar. – Eu vou construir minha própria vida. E um dia, quando você tiver feito todo o seu trabalho de ativista e as coisas estiverem melhor, você deve se casar com ele. E então vocês dois podem ir me visitar.

– Eu prometo sobre a visita... não tenho certeza sobre o casamento. – Ponneh abre um sorriso, como fazia quando eram crianças e ela e as gêmeas faziam planos complicados para roubar sobras de doces ou causar encrenca para Reza e Kasem. – Diga alô para Shahzadeh Nixon por mim – ela diz, e Saba pode ver que está tudo bem entre elas.

– Se você prometer ser cuidadosa – ela diz –, pode me mandar fotos a qualquer momento... para os jornais. Eu ligo para dar meu endereço.

Saba se despede da amiga com um beijo. Está acabado, não foi tão difícil quanto ela tinha imaginado. Outra irmã deixada para trás, nada tão monumental quando há uma vida esperando para ser vivida. Momentos depois ela está chorando nos braços de Khanom Omidi e sente seu cheiro único – uma mistura de jasmim, cúrcuma, moedas e amoras secas – sabendo que *esta* amiga dificilmente a verá de novo. Ela beija a mão macia da velha senhora, marcada de manchas marrons, veias azuis, manchas amarelas de açafrão, e pensa numa canção que o Tehrani deu para ela uma vez, dizendo ser a favorita dele. *As mãos da Vovó costumavam doer e inchar às vezes,* uma voz como uma palma quente encostada no peito, como um *korsi* de inverno, cantou. Será que Saba irá encontrar uma pessoa assim em Nova York, na Califórnia ou no Texas?

A cada despedida, Saba derrama lágrimas, mas suas mãos não estão loucas para agarrar sua garganta. Não faz sentido se afogar ou ser enterrada viva. Nada está se fechando em volta dela.

Saba e o pai passam o dia no fervilhante aeroporto de Teerã. Agha Hafezi caminha entre os bancos na sala de espera, enquanto Saba avança por cada etapa que leva ao embarque. Depois que Saba passou pela terrível experiência de ver os guardas do aeroporto examinarem sua mala, rezando para não olharem com muita atenção para as camadas inferiores de roupa, eles se despedem rapidamente, atabalhoadamente.

– Perdendo outra filha – Agha Hafezi suspira.

– Só que eu posso voltar na hora que quiser – ela diz, tentando parecer alegre. Ela quer se desculpar por tudo o que o fez passar. Por todas as noites que fugiu para comprar fitas proibidas ou escondeu garrafas de bebida em sua despensa. Mais do que tudo, ela quer dizer a ele que sente muito por todas as vezes que o afastou quando ele tentou, do seu jeito tosco, criar um laço com ela. Como ela pode dizer que o viu preocupar-se com ela; que sabe que ele teve muito trabalho para conseguir ajudá-la a finalmente pegar seu avião para a América; que ela viu a sombra dele correndo na frente dela e abrindo o seu caminho durante vinte e dois anos? Antes da morte de Mahtab, ele costumava dizer: "Minhas filhas, eu vou levar vocês para o mar e secar vocês com notas de cem dólares." Ultimamente, ela tem um sonho recorrente dele na praia segurando uma toalha feita de notas americanas, os braços estendidos chamando por ela. No sonho, é apenas uma garotinha, vira de costas e corre para o mar. Durante tantos anos ela o tratou como se ele estivesse morto e correu atrás da mãe. De alguma forma, ela conseguiu perder os dois.

Mas ela não pode dizer essas coisas francamente porque escolheu deixá-lo, escolheu uma vida independente, a possibilidade de cursar uma universidade e de deixar um legado em vez de ficar perto dele. Talvez ela escreva tudo numa carta. Ou talvez viva o resto da vida do modo que ele queria, grandiosa, poderosa, segura e sem medo dos maiores perigos da vida. Não vai ser tão difícil. É o modo como Mahtab vivia em todas aquelas histórias de imigrantes. E a menina naquelas histórias não era na verdade Saba, afinal de contas? Saba Hafezi, como ela teria sido se o mundo não fosse tão cheio de regras e castigos e voos perdidos.

– Você se lembra da nossa canção de pai e filha? – ele pergunta. Ele pigarreia e Saba tem a impressão de que ele não sabe como dizer adeus.

– Eu voltarei um dia – ela diz. – Para nós este não é o último adeus.

– Sim. – Seu pai balança lentamente a cabeça. Depois ele segura o rosto dela em suas mãos ásperas, queimadas de sol, e acrescenta: – Tive sorte em ter você aqui por tanto tempo.

EPÍLOGO

CALIFÓRNIA. OUTONO DE 2001.

Anos se passaram. Hoje o mundo lá fora aprende a viver com tudo o que é novo e inexplorado, e Saba corre para o seu apartamento na Califórnia, enfia um rolo de filme numa câmera pesada e faz a mala. Poucos dias antes, um grupo de árabes atacou seu novo país. As torres gêmeas de Nova York foram atacadas duas vezes nos anos em que ela morou aqui. Todo estadista, burocrata, jornalista e autoridade de direita está pedindo regras mais rígidas de imigração. Mas Saba agora tem um green card, é quase uma cidadã americana. Faz três anos que se formou em jornalismo numa faculdade onde era quatro anos mais velha que seus colegas. Ela trabalha para um jornal. Ela é repórter – de verdade, uma contadora de histórias sem licença para mentir, mas com liberdade para contar toda a verdade.

Nesta manhã de setembro, Saba se prepara para viajar de carro para Nova York – o lugar onde seu avião pousou pela primeira vez e onde ela começou sua vida de imigrante. Ela examina as ruas na televisão, as câmeras mostrando o Sul onde mais e mais estradas estão cheias de fumaça e destroços. As ruas parecem lúgubres naqueles primeiros dias. Um silêncio parece ter caído sobre esta indestrutível cidade americana. Quando vê uma foto de jornal de uma exultante mulher palestina, uma *dehati*, com as mãos no ar, a boca aberta em regozijo, Saba sente nojo de sua ligação com ela.

Encontrar passagens de avião foi impossível, então ela pega seu laptop e sua câmera, veste uma calça jeans e se prepara para a longa viagem de carro até Nova York. Quando anda pelas ruas, com sua origem persa escondida, ninguém a culpa. Ela não é acusada de nada – é só mais uma americana chocada. Mas ela tem vontade de parar os transeuntes e dizer a eles que é inocente. *Eu sou cristã, sou uma mulher culta. Muito em breve serei uma cidadã americana.* Ela quer dizer essas coisas numa voz alta e confiante, com seu sotaque refinado, puxando para o britânico, para algum agressor anônimo.

Ela agora tem Preocupações de Imigrante.

Apesar da paz de todos aqueles anos, às vezes, em aposentos muito cheios, ela examina os rostos à procura do de sua mãe. Uma vez por ano manda cartas para antigos prisioneiros de Evin.

Quando volta para a Califórnia, a câmera cheia de fotos e o caderno cheio de histórias, a Dra. Zohreh liga para ela. Desde que se mudou, Saba concordou em ajudar o grupo secreto da Dra. Zohreh. As duas conversam com frequência – logo depois da chegada de Saba e mais tarde quando Saba se sentia sozinha e precisava de uma mãe a quem falar sobre seus medos e inseguranças. – Está tudo bem? Há dias que eu venho tentando falar com você.

– Está ruim – diz Saba. – Eu não consigo parar de pensar como vai ser difícil agora para você ou Baba virem me visitar. Ou para eu ir até aí. – Ela sente muitas saudades do pai. Ela telefona sempre para ele.

– Eu sinto muito – diz a Dra. Zohreh. – Talvez isto seja um sinal para olhar para a frente.

– Sim – ela concorda, embora ela pense demais em Reza nos dias de solidão. Às vezes ela vai tomar um drinque com amigos, em bares sujos com doses de tequila a três dólares ou três dólares e vinte centavos a melhor marca, e ela imagina que Reza vá entrar a qualquer momento. Que ele estará mudado. Talvez ele esteja parecido com o Cameron de Mahtab, uma mistura dos dois, uma terceira coisa, assim como ela. Eles estarão livres para se beijar e tocar porque as pessoas fazem isso aqui, mas não farão isso, por causa do tempo e da distância, um pouco talvez por causa da amizade deles e dos fantasmas dos antigos *pasdars* sempre à espreita. Em consideração aos amigos, ela vai fingir que ele é um primo – como os amantes costumam fazer nas ruas de Teerã –, vai sorrir timidamente e dizer "Como vai o Tio Fulano?". Ele vai gostar desse jogo e responder algo irreverente do tipo "Ainda tomado pelo câncer" ou "Ainda apaixonado pela faxineira". Os outros os deixarão em paz para conversar sobre suas raízes, enquanto cochicham coisas tipicamente americanas, fingindo entender. "Vejam só aquilo", vão dizer, sacudindo suas cabeças. "São laços de sangue." Os dois vão sair juntos do bar. Talvez demore um quarteirão, talvez três, até ele pegar a mão dela e beijar sua palma, a barba fazendo cócegas em sua pele. Talvez eles dancem na rua mesmo sem música, como acontece nos filmes. Então a América irá ficar em segundo plano por algum tempo, e Irã e Reza e a família dela, todos os cheiros e sons do *setar* e os detalhes de sua casa tomarão conta dela e ela voltará a ser a mesma – não uma refinada repórter americana que saiba milhares de palavras em inglês e as organiza em elegantes artigos para seus leitores, mas sim uma garota Gilaki dançando na rua ao som da música que seu namorado caipira cantarola.

Mas Reza iria murchar ali, e todo dia Saba o liberta. Ela é especialista nisso. Ela faz um bule de chá para a vizinha – uma artista espanhola que passa o dia pintando mal e se candidatando a bolsas de estudo – e imagina um final para a história de Mahtab.

Mais um ano se passa e Mahtab sente uma dor no coração, uma saudade infinita – aqui não é o lugar dela. Você sabe disso. Eu também sei. Mas eu a mantive viva por tantos anos, e agora ela começou a sentir a artificialidade disso. Está na hora de libertá-la. Aqui não é o lugar onde Mahtab deseja estar. Nem no Irã. Nem na América.

Quando éramos crianças, ela uma vez perguntou a Mamãe: – Você alguma vez imaginou como é ser imortal? Morrer e mesmo assim viver eternamente?

– Todo mundo imagina – diz Mamãe. Eu me lembro do discurso dela, palavra por palavra. – Algumas pessoas pensam que os filhos irão torná-las imortais. Outras dizem que é o trabalho da vida toda ou que isso acontece quando outras pessoas se lembram delas. Algumas pessoas, como os Mansooris, ficam simplesmente cansadas e querem se juntar aos amigos. Mas nós sabemos o que é deixar uma marca. Não apenas o trabalho da vida toda, mas um trabalho *importante*.

Mahtab está cansada agora, estressada por causa do tempo passado no limbo, e já viveu uma vida extraordinária. Tudo o que resta a ela agora é dormir.

Adeus, Mahtab jan. Descanse em paz e saiba que você é uma mulher melhor do que eu.

Eu talvez jamais consiga me livrar da pele de imigrante, abandonar os sonhos de um velho Irã que não existe mais e começar a pertencer a outro lugar. Mas minha irmã sim.

Quem sabe um dia construirei um legado de verdade para mim mesma. Mas uma vez prometi uma coisa para mim: no exílio, vou ser uma pessoa diferente – não a Saba que teve dois casamentos fracassados, não a Saba defeituosa, a que levou dois velhos para o túmulo. Não serei a outra metade da minha irmã morta. Então escrevi a história dela, e os demônios fugiram de mim com a mesma facilidade com que tinham chegado. Eu bani esses temores de imigrante através das curtas manifestações televisivas da minha irmã para que eu pudesse andar nas ruas como se fossem minhas. E, no fim, vou depositar Mahtab de volta na água, a milhares e milhares de colheres de chá de distância – onde é o lugar dela.

Agora eu ando até o mercado da minha nova cidade e... espere... Quem foi que passou ali? Aquela mulher de cabelo curto e grisalho, aquela de mantô azul. Quem era ela? Será que ela conservaria aquele velho mantô por todos estes anos?

Eu tenho que parar de inventar essas histórias, mas isso está por demais enraizado na minha natureza.

Lá fomos nós e havia maast...

FIM

NOTA DA AUTORA

Eu sou uma exilada iraniana. Esta história é o meu sonho de Irã, criado de longe, assim como Saba inventa uma América sonhada para sua irmã. Saba deseja visitar a América na televisão, assim como eu desejo visitar um Irã que desapareceu. Este livro é o meu sonho de Mahtab.

Cheshmeh, uma aldeia fictícia em Shomal (Norte do Irã), é um amálgama de diversas aldeias que fazem parte das recordações da minha infância no meu país. Alguns detalhes eu busquei em uma aldeia, outros eu tirei de diversas cidades e províncias, e outros eu imaginei. Como é regra na ficção, quando um detalhe não combinava com a história, eu priorizava a história, às vezes ignorando fatos ou costumes confusos ou irrelevantes. Organizações específicas citadas no romance, como Sheerzan e Gospel Radio Iran, são fictícias. O Irã pós-revolucionário é um lugar de contrastes. Na minha pesquisa, descobri que muito do que nós, ocidentais, caracterizamos como sendo o Irã moderno varia de um dia para o outro, de cidade para cidade e de família para família. Mesmo numa região pequena como Gilan, as pessoas vivem vidas muito diferentes. Tentei ser fiel ao espírito da região e da época, embora haja detalhes que preferi ignorar (por exemplo, as inúmeras variedades de *hijab*/chador e a raridade de um *korsi* tão ao Norte – embora eu o tenha visto armado para mostrar às crianças). Alguns aspectos da história de Saba são únicos – uma importante família cristã vivendo quase sem ser incomodada numa aldeia; uma garota iraniana culta, fluente em inglês, que resolve adiar a ida para a faculdade. (As moças iranianas tendem a ser estudiosas e ambiciosas. As mais dotadas, quando possuem recursos, costumam ir para universidades estrangeiras.) Essas são nuances incomuns da vida de Saba. Sou grata às pessoas citadas adiante que me ajudaram na pesquisa deste livro nos Estados Unidos, França e Holanda.

Gostaria de agradecer àqueles que leram o meu romance, àqueles que cederam horas do seu tempo para serem entrevistados ou para me ajudar a encontrar livros, vídeos, fotos e outros documentos (particularmente aqueles que enviaram seus próprios álbuns ou localizaram volumes existentes apenas no Irã). Por causa dos perigos para aqueles que viajam para o Irã, tive que deixar de fora alguns sobrenomes. Agradeço muito aos meus primeiros leitores: Anna Heldring, Cris Saxe, Eric Asp, Tori Egherman, Andrea Marshall Webb, Jonathan Webb, Pierre Dufour, Clara Matthieu Gotch (que leu duas vezes!), Julia Fierro, Catherine Gillespie (pela terapia e por vinte páginas de comentários críticos), Natalie Dupuis e Caroline Upcher. Pela ajuda especial na pesquisa, eu agradeço a Azadeh Ghaemi, Sussan Moinfar, Donna Esrail (uau, uma leitora enviada por Deus!), Mahasti Vafa, Maryam Khonrami, Maryam S., Nicky e à tia dele, no Irã, e à minha tia Sepi Peckover e família, e, é claro, à minha mãe e a meu pai, que compartilharam suas lembranças. A todas as pessoas que passaram pelos grupos de crítica Mezrab e pelo grupo de romancistas de Amsterdã ao longo dos anos e deixaram sua marca no meu romance de tantas maneiras. Amigos, vocês foram um salva-vidas. Lamento ter sem dúvida esquecido algumas pessoas, e alguns de vocês nem mesmo me disseram seus sobrenomes quando examinamos o trabalho uns dos outros bebendo garrafas de vinho ordinário (e *jenever* em barcos no canal), mas vou ao menos agradecer àqueles que me deram ideias essenciais: Amal Chatterjee, Nina Siegal, Ute Klehe, Barbara Austin e David Lee. *Proost!*

A Christian Bromberger, renomado intelectual Gilan da França cuja boa vontade em ajudar foi uma bela surpresa, e aos meus educadores iranianos: Cyrus (pela conversa sobre o país, a leitura e "homens persas dançam para impressionar"), Arturo (por descobrir as velhas canções, os poemas), Kian ("Amo você, sinto saudades de você, *zoolbia!*"), Sahand (por Mezrab, onde aprendi muito sobre nosso povo maluco) e Pooyan (uma riqueza de conhecimento e esperança. Obrigada por me incluir no seu mundo de amor pelo Irã).

Agradeço ao meu primeiro editor holandês, Pieter Swinkels, por sua objetividade, e a Sam Chang e a todas as pessoas maravilhosas da Iowa Writer's Workshop, que serão devidamente citadas individualmente no meu próximo romance. Agradeço principalmente à minha fantástica agente, Kathleen Anderson, a sua equipe na Anderson Literary e a seus sócios ao redor do mundo; à minha brilhante, incansável editora, Sarah McGrath, que tornou este livro muito melhor com sua visão e seu talento, bem como a Sarah Stein e todo mundo de Riverhead Books. Finalmente, agradeço a Philip Viergutz, por jantar tantas vezes cereais, preparar chá às três da manhã e incentivar algumas extravagâncias realmente espetaculares, começando com "Para o inferno com esses empréstimos estudantis, eu quero escrever romances."

Acabamento e Impressão
Intergraf Indústria Gráfica Eireli